DEBBIE MACOMBER

Liebe mit Aussicht

Autorin

Debbie Macomber begeistert mit ihren Romanen Millionen Leserinnen weltweit und gehört zu den erfolgreichsten Autorinnen überhaupt. Wenn sie nicht gerade schreibt, strickt sie oder verbringt mit Vorliebe viel Zeit mit ihren Enkelkindern. Sie lebt mit ihrem Mann in Port Orchard, Washington, und im Winter in Florida.

Lesen Sie weitere gefühlvolle Sommerromane von Debbie Macomber:

Das kleine Cottage am Meer
Liebe mit Meerblick
Die Bucht der Wünsche

Weitere Informationen unter: www.debbiemacomber.com

DEBBIE
MACOMBER

Liebe mit Aussicht

Roman

Aus dem Amerikanischen
von Nina Bader

blanvalet

Die Originalausgabe erschien 2020 unter dem Titel
»It's Better This Way« bei Ballantine Books,
an imprint of Random House,
a division of Penguin Random House LLC, New York

MIX
Papier aus verantwortungsvollen Quellen
FSC® C014496
FSC www.fsc.org

Klimaneutral*
Druckprodukt
ClimatePartner.com/14044-1912-1001

Penguin Random House Verlagsgruppe FSC® N001967

1. Auflage

Redaktion: Angela Kuepper
Umschlaggestaltung: www.buerosued.de
Umschlagmotive: mauritius images/Federico Eidlitz; www.buerosued.de
Satz: KCFG – Medienagentur Neuss
Druck und Einband: GGP Media GmbH, Pößneck
LH · Herstellung: sam
Printed in Germany
ISBN: 978-3-7341-1147-1

www.blanvalet.de

Rick Enloe und Gino Grunberg gewidmet.
Euch zu kennen, macht alles besser.

Prolog

Julia Jones saß an ihrem Schreibtisch und hatte die Scheidungspapiere vor sich liegen, die ihr förmlich zuriefen, nach dem Kugelschreiber zu greifen, sie zu unterschreiben und diesem Irrsinn ein für alle Mal ein Ende zu setzen. Ihr Herz schmerzte, und sie hielt den Atem bis zu dem Punkt an, an dem sie meinte, ihre Lunge würde explodieren. Als sie nach dem Stift griff, zitterte ihre Hand unter dem Gewicht dessen, was zu tun sie im Begriff stand. Sie schloss die Augen und legte den Kuli zurück auf den Tisch.

Sie hatte so hart darum gekämpft, ihre Ehe zu retten. Sie liebte Eddie. Nie hatte es einen anderen Mann für sie gegeben. Als er ihr unter Tränen gestanden hatte, dass er sie nicht mehr liebe, hatte sie intuitiv gewusst, dass da eine andere Frau im Spiel war, obwohl er das vehement bestritten hatte. Sie konnte es verstehen, wenn sich eine andere Frau in ihren Mann verliebte, Julia liebte ihn schließlich auch. Selbst mit dreiundfünfzig sah Eddie noch sehr gut aus, war athletisch und charismatisch.

Da sie nicht bereit gewesen war, ihre einunddreißigjährige Ehe aufzugeben, hatte sie ihn angefleht, es mit einer Eheberatung zu versuchen. Sie musste Eddie zugutehalten, dass er eingewilligt hatte, wenn auch widerstrebend. Doch nach fünf Sitzungen hatte er gemeint, das würde nichts bringen. Er hatte seine Affäre mit einer Frau namens Laura zugegeben, die er auf dem Golfplatz kennengelernt hatte. Er wollte seine Ehe nicht länger aufrechterhalten, sondern mit dieser anderen Frau ein neues Leben anfangen.

Dennoch weigerte sich Julia aufzugeben. Sie war entschlossen, um ihren Mann und ihre Ehe zu kämpfen. Obwohl Eddie nicht mehr zu den Beratungsterminen kam, nahm sie diese weiterhin wahr, suchte nach einem Weg, eine Brücke zu bauen, die ihren Mann zurückbringen würde.

Zurück zu ihrer Familie.

Zurück zu dem guten Leben, das sie sich gemeinsam aufgebaut hatten.

Zurück zu ihr.

Sie waren ein Team. Oder waren eines gewesen. Julia hatte fast jede wichtige Erfahrung in ihrem Leben mit Eddie geteilt. Heirat. Kinder. Den Tod ihres Vaters. Triumphe. Enttäuschungen. Er war immer ihr Seelengefährte gewesen.

Julia hatte Eddie im College kennengelernt. Damals waren sie jung, verliebt, ehrgeizig und entschlossen, der Welt ihren Stempel aufzudrücken. Sie heirateten, ermutigten und unterstützten sich gegenseitig, während sie an ihren jeweiligen Karrieren bastelten. Eddie wurde Golfprofi, und als sich seine Zeit als aktiver Spieler schließlich dem Ende zuneigte, arbcitete er als Trainer in einem Golfclub und eröffnete später seinen eigenen Laden.

Julia hatte ein Diplom als Innenarchitektin. Ihr eigenes Geschäft war ein Erfolg geworden, sie war eine gefragte Designerin und arbeitete mit Unternehmen aus dem ganzen Staat zusammen. Nach ihrer Hochzeit folgten sie beide ihrer Berufung und steckten viel Zeit in den Aufbau ihrer beruflichen Karriere; und so warteten sie zehn Jahre, bis sie eine Familie gründeten. Julia war zweiunddreißig, als sie erst Hillary und ein Jahr später Marie bekam. Eddie liebte seine Töchter. Sie waren der Stolz seines Lebens.

Selbst jetzt wusste Julia nicht, wie es zu dieser Affäre gekommen war. Sie war vollkommen blind gewesen, hatte gedacht, sie wären glücklich. Eddie und sie waren seit so vielen Jahren zusammen und an dem Punkt angekommen, wo sie die Früchte ihrer Arbeit genießen konnten. Ihr Nest war leer. Beide Mädchen waren auf dem College, Hillary stand kurz vor dem Abschluss, bei Marie würde es nächstes Jahr so weit sein. Die beiden teilten sich ein Apartment in der Nähe der Universität von Washington, wo sie ihre Kurse besuchten. Hillary lernte Physiotherapie und spielte Tennis im Collegeteam, so wie Julia es während ihres Studiums getan hatte. Marie wollte Atemtherapeutin werden.

Auch nachdem ihr klar geworden war, dass ihr Mann eine Affäre hatte, hatte Julia störrisch an ihrer Ehe festgehalten. Eddie war doch ihr bester Freund. Er hatte mit ihr geweint, als ihr Vater gestorben war, war selbst ein guter Vater und Partner gewesen, hatte sie zu ihren Erfolgen beglückwünscht und sie getröstet, wenn sie Enttäuschungen hinnehmen musste. Sie waren immer füreinander da gewesen. Sie hatten ein gutes Leben zusammen gehabt, und sie war nicht gewillt, das alles den Bach hinuntergehen zu lassen.

Julia vermisste ihren Vater schmerzlich. Ihr Dad wäre

von Eddies Verhalten überrascht und von ihm enttäuscht gewesen. Wenn ihr Leben im Laufe der Jahre eine unerwartete Wendung genommen hatte, hatte er ihr unzählige Male gesagt: *Es ist besser so*. Er hatte diesen Spruch so oft gesagt, dass Julias Mutter ihm einmal angedroht hatte, die Worte in seinen Grabstein meißeln zu lassen.

Julia erinnerte sich, dass er den Satz das erste Mal zu ihr gesagt hatte, als sie sechs gewesen war. Sie war zu der Geburtstagsparty ihrer besten Freundin eingeladen gewesen, hatte aber in der Nacht davor eine Grippe bekommen und nicht hingehen können. Tief enttäuscht hatte sie in den Armen ihres Daddys geweint, und er hatte sie getröstet, indem er ihr versichert hatte, *es sei besser so*. Sie hatte ihm bis zum folgenden Sonntag nicht geglaubt, als sie wieder gesund gewesen war und Heather ihr ein Stück von ihrem Geburtstagskuchen gebracht hatte. Später war ihr Dad mit ihr und Heather in den Zirkus gegangen, und sie hatten einen wundervollen Tag miteinander verbracht. Es war viel besser gewesen, als ihre beste Freundin mit all den anderen Kindern aus ihrer Grundschulklasse teilen zu müssen.

Während sie herangewachsen war, hatte Julia immer wieder Rückschläge hinnehmen müssen – eine Verabredung mit einem Jungen zum Schulball, der mitten im Tanz verschwand, ein verpasster Geschäftsflug nach New York – und war natürlich frustriert und verärgert gewesen, bis sie sich an die weisen Worte ihres Vaters erinnert hatte.

Doch nun, wo ihre Ehe auf dem Spiel stand, schien es ihr gar nicht so, als würde jemals etwas besser werden.

In der Hoffnung, Eddie würde zur Vernunft kommen,

hatte Julia ihn schließlich gebeten, sechs Monate zu warten, und inbrünstig gebetet, er würde seine Meinung bezüglich der Scheidung ändern. Sie würden einen Weg aus dieser Krise finden. Neu beginnen. Einander verzeihen.

Alles, was sie zu jenem Zeitpunkt wollte, waren diese sechs Monate. Sie war überzeugt, dass er in dieser Zeit Vernunft annehmen würde.

Eddie erklärte sich damals widerstrebend einverstanden, ließ aber keinen Zweifel daran, dass dies sein absolutes Zeitlimit war. Nach sechs Monaten würde sie ohne Widerstand die Scheidungspapiere unterzeichnen. Wehen Herzens versprach sie, auf seine Bedingung einzugehen.

Auf Eddies Drängen hin suchten sie einen Anwalt auf. Alles würde bereit sein, wenn die Zeit abgelaufen war. Die Scheidungsvereinbarungen wurden einvernehmlich geregelt. Er behielt sein Geschäft, sie ihres. Sie sagte zu, am Ende dieser sechs Monate das gemeinsame Haus auf den Markt zu bringen. Julia würde ihr Traumzuhause, das sie liebevoll eingerichtet hatte, verkaufen, und der Erlös würde gerecht aufgeteilt werden. Von den Möbeln wollte Eddie nur wenige Stücke haben.

Als vier Monate der vereinbarten Wartezeit verstrichen waren, wurde die ganze Sache dann unangenehm. Eddies Geliebte wurde ungeduldig und wollte, dass die Angelegenheit geregelt wurde, damit sie ihr gemeinsames Leben beginnen konnten. Sie brannte darauf, mit Eddie sesshaft zu werden.

Als Julia eisern an der sechsmonatigen Frist festhielt, schritt Laura zur Tat und schickte Julia ein Foto von sich und Eddie nach dem anderen. Beim Essen im Restaurant.

Selfies vom Golfplatz und sogar eines von ihnen beiden im Bett. Julia ignorierte die Bilder, so gut sie konnte; sie weigerte sich, nach dem Köder zu schnappen.

Als sie nicht reagierte, verlegte sich Laura auf eine andere Taktik und schickte ihr gehässige Textnachrichten, in denen sie Julia daran erinnerte, dass Eddie sie nicht mehr liebe und die Ehe beenden wolle.

Du zögerst nur das Unvermeidliche hinaus.

Du bist so egoistisch und bösartig.

Warum reitest du auf dieser Frist herum?

Du bist eine eifersüchtige Hexe.

Ein paar Wochen nahm Julia das hin, dann konnte sie es nicht länger ertragen. Ehe sie sich eines Besseren besinnen konnte, revanchierte sie sich mit eigenen Nachrichten und teilte Laura in Worten, die sie heute erröten ließen, ganz genau mit, was sie von ihr hielt. Sie hasste sich dafür, sich auf Lauras Niveau hinunterbegeben zu haben, bereute jedes einzelne Wort und ärgerte sich über sich selbst. Dieser Typ Frau war sie nicht.

An dem Punkt mischte sich ihre Tochter ein. Julia hatte nie gewollt, dass Hillary diese Textnachrichten zu Gesicht bekäme. Als dies trotzdem geschah, ging Hillary in die Luft. Ihre beiden Töchter waren bereits wütend auf ihren Vater, und Lauras Verhalten war nicht gerade hilfreich.

Ohne dass Julia ahnte, was sie vorhatte, stellte Hillary Eddie und Laura bei einem Familienausflug zum Lake Sammamish zur Rede und bedachte Laura mit allen nur erdenklichen Schimpfwörtern. Sie bediente sich derselben Sprache wie Julia zuvor. Lauras zwei Söhne, die nicht willens waren, Hillarys und Maries Wutausbruch hinzunehmen, fielen ihrerseits verbal über die Mädchen her. Eine lautstarke Auseinandersetzung folgte, und die Situation eskalierte wie ein kalifornischer Waldbrand, als beide Familien aufeinander losgingen. Eddie mischte sich ein und verlangte, dass seine Töchter seine zukünftige Frau respektierten. In der Hitze des Gefechts sagte er Dinge, die er später bereuen sollte. Wenn Hillary und Marie Laura nicht akzeptierten, dann würden sie kein Teil seines Lebens mehr sein.

Unschlüssig, was sie tun sollte, suchte Julia daraufhin erneut den Eheberater auf, um seinen Rat einzuholen. Sie konnte den Zorn ihrer Töchter nachvollziehen. Auch sie war wütend gewesen, hatte gut dokumentierte Kummerphasen durchgemacht, nur bestand der Verlust in diesem Fall in dem Tod ihrer Ehe.

Während sie im Büro des Beraters saß und ein feuchtes Papiertaschentuch in den Händen zerknüllte, erklärte Julia, was geschehen war.

»Es tut mir so leid, Julia.« Seine Miene drückte Mitgefühl aus. »Ich weiß, wie sehr Sie sich gewünscht haben, Ihre Ehe zu retten.«

»Ich wollte nie, dass alles derart eskaliert.«

»Ich weiß.«

»Soll ich die Scheidungspapiere unterschreiben?«, fragte sie. Dabei betete sie, dass er sie in die Richtung lenken würde, die sie einschlagen wollte.

Er schwieg einige Momente lang, schien seine Antwort sorgfältig abzuwägen. »Ich kann Ihnen nicht sagen, was Sie tun sollen. Aber das Eine möchte ich Ihnen sagen: Liebe ohne Treue hat keinen Wert. Es handelt sich dann nicht wirklich um Liebe.«

Mit bleischwerem Herzen verabschiedete Julia sich. In dem Augenblick wusste sie, was sie zu tun hatte.

Sie hatte hart gekämpft. Nun war für sie der Zeitpunkt gekommen, die Waffen zu strecken und sich mit ihrer Niederlage abzufinden. Eddie würde nie mehr zu ihr zurückkehren. Das hier war das Ende. Es war an der Zeit loszulassen.

Ihren Mann loszulassen.

Ihre Ehe loszulassen.

Ihre Träume von einer gemeinsamen Zukunft zu begraben.

Tränen strömten über ihre Wangen, als sie das vor ihr liegende Dokument anstarrte. Die Worte verschwammen durch die Nässe, die ihre Augen verschleierte.

Mit einem Kloß im Hals griff sie ein zweites Mal nach dem Kugelschreiber und unterzeichnete mit ihrem Namen.

Und dabei sagte sie sich: *Es ist besser so*.

1

Fast sechs Jahre später

Julia erwachte, blickte auf den Wecker auf ihrem Nachttisch und fragte sich, wann sie es wohl endlich schaffen würde, bis nach sechs Uhr zu schlafen. Alte Gewohnheiten ließen sich nur schwer ablegen, obwohl kein Grund mehr für sie bestand, den Wecker zu stellen. Mehr Jahre, als sie zählen konnte, war sie jeden Morgen um sechs Uhr aufgestanden. Ihr Geschäft, West Coast Interiors, war verkauft worden, und sie fand langsam in den Ruhestand hinein und arbeitete nur noch in Teilzeit als Beraterin.

Die Entscheidung, zu verkaufen, war schwerwiegend gewesen und direkt nach dem Tod ihrer Mutter erfolgt. Julia ging auf die sechzig zu und hatte das Gefühl, dass noch viele gute Jahre vor ihr lagen. Dann war ein Angebot erfolgt, das ihre kühnsten Erwartungen übertroffen hatte. Julia war überzeugt gewesen, es nicht ablehnen zu können. Aber da sie nicht bereit war, ihre Arbeit ganz aufzugeben, hatte sie zur Bedingung gemacht, weiterhin als Beraterin tätig sein zu können. Auch die Käufer hatten sie gebeten, noch zu bleiben. Sie konnte so viel oder so wenig arbeiten, wie sie wollte. Nachdem sie das letzte Projekt abgeschlossen hatte, hatte sie sich entschieden, ein paar Tage freizunehmen und zu erproben, wie sich der Halbruhestand anfühlte.

Dies war allerdings nicht die Art, wie sie sich früher ihr Leben als Rentnerin vorgestellt hatte. Es hatte einmal eine Zeit gegeben, wo sie darauf gehofft hatte, mit ihrem Mann die Welt zu bereisen. Julia sehnte sich danach, Europa und Asien zu erkunden. Doch jetzt übte die Aussicht, alleine zu reisen, wenig Reiz auf sie aus. Vielleicht später einmal.

Wie sie es vorausgesehen hatte, war ihr einstiges Traumhaus weniger als eine Woche, nachdem es auf den Markt gekommen war, verkauft worden. Ihr Leben hatte so viele Veränderungen erfahren. Nachdem ihre Scheidung durch gewesen war, hatte sie ein Apartment gemietet, bevor sie bezüglich ihres neuen Zuhauses eine Entscheidung traf. Sie wusste, dass sie in Seattle bleiben wollte, und wahrscheinlich sogar in der Innenstadt.

Die Stadt war ihre Heimat, und in ihrem Leben hatte es schon genug einschneidende Veränderungen gegeben. Ihre Mädchen wohnten in der Nähe, ihre Schwester und deren Familie ebenfalls. Sie hatte ein Jahr gewartet, bevor sie mit der Suche begonnen hatte, und dann hatte diese ein Eigenleben angenommen.

Drei Jahre lang war Julia auf der endlosen Jagd nach einem Ort gewesen, an dem sie meinte, heimisch werden zu können. The Heritage war ein älteres, in den 1960ern erbautes Backsteingebäude mit Eigentumswohnungen, das von Wärme und Charakter erfüllt war. Bei so vielen der neueren Hochhäuser handelte es sich um Stahlkonstruktionen mit wenig oder gar keiner Ausstrahlung oder Charme. The Heritage lag im Herzen der Stadt, nah genug, dass sie zu Fuß zum Pike Place Market hinuntergehen konnte, um frische Lebensmittel und Meeresfrüchte zu kaufen. Auch das Theater in der 5th Avenue befand sich in der Nähe, ebenso wie zahlreiche Einkaufsmöglichkeiten. Als Bonus gab es nebenan einen Coffeeshop und einige Restaurants im Häuserblock.

Im selben Moment, wo sie The Heritage betreten und den großen Springbrunnen in der Lobby gesehen hatte, hatte Julia gespürt, dass dies der richtige Ort für sie war. In dem nur zwölfstöckigen Gebäude wurde selten eine Wohnung frei. Julia hatte Geduld gehabt, und endlich war eine verfügbar gewesen. Sie lebte jetzt seit etwas mehr als zwei Jahren hier und liebte die Gemeinschaft von Freunden, die sie gefunden hatte. Da es sich um ein älteres Gebäude handelte, bot The Heritage nicht viele der Annehmlichkeiten neuerer Häuser, die für die Techniker von Amazon und Microsoft so anziehend waren. Dieser Umzug war ein Neuanfang für sie, und sie hatte sich gut eingelebt.

Sie zog den Gürtel ihres seidenen Morgenmantels zu, ging in die Küche und machte sich eine Tasse Kaffee. Müßige Morgen gab es normalerweise nur sonntags, wenn sie den Spätgottesdienst in der Kirche besuchte. Sie musste sich einen neuen Zeitplan erstellen – oder, wenn sie es genau bedachte, gar keinen Zeitplan mehr.

Sie hatte gerade den ersten Schluck Kaffee getrunken, als ihr Telefon klingelte. Es war ihre Schwester Amanda.

»Na, du bist ja früh auf«, sagte Julia zur Begrüßung.

»Ich habe dich doch nicht geweckt, oder?«

»Nein, ich war schon auf. Länger als bis sechs scheine ich nicht schlafen zu können. Was ist los?«

»Es geht um Carrie«, erwiderte ihre Schwester.

Julias Nichte, ein Einzelkind, stand ihren Eltern besonders nah. Sie ahnte, was kommen würde. Carrie wohnte immer noch zu Hause, und ihre Unfähigkeit, auf eigenen Füßen zu stehen, war ein Reibungspunkt zwischen Amanda und ihrem Mann Robert.

»Robert und ich hatten gestern Abend eine hitzige Diskussion ihretwegen«, sagte ihre Schwester mit einem Stöhnen. »Er will, dass Carrie auszieht. Ich meine, sie ist achtundzwanzig. Es wird Zeit. Höchste Zeit«, fügte sie geschlagen hinzu. »Das Problem ist nur: Wie sagen wir es ihr?«

»Ich bin froh, dass ich das nicht tun muss.« Julia war Carries Patentante und liebte ihre Nichte sehr. Sie verstand die Sorgen ihrer Schwester. Carrie hatte das College mit einem Diplom in französischer Literatur abgeschlossen. Ein Diplom, das ihr nicht viele Karrieremöglichkeiten erschloss. Da sie nicht dazu neigte, untätig herumzusitzen, hatte Carrie verschiedene Jobs angenommen, viele davon nur für ein paar Monate.

Seit ihrem Collegeabschluss war Carrie unablässig von einer Stellung zur nächsten geflattert. Sie hatte als Empfangsdame bei einer Maklergesellschaft und für einen Buchhalter gearbeitet, einen Abstecher in eine private Stellenvermittlung gemacht und als Schönheitsexpertin in einem Kaufhaus Kosmetika an die Frau gebracht. Und das waren nur die Jobs, an die Julia sich erinnern konnte, abgesehen von der kurzen Zeit, wo Carrie besonders scharfe Messer verkauft hatte, von denen Julia ein Set besaß. Ihre Nichte war nicht faul, nur schwer einsetzbar. Sechs Jahre nach ihrem Collegeabschluss hatte sie immer noch keine Arbeit gefunden, die zu ihren einzigartigen Fähigkeiten passte.

Carrie war ausgesprochen gut im Umgang mit Menschen, sozial eingestellt, gewissenhaft und eine zuverlässige Angestellte, solange sie es irgendwo aushielt. Das Problem bestand darin, dass Carrie, egal wo sie arbeitete, nicht genug verdiente, um für sich selbst zu sorgen, und wenn sie sich langweilte, kündigte sie einfach. Als Folge davon wohnte sie noch immer zu Hause.

»Ich hatte gehofft, du hättest ein paar gute Vorschläge für mich.« Amanda klang auf ganzer Strecke geschlagen.

»Tut mir leid, aber dieses Problem löst du alleine, kleine Schwester.«

»*Grrr.*«

Julia lächelte. *»Zum Ausziehen verführt.«*

»Ich erinnere mich an den Film«, fuhr Amanda fort. »Die Eltern schmieden ein Komplott, um ihren Sohn zum Auszug zu bewegen. Ich weiß nicht, ob Robert und ich das fertigbringen. Mir ist klar, dass er recht hat. Wir helfen Carrie nicht dabei, im Leben voranzukommen. Nur habe ich keine Ahnung, was wir sonst tun könnten. Sie ist so ein wunderbares Mädchen, immer gewesen. Es ist nicht so, als könnten wir sie einfach hinauswerfen. Sie ist unsere Tochter.«

Julia wusste auch keinen Rat. Ihre Schwester tat ihr leid, und sie wünschte, sie wüsste, wie sie ihr helfen könnte. »Sei einfach ehrlich zu ihr.«

Amanda seufzte. »Bei dir klingt das so leicht, aber das ist es nicht.«

»Ich weiß.« Julia fühlte mit ihr und wünschte, sie hätte eine Lösung parat. Sie wusste, dass Robert sich erboten hatte, Carrie ein Apartment zu bezahlen, aber sie hatte abgelehnt. Carrie bestand darauf, es alleine zu schaffen oder gar nicht.

»Ich rufe noch aus einem anderen Grund an.« Amandas Stimme klang jetzt fröhlicher. Allein der Tonfall ihrer Schwester verriet Julia, was nun kommen würde.

»Ich habe da jemanden, von dem ich möchte, dass du ihn kennenlernst.«

»Nein.« Julia stöhnte innerlich.

»Julia. Ich habe dir noch nicht einmal gesagt, wer es ist.«

»Kein Interesse.«

»Komm schon. Sei nicht so stur. Okay, du hast ein paar enttäuschende Dates hinter dir …«

»Ein paar, ja. Mehr als genug, um zu wissen, dass ich nicht interessiert bin, egal wer es ist.«

»Wirklich?«

»Ja, wirklich.« Das war ein unwillkommenes Thema.

»Willst du tatsächlich den Rest deines Lebens alleine verbringen?«

»Amanda, bitte, du weißt, wie ich darüber denke.« Nach ihrer Scheidung hatten Julias Schwester und andere Freunde ständig Versuche unternommen, Julia mit einer Reihe von Singlemännern ihres Alters bekanntzumachen. Die meisten waren geschieden und schleppten mehr Gepäck mit sich herum als eine internationale Airline. Sic hatte sich durch diese Versuche hindurchgequält, bis sie beschlossen hatte, das Daten ganz aufzugeben, selbst wenn das hieß, für den Rest ihres Lebens Single zu bleiben. Sie war glücklich und zufrieden und hatte bisher größtenteils ohne Verbitterung oder Groll nach vorne geschaut. Die ersten paar Jahre nach ihrer Scheidung waren schwer gewesen, bis sie Eddie einen langen Abschiedsbrief geschrieben hatte. Obwohl sie ihn nie abgeschickt hatte, hatte der Prozess ihr das Gefühl vermittelt, mit ihrer Ehe abzuschließen. Darüber hinaus hatte es ihr geholfen, ihr Leben so zu akzeptieren, wie es war. Sie brauchte keinen Mann, um sich vollständig zu fühlen. Der Brief und die Nachwirkungen hatten sie befreit, ihre Sichtweise verändert und es ihr dadurch erlaubt, ihren eigenen Weg weiterzugehen.

Eddie schien glücklich zu sein. Sie sprach mit ihm nur über Angelegenheiten, die ihre Töchter betrafen, was jetzt, wo sowohl Hillary als auch Marie in ihren Zwanzigern waren und auf eigenen Füßen standen, selten vorkam.

»Bist du sicher?«, fragte Amanda erneut. »Frank ist perfekt für dich. Überleg es dir doch noch einmal.«

»Amanda, bitte. Ich bin nicht interessiert.«

»Also schön, aber du verpasst etwas.«

»Vielleicht, vielleicht auch nicht. Es ist egal. Ich bin glücklich so, wie es gerade ist.«

»Wenn du das sagst.« Tiefe Zweifel schwangen in Amandas Worten mit.

Sie unterhielten sich noch ein paar Minuten länger, bevor Amanda das Gespräch beendete.

Sowie sie ihren Kaffee ausgetrunken hatte, zog sich Julia an und ging nach unten, um zu trainieren. The Heritage verfügte über einen Fitnessraum, der zwar klein, aber modern ausgestattet war. Es gab einige Laufbänder, Trimmräder und ein paar Gewichthebegeräte.

Sie hatte es sich zur Gewohnheit gemacht, jeden Nachmittag zu trainieren, wenn sie von der Arbeit kam. Sie arbeitete ihre Anspannung auf dem Laufband ab, während sie ein Hörbuch oder Musik hörte. Es war eine gute Möglichkeit, sich in Form zu halten. Bevor sie es sich versah, würde sie sechzig sein. Ganz bestimmt fühlte sie sich nicht so alt. Nicht annähernd. Ihre Tochter hatte kürzlich bemerkt, sechzig wäre das neue vierzig. Eine Übertreibung, aber Julia würde sie sich zu eigen machen.

An den meisten Nachmittagen war der Fitnessraum leer. Julia war nicht sicher, wie sie ihn vorfinden würde, wenn sie ihr Training auf den Morgen verlegte. Sie zog es vor, den Raum für sich zu haben.

Zu ihrer Enttäuschung sah sie, als sie hereinkam, einen Mann auf dem Laufband. Er war groß, gut über eins achtzig, hatte breite Schultern, trug Shorts und ein ärmelloses Shirt, das schweißfeucht war, als hätte er schon einige Zeit mit Höchstgeschwindigkeit trainiert. Sie registrierte, wie wohldefiniert seine Beine waren. Er hatte dichte, salz- und pfefferfarbene Haare. Julia hatte ihn schon vorher gesehen, kannte seinen Namen jedoch nicht. Soweit sie sich erinnern konnte, war er vor ungefähr einem Jahr hier eingezogen, hatte aber nur an wenigen Treffen der Hausbewohner teilgenommen. Die anderen Male, wo sie ihn gesehen hatte, hatte er Anzug und Krawatte getragen und ein schmuckes Bild von einem Mann abgegeben. Wenn sie sich recht erinnerte, hatte es Gerede über ihn und die Concierge des Hauses gegeben. Julia hielt generell nichts von Klatsch und wusste nicht, was genau da los war, da es sie nichts anging. Was sie jedoch wusste, war, dass das Management eine neue Concierge suchte.

Bei seinem Anblick zögerte Julia, bevor sie den Raum betrat. »Morgen«, sagte sie beiläufig.

Er nickte zur Antwort.

Sie stieg auf das Laufband neben ihm, setzte die Kopfhörer auf und begann mit ihrer Routine. Er beendete seinen Lauf und ging zum Fahrrad. Julia lief fünf Kilometer, und er trainierte immer noch auf dem Fahrrad, beugte den gut geformten Oberkörper vor und pumpte kraftvoll mit den Beinen.

Am nächsten Morgen und den darauffolgenden drei trainierten sie nebeneinander, ohne mehr als einen flüchtigen Gruß auszutauschen. Sie spürte, wie er gelegentlich in ihre Richtung blickte, als wollte er ein Gespräch beginnen. Julia ermutigte ihn nicht, da sie allein zum Trainieren hier war. Dennoch war sie sich seiner Gegenwart bewusst, wahrscheinlich stärker, als sie es sollte. Als er am Freitag nicht erschien, erkannte sie zu ihrer Überraschung, dass sie enttäuscht war. Ohne dass sie ein Wort wechselten, inspirierte er sie dazu, angestrengter und länger zu trainieren, und sie vermisste die Herausforderung.

Als sie am Montagmorgen der nächsten Woche in den Raum kam, schien er auf sie zu warten. Er stand mit einem um den Hals geschlungenen Handtuch neben dem Laufband und wirkte anziehender als je zuvor.

»Heath Wilson«, sagte er.

»Wie bitte?«

»Ich bin Heath Wilson. Ich dachte, es wäre an der Zeit, dass ich mich vorstelle.«

»Julia Jones.«

»Ich finde, wenn wir auch weiterhin jeden Morgen zur selben Zeit trainieren, sollten wir uns miteinander bekanntmachen.«

Sie lächelte. »Freut mich, Sie kennenzulernen, Heath.«

»Wohnen Sie schon lange im Heritage?«, fragte er.

»Ein paar Jahre. Sie sind letztes Jahr eingezogen, richtig?«

»Richtig. Ein Freund meines Sohnes wohnt hier. Eric Hudson. Kennen Sie ihn?«

Julia schüttelte den Kopf.

»Kein Wunder. Eric arbeitet im Homeoffice und zu den unmöglichsten Zeiten, weil er etliche Kunden aus Übersee hat. Ich glaube nicht, dass er an irgendeiner Veranstaltung hier im Haus teilgenommen hat. Ich war selbst nur bei ein paar.«

»Ich lebe sehr gern hier. Es ist ein Neuanfang für mich.«

»Für mich auch. Nach meiner Scheidung habe ich mich an das Haus geklammert, weil ich dachte, ich wollte es behalten. Das war ein Fehler. Zu viele Erinnerungen und mehr Platz, als ein einzelner Mensch je brauchen könnte. Also beschloss ich, dass es an der Zeit wäre, etwas zu ändern.«

»Das verstehe ich. Ich bin auch geschieden, jetzt schon seit über fünf Jahren.«

»So lange ist das ungefähr auch bei mir her. Haben Sie an Ihrem Haus festgehalten?«

»Nein, ich musste es verkaufen, das war Teil der Vereinbarungen.« Ihr Zuhause zum Verkauf auszuschreiben, war für Julia einer der schlimmsten Aspekte der Scheidung gewesen. »Es war vermutlich am besten so.« Wie für Heath barg das Haus auch für sie zahlreiche Erinnerungen und hätte sie ständig daran gemahnt, was sie alles verloren hatte.

Sie steckte ihre Stöpsel in die Ohren und begann mit dem Training. Als sie fertig war, winkte sie Heath zu und ging in ihre Wohnung zurück, um zu duschen. Sie musste heute irgendwann im Geschäft vorbeischauen, um den neuen Besitzer zu beraten, und sie wollte früh aufbrechen, bevor es zu heiß war, um die sieben Straßen zu Fuß zu gehen. Da Julia keine Zeit zum Frühstücken gehabt hatte, beschloss sie, auf dem Weg auf einen Latte im Busy Bean einzukehren, dem neben ihrem Wohnhaus gelegenen Tee- und Coffeeshop.

Drei Leute standen in der Schlange vor ihr. Ihr Telefon piepte, um ihr mitzuteilen, dass sie eine Nachricht bekommen hatte. Als sie es aus dem Außenfach ihrer Tasche nahm, sah sie, dass sie von ihrer Nichte Carrie stammte.

Kannst du reden?

Julia rief zurück, und Carrie meldete sich sofort.

»Bist du okay?«, fragte Julia.

»Nicht wirklich.« Sie klang so niedergeschlagen, wie Julia es noch nie erlebt hatte. Für gewöhnlich war Carrie beschwingt und glücklich.

»Willst du mir erzählen, was los ist?«

Es war nicht ungewöhnlich, dass Carrie Julias Rat suchte. Ihre Nichte war wie eine dritte Tochter für sie. Carrie war genauso alt wie Marie, und die drei Mädchen standen sich sehr nahe, da sie zusammen aufgewachsen waren. Carrie behauptete oft, sie hätte zwei Mütter.

»Das würde ich lieber unter vier Augen tun.«

»Gut. Wie wäre es mit morgen zum Lunch?« Ihre Nichte war ihr nach dem Gespräch mit ihrer Schwester am vergangenen Montag nicht mehr aus dem Kopf gegangen. Und als Heath sich ihr vorgestellt hatte, war ihr eine Idee gekommen. Die Hausverwaltung wollte eine neue Concierge einstellen, und Carrie wäre ideal für den Job. Dazu kam, dass mit der Stellung auch ein Apartment verknüpft war.

»Sicher, das klappt.«

»Wie wäre es mit dem Thai-Restaurant?«, schlug sie vor, wohl wissend, dass dies Carries Lieblingsrestaurant war. »Um die Mittagsstunde?«

»Das wäre optimal. Vielen Dank, Tante Julia.«

Wenn ihr Plan aufging, wäre das die Lösung für ein großes Problem von Carrie, Amanda und Robert.

2

»Wieso bist du so mies drauf?«, fragte Marie Carrie.

Carrie saß mit bis zum Kinn hochgezogenen Knien in der Mitte des Apartments ihrer Cousine. »Es ist wegen Mom und Dad«, erwiderte sie; dabei stieß sie langsam und frustriert den Atem aus. Sie hatte sich selten deprimierter gefühlt.

»Deine Mom und dein Dad«, wiederholte Marie. Ihre Augen weiteten sich erschrocken. »Sie wollen sich doch nicht trennen, oder?«

Nach dem, was mit Maries Eltern passiert war, nahm Carrie an, dass dies eine naheliegende Vermutung war. Selbst jetzt, nach fast sechs Jahren, fiel es Carrie schwer zu glauben, dass ihr Onkel eine so wundervolle Frau wie ihre Tante Julia verlassen hatte.

»Noch nicht«, sagte sie. »Allerdings habe ich das Gefühl, dass sie vielleicht darüber nachdenken werden, wenn ich keinen Job finde, der mir genug einbringt, um ausziehen zu können.« Das wäre der Extremfall, aber nachdem sie ihren Streit mit angehört hatte, konnte sie die Möglichkeit nicht ausschließen. Ihre Eltern erhoben im Umgang miteinander kaum einmal die Stimmen. Der Schock, sie streiten zu hören, hing jetzt schon seit einer Woche wie eine dunkle Wolke über ihrem Kopf. Ihnen ging es schlecht – und Carrie ebenfalls.

»Haben sie sich wegen dir gezankt?«

Carrie nickte. »Sie wussten nicht, dass ich zu Hause war. Sie haben so gut wie nie eine Auseinandersetzung. Es hat mir einen Schock versetzt, dass sie sich angebrüllt haben.« Sie hatten sie anscheinend nicht hereinkommen hören, und Carrie hatte es für keinen guten Zeitpunkt gehalten, sie zu unterbrechen. Sie war die Treppe hochgeschlichen und hatte sich in ihr Zimmer verzogen, ohne ihre Eltern merken zu lassen, dass sie von der Arbeit zurück war. Ihre lauten Stimmen waren durch die Diele noch verstärkt worden, als wären sie per Radio im ganzen Haus verbreitet worden. »Dad bestand darauf, dass es Zeit für mich wäre, in eine eigene Wohnung zu ziehen. Er meinte, sie würden mir nicht helfen, wenn sie mich weiter zu Hause wohnen lassen würden.«

Marie rutschte vom Sofa und setzte sich neben Carrie auf den Boden. »Was hast du vor?«

»Ich weiß es nicht. Dad hat recht. Es wird Zeit, dass ich die Verantwortung für mich selbst übernehme und mein eigenes Leben führe.«

»Du könntest jederzeit bei Hillary und mir einziehen«, schlug Marie vor.

Eine dritte Mitbewohnerin in einem Apartment mit zwei Schlafzimmern – das würde nicht funktionieren. Carrie hatte eine gute Beziehung zu ihren Cousinen, aber wenn sie mit ihnen zusammenzog, war die Katastrophe vorprogrammiert.

»Wo sollte ich denn schlafen oder meine Sachen unterbringen?«, erkundigte sie sich in der Hoffnung, die Frage wäre Antwort genug. Carries Cousinen waren ungefähr so alt wie sie, beide Ende zwanzig. Zusammen zu wohnen war auch für sie nicht optimal. Aber die Mieten in Seattle hatten es fast unmöglich gemacht, dass jede sich eine eigene Wohnung nahm.

»Es würde mich nicht wundern, wenn Blake und Hillary bald ihre Verlobung bekannt geben«, meinte Marie. »Wenn sie heiraten, muss ich mir eine neue Mitbewohnerin suchen. Glaubst du, du könntest noch ein paar Monate warten?«

»Auf keinen Fall. Ich muss so schnell wie möglich eine Lösung finden. Außerdem … Selbst wenn sie sich verloben, könnte es noch Monate bis zur Hochzeit dauern.«

Es freute Carrie, dass ihre Cousine bereit war, den Schritt mit Blake zu wagen. Sie waren seit über drei Jahren zusammen. Marie hatte einmal erwähnt, dass Blake schon vor einem Jahr die Möglichkeit einer Hochzeit angedeutet hatte. Nur hatte Hillary darauf beharrt, noch nicht so weit zu sein.

»Ja, ich weiß.« Marie zog wie Carrie die Knie hoch und stützte das Kinn darauf.

»Ich freue mich für Hillary. Blake ist in Ordnung.«

»Stimmt. Sie hat Glück«, stimmte Marie zu. »Ich glaube, Hillary hätte seinen Antrag letztes Jahr angenommen, wenn das mit Mom und Dad nicht passiert wäre. Sie waren einunddreißig Jahre verheiratet. Es ist jetzt noch ein Schock, weißt du.«

»Ja, ich weiß.« Carrie war wie vor den Kopf geschlagen gewesen, als ihre Mutter ihr mitgeteilt hatte, ihr wundervoller Onkel Eddie würde ihre Tante wegen einer anderen Frau verlassen. Als wäre das nicht schon schlimm genug gewesen, hatte es auch Hillary und Marie schwer getroffen. Nach dem lautstarken Wortgefecht am

Lake Sammamish hatte keine der Cousinen mehr etwas mit ihrem Vater und seiner neuen Frau zu tun haben wollen. Soweit Carrie wusste, hatte Onkel Eddie den Versuch unternommen, sich mit ihnen zu versöhnen, nur dass ihre Cousinen keinen Wert darauf legten. Das Problem bestand darin, dass er darauf beharrte, dass sie ihre Stiefmutter kennenlernten und akzeptierten, was Hillary und Marie strikt ablehnten. Sie betrachteten die andere Frau als diejenige, die ihrer aller Leben zerstört hatte. Dass ihr Dad diese Frau ihnen vorgezogen hatte, war etwas, was sie nicht verzeihen wollten.

»Hillary ist überzeugt, dass Dad nie Mädchen wollte.«

»Das stimmt doch nicht.« Carrie war überrascht, dass ihre Cousine so etwas sagte. Ihr Onkel Eddie war ein guter Vater gewesen. Er hatte seine Töchter angebetet, ihnen das Golfspielen beigebracht und sie in den Skiurlaub mitgenommen. Sie hatte sie oft bei ihren Ausflügen begleitet. Carrie wusste, dass es schwer für ihren Onkel sein musste, komplett von ihnen getrennt zu sein. Und vor allem schwer für Hillary und Marie. Aber die beiden waren genauso stur wie ihr Dad.

»Das habe ich ihr auch gesagt, aber Hillary glaubt mir nicht. Er hat jetzt Stiefsöhne und unternimmt ständig etwas mit ihnen. Als sie gehört hat, dass Dad Lauras Söhne zu einem Spiel der Seahawks mitgenommen hat, ist sie an die Decke gegangen. Mehr brauchte sie nicht als Beweis dafür, dass er immer Söhne wollte. Meiner Schwester zufolge waren wir nur ein armseliger Ersatz.«

»Das glaubst du doch wohl nicht, oder?«

Marie hob die Schulter zu einem halbherzigen Achselzucken. »Ich weiß nicht mehr, was ich glauben soll. Ich vermisse meinen Dad und dann auch wieder nicht. Er hat seine Entscheidung getroffen. Er sollte glücklich sein, nur weiß ich halt, dass er das nicht ist.«

Carrie war sich unsicher, was sie denken sollte. Sie hatte gehofft, ihre Cousinen würden nach all der Zeit bereit sein, nach vorne zu schauen und die Wahl ihres Vaters zu akzeptieren, auch wenn sie damit nicht einverstanden waren. Andererseits fragte sie sich, wie sie reagiert hätte, wenn ihr Vater ihre Mutter für eine Frau verlassen hätte, die seine Liebe weit weniger verdiente.

»Ich möchte nicht länger über meinen Dad reden«, sagte Marie. »Es deprimiert mich. Außerdem bist du diejenige, die ein Problem hat.«

Es war einfacher, sich abzulenken, als mit ihrer eigenen ziemlich ausweglosen Situation umzugehen.

»Hat dein Dad dir nicht vor einiger Zeit angeboten, dir ein Apartment zu bezahlen?«

Carrie fragte sich jetzt, ob sie dieses Angebot hätte annehmen sollen. »Ich habe Nein gesagt. Dad hat keine Ahnung, was eine Einzimmerwohnung heutzutage kostet.« Sie weigerte sich, das Sparkonto ihrer Eltern zu schröpfen, nur weil sie keinen Job fand, von dem sie leben konnte.

»Hast du irgendwelche anderen Ideen?«

Carrie wünschte, das wäre der Fall. »Justin hat vorgeschlagen, dass wir zusammenziehen.« Als ob das je passieren würde! Er wohnte bei seiner Mom, und da sie beide Jobs hatten, die knapp über dem Mindestlohn bezahlt wurden, würden sie finanziell nie zurechtkommen.

Marie hob ruckartig den Kopf. Sie sah bestürzt aus. »Das wirst du doch nicht tun, oder?«

»So blöd bin ich nicht. Justin ist …« Carrie brach ab, da sie nicht wusste, wie sie ihren Gelegenheitsfreund am besten beschreiben sollte.

»Nicht der Richtige?«, half Marie aus.

»Nicht annähernd.« Sie kamen gut miteinander aus, teilten sich die Kosten, wenn sie ausgingen, und konnten miteinander lachen. Aber Carrie konnte sich nicht vorstellen, dass die Beziehung über den Status quo hinausginge – zumindest nicht, was sie betraf. Obwohl Justin dreißig war, benahm er sich eher wie jemand am Ende seiner Teenagerzeit. Das Leben war eine einzige Party. Verantwortung überließ er anderen. Carrie wusste, wenn sie zusammen ein Apartment mieteten, würde sie es sein, die sich Sorgen um das Bezahlen der Miete und des Stroms, Gases und Wassers machen würde, weil man Justin mit so etwas nicht behelligen durfte.

»Ich treffe mich morgen mit deiner Mom zum Lunch«, sagte Carrie. »Ich hoffe, ihr fällt etwas ein, was ich tun kann. Ich komme mir vor wie eine Riesenenttäuschung für meine Eltern.«

Ihre Frustration war überwältigend. Carrie wusste nicht, was sie sich dabei gedacht hatte, ein Hauptfach zu studieren, das keinerlei Aussichten auf eine Karriere bot. Ihre Liebe zu allem Französischen hatte sie in Bezug auf das Finden einer Arbeit in eine Sackgasse gelenkt. Die einzige realisierbare Möglichkeit bestand darin, Lehrerin zu werden, was hieße, zwecks eines zusätzlichen Diploms weiterzustudieren. Sie weigerte sich, ihren Eltern diese finanzielle Last aufzubürden, da sie schon für ihren ersten Abschluss bezahlt hatten. Außerdem sah Carrie, die sich selbst gut kannte, ein, dass es nicht ihrem Temperament entsprach, den ganzen Tag in einem Klassenzimmer zu stehen.

»Mom wird schon etwas einfallen«, meinte Marie zuversichtlich. »In solchen Sachen ist sie gut.«

Das hoffte Carrie inständig, denn sie war mit ihrer Weisheit am Ende.

Am Tag darauf traf Carrie zehn Minuten vor ihrer verabredeten Zeit bei ihrem Lieblingsthailänder ein. Sie hatte darauf gebrannt, aus dem Haus zu kommen und so viel Zeit, wie sie nur konnte, anderswo zu verbringen, weil sie hoffte, ihren Eltern so eine Atempause zu verschaffen.

Das Restaurant lag nur eine Straße vom Heritage entfernt, wo ihre Tante wohnte. Sie liebte dieses Gebäude. Ihre Tante behauptete, es hätte sich von dem Moment an, wo sie es betreten hatte, wie ein Zuhause angefühlt. Carrie verstand das; sie hatte immer dasselbe Gefühl von Wärme und Willkommensein empfunden. In Seattle gab es nur noch sehr wenige Backsteingebäude, weil ständig eine Gefahr von Erdbeben herrschte. The Heritage stand inmitten einer blühenden Nachbarschaft voller Restaurants und kleiner Geschäfte. Die Lage war ideal für ihre Tante, weil sie fast alles in der City zu Fuß erreichen konnte.

Der Kellner reichte ihr die Speisekarte, und Carrie bestellte ein Kännchen Jasmintee. Obwohl sie nie von ihrem Lieblingsgericht abwich – grünem Curry mit Avocado und Shrimps –, überflog sie die Vorder- und Rückseite der Karte, während sie auf Julia wartete.

»Carrie«, rief ihre Tante, als sie auf den Tisch zusteuerte.

Carrie schob ihre leere Teetasse beiseite und wand sich aus der Nische. »Tante Julia.« Sie freute sich über die warmherzige Begrüßung und umarmte ihre Tante herzlich.

Julia setzte sich ihr gegenüber, und Carrie schenkte ihnen beiden eine frische Tasse Tee ein. Ihre Tante warf einen raschen Blick auf die Speisekarte und traf ihre Wahl, bevor sie die Karte weglegte. Sie hatte gleichfalls ein Lieblingsgericht, und sie beide teilten ihr Essen gern.

»Es ist schön, dich zu sehen«, sagte Julia.

»Umgekehrt genauso.« Trotz ihrer Freude darüber, ihre Tante zu sehen, sackten Carries Schultern nach unten.

»Ich glaube, ich weiß, warum du dich mit mir treffen wolltest.« Julia griff über den Tisch hinweg nach Carries Hand und drückte sie leicht.

Carrie blickte auf. »Hat Mom dich angerufen?«

Julia nickte.

»Ich habe sie streiten gehört. Sie finden, es wird Zeit, dass ich mir eine eigene Wohnung suche, und ich bin ganz ihrer Meinung. Nur – wie kann ich mir mit dem, was ich verdiene, je eine leisten? Tatsache ist, dass ich kaum mein Auto und die Versicherung bezahlen kann. Telefonieren tue ich über Mom, dafür gebe ich ihr Geld, und ich trage zu den Lebensmittelkosten bei, so viel ich kann.« Das war alles, was sie sich leisten konnte. Sie hatte klägliche hundert Dollar gespart, die bei einem echten Notfall keine Sekunde reichen würden.

»Deine Mom ist in einer schwierigen Lage.«

Carrie wusste, wie ihre Mutter zu dieser Angelegenheit stand. »Ich fühle mich deswegen ganz schrecklich, ehrlich. Es ist nur so schwer für mich, einen Job zu finden, der mir genug einbringt, um ausziehen zu können.«

Der Kellner trat zu ihnen und unterbrach so ihr Gespräch, und sie gaben ihre Bestellung auf.

Carrie wartete, bis er gegangen war, bevor sie weitersprach. »Hillary und Marie waren bei ihrer Berufswahl klüger.« Als Physiotherapeutin konnte Hillary so viele Stunden arbeiten, wie sie wollte, und Marie verfügte als Atemtherapeutin über Fähigkeiten, die sehr gefragt waren. Sie könnte in jedem der Krankenhäuser in der Gegend eine Stellung finden.

»Sag doch so etwas nicht«, widersprach Julia. »Du hast mit magna cum laude abgeschlossen.«

»So kommt es mir aber nicht vor«, flüsterte Carrie.

Ihr Essen wurde gebracht, und obwohl Carrie sich zuvor so auf etwas Thailändisches gefreut hatte, war ihr jetzt der Appetit vergangen. Sie griff nach ihrer Gabel und stützte die Ellbogen auf den Tisch. »Was hat Mom gesagt?«, fragte sie.

»Sie liebt dich, Carrie, und sie will das Beste für dich.«

Das war in Anbetracht dessen, wie lange Carrie auf Kosten ihrer Familie gelebt hatte, keine Neuigkeit.

»Ich hätte da einen Vorschlag für dich.«

Carrie blickte von ihrem Teller auf, als ein flüchtiger Funke Hoffnung in ihr aufglomm. »Ja?«

»Hast du je in Betracht gezogen, Concierge zu werden?«

»Concierge?« Sie runzelte die Stirn und schüttelte den Kopf. »Du meinst, so wie in einem Hotel, Restaurantreservierungen buchen und solche Sachen?«

»So in der Art. The Heritage will eine einstellen.«

Carries Interesse war geweckt. Ihr gefiel die Vorstellung, im Heritage zu arbeiten. »Was müsste ich denn da machen?«

»Ganz genau weiß ich das nicht, ich kann dir nur sagen, wie meine Erfahrungen mit der Concierge waren.«

Carrie beugte sich vor, um eifrig zu lauschen.

»Als ich hörte, dass eine Wohnung zum Verkauf stand, war es die Concierge, die mich herumgeführt hat. Mein Immobilienmakler war dabei, aber die Concierge war diejenige, die meine Fragen beantwortet hat. Sie nimmt Pakete entgegen und kümmert sich um anfallende Reparaturen. Und ich bin sicher, dass noch mehr dazugehört.«

Carrie hörte aufmerksam zu. »Glaubst du, ich könnte das alles?«

»Natürlich glaube ich das. Ehrlich gesagt, denke ich, du wärst perfekt für den Job. Du bist ungezwungen im Umgang mit Menschen und hast ein Talent dafür, erhitzte Gemüter zu besänftigen.«

Carrie war bereit, zuzugeben, dass sie ihre Rolle als Friedensengel genoss. »Das klingt gut. Ich frage mich bloß, ob ich dafür qualifiziert bin.«

»Mit deinen breit gefächerten Erfahrungen denke ich das schon. Die Verwaltung sammelt diese Woche Lebensläufe. Ich würde dir raten, dich zu bewerben.«

»Kann ich das online machen?«

Julia zögerte, schien über ihre Antwort nachzudenken. »Das könntest du natürlich, denn ich bin sicher, dass die breite Mehrheit das tun wird. Ich an deiner Stelle würde aber persönlich vorbeigehen. Du bist jetzt nur eine Straße vom Heritage entfernt. Es wäre keine große Mühe, hineinzugehen und ein Bewerbungsformular auszufüllen.

Wenn du möchtest, kann ich deinen Lebenslauf bei mir ausdrucken.«

»Ich werde es versuchen«, entschied Carrie.

Ihre Tante hatte ihr Hoffnung gemacht, als sie dringend ein Licht am Ende des sprichwörtlichen Tunnels sehen musste.

»Eine Frage noch. Weißt du, wie viel ich verdienen würde?«

Julia schüttelte den Kopf. »Leider nein.«

Sie würde das noch früh genug herausfinden, obschon sie verzweifelt hoffte, der Verdienst würde es ihr ermöglichen, sich eine eigene Wohnung zu suchen. »Kann ich dich als Referenz angeben?«

»Natürlich. Das möchte ich sogar, und ich werde gern ein gutes Wort für dich einlegen, obwohl ich nicht weiß, ob das viel helfen wird.«

»Schaden kann es jedenfalls nicht.«

Carrie nahm einen Bissen von ihrem Lunch. Sie fühlte sich einen Tick besser. Die Arbeit im Heritage würde ihr wahrscheinlich mehr einbringen als ihr Job in dem Drugstore und ihr ganz sicher mehr Spaß machen. Es war ein schönes Haus, und die Bewohner schienen nett zu sein.

»Wie ich schon sagte, Carrie, ich weiß nicht, wie die Bezahlung aussieht. Aber die Stelle bringt einen wesentlichen Vorteil mit sich, den ich noch nicht erwähnt habe.«

»Abgesehen davon, dass ich dich jeden Tag sehen kann, meinst du?«

»Ja, viel besser. Sehr viel besser. Die Stelle als Concierge beinhaltet ein Einzimmerapartment.«

3

Julia nahm sich voller Freude einen Tag ganz für sich. Sie hatte vor, sich mit Hillary zum Lunch zu treffen, und hatte für den Nachmittag Termine zur Massage und beim Friseur gemacht. Der neue Eigentümer von West Coast Interiors begann sich ein bisschen zu sehr auf Julia zu verlassen, als ihr lieb war, vor allem im Umgang mit Firmenvertretern. Es war entschieden zu leicht, in den Alltag eines Vollzeitjobs zurückzufallen, und das wollte sie vermeiden.

Auf Julias Rat hin hatte sich ihre Nichte um die Stelle als Concierge im Heritage beworben. Anscheinend hatte Carrie einen so guten Eindruck hinterlassen, dass sich die Hausverwaltung wegen einer Referenz an Julia gewandt hatte. Soweit sie wusste, würde die Entscheidung entweder heute oder morgen fallen, nachdem die Bewerbungsgespräche abgeschlossen waren. Julia spürte, dass Carrie eine mehr als gute Chance hatte, den Job zu bekommen. Um ihrer aller willen hoffte sie es.

Nach ihrem Training ging Julia in ihre Wohnung zurück, um zu duschen und sich umzuziehen. Wie in den letzten zwei Wochen war Heath zur etwa gleichen Zeit in den Fitnessraum gekommen wie sie. Abgesehen von dem üblichen Morgengruß ignorierten sie einander weitgehend. Julia pflegte ihre Kopfhörer in die Ohren zu stecken und absolvierte ihr Programm, als hätte sie den Raum für sich alleine.

Als Julia ihr Training auf den Morgen verlegt hatte, war sie enttäuscht gewesen, nicht mehr ungestört zu sein, und hatte sogar kurz erwogen, ihren Zeitplan umzustellen. Sie war nicht sicher, was sie bewogen hatte, ihre Meinung zu ändern. Nachdem sie außer einem kurzen Gruß kaum miteinander sprachen, war ihr die Verlegung ihres Trainings albern vorgekommen.

Da sie heute auswärts zu Mittag essen würde, entschied sich Julia für ein leichtes Frühstück im Busy Bean. Die Schlange war kurz, es waren nur zwei Leute vor ihr. Sie überlegte gerade, ob sie ihr übliches Getränk bestellen sollte, als sie hörte, wie jemand näher kam und hinter ihr stehen blieb.

»Hey«, sagte Heath. Es klang, als wäre er überrascht, sie zu sehen.

»Hallo.« Sie lächelte über ihre Schulter. Als sie in seine Richtung blickte, sah sie ihre Schwester The Heritage betreten, und sie war nicht alleine. Zwei Mal hatte Amanda jetzt schon Frank erwähnt, den Mann, den Julia unbedingt kennenlernen sollte. Julia hatte sich beide Male geweigert. Anscheinend hatte ihre Schwester beschlossen, dass, wenn Julia Frank nicht aus freien Stücken treffen wollte, sie den Mann eben zu ihr bringen würde. Als sie die beiden nebeneinander hergehen sah, wurde ihr Gesicht lang. »O nein.«

»Stimmt etwas nicht?«, fragte Heath auf ihren geflüsterten Protest hin.

Julias Schultern sackten nach unten, als sie den Blick von Amanda abwandte, deren Absichten zwar gut, aber fehlgeleitet waren. »Meine Schwester ist auf dem Weg zu meiner Wohnung, und sie hat den Mann bei sich, der ihrer Meinung nach mein Seelengefährte ist, obwohl ich ihr wiederholt gesagt habe, dass ich nicht interessiert bin.«

Heath blickte zum Heritage hinüber. »Verstecken Sie sich hier bei mir«, schlug er vor. »Wenn sie zufällig sieht, dass Sie alleine hier sitzen, wird sie ihn anschleppen. Aber wenn Sie mit mir zusammen sind, geht sie wahrscheinlich wieder.«

Sie würde diese kleine nette Geste nicht ablehnen. »Danke. Das wäre sehr nett von Ihnen.«

»Suchen Sie uns einen Tisch, und ich bestelle die Getränke.«

»In Ordnung.« Sie öffnete ihre Tasche, um ihr Portemonnaie herauszuholen, doch Heath hielt sie auf. »Das geht auf mich.«

Das war sogar ein noch besseres Angebot. Julia sagte ihm, was sie trinken wolle, und sicherte sich rasch einen der wenigen verfügbaren Tische. Wenige Minuten später reichte Heath ihr ihren Latte und nahm ihr gegenüber Platz.

»Passiert so etwas häufiger?«, fragte er.

»Sie meinen, dass meine Schwester oder Freunde mich bedrängen, einen Mann zu treffen, der perfekt zu mir passt?«, gab sie in einem übertriebenen Tonfall zurück und beantwortete dann ihre eigene Frage: »Ständig. Und Ihnen?«

»Dasselbe Spiel. In der letzten Zeit nicht mehr so oft, da meine Freunde endlich begriffen haben, dass ich kein Interesse daran habe. Kurz nach meiner Scheidung dachte ich, es wäre eine gute Idee, nach vorne zu schauen und es mit Dates zu versuchen. Das war ein Fehler.«

Was Julia nur zu gut verstand. »Es hat eine Weile gedauert, bis ich bereit war, jemanden kennenzulernen«, erzählte sie. »Ich war einsam und dachte: *Warum nicht?* Alles, was ich wollte, war jemand, mit dem ich Erfahrungen austauschen, lachen und das Leben genießen konnte. Ich war über dreißig Jahre verheiratet, und ich war es nicht gewohnt, alleine zu leben.«

»Das verstehe ich. Genau das war auch mein Gedanke, aber nach ein paar ziemlich haarigen Erlebnissen war die Sache für mich erledigt.«

»Ich habe auch eine Reihe Nieten gezogen«, sagte Julia, was der Wahrheit entsprach. Sie hatte nicht lange gebraucht, um herauszufinden, dass es in der Regel gute Gründe gab, wenn Männer Singles waren.

Heath lehnte sich in seinem Sitz zurück und warf ihr eine Herausforderung hin. »Ich wette, meine Erfahrungen mit Dates sind wesentlich schlimmer als Ihre.«

»Ach ja?«, entgegnete Julia mit einem Lächeln. »Das erste Mal war ich mit einem Typen aus, einem Freund einer Freundin. Sheryl fand, wir würden perfekt zusammenpassen. Ist Ihnen aufgefallen, dass alle das behaupten? Ich kenne jemanden, der perfekt zu dir passt?«

»Das habe ich oft genug gehört, um zu begreifen, dass meine Freunde mich nicht annähernd gut genug kennen.«

»Jedenfalls hat Sheryl das über Harry, so hieß er, gesagt und behauptet, wir hätten viel gemeinsam. Genau wie ich war er seit Kurzem geschieden. Wir haben uns zum Dinner getroffen, und alles ging gut, bis Harry nach einer halben Flasche Wein von seiner Ex-Frau und seinen Kindern zu erzählen begann. Dann fing er aus heiterem Himmel an zu weinen. Und wenn ich ›weinen‹ sage, meine ich bitterliches Schluchzen und Tränen. Da saß ich nun mitten in einem vollen Restaurant mit einem Mann, der so laut in seine Serviette weinte, dass der Kellner fragte, ob er irgendwie helfen könne. Ich sagte ihm, ja, das könne er, und bat ihn, mir ein Taxi zu rufen. Dann dankte ich Harry für das Dinner und ging.«

Heath grinste. »Mein erstes Date verlief ähnlich katastrophal. Ein alter Zimmergenosse vom College brachte mich mit einer Bekannten zusammen, weil er überzeugt war, es würde sofort funken. Callie arbeitete im Bereich der sozialen Medien und nahm ihren Job sehr ernst. Genau wie Sie trafen wir uns zum Dinner, und sie schoss – ich übertreibe nicht – mindestens vierzig Selfies, die sie bei Facebook postete. Ich glaube nicht, dass sie mehr als zwei Bissen von ihrem Hummer probiert hat, und ja, sie hat das teuerste Gericht auf der Speisekarte bestellt. Dann hat sie mich gebeten, sie für Instagram zu fotografieren. Nicht nur ein Foto, wohlgemerkt, sondern mehrere, von denen ihr keines gefiel. Später teilte sie mir mit, ich hätte sie nicht so vorteilhaft wirken lassen, wie es möglich gewesen wäre. Und dann meinte sie, es wäre besser, wenn wir uns nicht wiedersehen würden.«

Julia schüttelte mitfühlend den Kopf. »Anscheinend ist das Talent, ein gutes Foto für Instagram zu machen, heutzutage eine Grundvoraussetzung für eine Beziehung.«

»So sieht es aus«, stimmte Heath ihr zu.

Julia machte die Sache Spaß, und sie hatte nicht vor, ihn diesen Wettstreit gewinnen zu lassen. »Okay, okay. Sehen wir mal, ob Sie das toppen können. Noch eine

Freund-einer-Freundin-Situation. Ich habe Susan vertraut. Sie war clever und versicherte mir, ich hätte einfach nur die falschen Männer kennengelernt und sollte alle bisherigen Reinfälle vergessen. Typischerweise behauptete sie dann, sie hätte den idealen Mann für mich. Der Fairness halber muss ich sagen, dass sie erwähnt hat, er wäre ein bisschen älter. Sie beschrieb ihn als reif, etabliert und finanziell abgesichert. Es klang zu gut, um wahr zu sein.«

»Tut es das nicht immer?«, fragte Heath.

»Stimmt. Wie dem auch sei, wir trafen uns erneut in einem Restaurant, und Lloyd musste Ende siebzig gewesen sein, wenn nicht noch älter. Dieser Typ pfiff aus dem letzten Loch. Und als wäre das noch nicht genug, dauerte es, als wir unsere Bestellung aufgaben, volle zehn Minuten, während er all seine körperlichen Beschwerden auflistete, aufgrund derer er fast nichts auf der Karte essen durfte. Er stellte dem Kellner so viele Fragen und wollte jede Einzelheit der Zubereitung wissen, dass ich fast eingedöst wäre. Dieser Kellner hatte die Geduld eines Hiob. Das Schlimmste war, als er ins Detail ging und erklärte, dass er kein rotes Fleisch essen könne, weil er davon angeblich Durchfall bekäme.«

»Nicht schlecht.« Heath kicherte. »Ich hatte eine Stalkerin unter meinen Verabredungen.«

»Eine Stalkerin?«, wiederholte Julia. Sie war nicht sicher, ob sie das übertrumpfen könnte.

»Wir hatten insgesamt zwei Dates. Ich hätte schon nach dem ersten auf meinen Instinkt hören sollen. Es ist nichts Schreckliches passiert. Sie war recht angenehm, und ich hatte zu der Zeit schon fast den Mut verloren.

Von allen Frauen, die ich kennengelernt hatte, zeigte sie das größte Potenzial. Mir gefiel es, dass sie begeisterungsfähig war und man sich mit ihr unterhalten konnte, also beschloss ich, noch einmal mit ihr auszugehen, um zu sehen, wie es dann lief.

Wir besuchten ein Konzert, und hinterher fiel sie regelrecht über mich her. Es fühlte sich an, als hätte ein Oktopus all seine acht Tentakel um mich geschlungen. Ich musste am Straßenrand halten und ihr erklären, dass ich nicht fahren konnte, während sie versuchte, mich auszuziehen. Jedenfalls reichte das aus, um mir klarzumachen, dass es mit uns nicht funktionieren würde. Als ich sie absetzte, fragte sie, wann ich sie wiedersehen wolle. Ich sagte, ich würde sie anrufen, woraufhin sie antwortete, der Juli wäre der beste Monat für uns, um den Hochzeitstermin festzulegen. Dummerweise hielt ich das für einen Scherz. Wenn es einer war, ging er auf meine Kosten.«

»Sie hat nach zwei Dates von Hochzeit gesprochen?«

»Allerdings, und das war erst der Anfang meiner Probleme mit Candace. Ich brauchte fast drei Monate, einen Anwalt und eine einstweilige Verfügung, um sie aus meinem Leben zu entfernen.«

»Okay, Sie gewinnen.« Zum Eingeständnis ihrer Niederlage hob Julia eine Hand. »Diesem Desaster habe ich nichts entgegenzusetzen.«

»Sie haben sicher gehört, was mit der Concierge passiert ist.« Er schüttelte langsam den Kopf, als würde die Erinnerung ihn noch immer traumatisieren.

»Nicht wirklich. Es hat Gerede im Haus gegeben, nur habe ich nicht groß darauf geachtet.«

»Ich habe Melanie bei der Hausverwaltung melden müssen. Sie hatte da eine Geschäftsmöglichkeit, die ich finanzieren sollte. Ich erklärte, ich hätte kein Interesse, und beließ es dabei in der Hoffnung, die Sache wäre damit erledigt. Aber sie weigerte sich aufzugeben. Es kam so weit, dass ich noch nicht einmal in die Lobby gehen konnte, um meine Post zu holen, ohne dass sie mir auf die Nerven ging. Und als wäre das nicht schon schlimm genug, deutete sie an, sie wäre bereit, ›alles zu tun‹, wenn ich sie bei ihrem Geschäft unterstützte, von dem sogar ein Amateurunternehmer gewusst hätte, dass es schiefgeht.«

»O je, war sie so verzweifelt?«

»Es ist schade, dass man sie entlassen musste. Ich hatte ein schlechtes Gewissen deswegen, aber ich wollte auch nicht in eine Geschäftsidee investieren, deren Scheitern vorprogrammiert war. Nach der Sache mit Candace war ich misstrauisch und meinte, keine andere Wahl zu haben, als sie anzuzeigen. Was mich betrifft, bin ich fertig mit Dates. Ich bezweifle, dass ich je wieder heiraten werde.«

»Sie haben ganz recht. Es ist den Ärger nicht wert. Die Männer, die ich kennengelernt habe, hatten eine Menge Altlasten. Davon schleppe ich selbst genug mit mir herum.«

Sie setzten ihre Unterhaltung noch fort, als sie schon längst ausgetrunken hatten. Julia erfuhr, dass Heath als Hedgefonds-Manager arbeitete und wie sie halb pensioniert war. Sie erzählte ihm von ihren Töchtern – er hatte zwei Söhne – und dass sie vor Kurzem ihre Innenarchitekturfirma verkauft hatte, nun als Beraterin tätig war und hoffte, sich allmählich ganz in den Ruhestand zurückzuziehen.

Als sie auf die Uhr sah, stellte Julia überrascht fest, dass sie sich beeilen musste, wenn sie zum Lunch mit ihrer Tochter nicht zu spät kommen wollte. Sie und Heath hatten fast zwei Stunden ununterbrochen geredet.

Sie schob ihren Stuhl zurück, stand auf und griff nach ihrer Tasche. »Danke für den Latte und dafür, dass Sie mich vor meiner Schwester gerettet haben. Wenn Sie nicht gewesen wären, hätte ich noch einen Mann treffen müssen, der absolut perfekt zu mir passt. Bloß nicht.«

Heath erhob sich zusammen mit ihr. »Gern geschehen.«

Sie zögerte und fügte dann hinzu: »Mir hat es Spaß gemacht.«

Er grinste. »Mir auch.«

»Bis morgen«, sagte sie, und sogar in ihren eigenen Ohren klang es wie ein Versprechen.

Hillary blickte Julia über den Tisch hinweg an. »Mom?«

Julia sah von ihrem Salat auf. »Tut mir leid, Honey, hast du etwas gesagt?«

»Wo bist du denn mit deinen Gedanken? Du siehst aus, als wärst du eine Million Meilen weit weg.«

»Entschuldige, ich habe an diesen Morgen gedacht.« Sie hatte an nichts anderes gedacht, seit sie sich von Heath verabschiedet hatte.

»Ist etwas passiert?«

»Nicht wirklich … Ich sollte wohl besser gar nichts sagen. Ich habe mit jemand Kaffee getrunken und mich ziemlich gut unterhalten.«

»Das freut mich.« Ihre Tochter zog erwartungsvoll die fein geschwungenen Brauen hoch. »Freund oder Freundin?«

»Freund, aber mach nicht mehr daraus, als es ist.« Julia konnte förmlich sehen, wie es in Hillarys Kopf zu arbeiten begann. Wie Amanda und die meisten von Julias Freunden ging auch sie davon aus, dass sie einen Mann brauchte, um glücklich zu sein. Fast sechs Jahre des Alleinseins – der Jahrestag ihrer Scheidung lag nur noch einen Monat entfernt – hatten das Gegenteil bewiesen. Ja, sie hatte sich an das Leben als Single gewöhnen müssen, und ja, manchmal fühlte sie sich einsam. Das waren jedoch nicht genug Gründe, um sich erneut fest zu binden.

»Erzähl mir von deinem Freund. Geschieden? Wie habt ihr euch kennengelernt?«

Julia beantwortete die Fragen ihrer Tochter, wobei sie alles so sehr herunterspielte, wie sie nur konnte. »Wir sind uns beide einig, dass es für uns keine Dates mehr gibt.«

»Was, wenn er dich bittet, mit ihm auszugehen? Würdest du zusagen?«

Ihre prompte Antwort lautete Ja, aber das gab Julia nicht zu. »Vielleicht, ich weiß es nicht. Ich kann nur sagen, dass wir gut miteinander auskommen. Wie ich möchte er es bei einer freundschaftlichen Basis belassen.«

»Das klingt vielversprechend, Mom. Bleib bei der Stange.«

Die Worte ihrer Tochter gingen Julia im Kopf herum, als sie zu ihrem Termin bei der Masseuse aufbrach. Diesen Luxus gönnte sie sich erst seit der Scheidung. Amanda hatte gemeint, eine Massage würde die körperliche Anspannung lindern, die der Umgang mit Eddie nach ihrer Trennung in ihr auslöste. Es half tatsächlich, und Julia war regelrecht süchtig danach geworden, buchte alle zwei Wochen eine. Während die Masseuse sie bearbeitete, schloss Julia die Augen und durchlebte noch einmal ihre Unterhaltung mit Heath und wie gut sie sich dabei gefühlt hatte.

Ihr nächster Stopp war der Friseursalon, wo sie alle fünf Wochen einen festen Termin fürs Haareschneiden hatte.

»Sie haben gute Laune«, stellte Terri, ihre Friseuse, fest, während sie schnippelte.

Das stimmte. Ihre Schritte waren beschwingter, und Julia verspürte den fast unwiderstehlichen Drang, laut zu singen. Sie kicherte angesichts der Absurdität dieser Vorstellung. Offenbar verlor sie die Kontrolle über sich selbst.

Nachdem Terri mit dem Föhnen von Julias neuer Frisur fertig war, drehte sie den Stuhl um und gab ihr einen Spiegel, damit Julia das Ergebnis bewundern konnte.

»Gelungen wie immer«, lobte sie.

Als sie zum Heritage zurückkehrte, stellte sie fest, dass sie dem nächsten Morgen entgegenfieberte, an dem sie Heath wiedersehen würde.

4

Heath konnte für den Rest des Tages nicht aufhören, an Julia zu denken. Es war lange her, seit er sich in der Gesellschaft einer Frau so wohlgefühlt hatte. Während der letzten Wochen hatten sie gemeinsam trainiert und kaum ein Wort miteinander gewechselt. Als sie das erste Mal aufgetaucht war, hatte er es ihr verübelt, dass der kleine Raum nicht mehr ihm allein gehörte. Er hatte gehofft, ihr Besuch wäre eine einmalige Sache, und sie würde es dabei belassen. Doch sie war wiedergekommen, und nach einer Woche hatte er sich verpflichtet gefühlt, sich ihr vorzustellen. Nach seinen negativen Datingerfahrungen hatte er sich größte Mühe gegeben, ein Gespräch mit ihr zu vermeiden und nicht zu versuchen, sich mit ihr anzufreunden.

Als er sie schließlich im Busy Bean traf, war er über sich selbst überrascht, dass er sie aufforderte, sich zu ihm zu setzen. Er erkannte, dass sie ihrer Schwester wirklich unbedingt aus dem Weg gehen wollte, und wusste, dass er ihr dabei helfen konnte. Da sie mit dem Rücken zum Fenster saß, hatte Julia keine Ahnung davon, dass ihre Schwester aus dem Heritage trat und nach ihr Ausschau hielt. Sie kam auf das Busy Bean zu, sah Julia mit ihm dort sitzen und machte dann so, wie er es vorhergesagt hatte, rasch wieder kehrt.

Ihm war nicht entgangen, dass Julia kein Wort über ihre Scheidung verloren hatte, was er ungewöhnlich fand. Es bewies, dass sie wirklich nach vorne geschaut hatte. Seiner begrenzten Erfahrung nach zu urteilen, war das eher die Ausnahme. Jede geschiedene Frau, die er bislang getroffen hatte, hatte es für nötig erachtet, ihn über den Horror ihrer Ehe und die unfaire Scheidung aufzuklären.

Heath zog es vor, nicht über seine eigene ernüchternde Ehe zu sprechen. Es nagte an ihm, dass seine Frau ihn wegen eines anderen Mannes verlassen hatte. In vieler Hinsicht gab er sich selbst die Schuld daran. Er war blind gewesen und hatte die subtilen Veränderungen in ihrer Beziehung nicht bemerkt. Im Lauf der Jahre hatte sich bei ihnen ein gewisser Trott eingeschlichen, und ohne dass es ihm bewusst geworden war, hatten sie sich auseinandergelebt.

Er hätte etwas ahnen sollen, als Lee gesagt hatte, sie wolle in einem anderen Zimmer schlafen, weil sein Schnarchen sie stören würde. Es war Monate her gewesen, seit sie zuletzt miteinander geschlafen hatten, und ihr Umzug in ein anderes Zimmer hatte ihm nichts weiter ausgemacht.

Er erinnerte sich an den Tag, als sie ihn um die Scheidung bat. Damals fiel er aus allen Wolken. Zu dem Zeitpunkt war ihm noch nicht klar, dass es da einen anderen Mann gab. Er hätte sich stärker gegen die Scheidung sträuben und darauf bestehen können, dass sie eine Eheberatung aufsuchten. Er hätte versuchen können, das zu retten, was von ihrer Ehe noch übrig war. Lee hatte kein Interesse daran. Wenn sie keinen Weg finden wollte, ihre Ehe zu erhalten, war er sich sicher, das nicht alleine fertigzubringen.

Sein Sohn war derjenige, der ihm die Augen öffnete. Seine Mutter hatte eine Affäre. Die Enthüllung, dass Lee einen Liebhaber hatte, schockierte Heath. Sowie er erfuhr, dass sie ihn betrog, war er froh, sich nicht mehr für die Wiederbelebung ihrer Ehe eingesetzt zu haben. Was ihn betraf, so war es aus. Endgültig aus. Er war fertig mit ihr.

Er überließ es ihren beiden Anwälten, die Dinge zu regeln, und abgesehen davon, dass er über ein paar Punkte verhandelte, ließ er Lee nur zu gerne gehen. Sechsundzwanzig Jahre Ehe waren für die Katz. Natürlich gab es Bedauern und gegenseitige Schuldzuweisungen. Wahrscheinlich war er nicht der beste Ehemann gewesen. Da Lee sich einen anderen gesucht hatte, lag es nahe, dass er ihre emotionalen Bedürfnisse nicht gestillt hatte. Und so übernahm er die Verantwortung für seinen Beitrag zum Scheitern der Ehe.

Heath war nicht darauf aus, wieder zu heiraten, aber wie Julia gesagt hatte, war er daran gewöhnt, Teil eines Paares zu sein, und das Leben als Single stellte eine Herausforderung dar. Alles, was er im Moment suchte, war Gesellschaft.

Heath verbrachte einen Teil des Nachmittags im Büro, checkte die Börsenkurse und seinen Börsenaccount. Wiederholt schweiften seine Gedanken zu Julia, und jedes Mal musste er unwillkürlich lächeln.

Seine Assistentin brachte einen Bericht, den er angefordert hatte. Sie stutzte, als sie ihn auf den Schreibtisch legte. »Sie haben ja so gute Laune«, stellte sie fest.

Die hatte er allerdings.

Sogar sehr gute Laune, bessere als seit langer Zeit.

Am nächsten Morgen fand er sich fünf Minuten früher im Fitnessraum ein, da er darauf brannte, Julia wiederzusehen. Offenbar wollte er ihr zuvorkommen. Als sie sich verspätete, merkte er, dass er immer wieder auf die Uhr blickte und nervös wurde.

Lächelnd betrat sie fünf Minuten später den Fitnessraum. »Morgen«, begrüßte sie ihn mit leuchtenden Augen.

»Morgen«, gab er zurück und staunte über die Erleichterung, die er empfand, weil sie da war.

Julia ging zum Laufband hinüber. Bevor sie sich die Kopfhörer in die Ohren stecken konnte, fragte er: »Hast du heute Morgen Zeit für einen Kaffee?«

»Klar. Wann wollen wir uns treffen?«

»Passt dir zehn Uhr?«

»Gut.«

»Prima. Wir sehen uns dann.«

Als er mit seinem üblichen Training begann, stellte Heath fest, dass er die körperliche Betätigung gar nicht brauchte, um seinen Herzschlag zu beschleunigen. Es genügte, dass er Julia sah.

Als sie das Busy Bean betrat, hatte Heath bereits einen Tisch ergattert und ihre Getränke bestellt. Am späten Morgen war der Coffeeshop nicht so überfüllt, und es war kein Problem, einen Sitzplatz zu bekommen.

Er erhob sich, als Julia auf ihn zukam, und reichte ihr dasselbe Getränk, das sie am Tag zuvor bestellt hatte.

»Danke, nur hatte ich gehofft, du würdest mich diesmal zahlen lassen.«

»Nicht nötig.«

»Da bin ich anderer Meinung.« Sie setzte sich.

Der Sommersonnenschein fiel über sie und erhellte ihr Gesicht. Sie war reizend. Nicht schön im klassischen Sinn, ihr Gesicht war herzförmig, und ihr dunkles Haar – sie hatte irgendetwas damit gemacht, registrierte er – war zu einem ihr schmeichelnden Pixie geschnitten. Ihre Augen leuchteten in einem warmen Topaston.

»Warum das denn?«, fragte er, als er merkte, dass er sie angestarrt hatte.

»Ich wäre aber wieder an der Reihe, zu zahlen, sonst könnte man dieses Treffen als ein Date betrachten, und wir haben doch beide beschlossen, uns nicht mehr auf Dates einzulassen.«

Er nickte. »Du hast recht. Mein Fehler. Nächstes Mal zahlst du.«

»Die nächsten beiden Male«, erwiderte sie mit einem Lächeln.

Einem Lächeln, das in seinem Innern ein Flattern auslöste. Er hob einen Finger und deutete auf sie. »Du hast etwas mit deinen Haaren gemacht.«

»Sie sind nur frisch geschnitten.«

»Sieht gut aus.«

Sie schien sich zu freuen, dass es ihm aufgefallen war. »Vorsicht mit Komplimenten. Sie könnten als Flirtversuch gewertet werden.«

»Das war kein Flirtversuch, sondern nur eine Bemerkung.«

Sie nippten beide an ihrem Kaffee.

»Ich wollte dich etwas fragen«, eröffnete er das Gespräch.

»Schieß los«, gab sie mit einer Geste in seine Richtung zurück.

»Ich wohne jetzt seit einem Jahr in meiner Wohnung. Lee hat damals nicht viel mitgenommen, und ich habe vom Rest fast alles verkauft und Neues angeschafft. Da ich keinerlei Erfahrung auf diesem Gebiet habe, bin ich einfach in einen Laden gegangen, habe mir ein paar Sachen ausgesucht, die mir gefielen, und es dabei belassen. Lee war die Dekorateurin, nicht ich. Meine Wohnung wirkt steril, es fehlen Accessoires und Persönlichkeit. Ich hatte gehofft, du könntest mir ein paar Tipps geben.«

Ihr Interesse schien sofort geweckt zu sein.

»Ich zahle dir natürlich die übliche Gebühr.«

»Unsinn, ich helfe gern. Ich mache so etwas ständig für Freunde. Es ist genau das, was ich liebe.«

»Wann möchtest du dir denn einen Überblick verschaffen?«, fragte er. Er wollte unbedingt mehr Zeit mit ihr verbringen.

»Passt es jetzt gleich?«

»Ausgezeichnet.«

Sie tranken aus, und Heath führte sie zu seiner Wohnung im obersten Stock. Er lebte im Penthouse mit einem schönen Blick auf das Hafenviertel von Seattle. Allerdings wusste er nicht, wie lange sich ihm diese spektakuläre Aussicht noch bieten würde, weil fast jede Woche Bürogebäude und Wohnhäuser wie Pilze aus dem Boden schossen. Deshalb war er entschlossen, den malerischen Blick auf den Puget Sound und den Trubel dort zu genießen, so lange er konnte.

»Oh«, flüsterte Julia, als sie die Wohnung betrat.

Er bemerkte, dass ihr Blick sofort zu der Aussicht wanderte.

»Das war es, was mich dazu bewogen hat, mich im Heritage einzukaufen.«

»Kein Wunder. Es ist atemberaubend.«

»Ich war schon eine ganze Weile auf der Suche nach einem Haus. Anfangs hatte ich vor, mich zu verkleinern, ich dachte an etwas mit drei Schlafzimmern in einer gehobenen Gegend. Je länger ich suchte, desto desillusionierter wurde ich. Meine Maklerin, deren Frust allmählich wuchs, schlug dann eine Eigentumswohnung vor; etwas, was ich zu diesem Zeitpunkt überhaupt noch nicht in Erwägung gezogen hatte. Dies hier war das erste Haus, das sie mir zeigte. Ich gebe zu, dass ich wenig begeistert war, als ich das ältere Backsteingebäude sah, ich hätte fast abgelehnt, ohne es überhaupt betreten zu haben. Als ich dann doch hineinging, erlebte ich eine überaus angenehme Überraschung – ich fühlte mich sofort willkommen, zu Hause.«

»Ganz ähnlich ist es mir auch ergangen«, sagte Julia.

»Dann erfuhr ich, dass Eric, der Freund meines Sohnes, auch hier wohnt. Michael war natürlich erpicht darauf, uns beide im selben Haus zu haben«, fuhr er fort. »Das Einzige, was zu haben war, war das Penthouse, und ich habe sofort ein Gebot abgegeben.« Auch wenn er jede Wohnung genommen hätte, sofern sie seinen Bedürfnissen gerecht wurde.

»Ich habe das Heritage bei meiner Suche schon früh gefunden und es sofort geliebt. Genau wie du habe ich gleich erkannt, dass das der Ort ist, wo ich leben möchte, nur waren keine Wohnungen verfügbar. Mein Name stand auf einer Liste, und als eine zu verkaufen war, machte ich ein Angebot, ohne sie vorher besichtigt zu haben.«

»Mutig von dir.«

»Im Nachhinein betrachtet, war es ziemlich riskant, wahrscheinlich der für mich untypischste Kauf, den ich je getätigt habe. Aber die Wohnung selbst war mir egal, schließlich konnte ich daraus machen, was immer ich wollte. Falls ich sie hätte modernisieren müssen, hätte ich genug Firmen gekannt, die einen ausgezeichneten Job machen. Wäre sie zu klein gewesen, hätte ich mich angepasst. Für mich war nur das Gefühl wichtig, ein Zuhause gefunden zu haben.«

»Ein Zuhause«, wiederholte er, ohne zu merken, dass er die Worte laut ausgesprochen hatte, bis sie nickte und lächelte.

»Das ist es, was uns beide hierher gezogen hat, vermute ich«, fügte sie hinzu. »Wir haben mehr als unsere Ehepartner verloren. Wir haben unser Zuhause verloren und damit das Gefühl von Vertrautheit, von Zugehörigkeit. Mein Haus wurde sehr schnell verkauft, und heute ist mir klar, dass das ein Segen war. Ich hätte wissen müssen, dass ich nicht mehr dort leben konnte, wo ich mit meinem Mann gewohnt hatte, nicht mit all den Erinnerungen. Jedes Mal, wenn ich zur Tür hereingekommen wäre, hätte ich nichts als Verlust gespürt«

»Das verstehe ich.«

Nachdem sich Julia von den großen Fenstern mit Blick auf die Stadt abgewandt hatte, führte Heath sie herum. Er beobachtete, wie sie jeden Raum inspizierte und sich ein Urteil bildete.

»Hast du etwas dagegen, wenn ich mir ein paar Notizen mache?«, fragte sie.

»Ganz und gar nicht.« Er brachte sie zu seinem Büro und griff nach Papier und einem Stift.

Julia stand auf der Türschwelle und ließ den Blick durch den Raum schweifen. Als er ihr Stift und Block reichte, begann sie sofort damit, etwas aufzuschreiben.

Nachdem sie jedes Zimmer besichtigt hatte, drehte sie eine zweite Runde durch die Wohnung und vervollständigte ihre Liste. »Diese Küche ist fantastisch«, sagte sie, als sie hinter der langen Theke aus weißem Marmor stehen blieb. Die Haushaltsgeräte aus rostfreiem Stahl und die weißen Schränke befanden sich hinter ihr.

»Die Art, wie das Licht hereinströmt und den Wohnbereich durchflutet, ist überwältigend«, fügte sie hinzu.

»Davon war ich auch begeistert«, meinte er.

»Außer ein paar Akzenten und Dekorationsgegenständen würde ich nichts ändern.«

»Was stellst du dir denn vor?«, fragte er, sowie sie fertig war. Er war neugierig auf ihre Vorschläge.

Julia ging mit ihm in jeden Raum und listete auf, was sie an zusätzlicher Ausstattung vorschlagen würde.

»Bei der Auswahl der Möbel hast du gute Arbeit geleistet«, sagte sie zu ihm. »Sie spiegeln in jeder Hinsicht deine Persönlichkeit wider.«

Das war Heath neu. »Und wie sieht die aus?«, erkundigte er sich. Es interessierte ihn, ihre diesbezüglichen Gedanken zu hören.

»Du bist ein maskuliner Typ. Groß. Kühn. Intelligent.«

Er lachte. »Das sagst du nur, weil mein Bürocomputer zwei Bildschirme hat.«

Sie schüttelte lächelnd den Kopf. »Es ist weitaus mehr«, gab sie zurück, ohne weiter darauf einzugehen. »Was hältst du von meinen Vorschlägen?«

Alles, was sie empfohlen hatte, gefiel ihm, und das sagte er ihr auch.

»Wie sieht es mit deinem Budget aus? Ich kaufe ökonomisch ein und verspreche, kein Geld zu verschwenden. Ich frage nur, weil ich einen Rahmen brauche, damit ich weiß, wie viel ich für jeden Raum ausgeben kann.«

Da er noch nie mit einem Dekorateur zu tun gehabt hatte, war sich Heath nicht sicher, was er ihr antworten sollte. »Ich habe mit allem, was du vorgeschlagen hast, kein Problem. Das Einzige, worum ich dich bitte, ist, dass ich mir alle Bilder, die du kaufst, vorher ansehen kann.«

»Sicher. Dieses Wochenende findet im Gas Works Park eine Kunstausstellung statt. Wenn du möchtest, können wir zusammen hingehen und uns mal umsehen.«

»Gerne.« Obwohl er es nicht zugab, würde er sämtliche Unternehmungen genießen, die es ihm ermöglichten, mehr Zeit mit Julia zu verbringen.

Sie trafen sich Samstag am späten Morgen. Julia erwartete ihn mit zwei Bechern Kaffee und reichte ihm einen.

Er grinste, als er ihn entgegennahm. Es war ihr ernst damit gewesen, ihn zum Kaffee einzuladen, und ernst damit, dass sie nur Freunde waren und keine Dates hatten. Jetzt, wo er sie besser kennenlernte, war er geneigt, die Keine-Dates-Regel aufzuweichen. Er würde abwarten und sehen, wie sie dazu stünde, wenn sie ihn gleichfalls besser kannte.

Der Gas Works Park lag am nördlichen Ende des Lake

Union und südlich von Wallingford, was hieß, dass sie mit dem Auto fahren mussten. Nach der Trennung von Lee hatte sich Heath idiotischerweise ein Ferrari-Cabrio gegönnt, es nach einem Jahr wieder verkauft und sich für den unnötigen Luxus im Geist geohrfeigt. Jetzt fuhr er ein Elektroauto, was entschieden praktischer war. Und besser für die Umwelt.

Es traf sich gut, dass sie früh genug bei der Ausstellung ankamen, um einen Parkplatz zu finden, was im Gebiet von Seattle nie leicht war, schon gar nicht an einem so herrlichen Sommertag im Juli. Die Künstler hatten ihre Werke überall in dem riesigen Park aufgebaut. Es würde mehr als einen Tag in Anspruch nehmen, jeden Stand zu besichtigen.

Julia trug ein gelbes Sommerkleid mit einem kurzärmeligen weißen Oberteil und einen großen Strohhut, um sich vor der Sonne zu schützen. Zusammen mit ihrer runden Sonnenbrille und ihrem Lächeln führte dies dazu, dass es ihm schwerfiel, den Blick von ihr abzuwenden. Er konnte sich nicht erinnern, je eine Frau getroffen zu haben, die entspannter oder anziehender ausgesehen hatte.

Er lernte bald, dass ein Einkaufsbummel mit Julia eine Erfahrung für sich war. Er selbst neigte dazu, etwas zu erspähen, was ihm gefiel, und es dann zu kaufen. Nicht so Julia. Sie hatte ihre Notizen und ihr Maßband bei sich und machte mit ihrem Smartphone Fotos. Es überraschte ihn, dass sie etliche der Künstler persönlich kannte. Julia wurde ganz offensichtlich respektiert und ehrlich bewundert.

Zum Lunch legten sie eine Pause ein und aßen im

Feinkostladen Sandwiches, bei denen er darauf bestand, sie zu bezahlen, da sie schließlich ihre Zeit opferte. Als sie in dem klimatisierten Laden saßen und ihre Getränke schlürften, sah sich Julia die Bilder noch einmal an, legte einen Ordner an und zeigte sie ihm erneut. Sie hatte sich zu jedem akribische Notizen gemacht, hatte den Namen des Künstlers, den geforderten Preis und den Standort der Bude verzeichnet.

»Ich würde jedes davon kaufen«, gestand Heath.

»Dafür hast du nicht genug Platz.«

»Ich weiß.«

»Für dein Büro würde mir dieses altmodische Seefahrerbild gefallen«, sagte sie zu ihm.

Das war eines seiner Lieblingsbilder; er war sofort davon angetan gewesen. »Wie viel sollte es doch gleich kosten?«

»Zwölfhundert. Aber ich kenne den Maler und glaube, ich kann ihn überreden, auf neunhundert runterzugehen.«

»Ich wäre bereit, den vollen Preis zu bezahlen.« Was er klaglos tun würde.

»Deswegen hast du ja mich dabei. Ich werde dir alles, was du brauchst, günstiger besorgen, als zu dem Preis, den du normalerweise dafür bezahlen würdest. Das ist mein Job, und ich bin gut darin.«

»Das gibt es doch gar nicht. Eine Frau, die mir Geld spart.«

Julia grinste und schüttelte den Kopf. »Wenn das keine sexistische Bemerkung ist, habe ich noch nie eine gehört.«

»Entschuldige. Ich bin vom alten Schlag. Hab Geduld, ich lerne dazu.«

»Gut.« Sie tätschelte seine Hand, und er spürte augenblicklich, wie eine Welle von Wärme und Elektrizität seinen Arm hochschoss.

Während der nächsten Stunde entschieden sie, welche Bilder sie kaufen wollten. Als sie fertig waren, war Heath vollauf zufrieden und wollte die Verhandlungen unbedingt noch an diesem Nachmittag abschließen.

Als sie zum Gas Works Park zurückkehrten, machte Julia sich an die Arbeit. Sie hatte behauptet, sie wäre gut im Handeln, und das traf auch zu. Dank geschickten Taktierens gelang es ihr, jedes Bild, das er ausgewählt hatte, für weniger als den aufgelisteten Preis zu bekommen. Heath hatte das Gefühl, diese talentierten Künstler hatten begriffen, dass es für sie einen positiven Karriereschub bedeutete, wenn Julia Jones eines ihrer Werke kaufte.

Auf dem Rückweg erhielt Julia einen Anruf. Heath fuhr, es herrschte starker Verkehr, und obwohl er einen Teil des Gesprächs mithören konnte, ergab es nicht viel Sinn. Alles, was zu ihm durchdrang, war Julias freudige Erregung.

»Gute Neuigkeiten?«, fragte er, als sie das Gespräch beendete.

»Fantastische Neuigkeiten. Meine Nichte Carrie hat den Job bekommen. Sie wird die neue Concierge im Heritage.«

»Das ist großartig. Ich freue mich schon darauf, sie kennenzulernen.« Julias Nichte würde im Vergleich zu Melanie, der früheren Concierge, sicherlich eine Verbesserung darstellen.

5

Carrie war begeistert, den Job bekommen zu haben. Was jedoch ihre Eltern anging, hätte man meinen können, sie hätte bei der Sommerolympiade eine Goldmedaille gewonnen.

Noch ehe der Tag vorüber war, hatte ihre Mutter gemeinsam mit Carrie ihr Schlafzimmer ausgeräumt, und ihr Vater hatte die Kartons in ihr Auto geladen. Ob sie sich freute? Die Erleichterung, die sie empfand, war überwältigend, was eindeutig auch für ihre Eltern galt. Im Heritage angekommen, half ihre Mutter ihr beim Auspacken und Herrichten dessen, was sie für die erste Nacht benötigte. Sowie sie fertig war, flüchtete sie, als fürchtete sie, Carrie könnte ihre Meinung ändern.

Das Einzimmerapartment, das Teil ihres Arbeitsvertrages war, war klein. Die Möbel waren größtenteils neu und modern, es würde nicht viel Aufwand bedeuten, sich hier häuslich einzurichten. Sie war sicher, dass ihre Tante Julia ihr raten würde, was sie tun musste, um es wohnlicher zu gestalten.

Es überraschte Carrie, wie beschäftigt sie war. Dies war ein Job, in den sie hineinwachsen konnte, da ihr jeder Tag neue Herausforderungen und die Möglichkeit bot, etwas zu lernen. Sie beabsichtigte, das Beste aus dieser Chance zu machen. Ihre Tante Julia, die sie innig liebte und bewunderte, hatte sie empfohlen, und sie würde nichts tun, was ihre Tante enttäuschen würde. Carrie legte Wert darauf, sich jedem Bewohner persönlich vorzustellen, und fand sie alle sehr freundlich. Der Einzige, den sie noch kennenlernen musste, war Eric Hudson, da er bislang seine Post nicht abgeholt hatte. Soweit sie wusste, arbeitete er im Homeoffice und zu seltsamen Zeiten. Irgendwann einmal würde sie ihm begegnen.

Am Freitagabend ihrer ersten Woche im Job machte sie sich Notizen für den nächsten Morgen, als ihre Cousine Hillary auf die Empfangstheke zukam, hinter der Carrie saß.

»Hey.« Carrie blickte auf.

»Hey.« Hillary strahlte sie an. Sie wirkte ungewöhnlich glücklich und aufgedreht.

Bevor Carrie sich nach dem Grund dafür erkundigen konnte, betrat Hillarys Schwester Marie die Lobby.

»Was ist los?«, fragte Carrie. Ihre beiden Cousinen sahen aus, als würden sie vor guten Neuigkeiten gleich platzen.

»Wir wollen Mom besuchen. Kannst du mitkommen, oder bist du noch im Dienst?«

»Ich bin für heute fertig, das geht also klar.« Die beiden mussten offenbar fantastische Neuigkeiten loswerden.

Carrie schob ihre Notizen beiseite und folgte ihren Cousinen zum Fahrstuhl. Julia musste sie erwartet haben, weil sie einige Snacks vorbereitet hatte. Es gab den üblichen Käse mit Crackern sowie ihre speziellen Gemüseklößchen, einen Lieblingssnack der ganzen Familie. Tante Julia musste sie zu jeder Familienfeier mitbringen, weil keiner sie so gut zubereitete wie sie.

»Oh, gut, Carrie ist auch da.« Ihre Tante schob sie an den Snacks vorbei, die sie auf die Küchentheke gestellt hatte, und in den Wohnbereich. Die Wohnung ihrer Tante Julia gehörte zu den schöneren im Haus und war natürlich überaus geschmackvoll in weichen Grautönen mit blaugrünen Akzenten dekoriert.

Alle vier setzten sich, und Julia sah ihre Töchter erwartungsvoll an. »So, nun spannt mich nicht länger auf die Folter. Was sind die guten Nachrichten?«

Marie blickte zu Hillary, und dann hob Hillary ihre linke Hand und spreizte die Finger. An ihrem Ringfinger funkelte ein schöner Verlobungsring mit einem Diamanten. »Blake hat mich gebeten, ihn zu heiraten«, verkündete sie, »und diesmal habe ich Ja gesagt.«

Carrie wusste, dass Blake Hillary schon seit einiger Zeit gedrängt hatte, den nächsten großen Schritt in ihrer Beziehung zu wagen. Er wollte eine Familie gründen und ein Haus kaufen, und er wollte das mit Hillary zusammen tun. Carrie hatte nie ganz verstanden, warum ihre Cousine ihn ständig hingehalten hatte. Sie hatte immer darauf beharrt, noch nicht so weit zu sein, und Marie zufolge waren Hillarys Aufschübe ein Problem für Blake geworden. Carrie vermutete, dass Blake Hillary ein Ultimatum gestellt hatte: Entweder sie nahm seinen Antrag an, oder er sah sich anderweitig um.

Carrie hatte Blake im Lauf der letzten paar Jahre ein wenig kennengelernt. Er war ein echter Fang, und wenn Hillary sich nicht fest an ihn binden wollte, wusste sie, dass viele andere Frauen dies mit Freuden tun würden. Er arbeitete in der IT-Abteilung der Universität von Washington.

Bei dieser Neuigkeit ihrer Tochter sprang Julia auf und rief mit tränenfeuchten Augen: »Hillary, ach, Hillary, das ist ja wundervoll!«

»Ich wusste, dass es dich glücklich machen würde.«

»Ich bin mehr als glücklich, ich bin überglücklich.« Mutter und Tochter umarmten sich und wiegten sich ein paar Mal von Freude überwältigt hin und her. Wie Carries eigene Mutter freute sich ihre Tante Julia darauf, eines Tages Enkelkinder zu verwöhnen. Was auch passieren würde, nur nicht in der nächsten Zeit.

Carrie wusste, dass die Scheidung von Hillarys Eltern ihre Cousine tief verletzt hatte, wenngleich sie das ihrer Mutter nie sagen würde. Carrie hatte Angst gehabt, Hillary würde aus Furcht vor dem, was sich in ihrer eigenen Ehe abspielen könnte, nie heiraten wollen. Wenn ihre Eltern sich nach über dreißig Jahren scheiden ließen, wer konnte dann schon sagen, wie lange ihre Ehe halten würde? Aus Gründen, die Carrie nie ganz verstand, schienen ihre Cousinen zu glauben, ihr Onkel habe sich, indem er sich von Julia scheiden ließ, zugleich auch von ihnen getrennt.

»Habt ihr schon ein Datum für die Hochzeit?«, fragte Julia, setzte sich und presste die Hände zwischen die Knie, als müsste sie sich davon abhalten, sie alle halb zu Tode zu drücken.

»Noch nicht. Blake und ich schauen uns verschiedene Veranstaltungsorte an, und alles hängt davon ab, welche Termine verfügbar sind. Wir hoffen auf Mitte November, irgendwann vor den Ferien.«

Julia nickte zustimmend.

»Pastor Rick hat zugesagt, die Zeremonie durchzuführen, und wird uns beraten. Sobald wir wissen, wo das Hochzeitsdinner und der Empfang stattfinden können, stimmen wir den Termin mit der Kirche ab.«

Die gesamte Familie besuchte dieselbe Kirche. Pastor Rick war ihr Pfarrer gewesen, solange Carrie denken konnte. Sie waren alle mit ihm aufgewachsen. Wenn sie sich richtig erinnerte, war Rick vor vielen Jahren, als sie noch Teenager waren, der Jugendpfarrer ihrer Mom und ihrer Tante gewesen. Sie hatten eine lange gemeinsame Geschichte.

»Ich habe Marie gebeten, meine Ehrenbrautjungfer zu werden, und ich hätte Carrie gerne als Brautjungfer«, sagte Hillary; dabei sah sie Carrie an.

»Furchtbar gerne. Hill, das sind so tolle Neuigkeiten.«

Ihre Cousine glühte förmlich. »Jetzt, wo ich Blakes Antrag angenommen habe, tut es mir leid, dass ich so lange gewartet habe.«

Julia griff nach Hillarys Händen und sah ihre Tochter eindringlich an. »Hast du es deinem Vater gesagt?«, fragte sie mit leiser, ernster Stimme.

Augenblicklich erstarrte Hillary. »Nein.«

»Honey, er muss das wissen. Das sind wunderbare Neuigkeiten, und du solltest diejenige sein, von der er sie erfährt. Er wird sich für dich freuen.«

Carrie wusste, dass Hillary seit der Scheidung wenig Kontakt mit ihrem Vater gehabt hatte. Ihr Onkel hatte mehrere Versuche unternommen, zu ihr durchzudringen, aber keinen Erfolg gehabt.

»Ich erzähle es ihm nicht, Mom.«

»Es ist sechs Jahre her. Zeit, den ganzen angestauten

Zorn und Groll loszulassen. Die Einzige, die leidet, bist du. Dein Dad liebt dich, und er würde …«

»Mom, bitte lass Dad in dieser Angelegenheit aus dem Spiel. Er hat keinen Zweifel daran gelassen, wen er liebt. Als er dich verlassen hat, hat er sich auch von uns abgewandt.«

»Er hat sich nicht von euch abgewandt. Das würde er nie tun, ihr seid seine Kinder, seine kostbaren Töchter. Du brauchst deinen Dad, und ich weiß, dass du es vielleicht nicht glaubst, aber diese Trennung war für ihn genauso schwer wie für dich.«

»Unwahrscheinlich«, beharrte Hillary. Ihr Rücken war so steif wie ein Besenstiel. »Ich glaube nicht, dass ihm auch nur das Geringste an uns liegt.«

»Er vermisst dich.«

»Gut. Ich hoffe, es geht ihm miserabel, und seine neue Frau lässt ihn leiden.«

»Hör zu.« Die Miene ihrer Mutter spiegelte Bedauern und Sorge wider. »Wenn du glaubst, es wäre irgendwie illoyal mir gegenüber, wenn du eine gute Beziehung zu deinem Vater hast, dann irrst du dich.«

»Mom«, mischte sich Marie ein, um Hillary zu Hilfe zu kommen. »Das ist es nicht. Es ist Dad, der jede Art von Beziehung unmöglich macht. Er weigert sich, uns zu sehen, wenn Laura nicht mitkommt. Keine von uns will aber etwas mit ihr zu tun haben.«

»Er will uns diesen Parasiten, den er geheiratet hat, aufzwingen«, fügte Hillary hinzu und erschauerte, als hätte sie in eine Zitrone gebissen. »Wenn ein Treffen mit Dad bedeutet, dass ich Laura ertragen muss, dann weigere ich mich.«

»Hat Laura versucht, sich mit euch in Verbindung zu setzen?«, erkundigte sich Carrie. Sie wusste, dass ihr Onkel es zumindest versucht hatte, und sie fragte sich, wie sich seine neue Frau verhielt.

Hillary kicherte böse. »Das einzige Mal, als ich mit ihr gesprochen habe, war an dem Tag, wo ihr Sohn und ich aneinandergeraten sind. Sie stand zwischen uns und brüllte Marie und mich an, wir sollten verschwinden, was wir nur zu gern getan haben. Sie war grob unverschämt und einfach schrecklich. Ich habe nicht die Absicht, je wieder ein Wort mit ihr zu wechseln.«

»Honey«, sagte Julia, als wollte sie Vernunft in diese Diskussion bringen. »Laura ist für ihren Sohn eingetreten. Wäre die Situation umgekehrt gewesen, hätte ich mich auch auf deine Seite gestellt.«

Carrie wusste, dass sich ihre Cousinen ebenfalls unmöglich benommen hatten. Kurz nach dem Zwischenfall am Lake Sammamish hatte ihre Tante die Scheidung endgültig besiegelt. Was auch immer an diesem Tag geschehen war, es hatte ihre Cousinen tief getroffen. Von diesem Punkt an wollten Hillary und Marie nichts mehr mit ihrem Vater zu tun haben.

»Du solltest mit deinem Vater doch auch ohne Laura reden können«, schlug Julia sanft vor. »Er wird wissen wollen, dass du verlobt bist.«

»Kommt nicht infrage.« Hillary schüttelte den Kopf, um ihren Worten Nachdruck zu verleihen.

»Du sagst, Dad vermisst uns?«, höhnte Marie. »Mom, ich glaube, es ist das Beste, wenn wir das Thema fallen lassen. Dad hat seine Wahl getroffen. Soweit es uns betrifft, kann er mit den Konsequenzen leben.«

Julia schüttelte langsam den Kopf, als wäre sie von ihrer hartnäckigen Weigerung, einzulenken, enttäuscht. »Ach, Mädchen, ihr seid genauso stur wie euer Vater.«

»Zumindest sind wir ehrlich«, erwiderte Hillary, als machte sie einen Witz .

In dem unverhohlenen Versuch, das Thema zu wechseln, ging ihre Cousine zur Theke hinüber, wo Julia die Snacks arrangiert hatte. »Ich habe diese Klößchen immer geliebt.«

»Okay.« Julia seufzte laut. »Botschaft angekommen. Ich werde euren Vater nicht wieder zur Sprache bringen, was aber nichts an der Tatsache ändert, dass ihm jemand Bescheid sagen muss.«

Hillary hielt damit inne, sich einen zweiten Kloß auf ihren kleinen Teller zu laden. »Du kannst es ihm sagen, wenn du willst. Du scheinst die Einzige in dieser Familie zu sein, die bereit ist, mit ihm zu reden.«

Marie zuckte die Achseln. »Ja, Mom, sag du es ihm.«

»Und wenn du schon dabei bist«, fügte Hillary hinzu, »kannst du ihn auch gleich daran erinnern, dass er nicht zur Hochzeit eingeladen ist, wenn er vorhat, Laura mitzubringen.«

»Hillary!«, protestierte Julia. »Sie ist seine Frau!«

»Ich meine es ernst, Mom. Ich habe nicht die Absicht, mir von ihr meinen besonderen Tag ruinieren zu lassen. Was mich betrifft, hat er seine Wahl getroffen, als er zur Tür hinausmarschiert ist. Ich betrachte ihn nicht mehr als meinen Vater.«

Vielleicht hätte sie nicht fragen sollen, aber Carrie war neugierig. »Wer wird dich zum Altar führen?«

»So weit habe ich noch gar nicht gedacht. Vielleicht

gehe ich einfach alleine. Daddy hat sich dieses Privileg schon vor langer Zeit verscherzt.«

Julias Gesicht wurde lang. »Du musst noch einmal ernsthaft darüber nachdenken, Hillary. Du könntest diese Entscheidung später bereuen.«

»Nein, das werde ich nicht. Ich bin die zukünftige Braut, und wenn Dad ein Teil meiner Hochzeit sein will, bin ich bereit, das zuzulassen, aber unter einer kleinen Bedingung. Ich will Laura nicht dabeihaben. Wenn er damit einverstanden ist, dann bekommt er und nur er alleine eine Einladung.«

»Ich hätte nichts sagen sollen«, murmelte Carrie. Sie bedauerte, die Frage gestellt zu haben.

»Es ist besser, das jetzt zu klären«, meinte Hillary. »Dann gibt es keine Missverständnisse.«

»Und wenn sich dein Vater weigert?«, fragte Julia.

»Dann soll es so sein. Was hat Gramps doch immer gesagt?«

Carrie und ihre beiden Cousinen zitierten es gemeinsam: *Es ist besser so*.

Nachdem ihre Cousinen gegangen waren, kehrte Carrie an ihren Schreibtisch zurück, um die Liste zu vervollständigen, an der sie zuvor gearbeitet hatte. Als eine Essenslieferung für Eric Hudson kam, sah sie das als perfekte Gelegenheit, diesen sich rarmachenden Bewohner kennenzulernen. Da das Essen bereits bezahlt war, beschloss sie, es ihm selbst zu bringen.

Sie stand im Gang vor seiner Tür und wartete darauf, dass er ihr antwortete.

»Eine Minute«, rief er von der anderen Seite.

»Kein Problem.« Wenn es ihn nicht störte, dass sein Essen kalt wurde, würde sie sich deswegen nicht den Kopf zerbrechen.

Ein paar Minuten später wurde die Tür geöffnet. Er riss ihr die Tüte förmlich aus der Hand und wollte die Tür gerade wieder schließen, als sie ihn daran hinderte.

»Eric?« Sie ließ es mehr wie eine Frage als wie eine Feststellung klingen. Sie hatte nicht damit gerechnet, dass er so jung war. Er musste ungefähr in ihrem Alter sein, vielleicht ein oder zwei Jahre älter. Sie konnte nicht umhin, festzustellen, dass er durchaus attraktiv war. Sein Haar musste dringend geschnitten werden, und es sah nicht so aus, als hätte er sich die Zeit genommen, es zu kämmen. Er trug schlabberige Jeans und war barfuß.

Er blickte auf, als nähme er sie in ihrem Bleistiftrock und der Seidenbluse zum ersten Mal bewusst wahr. Seine Augen weiteten sich, als wäre er ebenso überrascht wie sie. »Ja, ich bin Eric. Gibt es ein Problem?«

»Nein, überhaupt nicht. Ich wollte mich nur vorstellen. Ich bin Carrie, die neue Concierge. Meine Aufgabe ist es, alles zu tun, was in meiner Macht steht, um Ihnen das Leben leichter zu machen. Wenn ich Pakete annehmen oder Reservierungen tätigen soll oder wenn etwas repariert werden muss, scheuen Sie sich nicht, es mir zu sagen.« Sie biss sich auf die Lippen, um sich davon abzuhalten, ihm einen Friseurtermin vorzuschlagen.

Sein Blick hielt ihrem flüchtig stand. Irgendwo weiter hinten in seiner Wohnung ertönte ein Piepton. Er spähte über die Schulter und sagte dann: »Freut mich, Sie kennenzulernen. Wenn Sie mich jetzt bitte entschuldigen, ich muss wieder an meinen Computer.«

»Natürlich. Schönen Abend noch.«

»Ihnen auch«, erwiderte er, als er rasch die Tür schloss.

Na, das war interessant, dachte Carrie. Obwohl sie nur ein paar Worte gewechselt hatten, war sie fasziniert. Nach allem zu urteilen, was sie bislang beobachtet und gehört hatte, war Eric eine Art Einsiedler. Soweit sie wusste, holte er seine Post in den frühen Morgenstunden, wenn niemand sonst in der Nähe war. Er ließ sich sein Essen bringen, und bei dem einzigen Besucher, der sich in die Liste eingetragen hatte, schien es sich um einen Geschäftsmann zu handeln. Der Typ hatte seinen Namen hingekritzelt, der einzige lesbare Teil war »Michael« gewesen. Ein Besucher, und damit hatte es sich. Alles andere – Lebensmittel, Wäsche, Mahlzeiten – wurde geliefert.

Als sie zu ihm gegangen war, hatte sie erwartet, einen alten Hausbewohner mit einem langen weißen Bart anzutreffen und keinen Mann Ende zwanzig oder Anfang dreißig. Hinter ihm steckte mehr, als man auf den ersten Blick sah, und Carrie stellte fest, dass sie neugierig bezüglich der Gründe war, die Eric Hudson dazu bewogen hatten, sich in seiner Wohnung zu verkriechen. Sie würde ein paar Nachforschungen anstellen und so viel herausfinden, wie sie konnte.

6

Julia war sich darüber im Klaren, dass das Gespräch mit Eddie wahrscheinlich nicht gut verlaufen würde. Doch da keine ihrer störrischen Töchter bereit war, ihm von Hillarys Verlobung zu erzählen, war diese Aufgabe an ihr hängen geblieben.

Sie rang das ganze Wochenende mit sich, unschlüssig, ob sie überhaupt etwas tun sollte. Das Letzte, was sie wollte, war, zwischen Eddie und seinen Töchtern zu stehen. Bevor sie gegangen war, hatte Hillary sich noch mal davon überzeugt, dass Julia akzeptierte, dass sie nicht die Absicht hatte, ihren Vater in ihre Hochzeitspläne einzuweihen. Wenn ihre Mutter der Meinung wäre, er sollte davon erfahren, musste sie sich selbst mit ihm in Verbindung setzen. Hillary hätte es nicht gestört, ihren Vater komplett im Dunkeln tappen zu lassen.

Das konnte Julia nicht zulassen. Wenn Eddie die Neuigkeit von Hillarys Verlobung von einem ihrer gemeinsamen Freunde hörte, würde er am Boden zerstört sein. Eddie mochte ihr Exmann sein, aber sie verspürte nicht den Wunsch, ihn zu verletzen.

Bevor sie ihn anrief, dachte sie eingehend darüber nach, wie sie ihm das Ganze am besten beibringen konnte, ohne böses Blut aufkommen zu lassen. Was hieß, Hillarys Anordnung, Eddie solle ohne Laura zur Hochzeit kommen, fürs Erste nicht zu erwähnen. Seine Frau auszuschließen würde Eddie in eine unmögliche Lage bringen. Julias Ansicht nach verhielt sich ihre Tochter unvernünftig. Indem sie Laura ächtete, tat Hillary im Grunde alles, um Eddie fernzuhalten. Und wenn er das tat, würde er ihr quasi beweisen, was Hillary immer behauptete – dass ihr Vater sie nie wirklich geliebt habe.

Es schmerzte Julia, mitanzusehen, wie ihre Töchter sich selbst bestraften, indem sie ihren Vater aus ihrem Leben heraushielten. Und wenn sie deswegen schon unglücklich war, konnte sie sich nur zu gut vorstellen, wie es Eddie erging. Sie fragte sich, ob er je über mögliche Folgen nachgedacht hatte, als er die Affäre mit Laura eingegangen war. Und wenn er eine leise Vorahnung von dem Chaos gehabt hätte, das sein Verhalten auslösen würde, hätte es einen Unterschied gemacht? Überflüssige Gedanken, wirklich, jetzt, da all das Schnee von gestern war.

Sonntagabend, als sie das Gefühl hatte, es nicht länger aufschieben zu können, griff sie nach dem Telefon. Es klingelte drei Mal, bevor Eddie sich meldete.

»Hallo.« Seine Stimme klang schroff und abweisend.

Er begrüßte sie nicht, obwohl er aufgrund der Nummer auf dem Display wusste, wer anrief. Vielleicht war Laura bei ihm, und er wollte ihren Namen nicht laut sagen. Ihre Nervosität machte ihr das Ganze jetzt schon schwerer, als es sein sollte.

»Ich bin's, Julia.«

»Ich weiß, wer dran ist.«

Oje, das fing nicht gut an.

»Wie geht es dir?«, fragte sie in der Hoffnung, das Gespräch durch Small Talk aufzulockern. Ihre Hand schloss sich fester um das Telefon, während sie versuchte, trotz seines Mangels an Wärme und Entgegenkommen ruhig zu bleiben. Es war nicht ihre Gewohnheit, sich aus heiterem Himmel mit ihm in Verbindung zu setzen. Inzwischen war es Monate, wenn nicht schon ein Jahr her, seit sie zuletzt miteinander gesprochen hatten.

»Hast du angerufen, um dich nach meiner Gesundheit zu erkundigen?«

»Nein, ich …«

»Mir geht es gut, Julia. Besser als gut. Ich bin glücklich.«

Sie schluckte hart, wollte nicht mehr in seine Worte hineinlesen als das, was er gesagt hatte. Sein Tonfall schien anzudeuten, dass er allein deshalb sein schrankenloses Glück gefunden hatte, weil er sich von ihr getrennt hatte. Anscheinend suchte er nach einem Weg, sie zu verletzen. Sie konnte ihm das entweder übel nehmen oder es ignorieren.

»Freut mich, das zu hören. Mir geht es genauso«, sagte sie nach einem betretenen Moment. Sie entschied sich, den Stier bei den Hörnern zu packen und davon auszugehen, dass die Bemerkung nicht als Spitze gemeint war.

»Wie schön. Da wir nun geklärt haben, wie glücklich wir beide sind – gibt es einen Grund für diesen Anruf?«

Julia hegte den starken Verdacht, dass Laura neben ihm saß oder sich zumindest in Hörweite befand.

»Ich habe Neuigkeiten, die du vielleicht gerne hören würdest.«

»Ist es wichtig?«

Sie schloss die Augen, wünschte, es könnte anders

zwischen ihnen sein. »Würde ich sonst anrufen?«, fragte sie mit bewusst ruhiger, beherrschter Stimme, da sie nicht gewillt war, sich von ihm einschüchtern zu lassen. Es schmerzte sie, dass ihre Beziehung derart angespannt blieb.

Dabei müsste es nicht so sein. Sie hatte ihn letztlich ohne Groll freigegeben, und sie hoffte, dass sie nach all den guten gemeinsamen Jahren ohne gegenseitige Abneigung auseinandergehen konnten.

Ihre Kehle schnürte sich zu, und sie wartete einen Moment. Eine unbehagliche Pause trat ein. »Muss es unbedingt so sein?«, fragte sie in einem etwas weicheren Ton.

»Wie meinst du das?«

Sie ließ sich nicht täuschen, er wusste es ganz genau. »Ich wünsche dir nur Gutes, Eddie. Wir waren einmal sowohl Freunde als auch ein Liebespaar. Wir haben Kinder miteinander. Wir sollten nicht so verächtlich miteinander umgehen, nur weil wir beide unseren jeweiligen Weg weitergegangen sind. Ich habe weder etwas gegen dich noch gegen Laura.«

Er seufzte tief. »Du hast recht. Es tut mir leid, Julia. Ich habe deinen Namen gesehen, und meine Gedanken sind dorthin zurückgewandert, wo sie nicht hingehören. Jetzt sag mir, weswegen du anrufst.«

»Wegen Hillary.«

»Ist alles okay mit ihr?« Er klang sofort besorgt.

»Alles bestens. Sie kam am Freitag vorbei, um mir mitzuteilen, dass sie und Blake sich verlobt haben.«

Auf ihre Ankündigung folgte Schweigen. »Und du bist es, die mir das sagt? Warum?«

»Glaub mir, Eddie, ich habe sie gedrängt, es dir selbst zu erzählen.«

»Hast du das?« Hörbare Zweifel schwangen in seiner Stimme mit. Wie schnell er doch wieder auf misstrauisch und verärgert umschaltete.

»Ja«, gab sie mit Nachdruck zurück. »Ich habe beiden Mädchen wiederholt nahegelegt, ihre Ressentiments beiseitezulassen und sich mit dir zu versöhnen. Du bist ihr Vater, und sie vermissen dich, auch wenn sie das nie offen zugeben würden.«

Er schnaubte, als fiele es ihm schwer, das zu glauben. »Der Ball liegt in ihrem Feld. Der Himmel weiß, dass ich versucht habe, die Beziehung zu ihnen zu kitten. Das Problem ist, dass beide zu störrisch sind, um vernünftige Argumente gelten zu lassen. Sie wollen mit Laura nichts zu tun haben. Sie weigern sich, sie zu treffen oder mit ihr zu sprechen. Es ist, als existierte meine Frau nicht für sie.«

Insgeheim fragte Julia sich, wie viele Anstrengungen Laura unternommen hatte, um auf ihre Töchter zuzugehen. Rasch verdrängte sie diesen zu nichts führenden Gedankengang. Nach dem hitzigen Wortgefecht zwischen Lauras Söhnen und Julias Töchtern hatte Laura Eddies Familie einfach ignoriert.

»Ich weiß, dass du es versucht hast, und es tut mir aufrichtig leid, Eddie.«

Voller Frust und Bedauern seufzte er erneut. »Schätze, ich sollte mich nicht beschweren, ich kann genauso eigensinnig sein.«

Julia grinste zustimmend. Sie wusste nicht, wie lange sein letzter Versuch, einen Kontakt zu seinen Töchtern herzustellen, inzwischen zurücklag. Seit Monaten hatte keine von beiden ihren Vater erwähnt, was ihr verriet, dass er schon seit einiger Zeit keinen diesbezüglichen Vorstoß mehr unternommen hatte.

»Wann ist die Hochzeit?«, fragte Eddie.

Das war der Punkt, an dem das Gespräch mit Sicherheit schwierig werden würde. »Sie hofft, irgendwann im November, vor den Ferien. Sowie sie ein Datum festsetzt, sage ich dir Bescheid.«

»Ich wünschte, Hillary würde es mir selbst erzählen.«

Julia ging es genauso.

»Ob sie zulässt, dass ich mich an den Kosten beteilige? Das würde ich gerne tun. Es könnte die Kluft zwischen uns überbrücken.«

Angesichts des Umstands, dass Hillary während der letzten sechs Jahre kaum mit ihrem Vater gesprochen hatte, war das ein großzügiges Angebot. »Ich weiß es nicht. Du wirst sie fragen müssen. Ich schätze, sie und Blake werden die Kosten selbst stemmen wollen. Ich habe angeboten, den Fotografen und die Torte zu bezahlen.«

»Kaum zu glauben, dass Hillary bald dreißig ist.« Die Jahre flogen viel zu schnell dahin. »Lange genug hat sie ja gewartet, nicht? Gibt es irgendeinen speziellen Grund dafür, dass sie es so lange aufgeschoben hat?«

Julia würde auf keinen Fall zugeben, dass sie fürchtete, ihre Scheidung könnte die Ansichten ihrer Tochter bezüglich Liebe und Ehe beeinflusst haben.

»Auch das ist eine Frage, die Hillary dir beantworten muss.«

»Würdest du ihr ausrichten, dass ich ihr bei den Kosten für die Hochzeit gern unter die Arme greifen würde?«

»Eddie, das kann ich nicht. Das solltest du ihr selbst sagen.«

Er wartete ein paar Sekunden, grübelte darüber nach und meinte dann: »Wahrscheinlich würde sie mein Angebot ohnehin ablehnen.«

»Das weißt du nicht, solange du sie nicht fragst«, erinnerte sie ihn sanft.

»Sie nimmt meine Anrufe nicht entgegen.«

»Dann schick ihr eine Textnachricht oder eine Mail.« Sie sah nicht ein, warum sie ihm Ratschläge erteilen sollte. Er wusste, wie er seine Töchter erreichen konnte. Sie sollte nicht diejenige sein, die ihn drängte. Wenn es nach ihr ginge, würde sie sich ganz heraushalten. Es war ihr schon nicht angenehm, dass es ihr überlassen war, ihm von Hillarys Verlobung zu erzählen.

»Erinnerst du dich noch, wie sie es geliebt hat, Braut zu spielen, als sie klein war?«, fragte Eddie. »Du hast ihr einen Schleier genäht, und sie hat die Stühle im Esszimmer verrückt, um einen Gang zum Altar zu schaffen. Wie alt war sie damals, sechs oder sieben? Sie bestand darauf, dass ich sie zum Altar führen müsste.«

»Ich erinnere mich.«

»Marie war ihre Ehrenbrautjungfer.« Seine Gedanken schienen zu dem Tag zurückzuschweifen, wo die Mädchen klein waren, von Fantasien und Staunen erfüllt. Nachdem sie bei der Hochzeit von Eddies Cousine gewesen waren, hatten sie, kaum dass sie nach Hause gekommen waren, selbst Bräute sein wollen. Julia hatte einen kleinen Schleier für Hillary angefertigt, und sie hatte ein Paar High Heels von Julia getragen und einen Strauß aus gelbem Löwenzahn in den Händen gehalten.

Das schien ein halbes Leben her zu sein. Ihre Töchter hatten einst vom Glücklich-bis-zum-Ende-ihrer-Tage geträumt und nie befürchtet, dass dieser Traum einmal platzen würde, bis sie in die Realität katapultiert worden waren und ihre Eltern sich hatten scheiden lassen. Zum Zeitpunkt der Scheidung waren beide Mädchen erwachsen gewesen. Julia hatte angenommen, sie wären reif genug, sich nicht von der Ernüchterung des Scheiterns der Ehe berühren zu lassen. Selbst nach dem Krach mit Lauras Söhnen hatte sie noch gehofft, die Mädchen würden die Entscheidung ihres Vaters, wieder zu heiraten, akzeptieren und nach vorne schauen. Es verblüffte sie auch heute noch, wie persönlich sie sein Verhalten genommen hatten.

»Ich wollte meine Tochter zum Altar führen.«

O Himmel. Julia hatte gehofft, dieses Thema zu vermeiden. Es war nicht ihre Sache, ihm zu berichten, was Hillary gesagt hatte.

»Damit hatte ich immer gerechnet«, stimmte sie vielleicht ein bisschen zu entschieden zu.

Ihre Stimme musste eine Spur von Entmutigung verraten haben, weil Eddie sofort nachhakte.

»Was verschweigst du mir?«, wollte er wissen.

»Ob du Hillary zum Altar führst oder nicht, ist eine Sache zwischen euch beiden«, sagte sie so weich, wie sie konnte. »Ich habe damit nichts zu tun, und ich habe auch nicht vor, mich einzumischen.«

»Sie weiß so gut wie ich, dass das mein Recht als ihr Vater ist.«

Julia pflichtete ihm bei. Hillary aber hatte keinen Zweifel daran gelassen, dass sie nicht die Absicht hatte, ihren Dad in ihre Pläne einzuweihen. Der Schmerz in Eddies Stimme löste tiefes Mitgefühl in ihr aus. Obwohl sie nicht mehr verheiratet waren und er sie betrogen hatte, hegte sie noch Gefühle für ihn und würde es immer tun.

»Das ist ein Thema, das du mit Hillary besprechen musst. Bitte, Eddie … alles, worum ich dich bitte, ist, mich da herauszuhalten«, sagte Julia. »Benutz mich nicht als Vermittlerin.«

»Komm schon, Julia. Hillary redet nicht mit mir.«

»Dann versuch es noch einmal«, riet sie. Es kam nicht infrage, dass sie sich in diese Senkgrube aus Schmerz und Zorn hineinziehen ließ.

»Es ist wegen Laura, nicht wahr?«

»Eddie, hast du mir nicht zugehört? Ich weigere mich, mich da hineinziehen zu lassen. Mir war es schon nicht recht, dir von der Verlobung zu erzählen. Ich hätte es auch nicht getan, wenn ich nicht gewusst hätte, dass es dich treffen würde, davon zu hören, ohne es selbst gewusst zu haben.«

Er hielt einen Moment inne, um das zu verdauen. »Wahrscheinlich sollte ich dir für deinen Anruf dankbar sein. Meine Vermutung geht dahin, dass Hillary diese Hochzeit dazu benutzen wird, um …«

Julia schnitt ihm das Wort ab. »Lies nicht mehr in das hinein, was sie tut, als wirklich dran ist. Sie würde es nie zugeben, aber ich kenne meine Tochter. Sie vermisst dich. Wenn sie ihre Hochzeit zu irgendetwas benutzt, dann dazu, ihren Vater in ihr Leben zurückzuholen und zugleich ihren störrischen Stolz zu wahren.«

»Ich wünschte, es wäre so.« Eddie klang auf ganzer

Linie geschlagen. »Sie hat deutlich klargemacht, wie sehr sie meine Frau verabscheut. Von dem Moment an, wo ich aus dem Haus ausgezogen bin, haben sich Hillary und Marie geweigert, etwas mit mir zu tun zu haben, wenn Laura beteiligt ist.«

Wenn es etwas gäbe, was Julia tun könnte, um die Situation zu verbessern und ihre Töchter dazu zu bringen, sich logisch und vernünftig zu verhalten, würde sie es nur zu gern tun.

»Es tut mir leid, Eddie. Ich wünschte … ich wünschte, die Mädchen würden bezüglich der Tatsache, dass du mit Laura zusammen bist, Vernunft annehmen. Ich habe versucht, mit ihnen zu reden. Laura ist deine Frau, und früher oder später müssen sie sich damit abfinden, dass es für keinen von uns beiden ein Zurück gibt.« Julia war ihren Weg weitergegangen, und sie wollte, dass ihre Kinder dasselbe taten.

Seine Stimme wurde leiser, klang müde und traurig. »Ich weiß.«

Julia wollte wirklich helfen. Sie hatte etliche Male versucht, ihre Töchter zu beschwören, im Hinblick auf Laura und Eddie vernünftig zu sein. Sie waren jedoch nicht bereit, ihm oder seiner Beziehung zu seiner neuen Frau eine Chance zu geben. Wenn es überhaupt einen Zeitpunkt für eine Versöhnung gab, dann war es Hillarys Hochzeit.

»Eddie, hör zu, es ist dein Leben. Ich habe nicht vor, mich einzumischen, das ist das Letzte, was ich will. Aber du solltest einsehen, dass dies deine letzte Chance sein könnte, mit deinen Töchtern Frieden zu schließen.«

»Wie meinst du das?«

»Sich gleichgültig zu verhalten und einer Versöhnung aus dem Weg zu gehen, funktioniert einfach nicht. Diese Verlobung ist ein Geschenk. Eine Möglichkeit. Kämpf um deine Töchter. Lass sie in dein Herz blicken, und zeig ihnen, wie wichtig sie dir sind.«

Eddies Seufzen klang durch die Leitung. »Du hast recht. Danke für deinen Anruf, Julia.«

»Gern geschehen, Eddie.«

Was als unangenehmes Gespräch begonnen hatte, hatte deutlich freundschaftlicher geendet. Als sie auflegte, lehnte sich Julia zurück, schloss die Augen und betete, Eddie möge sich ihre Worte zu Herzen nehmen und alles tun, was nötig war, um zu seinen Mädchen zurückzufinden.

7

Heath verbrachte das Wochenende damit, über Julia nachzudenken. Mehr als einmal war er versucht gewesen, sie anzurufen, um sie zu fragen, ob sie mit ihm segeln gehen würde. Er hatte sein Boot nach der Scheidung behalten und verbrachte oft Zeit auf dem Lake Washington. Lee war nie gerne auf dem Wasser gewesen, deswegen hatte er meist Freunde oder seine Söhne mitgenommen. Da sowohl Michael als auch Adam andere Pläne für das Wochenende hatten, segelte Heath mit einem Freund, den er seit Collegezeiten kannte.

Wie so oft entspannte ihn der Aufenthalt auf dem Wasser. Als er sich zurücklehnte und sich von dem Wind über die unruhigen Stellen in der Nähe der Universität von Washington tragen ließ, wanderten seine Gedanken ständig zu Julia. Es hätte ihm Spaß gemacht, diesen Tag mit ihr zu verbringen. Der Drang, sie zu fragen, war stark gewesen. Er hätte ihm nachgegeben, hätte er nicht gefürchtet, sich zu sehr ins Zeug zu legen.

Sie verbrachten inzwischen fast jeden Morgen zusammen und hatten sich seit Kurzem angewöhnt, nach dem Training gemeinsam Kaffee zu trinken. Er fühlte sich wohl in ihrer Gesellschaft, viel wohler als in der jeder anderen Frau, die er in den Jahren nach seiner Scheidung getroffen hatte. Julia war wie er in puncto Beziehungen ein gebranntes Kind, und er wollte sie nicht zu sehr bedrängen.

Aber er interessierte sich für sie. Sehr sogar.

Am Montagmorgen trafen sie sich, nachdem sie trainiert, sich getrennt und geduscht hatten, im Busy Bean. Sie war an der Reihe, den Kaffee zu holen, und er ließ es zu, obwohl er es vorgezogen hätte, selbst zu bezahlen. Wahrscheinlich eine sexistische Einstellung, aber er kam nicht dagegen an. Er war so erzogen worden. Der Mann bezahlte. Eine Frau, die seinen Anteil übernahm, flößte ihm Unbehagen ein.

Er war früh genug da, um einen Tisch zu ergattern, und stand auf, als Julia auf ihn zukam, nachdem sie ihre Kaffeebecher entgegengenommen hatte. Aufzustehen war vermutlich ein weiterer Fauxpas, aber gleichfalls ein Produkt seiner Erziehung. Immer der Gentleman.

Sowie sie beide saßen, fragte er: »Wie war dein Wochenende?« Er hoffte, vorzufühlen, ob sie Lust hätte, ihn auf seinem nächsten Segeltörn zu begleiten.

Sie schien ihre Antwort sorgfältig abzuwägen. »Es war eine Mischung aus schön und weniger schön.«

»Wie meinst du das?« Bei jedem anderen hätte er es dabei belassen und auf Einzelheiten gewartet. Aber er wollte es wirklich wissen, daher hakte er nach. »Wenn ich zu aufdringlich bin, sag es mir. Was ist passiert?«

Sie lächelte zum Zeichen dafür, dass sie keinen Anstoß an der Frage nahm. »Das Beste war, dass meine Töchter vorbeikamen. Hillary, meine Älteste, hat sich gerade verlobt. Sie ist seit drei Jahren mit Blake zusammen, und ich hatte natürlich darauf gehofft.«

»Das sind gute Nachrichten.« Seine eigenen Söhne

kamen in das Alter, wo sie ebenfalls in diesen Bahnen denken sollten. Bislang schien keiner seiner Jungen es eilig zu haben, sich fest zu binden. Heath fragte sich, ob die Scheidung etwas mit ihrem Zögern zu tun haben könnte. Vielleicht hatte das auch Julias Töchter zurückgehalten.

Julias Augen leuchteten vor Glück auf, als sie berichtete, was sie bislang über die Pläne ihrer Tochter erfahren hatte. »Es sind wunderbare Neuigkeiten, und ich könnte mich nicht mehr freuen.«

»Und der weniger schöne Teil?«, bohrte er nach.

»Ja.« Sie seufzte. »Hillary ist immer noch schlecht auf ihren Vater zu sprechen. Mir wurde die undankbare Aufgabe zuteil, ihm mitzuteilen, dass sie verlobt ist.«

Heath beneidete sie nicht. »Ich nehme an, das Gespräch verlief nicht gut.«

»Es fing unangenehm an, aber am Ende war alles friedlich. Natürlich hat es Eddie verletzt, dass ich es war, die ihm davon berichtet hat. Ich würde mich aus diesem Konflikt zwischen meinem Ex und unseren Töchtern lieber heraushalten. Das Letzte, was ich will, ist, zwischen die Fronten zu geraten. Ich habe nur angerufen, weil Eddie, wenn das Ganze erst mal publik ist und er von jemand anderem von der Verlobung erfahren hätte, am Boden zerstört gewesen wäre.«

Julias Feingefühl bezüglich der Gefühle ihres Exmannes beeindruckte Heath. »Das klingt, als hätten die Mädchen ihrem Vater nicht verziehen.«

Julia stöhnte. »Das ist gar kein Ausdruck dafür.«

Sie ging nicht weiter darauf ein, und er bedrängte sie nicht mit weiteren Fragen.

»Was ist mit deinen Söhnen? Haben sie Probleme mit ihrem neuen Stiefvater?«

Ganz im Gegenteil, soweit Heath das beurteilen konnte. Er wollte seine Jungen nie in die Lage bringen, eine Wahl treffen zu müssen, daher stellte er keine Fragen, und von sich aus gaben sie selten etwas preis. »Anscheinend nicht. Sie sprechen nicht oft von meiner Ex und ihrem Mann, was mir offen gestanden ganz recht ist.«

»Da hast du Glück. Meine Mädchen nehmen die Scheidung persönlich. Sie scheinen nicht zu begreifen, dass Eddie mich zwar nicht mehr in seinem Leben haben will, unsere Töchter aber trotzdem liebt und sich eine gute Beziehung zu ihnen wünscht.«

Da er spürte, dass Julia mit der Situation kämpfte, suchte Heath nach einem Weg, sie aufzumuntern. »Konzentrieren wir uns auf das Positive. Deine Tochter ist verlobt, und du freust dich.«

»O ja.« Ihre Miene hellte sich auf.

»Wenn das kein Grund zum Feiern ist. Lass mich für dich kochen«, schlug er vor. Seitdem er alleine lebte, hatte sich Heath zu einem Experten in der Küche gemausert. Im ersten Jahr nach der Scheidung hatte er sich an den meisten Abenden etwas zum Mitnehmen geholt. Nach ein paar Monaten war er die ewig gleichen Speisekarten und Restaurants leid und beschloss, sich das Kochen beizubringen. Damals meldete er sich für einen Online-Kochkurs an, probierte ein paar Basisrezepte aus und war mit den Resultaten sehr zufrieden. Einem alten Hund konnte man also doch noch Tricks beibringen! Er wollte Julia unbedingt beweisen, dass er ein Mann mit vielen Talenten war.

»Wann?«, fragte sie und kniff dann spielerisch die Augen zusammen. »Heath Wilson, bittest du mich um ein Date?«

»Äh …« Er wusste nicht recht, was er antworten sollte, überlegte rasch und erwiderte: »Kein Date. Ein Essen unter Freunden.« Dann fügte er, weil er es nach dem langen Wochenende kaum erwarten konnte, Zeit mit ihr zu verbringen, hinzu: »Wie wäre es mit heute Abend?«

Ihre Schultern sackten vor Enttäuschung nach unten. »Da kann ich nicht. Ich habe mich für eine Wohltätigkeits-Pubtour angemeldet.«

Das klang nach Spaß. »Dann morgen?«

»Sicher, jederzeit«, stimmte sie zu.

Er ging im Geiste mögliche Menüs durch, zog verschiedene Rezepte in Betracht, die sie sicherlich beeindrucken würden: zwei mit Shrimps und eins mit Seezunge. Außerdem hatte er noch einige gute Hähnchenrezepte und andere mehr.

»Heath?«, riss Julia ihn aus seinen Gedanken.

Als er aufblickte, lächelte sie breit. »Komm doch mit«, sagte sie und fügte dann angesichts seiner Verwirrung hinzu: »Auf die Tour durch die Pubs. Ich habe noch eine Karte, die ich ursprünglich für meine Schwester besorgt habe. Amanda wollte mitgehen, hat aber heute Morgen angerufen, um mir zu sagen, sie könne nicht, sie wollte irgendeinen Quiltkurs belegen. Und alleine würde ich nicht so gerne gehen. Es würde mir viel mehr Spaß machen, wenn du mitkommen könntest.«

»Geht klar«, gab er mit einem Grinsen zurück. Dann meinte er scherzhaft: »Vergiss nicht, dass das kein Date ist.«

Sie lächelte. »Kein Date. Nur zwei Freunde, die sich gutes Fassbier schmecken lassen und sich amüsieren.«

»Ich bin dabei.«

Und ob er dabei war. Mit ganzem Herzen, was diese Frau betraf.

Die dichte Traube von Menschen rund um die Theke, die auf ihr Bier warteten, machte es Heath nahezu unmöglich, sich zu Julia durchzukämpfen. Laute Stimmen hallten von den Wänden wider und erschwerten jegliche Unterhaltung.

Dies war ihr zweiter Stopp, und Heath hielt das Tablett mit Bier über seinen Kopf, als er sich einen Weg durch die Masse der Gäste bahnte, um zu Julia zurückzugelangen. Sie stand an einem hohen Tisch, den sie sich mit einer jungen Frau teilte, die auch im Heritage wohnte. Sie waren einander vor dem Event vorgestellt worden, aber das Stimmengewirr war zu laut gewesen, um ihren Namen deutlich verstehen zu können. Er klang wie Kennedy. Sie hatte eine Freundin dabei. Beide unterrichteten an der Highschool, zumindest meinte er, das gehört zu haben. Kennedy sah nicht viel älter aus, als ihre Schüler sein mussten.

Er stellte das Bier ab und nahm seinen Platz ein. Sie hatten Glück gehabt, einen Tisch zu ergattern. Im ersten Pub hatten sie an der Theke stehen müssen. Zu seiner Überraschung stellte er fest, dass ihm dieses Mikrobrauereibier schmeckte. Heath war noch nie ein großer Biertrinker gewesen, er zog einen guten Scotch oder einen dunklen Rotwein Dosenbier vor.

Dank eines kurzen Vortrags der Wirtin des ersten Pubs

hatte er schon den Unterschied zwischen IPA, Ale und Lager gelernt. Die Frau war sehr informativ und unterhaltsam gewesen.

»Du zuerst.« Julia deutete auf das Tablett. Ihnen war geraten worden, mit dem hellen Bier anzufangen. Farbe und Konsistenz der Biere auf dem Tablett wurden dunkler und süffiger, während sie alles durchprobierten. Julia mochte die hellen Biere, die, wie er erfahren hatte, einen ausgeprägteren Hopfengeschmack hatten und dem britischen Ale glichen. IPA stand für India Pale Ale, das beliebteste der amerikanischen Craftbiere.

Heath trank den ersten Schluck und nickte beifällig. Julia probierte als Nächste und stimmte ihm zu. »Das ist gut. Bislang hatte ich für Bier nie wirklich viel übrig.«

»Eine ganz neue Erfahrung für uns alle«, meinte Heath. Er ging nicht in Kneipen und trank selten Bier, es sei denn, er war mit Bier trinkenden Freunden unterwegs, und auch dann hielt er sich zurück.

Julia stellte das Helle zur Seite und tauschte mit Kennedy und ihrer Freundin Notizen aus, so gut es ging. Als Nächstes bedeutete ihr Heath, dass sie als Erste das Blonde kosten solle. Von dem kurzen Vortrag her erinnerte er sich daran, dass heller Malzhopfen und Hefe ein Teil des Brauprozesses waren. Er konnte sich gut im Geist Notizen machen und war von der Vielfalt beeindruckt. Es war aufschlussreich zu erfahren, wie viele verschiedene Biersorten es gab.

»Was meinst du?«, fragte Julia, nachdem er das helle Ale probiert hatte.

Er bekundete seine begrenzte Zustimmung mit einem Nicken. Wenn ihre ersten Erfahrungen einen Hinweis lieferten, dann schmeckte ihm das Bier umso besser, je dunkler es war.

Er griff nach dem dritten Glas, bei dem es sich, wie er gehört hatte, um ein als Hefeweizen bekanntes deutsches Bier handelte. Nach dem ersten Schluck runzelte er die Stirn und gab es an Julia weiter.

»Sag mir, was du schmeckst.«

Sie nippte daran und hob den Blick zu seinem. In ihren Augen stand eine Frage.

»Und?«, hakte er nach.

»Lach bitte nicht«, erwiderte sie. »Banane?«

Er konnte sie wegen der lärmenden Menge kaum verstehen, nickte aber. »Ich dachte schon, ich hätte den Verstand verloren. Bier mit Bananengeschmack?«

Sie lachten beide. Der Alkohol bewirkte, dass sie immer lockerer wurden.

Die letzten beiden Kostproben auf dem Tablett waren ein Porter und ein Stout, beide stark und nicht nach Julias Geschmack, also trank er sie aus. Sie schmeckten süffig und ausgeprägt bis hin zu dem Punkt, wo er meinte, das Bier fast kauen zu können.

Als sie sich auf den Weg zu dem dritten der vier Pubs machten, waren sie bester Laune und sogar ein bisschen beschwipst, was Heath wunderte. Er war nicht sicher, ob dieses berauschende Gefühl allein auf den Alkohol zurückzuführen war. Julia war ihm so stark zu Kopf gestiegen wie ein guter Scotch. Er fühlte sich in ihrer Gesellschaft wohl und ungezwungen. Es war lange her, seit er etwas auch nur Annäherndes empfunden hatte wie mit ihr.

War es so gewesen, als er Lee kennengelernt hatte? Er

konnte sich nicht erinnern und entschied, dass es ein Fehler war, zurück anstatt nach vorne zu schauen. Was er fühlte, waren Zuversicht und der Wunsch, mehr über sie in Erfahrung zu bringen. Er hatte die Suche nach einer Beziehung weitestgehend aufgegeben, und dass eine Frau, die ihm perfekt erschien, direkt vor seiner Nase lebte, traf ihn völlig überraschend.

Als sie den Pub verließen, um den nächsten auf der Tour abzuklappern, griff Heath unter dem Vorwand, sie nicht in der Menge verlieren zu wollen, nach Julias Hand. Zu leicht konnten sie voneinander getrennt werden. Heath war entschlossen, diese Frau auf mehr Weisen als nur an der Hand festzuhalten.

Am Ende des Abends landeten sie im Hafenbereich von Seattle. Heath merkte, dass er etwas in den Magen bekommen musste. Vor der Pubtour hatte er nichts gegessen. Sie kamen bei Ivar's vorbei, einem bekannten und beliebten Fish-and-Chips-Restaurant.

»Hast du Hunger?«, fragte er Julia.

»Ich bin eher betrunken als hungrig«, erwiderte sie, dabei lächelte sie zu ihm hoch.

Er musste seine gesamte Selbstbeherrschung aufbieten, um sich nicht zu ihr hinunterzubeugen und sie zu küssen. Ihre Lippen waren feucht und leicht geöffnet, und ihre schönen Augen strahlten ihn an. Er war noch nie ein Freund öffentlicher Zurschaustellung von Zuneigung gewesen, aber diesmal konnte er der Versuchung kaum widerstehen.

»Wie wäre es mit Fisch und Chips?« Er wandte absichtlich den Blick ab.

»Kein Date, richtig?«, neckte sie ihn. Sie nuschelte leicht.

Yup, sie mussten unbedingt etwas essen, um das Bier im Magen zu neutralisieren. »Date oder kein Date, ich bezahle. Du hast die Karten für diese Tour gekauft, also geht das Essen auf mich.«

Einen Moment lang sah sie so aus, als wollte sie widersprechen, dann schien sie ihre Meinung zu ändern. »Einmal Kabeljau und einmal Chowder. Die ist hier am besten.«

»Kriegst du.«

Heath trat an das Fenster und bestellte ihr Essen und zwei Mal Kaffee. Als alles kam, trug er es zu einem Picknicktisch auf dem Pier und setzte sich Julia gegenüber.

Der Sommer in Seattle begann offiziell erst nach dem 4. Juli; das Wetter wurde mit jedem Tag besser und erreichte seinen Höhepunkt im August und September. Heath liebte die Sommer in Seattle. Dieser Juliabend hätte perfekter nicht sein können. Der Himmel war klar, und die Sterne zeigten sich am Himmel, als sich die Dämmerung über die Stadt legte. Eine leichte Brise wehte vom kühlen Wasser des Puget Sound herüber, und Heath saß mit der schönsten Frau zusammen, die ihm je begegnet war. Wie irgendein Mann Julia verlassen konnte, war ihm schleierhaft. Sie war ein Hauptgewinn.

Sie nahmen ein Uber zum Heritage zurück, und Heath fuhr mit Julia im Fahrstuhl hoch. Als Gentleman begleitete er sie zu ihrer Wohnung. Als sie die Tür aufschloss, trat er ein, ohne auf eine Aufforderung zu warten. Sie wirkte weder überrascht noch verärgert, wofür er dankbar war. Entweder küsste er sie jetzt, oder er würde den

Verstand verlieren. Er hatte den ganzen Abend auf diesen Moment gewartet.

»Ich habe mich bestens amüsiert«, sagte sie. Das Licht schaltete sie nicht ein, nur der Mondschein strömte durch das Fenster und tauchte sie in eine goldene Wärme. Er konnte den Blick nicht von ihr losreißen, und sie sah zu ihm hoch.

Keiner von ihnen sprach ein Wort.

Heath legte die Hände auf ihre Schultern. »Ich mich auch. Danke, dass du mich eingeladen hast.«

»Alleine hätte es mir nicht halb so viel Spaß gemacht. Dadurch, dass ich den Abend mit dir verbracht habe, wurde er zu einem echten Erlebnis.«

»Das gilt auch umgekehrt.« Und dann senkte er, weil er keinen Augenblick länger warten konnte, den Mund auf ihren.

Julias Arme schlangen sich um seine Mitte, und sie stellte sich auf die Zehenspitzen, als ihre Lippen bereitwillig die seinen trafen. Heath war nicht sicher, was er erwartet hatte, aber bestimmt nicht den elektrischen Schlag, der ihn durchzuckte wie ein Blitz. Er vertiefte den Kuss, und Julia öffnete sich ihm wie eine Rose im Sommer.

Er wusste nicht, wie lange sie eng umschlungen in der kleinen Diele standen und sich küssten wie liebeshungrige Teenager. Jedenfalls dauerten die Küsse lange genug, um ihm den Atem zu verschlagen.

Julia war es, die sich von ihm löste und die Stirn gegen seine Brust lehnte. Sie schwieg, und Heath hatte Angst, den Moment zu verderben, indem er etwas sagte.

»Danke«, flüsterte sie nach einigen Sekunden.

Er grinste. Eigentlich sollte er sich bei ihr bedanken.

»Es ist lange her, seit mich jemand so geküsst hat. Oder mir das Gefühl gegeben hat, schön und begehrenswert zu sein.«

»O Julia, wer könnte nicht sehen, wie schön du bist.«

Sie schloss die Augen und lächelte.

»Vergiss nicht, dass ich morgen Abend koche.«

»Ein Mann mit kulinarischen Fähigkeiten. Da sage ich nicht Nein.«

»Gut, sonst wäre ich auch enttäuscht.«

»Ich kann dir helfen. Wir können das Essen gemeinsam zubereiten.«

Nichts, was Heath lieber tun würde. »Klingt gut. Ich gehe jetzt besser.« Er sagte das mehr zu sich als zu Julia. Wenn er noch länger bliebe, würde er sie am Ende erneut küssen. Es fiel ihm so schon schwer genug, damit aufzuhören.

Sie öffnete die Tür und blieb auf der Schwelle stehen, als er rückwärts hinausging, weil er ihr Bild so lange wie möglich festhalten wollte.

»Gute Nacht, Julia.«

»Gute Nacht.«

Heath fuhr hinauf in seine Wohnung und stellte fest, dass er nicht still sitzen konnte. Er lief von seinem Büro zur Küche und wieder zurück. Er konnte an nichts denken außer an Julia. Ihr einzigartiger Geschmack haftete ihm noch immer an, und er wollte mehr davon. Brauchte mehr.

Nach zehn Minuten unsinnigen Ringens mit sich selbst verließ er seine Wohnung und fuhr mit dem Fahrstuhl zu Julias Stockwerk hinunter. Es war verrückt. Er benahm sich wie ein bis über beide Ohren verliebter Highschoolstudent. Was ihn nicht kümmerte.

Nachdem er geklingelt hatte, trat er zurück und wartete.

Julia öffnete. Überraschung flackerte in ihren Augen auf, gefolgt von einem Lächeln, als sie ihm mit einem leisen Freudenschrei in die Arme fiel.

Heath küsste sie wieder und wieder, bekam nicht genug von ihr. Konnte nicht aufhören.

Julia löste sich von ihm, umschloss sein Gesicht mit den Händen und lächelte zu ihm hoch.

Einen langen Moment sahen sie sich nur an.

»Was das Dinner angeht …«, sagte Heath.

»Ja?«

»Es ist eindeutig ein Date.«

Julia nickte und lächelte, und dann küsste er sie erneut.

8

Hey, Mom«, rief Carrie, als sie durch die Vordertür ihres Elternhauses stürmte.

»Carrie.« Ihre Mutter steckte den Kopf aus der Küche. »Das ist aber eine Überraschung.«

Dem Gesicht ihrer Mutter nach zu urteilen, keine angenehme. »Stimmt etwas nicht?«, fragte Carrie. Es kam ihr so vor, als würde sie bei irgendetwas stören. Ihre Mutter wirkte so schuldbewusst, als hätte Carrie ihre Eltern dabei ertappt, wie sie nackt im Haus herumliefen.

Ihre Mutter schüttelte den Kopf. »Bei der Arbeit ist doch alles in Ordnung, oder? Du hast deinen Job nicht verloren, oder?«

»Mom, wie kommst du denn darauf? Mir macht mein Job Spaß.« Wenn sie die Stelle nach nur zwei Wochen wieder verloren hätte, wäre das eine Art Rekord. Außerdem hatte sie begonnen, die Vielfalt ihrer Aufgaben zu lieben. Es hatte ihr gefallen, die Bewohner und ihre Macken und Persönlichkeiten kennenzulernen. Jeder Tag war anders und brachte neue Erfahrungen.

Sie hatte sich mit Kennedy angefreundet, die ungefähr in ihrem Alter war, und hegte eine Schwäche für Eric, der sich selten blicken ließ, obwohl sie sich angewöhnt hatte, ihm jeden Abend sein Essen zu bringen. Anfangs schien er sie so schnell wie möglich wieder loswerden zu wollen, was sie sowohl erheiternd als auch herausfordernd fand. Jetzt allerdings begann sie eine Bresche in die Mauer zu schlagen, die er um sich errichtet hatte, und sie hatten sich ein paar Mal kurz unterhalten. Demnach zu urteilen, was sie von seiner Wohnung gesehen hatte, war Eric ein Technikfreak. Computer und Monitore nahmen jede verfügbare Fläche ein. Sie wusste nicht, was er genau machte, aber sie konnte es sich denken. Sogar aus ihren kurzen Gesprächen erfuhr sie jeden Tag mehr über ihn. Er war anders als jeder andere Mann, den sie kannte, und je mehr Zeit sie mit ihm verbrachte, desto stärker faszinierte er sie.

Carries Dad kam mit derselben besorgten Miene aus seinem Arbeitszimmer. »Carrie, was machst du denn hier?«, riss er sie aus ihren Grübeleien über Eric.

Da traf es sie wie ein Schlag. Ihre Eltern hatten Angst, sie würde wieder zu Hause einziehen. Es war schon fast komisch. Eine halbe Minute lang war sie versucht, sie zappeln zu lassen, und entschied dann, dass das kindisch wäre.

»Keine Sorge, ihr zwei. Ich hole nur mein Fahrrad. Justin und ich wollen um den Green Lake fahren.«

»Gott sei Dank.« Ihre Mutter stieß einen erleichterten Seufzer aus.

Carrie stieg die Treppe hoch, nahm zwei Stufen auf einmal. »Ich brauche meinen Helm«, sagte sie, als sie den Flur hinunter zu ihrem Schlafzimmer lief. Sie öffnete die Tür und war angesichts des Anblicks, der sich ihr bot, wie vor den Kopf geschlagen.

»Carrie …«, rief ihre Mutter vom Fuß der Treppe. »Ich habe deine Sachen weggeräumt.«

Carrie traute ihren Augen nicht. Ihr gesamtes Zimmer war ausgeräumt worden. Ihr Bett, ihre Kommode, ihr Nachtschrank und ihr Schreibtisch waren verschwunden. Das Zimmer war komplett verwandelt.

Dort, wo früher ihre Bücherregale gestanden hatten, war ein großes Gestell, das Garnspulen in allen nur erdenklichen Farben enthielt. Ein Regenbogen wies nicht so viele auf. Ein Zuschneidetisch ersetzte ihr Bett, und ein Monster von einer Nähmaschine nahm eine ganze Wand ein. Aus Neugier öffnete sie die Tür ihres Schrankes, und tatsächlich war er vom Boden bis zur Decke mit Stoffen vollgestopft.

Wo ihre Mutter diese Stoffmengen vor Carries Auszug aufbewahrt hatte, war ihr ein Rätsel. Sie musste sie in jedem Raum des Hauses verteilt haben, unter Betten, in Kartons und Schubladen versteckt. Es war unglaublich.

Sie schloss die Tür und trat zurück; konnte auch jetzt noch nicht fassen, was für Beweismaterial sie da anstarrte. Ihr Zimmer war verschwunden. Der einzige Ort im Haus, der ihr allein gehörte. Es versetzte ihr einen Stich, ihn derart umgekrempelt zu sehen.

Vor ein paar Jahren hatte sich ihre Mutter einem Quiltnähverein angeschlossen. Carrie hatte dem nie viel Beachtung geschenkt. Eine kleinere Version der momentanen Nähmaschine war in der Waschküche aufgestellt worden, und ihre Mutter hatte Kurse und Seminare besucht. Die Quilts, die sie anfertigte, waren Kunstwerke. Sie machte sie für Freunde und Verwandte, für Obdachlosen- und Pflegeheime. Sie war immer großzügig mit ihren Geschenken und Talenten umgegangen. Auf keinen Fall würde Carrie ihr diesen Hobbyraum missgönnen.

Ihre Mutter trat mit schuldbewusster Miene zu ihr. »Bist du böse?«, fragte sie.

Carrie setzte ein tapferes Lächeln auf und schüttelte den Kopf. »Ich habe jetzt mein eigenes Reich, also mach dir keine Gedanken. Ich bin froh, dass du mein Zimmer so gut nutzt.« Es war erstaunlich, wie ihre Mutter es geschafft hatte, all die Quilts in der kleinen Waschküche zu nähen.

»Hat Dad deinen Vorrat gesehen?«, fragte sie, dabei deutete sie auf den vollgestopften Schrank. Ihr Vater würde einen Anfall bekommen, wenn er erfuhr, wie viel Geld ihre Mutter für Stoffe ausgegeben hatte.

»Er weiß Bescheid«, erwiderte sie mit gedämpfter Stimme.

Carrie konnte sich nicht vorstellen, dass ihr Vater angesichts dessen, was ihre Mutter in ihre Leidenschaft für das Quilten investiert hatte, keinen Schreck bekommen hatte. »Hat er in den Schrank geguckt?«

Ein Lächeln zuckte um die Mundwinkel ihrer Mutter. »Hat er.«

»Und was hat er gesagt?«

Das Lächeln wurde breiter, bis es sich über das ganze Gesicht ihrer Mutter zog. »Er war entsetzt und meinte, all diese Stoffe müssten doch über hundert Dollar wert sein.«

Carrie lachte schallend los, und ihre Mutter stimmte ein, bis ihnen die Tränen über die Wangen liefen.

»Und was hast du gesagt?«, bohrte Carrie nach, die ihre Mutter kannte.

»Ich habe deinen Vater angesehen, nach Luft geschnappt und gefragt: ›Glaubst du wirklich, ich hätte so viel Geld ausgegeben?‹«

Die Bemerkung verriet ihr, wie oft ihr Vater einkaufen ging. Er dachte wahrscheinlich, ein Brot würde immer noch fünfundzwanzig Cent kosten.

Ihre Mutter wurde ernst. »Du hast das so gemeint, oder? Dass du nicht böse bist, weil ich dein Zimmer mit Beschlag belegt habe?«

»Weniger böse als überrascht. Kein Wunder, dass du mich aus dem Haus haben wolltest. Du brauchtest Platz für die Nähmaschine und deine Stoffvorräte.«

Die beiden umarmten sich.

»Was sagtest du, wo meine Fahrradausrüstung ist?«

»In der Garage. Ich habe sie in Kartons verpackt. Komm, ich helfe dir beim Suchen.«

Eine halbe Stunde nach ihrem Besuch zu Hause saß Carrie am Green Lake auf ihrem Rad und wartete geduldig auf Justin, der sich notorisch verspätete. Sie hätte es wissen müssen. Normalerweise nannte sie ihm eine frühere Uhrzeit, um seine Verspätung auszugleichen.

Als er endlich auftauchte und sich zu ihr gesellte, blickte sie ostentativ auf die Uhr.

»Mach kein Theater. Du weißt doch, dass ich nie pünktlich bin.« Er wickelte sie mit seinem Lächeln um den Finger. Justin sah fantastisch aus, ein weiterer Pluspunkt. Sie hatten sich am College in einer Studiengruppe kennengelernt und sich im Lauf der Jahre immer mal wieder verabredet. Die Beziehung war nie etwas Ernstes gewesen, zumindest nicht von ihrer Seite aus. Justin schien die Jagd zu genießen, und die Verbindung war nicht so stark gewesen, als dass Carrie sie ernst genommen hätte.

Sie schob die Füße in die Halterungen der Pedale und sah ihn an. »Bist du bereit?«

Er lachte. »Ich bin immer bereit. Du bist diejenige, die alles aufhält.«

Sein Lächeln wirkte bei Weitem zu einstudiert, und er setzte es effektiv ein.

»Dann los.« Carrie rückte den Riemen ihres Helms zurecht und bereitete sich darauf vor, sich den anderen anzuschließen, die den beliebten See umrundeten. Der Sommertag war ideal für eine Radtour, die Temperatur betrug ungefähr vierundzwanzig Grad. In Justins Gesellschaft fühlte sie sich wohl. Trotz all seiner Fehler, und davon gab es viele, war sie gern mit ihm zusammen.

Der einzige ernsthafte Nachteil an Justin war sein völliger Mangel an Ehrgeiz. Er war zufrieden damit, ein paar Wochen zu arbeiten und dann so lange wie möglich Arbeitslosenhilfe zu kassieren, während er zu Hause wohnte.

Soweit sie wusste, hatte er noch nie allein gelebt. Seine Mutter war allzu nachsichtig und sein Vater von der Bildfläche verschwunden. Bei Justin klang es so, als würde er seiner Mutter einen Gefallen tun, indem er bei ihr wohnte. Den kurzen Gesprächen mit seiner Mutter hatte Carrie jedoch entnommen, dass das keineswegs der Fall war.

Am Ende der Fahrt waren beide verschwitzt und brauchten eine Pause.

»Wie wäre es mit Lunch?«, schlug Justin vor.

»Immer.«

»Hot Dogs und Limo?«

»Super.« Es war einen Monat oder länger her, seit

Carrie sich diese kleine Sünde geleistet hatte. Frank and Mustard's war aufgrund der Spezialhotdogs, die es dort gab, einer ihrer Lieblingsstände. Drinnen konnte man nicht sitzen, aber draußen standen genug Tische mit Sonnenschirmen, um im Freien zu essen. Carrie mochte ihren Hotdog mit viel Jalapeños und Krautsalat. Justin zog Chilihotdogs vor.

Sie stellten ihre Räder in die dafür vorgesehenen Fahrradständer und setzten sich an einen freien Tisch. Carrie wartete, bis Justin ihre Bestellung aufgegeben hatte, und kramte dann nach Geld, um ihre Mahlzeit zu bezahlen.

»Könntest du mein Essen mit übernehmen?«, fragte er. »Ich bin ein bisschen knapp bei Kasse.«

Carrie zögerte. »Wenn ich mich recht erinnere, habe ich schon letztes Mal, als wir aus waren, für dich mitbezahlt.«

Er zuckte die Achseln. »Das Leben da draußen ist hart.«

Das war seine Art, zuzugeben, dass sein Ruf ihn schließlich eingeholt hatte. Justin schien nicht imstande zu sein, irgendeinen Job länger als ein paar Monate zu behalten.

Nach ihrem Collegeabschluss hatte Carrie dafür Verständnis gehabt. Wie Justin hatte auch sie sich von einem Job zum nächsten gehangelt. Der Unterschied bestand darin, dass sie keine Stellung in Unfrieden verlassen hatte. Jeder ihrer Arbeitgeber war von ihrer Arbeitsmoral beeindruckt gewesen und hatte sie nur ungern gehen lassen. Im Gegensatz dazu ließ sich Justin entweder oft einfach nicht blicken oder keinen Zweifel daran, dass er entlassen werden wollte.

Fest entschlossen, dass es das letzte Mal sein würde, holte Carrie zusätzliches Geld hervor und reichte es Justin.

»Nächstes Mal«, versprach er.

Das hatte sie schon öfter gehört. Statt sich darüber aufzuregen, war Carrie entschlossen, sich diesen besonderen Leckerbissen schmecken zu lassen. Nach ein paar Minuten kam Justin mit zwei beladenen Tellern und großen Getränkebechern zurück. Er zog die Bank zu sich heran und setzte sich.

Einige Minuten lang genossen sie schweigend ihre Mahlzeit.

»Hab dich vermisst«, sagte Justin, nachdem er seinen Chilihotdog verschlungen hatte.

Carrie fiel es schwer, das zu glauben, und sie überging die Bemerkung. Seit sie ins Heritage gezogen war, hatte er nicht angerufen und noch nicht einmal eine Textnachricht geschickt. Sie war es, die ihn zu der Fahrradtour heute Nachmittag aufgefordert hatte.

»Wie ist es denn so, in diesem schicken Haus mit all den reichen Typen zu wohnen?«

Wieder zog sie es vor, nicht auf die Bemerkung einzugehen. »Es ist toll, sein eigenes Reich zu haben. Du solltest es auch einmal versuchen.« Es war eine kleine Spitze, die von ihm abzuprallen schien.

»Nö«, hielt er dagegen. »Mom braucht mich.«

»Ich glaube, es könnte eher andersherum sein. Du brauchst deine Mom.«

Er hob die Schultern. »Ich beschwere mich nicht. Sie macht die Wäsche, kocht und bezahlt meine Krankenversicherung. Ich habe es gut bei ihr.«

Yup, Justin war viel zu bequem, um endgültig erwachsen zu werden. Man musste keine Intelligenzbestie sein, um zu erkennen, dass er in absehbarer Zeit wohl nicht ausziehen würde.

»Habe ich dir erzählt, dass meine Cousine Hillary verlobt ist?«, wechselte Carrie das Thema.

Justin stellte sein Getränk ab. Seine Augen wurden rund. Sie hatte das Gefühl, dass er, wenn er noch gegessen hätte, sich an seinem Hotdog verschluckt hätte. »Hey, Carrie, das ist doch kein Wink mit dem Zaunpfahl, oder? Du weißt ja …«

»Hör auf.« Sie hob die Hand, bevor er noch tiefer ins Fettnäpfchen treten konnte. »Ich denke nichts Derartiges. Ich erzähle dir eine Neuigkeit, aber die bezieht sich in keinster Weise auf uns beide.«

Auf gar keinen Fall.

Sie würde es nicht laut sagen, weil sie fürchtete, sein labiles Ego anzukratzen. Justin stünde bezüglich der Wahl eines Ehemannes ganz unten auf ihrer Liste. Wenn dieser Lunch ein Vorzeichen war, würde sie ihn am Ende vollständig aushalten müssen.

»Ich meine«, jetzt, wo jeder mögliche Druck ausgeschaltet war, lächelte er, »du bist ein echter Haupttreffer, Carrie. Jeder Mann wäre glücklich, dich zu bekommen. Und wo wir gerade beim Thema sind … Ich hätte nichts dagegen, wenn wir zusammenziehen würden.«

»Machst du Witze? Das kommt überhaupt nicht infrage.«

Es war nicht das erste Mal, dass er die Idee beiläufig zur Sprache brachte. Eine Idee, die Carrie nie in Betracht ziehen würde. Erstens irrte er sich, wenn er sich einbildete, sie würde mit ihm schlafen, wenn sie ein Apartment teilten. Sie wären nur Wohnungsgenossen. Und was ein Zusammenleben mit Justin betraf, konnte sie das Menetekel schon sehen. Er würde einziehen, und innerhalb kürzester Zeit würde sie gezwungen sein, seinen Mietanteil auch noch zu übernehmen.

»Hey«, scherzte er. »Ich habe es ernst gemeint.«

»Ich auch.«

Er lachte gutmütig. »Das mag ich so an dir, Carrie. Du bist eine ehrliche Haut.«

Nach dem Lunch trennten sich Carrie und Justin. Carrie fuhr zum Haus ihrer Eltern zurück, um ihr Fahrrad nebst Helm dort unterzustellen.

Als ihre Mutter sah, dass sie wieder da war, kam sie zu ihr in die Garage. »Hattest du einen schönen Tag?«

Justin war sehr unterhaltsam, und sie konnte sich darauf verlassen, dass es mit ihm viel zu lachen gab. »Ja«, sagte sie, wenn auch widerwillig.

Ihre Mutter legte den Kopf schief. »Wirklich?«, fragte sie. »Du klingst zögernd.«

Carrie legte den Helm in den Karton, in dem ihre Mutter ihn verstaut hatte. »Ich glaube, ich werde ab heute nicht mehr viel mit Justin unternehmen.«

»Warum denn nicht?« Der überraschte Gesichtsausdruck ihrer Mutter war nicht zu übersehen. »Du schienst die Zeit mit ihm immer zu genießen.«

»Tue ich auch, das ist es ja gerade. Justin ist witzig, und es macht Spaß, mit ihm zusammen zu sein. Er ist locker und umgänglich.«

»Was hat sich geändert?«

Carrie folgte ihrer Mutter ins Haus. Diese öffnete den Kühlschrank, nahm einen Krug Eistee heraus und goss für jeden ein hohes Glas ein.

»Das Problem ist eher, wer sich geändert hat«, gestand Carrie, nachdem sie eine Weile über die Frage nachgedacht hatte. Sie lehnte die Hüfte gegen die Küchentheke, hielt inne, um ihre Gedanken zu sammeln, und fand es schwierig, ihrer Mutter ihre Gefühle zu erklären, von sich selbst ganz zu schweigen.

»Versteh mich nicht falsch«, sagte sie endlich. »Ich mag Justin. Ich habe ihn immer gemocht. Wie ich schon sagte, er ist witzig. Dummerweise gehört er zu den Typen, die wahrscheinlich nie erwachsen werden.«

Ihre Mutter lächelte. »Du meinst, wie Peter Pan?«

Carrie nickte. »Genau wie Peter Pan«, stimmte sie zu. »Das hat mich früher nie gestört. Heute aus irgendeinem Grund schon.« Der Gegensatz zwischen Justin und Eric war eklatant, besonders was ihre Einstellung zur Arbeit betraf. »Als ich vom Green Lake weggefahren bin, wurde mir klar, dass es an der Zeit ist, meinen eigenen Weg weiterzugehen. Justin ist ein Freund, und wir werden uns sicher ab und zu sehen – als gute Kumpel.« Allerdings würde Carrie nicht länger von sich aus auf ihn zugehen.

Wie ihr Großvater zu sagen pflegte: *Es ist besser so*.

Den Kopf voller Gedanken an Justin und ihre Entscheidung, kehrte Carrie zum Heritage zurück. Ihr Entschluss war wirklich das Beste. Sie wusste ohne jeden Zweifel, dass Justin nach drei oder vier Ausreden, weshalb sie sich nicht sehen konnten, die Achseln zucken und sich anderweitig umsehen würde. Sie waren nie ausschließlich aufeinander fixiert gewesen. Sie wusste von mindestens zwei anderen Frauen, mit denen er sich traf, und die schienen auch bereit zu sein, für seine Chilihotdogs oder was auch immer zu bezahlen.

Kurz nachdem Carrie den Job als Concierge angenommen hatte, hatte sie das Dach des Backsteingebäudes für sich entdeckt. Es war schön dort oben mit all den Topfpflanzen in den Ecken. Jemand hatte ein paar Clubsessel aufgestellt, die sie dazu einluden, sich zu setzen und den Abend zu genießen.

Die Aussicht war atemberaubend, vor allem nachts. Eine kühle Brise wehte vom Wasser des Puget Sound herüber, während der Straßenlärm von unten hinaufhallte. Ab und an jaulte eine Sirene und kündigte einen weiteren Notfall an, gefolgt von einer Stille, die sie daran erinnerte, wie weit entfernt vom Chaos sie war.

Da sie sich in einer nachdenklichen Stimmung befand, beschloss sie, mit einem Glas Wein nach oben zu gehen, Abstand von dem Tag zu gewinnen, die Vergangenheit hinter sich zu lassen und sich stattdessen auf die Zukunft zu konzentrieren. Carrie freute sich für Hillary, musste sich aber fragen, ob ihr der Richtige je begegnen würde.

Sie machte es sich in dem Sessel bequem, während die Dämmerung über den Puget Sound hereinbrach und ein paar Sterne an dem sich verdunkelnden Himmel funkelten. Sie nippte an ihrem Wein, entspannte sich und spürte, wie sich ihre verkrampften Muskeln lockerten. Zeit auf dem Dach zu verbringen schien das zu bewirken.

Hinter ihr knarrte es, als die Tür zum Dach geöffnet wurde, und sie merkte, dass sie nicht mehr allein war.

»Oh.«

Welcher Eindringling auch immer sich da zu ihr gesellt hatte, er schien ebenso überrascht zu sein, sie hier vorzufinden, wie sie. Sie blickte über die Schulter und sah, dass es Eric Hudson war.

»Eric.« Sie freute sich, ihn außerhalb seiner Wohnung zu sehen.

Er blieb, die Hände in die Hosentaschen geschoben, neben dem Clubsessel stehen, als wüsste er nicht recht, was er tun sollte. »Sorry, ich wollte nicht stören.«

»Tust du nicht.« Sie klopfte auf den Sessel neben ihrem. »Setz dich doch.«

Er zögerte, als wäre er nicht sicher, ob das eine gute Idee war.

»Ich beiße nicht«, versicherte sie ihm mit einem einladenden Lächeln.

»Du hast mir heute Abend kein Essen gebracht«, meinte er, als er Platz nahm.

Es war ihm aufgefallen, das freute sie. »Ich habe heute frei und war mit einem Freund unterwegs.« Je weniger sie über Justin sagte, desto besser. »Hast du mich vermisst?«, erkundigte sie sich scherzhaft.

»Wenn, dann würde ich es nicht zugeben«, sagte er und streckte die Beine aus.

»Ach, komm schon, Eric, gib es zu. Du freust dich auf meine Besuche.«

»Ich gebe gar nichts zu«, beharrte er.

Sie bemerkte, dass er lächelte, und konnte selbst ein Lächeln nicht zurückhalten. »Ich würde dir ja ein Glas Wein anbieten, aber ich habe nur das eine.«

»Trotzdem danke.«

»Es ist schön, dich außerhalb deiner Wohnung zu sehen.«

»Yeah. Ich komme fast jeden Abend hier hoch, wenn das Wetter es zulässt. Es ist befreiend … wenn das einen Sinn ergibt.«

Carrie verstand ihn vollkommen. »Das ist es. Es kommt mir vor, als könnte ich einatmen, was gut ist, und den Frust des Tages ausatmen.«

»Genau«, murmelte er.

»Erstaunlich, dass wir uns vorher noch nie hier getroffen haben.«

»Du kommst oft hier hoch?«

Carrie wusste nicht, was sie von der Frage halten sollte. Sie fürchtete, er könnte andeuten, dass er hoffte, dies wäre eine einmalige Begegnung. Andererseits könnte es auch einfach eine Frage sein. »Ab und zu. Wäre es dir lieber, ich ließe es sein?«

»Überhaupt nicht. Es ist irgendwie nett, dich hier zu treffen. Da ich von zu Hause aus arbeite, habe ich wenig Kontakt zu anderen Menschen – das heißt, abgesehen von dem, der über den Computerbildschirm läuft.«

Carrie hatte sich darüber schon Gedanken gemacht. Sobald Eric sich zu entspannen begann, war er eine angenehme Gesellschaft. Er erzählte ihr, dass er eine eigene Firma hatte; er war technischer Berater für eine Anzahl kleiner Unternehmen überall im Land. Begonnen hatte er mit der Beratung für eine Firma, aber als sich sein guter Ruf herumsprach, hatte er mehr Mitarbeiter und freies Personal eingestellt, die alle auf selbstständiger Basis arbeiteten. Carrie war beeindruckt, dass er so etwas wie ein Unternehmer war. Dann erzählte er, dass die

Firma schnell gewachsen war, mehr und mehr von seiner Zeit beanspruchte und Stress erzeugte, während er darum kämpfte, allen Anforderungen gerecht zu werden. Kein Wunder, dass er das friedliche Dach aufsuchte, um ein wenig zur Ruhe zu kommen.

Er brach ab, als er zu merken schien, dass er das Gespräch alleine bestritten hatte. »Tut mir leid, ich wollte nicht so drauflos reden.«

»Nein, wirklich, es interessiert mich.«

»Ich sollte jetzt gehen.« Er sah aus, als würde er gleich aus seinem Sessel aufspringen.

»Bitte nicht«, sagte sie und meinte es auch so.

»Ich muss wieder an die Arbeit«, beharrte er, als er aufstand.

»Es gibt mehr im Leben als Arbeit, weißt du«, sagte sie in der Hoffnung, ihn zum Bleiben bewegen zu können.

Er starrte sie einen langen Moment an. Ihm fehlten sichtlich die Worte. Als er endlich zu sprechen ansetzte, schien er das, was er sagen wollte, gar nicht schnell genug herausbringen zu können.

»Ich bin ein Stubenhocker, Carrie, ich weiß nicht, wie man eine Beziehung führt. Ich habe viele Bekannte, aber nur einen richtigen Freund. Ich verabrede mich nicht zu Dates … habe keine Ahnung, wie man das macht. Ich mag dich, und deshalb fühle ich mich nicht wohl in meiner Haut, weil du früher oder später herausfinden wirst, was für ein Langweiler ich bin. Ich fühle mich hinter einem Computer weitaus wohler als in der Gesellschaft von Menschen, vor allem in der von Frauen.« Er hielt inne, stieß vernehmlich den Atem aus und fügte hinzu: »Besonders in der von schönen Frauen. Also wenn du mich als eine Art romantischen Helden siehst, werde ich eine bittere Enttäuschung für dich sein.«

Mit diesen Worten flüchtete er, als wäre auf dem Dach ein Feuer ausgebrochen.

Danach kam es Carrie so vor, als wäre sämtliche Luft aus der Umgebung gewichen. Nach einem Moment lehnte sie sich zurück und trank ihren Wein. Eric fand sie schön. Er mochte ja denken, er hätte keine romantische Ader, aber damit lag er falsch. Vollkommen falsch.

9

Julia erwachte aus einem Albtraum und setzte sich schwer atmend im Bett auf. Der Traum war allzu lebhaft gewesen. Sie hatte darin todunglücklich geschluchzt, als Heath verkündete, sie nicht länger sehen zu wollen. Er gab nur eine vage Erklärung dafür ab, und sie versuchte mit ihm zu argumentieren, weil sie nicht verstehen konnte, was so furchtbar schiefgegangen war. Er beteuerte wiederholt, wie leid es ihm tue, und ging dann zur Tür hinaus, ehe sie ihn zurückhalten konnte. Im Traum war sie untröstlich und verzweifelt gewesen; unfähig, zu begreifen, was geschehen war oder warum.

Dieser lähmende Gemütszustand, der mit dem tiefen Gefühl des Verlusts einherging, war derselbe wie an dem Tag, an dem sie die Scheidungspapiere unterzeichnet hatte, die ihre Ehe beendeten.

So unsinnig es auch schien, sie hatte, seit sie Heath regelmäßig sah, auf die sprichwörtliche nächste Hiobsbotschaft gewartet. Er war alles, was sie sich von einem Lebensgefährten erhofft hatte. Sie hatte seit Jahren nicht mehr so viel und so von Herzen gelacht wie mit Heath. Und dann seine Küsse. Wow. Er berührte einen Teil von ihr, den sie schon lange für so verdorrt und tot gehalten hatte wie eine in der Sonne verwelkte Blume.

Vor ein paar Abenden hatte er für sie gekocht, und sie

hatten sich eine Flasche Wein geteilt. Der Abend war perfekt gewesen. Von der wundervollen Zeit, die sie miteinander verbracht hatten, überwältigt, war sie zu aufgedreht gewesen, um schlafen zu können. Sie war im Begriff, sich in Heath zu verlieben, und zwar heftig. Wie heftig es war, jagte ihr Angst ein. Sie fürchtete, etwas so Wunderbares würde nicht lange andauern, und das war wohl der Auslöser für ihren Albtraum gewesen.

Heath passte optimal zu ihr. Sie hatten beide ihre Scheidungen durchgestanden und die Untreue ihrer Partner überlebt. Wie Julia ließ auch er sich nicht über die Einzelheiten seiner Scheidung aus oder machte seine Exfrau schlecht. Sie schätzte seine Entschlossenheit, alles Unerfreuliche seiner gescheiterten Ehe hinter sich zu lassen. Julia selbst hatte Eddie nur ein einziges Mal erwähnt, kurz nachdem Hillary ihre Verlobung verkündet hatte. Sie schienen beide darauf bedacht, mit der Vergangenheit abzuschließen und voll freudiger Erwartung und Hoffnung nach vorne zu schauen.

Inzwischen hellwach zog sich Julia für ihr Training an, obgleich der Traum sie nicht losließ. Das Wissen, dass sie bald mit Heath zusammen sein würde, half ihr. Nach dem furchtbaren Traum brauchte sie diesen Trost.

Wie immer war er vor ihr im Fitnessraum. Sie hatte schon lange aufgehört, ihre Kopfhörer mitzubringen. Die Musik half ihr, die Zeit zu vertreiben, oder hatte es getan, bevor sich ihre Freundschaft zu Heath festigte. Jetzt unterhielten sie sich und spornten sich gegenseitig zu besseren Zeiten und längeren Strecken an. Danach trafen sie sich auf einen Kaffee im Busy Bean, eine neue Gewohnheit, bevor sie zu ihren jeweiligen Terminplänen und dem zurückkehrten, was der Tag ihnen bringen würde.

Zwei oder drei Mal die Woche ging Heath in sein Büro in der Stadt, und Julia tat dasselbe. Sie arbeitete auch weiterhin ungefähr zwanzig Stunden pro Woche als Beraterin, kam aber später als vorher, da sie den Kaffee mit Heath fest in ihren Zeitplan eingebaut hatte. Die Morgen mit ihm waren der beste Teil ihres Tages.

An den Nachmittagen, an denen sie beide nicht arbeiteten, hatten sie sich angewöhnt, hiesige Weinkellereien zu besuchen und die Weine aus dem Staat Washington in den Verkostungsräumen überall im Gebiet von Seattle zu probieren. Auf dem Rückweg machten sie oft Halt, um eine Kleinigkeit zu essen, bevor sie ihren Weg fortsetzten.

Während der letzten paar Tage hatte Heath Zeit mit einem Collegefreund verbracht, der zu Besuch war. So konnten sie sich nur morgens sehen, bevor Heath sich mit seinem Freund traf. Sie vermisste ihn und hegte den starken Verdacht, dass seine Abwesenheit mit zu ihrem Traum geführt hatte.

»Morgen«, begrüßte Heath sie, als sie sich zu ihm gesellte.

»Morgen.« Sie erwiderte sein Lächeln.

»Hast du gut geschlafen?« Er runzelte leicht die Stirn, als ahnte er, dass etwas sie aufgewühlt hatte. Dass er so etwas nach so kurzer Bekanntschaft merkte, überraschte sie.

Heath sah sie nicht nur an. Er *sah* sie.

Sie schüttelte den Kopf. »Alles war in Ordnung, bis mich ein Albtraum geweckt hat.«

Er zog die Brauen hoch, was ihr bestätigte, dass er gespürt hatte, wie sehr sie etwas bedrückte. »Möchtest du darüber reden?«

Das wollte sie nicht, sie zog es vor, nicht mehr an den Traum zu denken. Kopfschüttelnd trat sie auf das Laufband und begann mit ihrem schnellen Lauf, während er auf das Fahrrad stieg, ein entspanntes Tempo anschlug und sie dabei die ganze Zeit im Auge behielt.

Julia spürte seinen eindringlichen Blick. Sie spähte zu ihm hinüber und musste plötzlich dringend etwas wissen. »Kann ich dir eine dumme Frage stellen?«

»Sicher.«

»Glaubst du manchmal, dass wir uns gefunden haben, ist …«

»Das Beste, was passiert ist, seit ein Mensch den Mond betreten hat«, beendete er breit grinsend den Satz für sie.

Sie gab das Lächeln zurück. »Das schon. Aber kommt es dir manchmal nicht zu perfekt vor?«

»Wie meinst du das?«

»Nun, zum einen haben wir beide Beziehungen grundsätzlich ausgeschlossen.«

»Aus gutem Grund«, erinnerte er sie.

»Aus gutem Grund«, bestätigte sie. »Wir haben sogar einen ähnlichen Hintergrund. Deine Frau hat dich wegen eines anderen Mannes verlassen, und mein Mann hat sich in eine andere Frau verliebt. Wir waren jeder der unschuldige Teil.«

»Für dich kann ich nicht sprechen, ich übernehme aber zumindest einen Teil der Schuld dafür, dass Lee mich verlassen hat. Wir hatten uns auseinandergelebt.

Ich wusste es, habe es aber nicht ernst genommen. Ich war zufrieden und habe gar nicht in Betracht gezogen, dass Lee es nicht war.«

Julia bewunderte seine Bereitwilligkeit, seinen Beitrag zum Scheitern der Ehe zu sehen. Für sie war das anders abgelaufen.

»Ich habe meinen Mann geliebt und alles getan, was ich nur konnte, um meine Ehe zu retten. Ich war entschlossen, meinen Mann zurückzubekommen. Wenn die Scheidung durchging, wollte ich die Bestätigung, alles Menschenmögliche getan zu haben, um das zu retten, was wir zusammen aufgebaut hatten. Nur … nur …« Sie brach ab, als der vertraute Schmerz sie traf wie ein Schlag in den Solarplexus.

»Es bringt nichts, jetzt noch zurückzublicken«, fuhr sie fort, nachdem sie sich gefasst hatte. »Ich habe getan, was ich konnte, und als es nichts brachte, wusste ich, dass ich loslassen und nach vorne schauen musste.« Sie erinnerte sich an den Abschiedsbrief, den sie zum Abschluss geschrieben und der ihr geholfen hatte, ohne Bedauern bezüglich der Vergangenheit in die Zukunft zu blicken.

Heath hatte mit dem Radfahren aufgehört und musterte sie forschend. »Kannst du mir sagen, was irgendetwas davon mit uns zu tun hat?«

Es zu erklären würde lächerlich erscheinen. »Es ist so, wie ich sagte. Unsere Beziehung ist so mühelos zustande gekommen. So optimal.« Ihre größte Angst bestand darin, dass etwas passieren könnte, was sie auseinanderbrachte. Dieses überschäumende Glück würde nicht anhalten. Konnte nicht anhalten. Bevor einer von ihnen dafür bereit war, würde es enden.

Heath dachte über ihre Worte nach. »Es ist schwer zu glauben, dass du all diese Monate so nah warst und es bis jetzt gedauert hat, um zueinander zu finden.«

»Ich empfinde dasselbe.«

»Julia, du musst wissen, dass ich verrückt nach dir bin. Die letzten paar Tage mit Steve, meinem Collegekumpel, waren toll. Wir haben in Erinnerungen geschwelgt und von unserem Leben erzählt. Und trotzdem kam es mir vor, als würde ein Teil von mir fehlen, weil ich nicht mit dir zusammen sein konnte.«

Julias Herz fühlte sich an, als würde es bei seinen Worten schmelzen. »Mir geht es genauso. Ich habe Angst, Heath. Angst, dass sich alles zu schnell zusammenfügt.«

»Hat das irgendetwas mit deinem Traum zu tun?«

Sie nickte widerstrebend.

»Erzähl mir davon, und dann lass ihn uns gemeinsam analysieren.«

»Okay. Die Kurzversion geht so. Wir waren zusammen und himmelhoch jauchzend glücklich, und dann passierte irgendetwas. Frag mich nicht, was, denn ich weiß es nicht. Was mich umgebracht hat, war, zuzuschauen, wie du gegangen bist. Ich blieb schluchzend und mit gebrochenem Herzen zurück.«

Er hörte zu und schüttelte den Kopf. »Auf keinen Fall. Das wird nie passieren.«

»Ich … ich habe manchmal prophetische Träume«, sagte sie. Es war nichts, worauf sie viel gab, und sie erwähnte es auch selten. Nur zwei Menschen auf der Welt wussten davon. Es geschah nicht oft, und es schien jedes Mal schlechte Neuigkeiten anzukündigen.

Bevor Eddie gestanden hatte, dass er sie nicht mehr

liebe, hatte sie davon geträumt. Am Tag, an dem Hillary Skilaufen gegangen war, hatte Julia geträumt, ihre Tochter würde sich das Bein brechen. Was sie auch getan hatte. Und während Hillary sich einer Physiotherapie unterzogen hatte, hatte sie sich entschieden, sich beruflich auf physische Rehabilitation zu spezialisieren. Es war noch viele weitere Male passiert, während Julia herangewachsen war. Das Schlimmste war der Traum vom Tod ihrer Großmutter gewesen, die eine Woche später an einem Schlaganfall gestorben war.

»Egal was kommt, ich gehe nirgendwohin, Julia. Ich kann mir nichts vorstellen, was in mir den Wunsch auslösen würde, dich zu verlassen. Ich habe fast sechs Jahre gebraucht, um dich zu finden, und ich lasse dich nicht gehen. Ich habe meine Lektion bei Lee gelernt. Du bist mir zu wichtig, um so etwas auch nur in Erwägung zu ziehen.«

»Du hast recht. Zeit, davon aufzuhören.«

Sie beendeten ihr Training und trafen sich später zum Kaffee. Heath' Beteuerungen halfen. Trotzdem blieb der Traum hängen, und Julia fürchtete, er könnte so sein wie die anderen Albträume, die sie im Lauf der Jahre geplagt hatten. Sie hatte jetzt dasselbe Gefühl wie schon zuvor und gab sich alle Mühe, es zu ignorieren.

»Hast du heute Abend etwas vor?«, fragte Heath, setzte sich ihr gegenüber und trank von seinem Kaffee.

Sie schüttelte den Kopf.

»Lass mich noch einmal für dich kochen«, schlug er vor.

Sie wusste, was er beabsichtigte. Heath, Gott segne ihn, bot ihr einen Weg an, sich von den quälenden Gedanken abzulenken.

»Ein Dinner wäre schön, aber ich bin an der Reihe. Du hast letztes Mal gekocht.«

»Gut, nur dass ich die größere Küche habe.«

»Na schön, ich benutze deine Küche, und du kannst für den Wein sorgen.« Sie verließen anscheinend nie einen Verkostungsraum ohne wenigstens eine Flasche und hatten bereits eine kleine, aber gute Sammlung zusammengestellt.

»Ausgezeichnet. Ich muss heute Nachmittag ins Büro, daher passt es mir gut, wenn du das Kochen übernimmst. Was soll es denn geben?«

»Ich dachte an einen Caesar's Salad mit selbst gemachten Croutons, entweder mit gegrillten Shrimps oder Hähnchen, je nachdem, was dir lieber ist. Wie klingt das?«

»Wie ein Date.«

»Abgemacht«, sagte sie. Sie brannte darauf, den Albtraum hinter sich zu lassen.

Am Nachmittag hatte sich Julias Stimmung gehoben. Sie freute sich auf das Dinner und darauf, ihre Fähigkeiten als Köchin unter Beweis zu stellen. Da sie wusste, dass Heath einen anstrengenden Nachmittag hatte, ging sie zum Pike Place Market hinunter und kaufte ein, was sie für das Abendessen brauchte. Der römische Salat war frisch und knackig, das Brot noch ofenwarm. Als sie an der Bäckerei vorbeikam, fiel ihr Blick auf die Zitronentörtchen, und sie erinnerte sich daran, dass Heath erwähnt hatte, Zitrone sei sein Lieblingsgeschmack. Sie erstand das Dessert als Leckerbissen für später.

Sobald er zu Hause war, schickte Heath ihr eine Textnachricht, dass alles für sie bereit wäre. Julia brachte ihre Einkäufe von ihrer Wohnung zu seiner.

Heath öffnete die Tür, bevor sie klingeln konnte. Automatisch nahm er ihr die Lebensmittel ab und stellte sie zur Seite. Dann griff er, ohne einen Moment zu zögern, nach ihr, legte die Hand um ihren Nacken, senkte seinen Mund auf ihren und küsste sie, bis ihr schwindelig wurde.

»Hab dich den ganzen Tag vermisst«, flüsterte er und presste die Stirn gegen ihre.

Julia stieß einen atemlosen Seufzer aus. Dieser Mann! Eigentlich könnte das Leben gar nicht besser sein.

»Ich habe eine Flasche von meinem Lieblings-Sauvignon-blanc aus dem Yakima Valley bereitgestellt«, sagte er, als er sich von ihr löste. »Er liegt auf Eis. Soll ich ihn jetzt aufmachen, oder würdest du lieber bis zum Abendessen warten?«

»Jetzt, denke ich.«

»Ich hatte gehofft, dass du das sagen würdest.«

Während Julia den Salat und die anderen Zutaten auspackte und auf der Theke aufreihte, entkorkte Heath den Wein. Nachdem er ihnen jeweils ein Glas eingeschenkt hatte, stellte er Musik an, klassische Hits aus den 1970ern. Die Bee Gees sangen »Stayin' Alive«, und die Klänge wummerten durch den Raum. Schon bald nickte Julia im Takt zu »Dancing Queen« von ABBA mit dem Kopf. Es war schwer, still zu halten. Ihre Füße schienen sich zu weigern, an Ort und Stelle zu verharren.

Durch die Küche tänzelnd, packte Julia die Salatzutaten aus und stellte das Dressing beiseite, um es hinzuzufügen, kurz bevor sie mit dem Essen begannen.

Sowie der Wein eingeschenkt war, reichte Heath ihr

ein Glas ohne Stiel, und sie berührten gemeinsam den Rand der Gläser, bevor sie den Wein kosteten.

Er war frisch und kalt, genau wie Julia ihn am liebsten mochte.

»The Sound of Silence« von Simon and Garfunkel erklang als Nächstes. Heath stellte die beiden Gläser beiseite und nahm sie in die Arme. »Lass uns tanzen.« Er legte einen Arm um ihre Taille und zog sie an sich. Dann griff er nach ihrer freien Hand und presste sie auf sein Herz, wie um zu sagen, dass sie sich dort eingenistet habe.

Julia schloss die Augen und schmiegte sich an ihn, während sie sich im Rhythmus zur Musik wiegten. Es war wie ein Traum, der in nichts dem ähnelte, der sie in der Nacht heimgesucht hatte.

In der nächsten halben Stunde bereitete Julia zwischen Gemüseschneiden und Tanzen das Essen zu. Heath band ihr eine Schürze um die Taille, und sie zog ihre Schuhe aus. Das Dinner war fast fertig, als es an der Tür klingelte.

Julia sah Heath an. »Erwartest du jemanden?«

»Nein.« Er stellte sein Weinglas beiseite und ging in die Diele, um die Tür zu öffnen.

Julia machte sich daran, den Tisch zu decken, als sie hörte, wie Heath seinen Sohn begrüßte.

»Michael.« Er klang überrascht.

»Hey, Dad. Ich bin vorbeigekommen, um Eric zu besuchen, und …« Er brach ab, als er Julia sah. »Tut mir leid, dass du heute Abend ein heißes Date hast.«

»Ja, das ist Julia. Sie ist die Frau, die mir, wie ich dir erzählt habe, geholfen hat, die Wohnung zu dekorieren.«

Julia erinnerte sich, dass Heath ihr berichtet hatte, sein Sohn hätte vor Kurzem vorbeigeschaut und die

Veränderungen bewundert. Die Wohnung war ihr ausgesprochen gut gelungen, und es freute sie, mit wie wenigen Zierkissen, Sammlerstücken und Bildern sie die Atmosphäre seines Zuhauses hatte verbessern können. Heath schienen ihre Ergänzungen zu gefallen, und er hatte ihr erzählt, sein Sohn sei genauso beeindruckt gewesen.

»Michael.« Heath kam zu ihr und blieb vor ihr stehen. Er legte ihr den Arm um die Taille und lächelte zu ihr hinunter. »Das ist Julia.«

»Hallo, Michael.« Sie lächelte den Mann an, der eine jüngere Ausgabe von Heath war. Er war so groß wie sein Vater, und seine Augen wiesen dieselbe Farbe auf. Sie schienen sich an ihr festzusaugen. Und sich zu verengen.

Stirnrunzelnd blickte Michael von ihr zu seinem Vater. Länger, als es angemessen schien, übersah er ihre ausgestreckte Hand, bevor er sie schüttelte.

»Michael?«, fragte Heath. Die Unhöflichkeit seines Sohnes verblüffte ihn sichtlich.

»Dad«, erwiderte er gepresst und riss den Blick von Julia los. »Wie ich sehe, komme ich ungelegen. Ich schaue später wieder vorbei.«

Heath folgte ihm zur Tür. »Michael, was ist los?«

»Wir können nachher reden.«

»Geht es um Julia?«, wollte er wissen.

Obwohl sowohl Heath als auch Michael die Stimmen gesenkt hatten, konnte Julia sie hören.

»Nicht jetzt, Dad.« Bevor Heath Einwände erheben konnte, war Michael schon zur Tür hinaus.

Das Geräusch, mit dem sie zugezogen wurde, hallte durch den Raum und klang zehnmal lauter als die Musik.

»Was war das denn?«, fragte Julia. »Habe ich etwas falsch gemacht? Hätte ich nicht hier sein sollen?«

Heath wirkte genauso verwirrt wie sie. »Ich weiß es nicht, aber ich werde es herausfinden«, erwiderte er mit Nachdruck.

Julia war sich nicht sicher, was hier vor sich ging. Was sie aber befürchtete, war, dass ihr Albtraum Wirklichkeit werden würde.

10

Nachdem Michael die Wohnung verlassen hatte, schlug die Atmosphäre zwischen Heath und Julia um. Zuvor hatte er gelacht, war mit Julia um die Kücheninsel herumgetanzt und hatte sich benommen, als wäre er halb so alt, wie er war. Sie bewirkte, dass er sich wieder jung fühlte. Dann war sein Sohn gekommen, und alles hatte sich geändert. Der Schock musste erst abklingen.

Heath verstand es nicht. Wusste nicht, was er daraus schließen sollte. Seit er sich mit Julia traf, hatte er sie verschiedene Male schwärmerisch gegenüber Michael und Adam erwähnt. Als sie die Veränderungen in seiner Wohnung gesehen hatten, waren sie begeistert gewesen, und das zu Recht. Julia hatte Wunder gewirkt. Seine Söhne schienen sich ehrlich zu freuen, dass er jemanden gefunden hatte, mit dem er seine Zeit verbrachte. Sie hatten nie ein Problem damit gehabt, wenn er Frauen datete. Tatsächlich hatten sie ihn sogar ermutigt, es nach dem katastrophalen Verlauf seiner früheren Versuche noch einmal zu probieren.

Irgendetwas stimmte hier ganz und gar nicht, und Heath war entschlossen, herauszufinden, was das war.

Julia machte ihr Dinner fertig. Sie aßen fast schweigend; die Stimmung war umgeschlagen, als hinge eine dunkle Wolke über ihnen. Heath wusste, dass Julia durcheinander war, und tat sein Bestes, um sie zu beruhigen.

Dass sie diesen dummen Traum gehabt hatte, machte es auch nicht besser. Als sie ihn beschrieb, wurde ihm klar, wie sehr er sie aus der Fassung gebracht hatte. Der Albtraum, der ihr vorhersagte, dass er sich von ihr getrennt hatte. Als sie davon sprach, hätte er beinahe gelacht. Er konnte sich nichts, aber auch gar nichts vorstellen, was ihn dazu bringen würde, diese unglaubliche Frau zu verlassen.

Heath hatte nicht nach Liebe gesucht, hatte keine neue Beziehung gewollt. Julia war ein kostbares Geschenk, das er erhalten hatte, und er weigerte sich bei allem, was ihm heilig war, sie ohne einen erbitterten Kampf ziehen zu lassen.

Noch bevor Heath sich mit Michael in Verbindung setzen konnte, wurde er von dessen Textnachricht geweckt.

Dad, können wir uns zum Lunch treffen? Mittags bei Mama Sofia?

Heath schickte einen erhobenen Daumen als Emoji zurück. Er war dankbar, dass Michael die Initiative ergriffen hatte, denn er wollte die Angelegenheit unbedingt klären. Was auch immer seinen Sohn veranlasst hatte, so negativ auf Julia zu reagieren, musste auf den Tisch kommen, und je eher, desto besser. Nach dem Lunch würde er zu Julia gehen und ihre Ängste beschwichtigen. Er war zuversichtlich, die Sache schnell aus der Welt schaffen zu können.

Julia kam zum Training und sah aus, als hätte sie die ganze Nacht kaum geschlafen. Er wünschte sich sehnlichst, ihr zu sagen, sie solle sich keine Sorgen machen, zögerte aber, weil er erst mit Michael sprechen wollte. Zu sehen, wie sie sich quälte, schmerzte ihn, und er gab erneut diesem Traum die Schuld daran.

»Wenn du nichts dagegen hast, würde ich den Kaffee heute Morgen gerne ausfallen lassen«, sagte sie, als sie mit ihrem Training fertig war.

»Klar«, entgegnete er und drückte sie tröstend, weil er nicht widerstehen konnte. »Keine Sorge, Julia. Ich kläre das mit meinem Sohn. Zwischen uns ist alles gut. Nichts wird etwas an dem ändern, was ich für dich empfinde.«

Sie antwortete mit einem schwachen Lächeln, und er sah ihr an, dass sie ihm nicht wirklich glaubte.

Heath hasste das Wissen darum, dass dieser Traum sie immer noch verfolgte. Er war überzeugt, dass sich alles zum Guten wenden würde. Was konnte Julia denn schon getan haben, um Michaels Zorn auf sich zu ziehen? Sie war liebenswürdig, respektabel, freundlich, großzügig, versöhnlich und so vieles mehr. Es verging kein Tag, an dem er Gott nicht dafür dankte, dass er sie in sein Leben geschickt hatte. Sie war weitaus mehr, als er verdiente.

Mittags fand Heath sich bei seinem Lieblingsitaliener ein, demselben, zu dem er Michael zu seinem Geburtstag vor ein paar Wochen eingeladen hatte. Er lag nah bei seinem Büro und war auch für seinen Sohn leicht zu erreichen. Zu seiner Überraschung sah er beide Jungs an einem Tisch sitzen und auf ihn warten. Michael und

Adam! Das machte Heath zunehmend neugierig auf das, was sie ihm zu sagen hatten.

Er blickte nicht auf die Speisekarte, da er fast immer dasselbe bestellte. Die Gnocchi des Restaurants waren bei Weitem sein Lieblingsgericht, und er sah keinen Grund, etwas anderes zu probieren. Als er seinen Platz eingenommen hatte, kam der Kellner, um ihre Getränkebestellung aufzunehmen.

»Du könntest für das hier vielleicht einen Whiskey Sour brauchen, Dad«, schlug Michael vor.

Heath runzelte die Stirn. Er trank zum Lunch nie etwas Stärkeres als Wein. Kopfschüttelnd bestellte er ein Glas von dem roten Hauswein. Seine Söhne baten um eine Flasche Sauvignon blanc, da sie sich für das Tagesgericht entschieden hatten: Oktopussalat. Nachdem ihre Getränke gebracht worden waren und sie ihre Lunchbestellung aufgegeben hatten, blickte Heath über den Tisch hinweg zu seinen Söhnen. Er war stolz auf die beiden und dankbar für die gute Beziehung, die sie trotz des Umstandes pflegten, dass Heath und ihre Mutter nicht mehr zusammen waren.

»So, dann rückt mal mit der Sprache raus«, sagte er und wappnete sich innerlich.

Beide Jungen wirkten verkrampft und unsicher, als sie sich ansahen. Adam nickte Michael zu, wie um anzudeuten, dass sein Bruder beginnen sollte.

»Dad.« Michaels dunkelbraune Augen waren rund und ernst. »Hast du eine Ahnung, wer Julia ist?«

»Abgesehen von der Frau, in die ich mich zu verlieben beginne, meinst du?«

Wieder wechselten seine Söhne einen Blick.

»Sagt dir der Name Edward Jones irgendetwas? Der Golfprofi?«, fragte Adam.

Heath lief ein kalter Schauer über den Rücken. »Edward ist der Mann eurer Mutter«, erwiderte er vorsichtig. Er verstand nicht, was das mit Julia zu tun hatte.

»Dad, Julia ist Edwards Exfrau.«

Ein Schock durchfuhr ihn. Julia war mit Edward Jones verheiratet gewesen, dem Mann, um dessentwillen ihn seine Exfrau verlassen hatte?! Dem Mann, mit dem sie schon eine Affäre gehabt hatte, lange bevor Heath bewusst geworden war, dass seine Frau sich aus ihrer Ehe befreien wollte …

»Ich hätte den Whiskey sour bestellen sollen«, murmelte er, während er zu verarbeiten versuchte, was seine Söhne ihm da erzählten.

»Woher kennt ihr Julia?«, fragte er. Soweit er es wusste, war sie seinen Söhnen nie begegnet.

Diesmal ergriff Michael das Wort. »Nachdem ihr Haus verkauft war, habe ich Ed geholfen, seinen Schreibtisch und ein paar andere Andenken zu holen, die er haben wollte. Julia war da. Ich habe sie nur kurz gesehen, und ihrer Reaktion gestern Abend nach zu urteilen, kann sie mich damals gar nicht bemerkt haben. Und wenn doch, erinnert sie sich nicht an mich. Aber das ist egal, weil ich sie erkannt habe.«

»Als du erzählt hast, du würdest dich mit einer Frau namens Julia treffen, haben wir uns nichts dabei gedacht. Ich meine, Julia ist ein häufiger Name. Erst als Michael sie gestern Abend gesehen hat, hat er einen Zusammenhang hergestellt«, sagte Adam.

Ja, diese Information war ein Schlag für Heath, das

ließ sich nicht leugnen. Aber es war nicht das Ende der Welt. Lee hatte also Julias Ex geheiratet. Das war jetzt fast sechs Jahre her. Es hieß nicht, dass er keine Liebesbeziehung mit Julia führen könnte.

»Ich gebe zu, dass das für mich aus heiterem Himmel kommt«, sagte er. »Ich hatte keine Ahnung. Was ich nicht verstehe, ist eure Reaktion auf Julia. Sie hat nichts falsch gemacht. Edward war derjenige, der sie betrogen hat. Sie ist der unschuldige Teil.« Er erwähnte nicht, dass er ebenfalls der unschuldige Teil war, auch wenn er bereit war, zuzugeben, dass er zu Lees Unglück beigetragen hatte.

»Du verstehst nicht«, entgegnete Adam. »Bevor die Scheidung endgültig war, hat Julia Mom eine Reihe hässlicher Textnachrichten geschickt.«

Michael nickte. »Mom hat mir gezeigt, was Julia geschrieben hat. Sie hat Mom mit Gift überschüttet und sie mit Schimpfworten belegt, die du gar nicht hören willst.«

Es fiel Heath schwer, das zu glauben. Die Julia, die er kannte, würde sich nie so bösartig verhalten.

»Wegen Julia sind Mom und Edward durch die Hölle gegangen. Zum einen hat sie sich aus purer Gehässigkeit geweigert, die Scheidungspapiere zu unterschreiben. Sie hat getan, was sie nur konnte, um Mom und Edward das Leben schwer zu machen. Obwohl sie genau wusste, dass er die Scheidung wollte, weigerte sie sich, ihn gehen zu lassen, und zwang ihn zu dem Versprechen, sechs Monate zu warten.«

Heath erinnerte sich, dass Julia erwähnt hatte, sie habe getan, was sie konnte, um die Familie zusammenzuhalten.

»Ist euch je in den Sinn gekommen, dass Julia darum gekämpft hat, ihre Ehe zu retten?«

»Da gab es nichts zu retten«, beharrte Michael.

»Dad«, protestierte Adam, »du solltest ernsthaft darüber nachdenken, was sie getan hat. Die Frau, nach der du so verrückt bist, hat unsere Mutter durch ihre Worte und Aktionen zum Weinen gebracht. Kannst du ehrlich behaupten, dass es dir nichts ausmacht, dich mit jemandem zusammenzutun, der zu so was fähig ist?«

»Wir haben alle schon Dinge getan, die wir bereuen«, hielt Heath dagegen. »Außerdem ist das alles mehrere Jahre her. Die Gefühle sind damals hochgekocht …«

»Es geht nicht nur um Julia«, schnitt Michael ihm das Wort ab.

»Wie meinst du das?«

»Hast du ihre Töchter schon kennengelernt?«

Das hatte er nicht, obwohl Julia häufig von Hillary und Marie sprach. Es war klar, dass sie ihnen nahestand und ihr viel an der Beziehung zu ihnen lag.

»Erzähl uns nicht, dass du vergessen hast, was diese Mädchen Mom angetan haben?«

Heath entsann sich dunkel an einen Streit zwischen den beiden Familien. Alles, woran er sich erinnerte, war die Wut seiner Söhne, als Julias Töchter Lee am Lake Sammamish offen zur Rede gestellt hatten.

»Hilf meinem Gedächtnis auf die Sprünge.« Er lehnte sich zurück und verschränkte die Arme vor der Brust. Ihr Essen war serviert worden, doch ihm war der Appetit vergangen.

Michael beugte sich mit zusammengekniffenen Augen vor. »Die Ältere hat Mom verbal angegriffen.«

»In aller Öffentlichkeit«, ergänzte Adam.

»Wir waren dabei«, sagte Michael. Er hob die Stimme bis zu dem Punkt, wo er die Aufmerksamkeit der Gäste an den Nebentischen auf sich zog.

»Mom hat sich zu Tode geschämt. Beide Töchter haben ihr furchtbare Dinge an den Kopf geworfen.«

»Zum Glück waren wir bei Mom«, sagte Michael. »Kommt nicht infrage, dass wir jemanden so mit unserer Mutter reden lassen.«

Seine Kinder waren dazu erzogen worden, Lee zu respektieren. Es wunderte ihn nicht, dass die Jungen ihr zu Hilfe gekommen waren.

»Wir mussten sie in Schutz nehmen«, sagte Adam. »Und dann haben wir uns schnell alle angebrüllt.«

»Leider wurde es dann laut und ausfallend. Aber wir haben nicht damit angefangen.«

Heath verspürte den Drang, den Kopf in den Händen zu vergraben. »Ist die Polizei gekommen?«

»Nein, Edward hat sich eingemischt.«

Das konnte nicht gut gegangen sein. Heath konnte sich vorstellen, wie schwer es für Edward gewesen sein musste, sich gegen seine Töchter zu stellen und Lee und die Jungen zu verteidigen.

»Edward ist dazwischengegangen und hat Adam und mir gesagt, er würde die Sache klären«, fuhr Michael fort. »Er hat sein Bestes getan, um seine Töchter zu beruhigen, aber sie wollten nicht hören. Sie schäumten vor Wut und waren auf dem Kriegspfad.«

»Sie haben Mom immer weiter beschimpft und unverzeihliche Dinge zu ihrem Vater gesagt«, fuhr Adam mit erhobener Stimme fort.

»Das sind keine Leute, mit denen du etwas zu tun haben willst, Dad. Am besten gehst du Julia und ihren Töchtern aus dem Weg. Die Vorstellung, dass du dich mit ihnen zusammengetan hast, birgt Sprengstoff für uns als Familie.«

Heath hatte genug gehört. »Das alles ist vor Jahren und während einer schwierigen und stressigen Zeit für alle passiert. Ich bin sicher, dass Julia und ihre Töchter diesen unerfreulichen Zwischenfall genauso gern vergessen möchten wie ihr. Lasst die Vergangenheit ruhen. Das Ganze in die Zukunft hinüberzuzerren bringt nichts.«

Seine Söhne starrten ihn an, als redete er mit ihnen in einer Fremdsprache.

»Dad, Adam und ich möchten, dass du noch einmal ernsthaft über diese Beziehung nachdenkst. Warum musstest du dich von allen Frauen auf der Welt ausgerechnet in Julia verlieben? Sie ist die schlechteste aller Neuigkeiten.«

Heath sah das nicht so und sagte es auch. »Situationen ändern sich«, beharrte er. »Menschen ändern sich.«

»Nicht Julias Töchter«, erwiderte Michael entschieden.

»Wir haben Mom erzählt, dass du Edwards Exfrau datest, und sie hat sich verständlicherweise aufgeregt.«

Heath hob eine Hand, um seine Söhne davon abzuhalten, noch mehr zu sagen. Die Gefühle seiner Ex bezüglich der Frauen, mit denen er sich traf, gingen ihn nichts an.

»Nicht mein Problem.«

»Vielleicht nicht«, gab Adam ihm bereitwillig recht. »Aber du musst wissen, was Mom uns über das erzählt hat, was Julia vor Kurzem gebracht hat.«

Heath, der sein Essen praktisch nicht angerührt hatte, wartete angespannt auf das, von dem er sicher war, dass es noch unangenehmer sein würde.

»Bis wir mit Mom gesprochen haben, war mir nicht klar, was Julia Edward angetan hat«, sagte Michael.

Heath bewunderte die Art, wie Julia nach der Scheidung weitergemacht hatte. Es fiel ihm schwer zu glauben, dass sie an ihren Ex mehr als einen flüchtigen Gedanken verschwendet hatte. »Na schön. Erzählt mir, was Julia jetzt Furchtbares getan hat. Ich bin ganz Ohr. Aber bevor du mir ihre Sünden auflistest, Michael, lass mich dir versichern, dass ich kaum glauben kann, dass Julia auch nur einen einzigen bösartigen Zug hat.«

Adam hob die Brauen, wie um anzudeuten, dass sein Vater einer Gehirnwäsche unterzogen worden sei.

»Ist dir klar, dass Julia ihre Töchter komplett aus Edwards Leben herausgehalten hat? Mom sagte, er wäre an dem Abend, als sie angerufen hat, um ihm Hillarys Verlobung unter die Nase zu reiben, fast in Tränen ausgebrochen. Sie musste es ihm sagen, denn ihre Tochter will mit ihrem eigenen Vater nichts zu tun haben.«

Ach, so war das. »Julia hat mir von diesem Anruf erzählt«, sagte er. Erleichterung durchströmte ihn. »Sie hat angerufen, damit Ed nicht überrumpelt ist, falls jemand anderes die Verlobung erwähnen sollte.«

»Julia hat ihre Töchter von ihrem Vater ferngehalten.«

»Sie sind erwachsen«, konterte er. »Wenn Hillary und Marie Kontakt zu ihrem Vater wünschen, steht es ihnen frei, ihn zu suchen.«

Michael schüttelte nachdrücklich den Kopf. »Glaub das, wenn du willst. Ich persönlich tue es nicht.«

»Ich auch nicht«, fügte Adam hinzu.

Michaels Stimme wurde erneut lauter, als er seinen Standpunkt vertrat. »Julia hat ihre Töchter so um den Finger gewickelt, dass sie sich ihr gegenüber unloyal vorkommen, wenn sie mit ihrem Dad sprechen. Wusstest du, dass keine von ihnen seit dieser scheußlichen Szene am See mehr mit ihm Kontakt gehabt hat?«

»Außerdem«, fügte Adam hinzu, »ist es fast sechs Jahre her, und Mom weigert sich wegen der bösen Erinnerungen immer noch, zum Lake Sammamish zu fahren.«

Heath hatte von all dem nichts gewusst.

»Dad.« Michaels Stimme klang sanft und mitfühlend. »Ich weiß, dass du Julia magst. Wir verstehen, dass das alles vollkommen überraschend für dich kommt. Es tut mir leid, dass ausgerechnet ich dir deine Illusionen rauben muss, aber wir hielten es für wichtig, dass du Bescheid weißt.«

Adam stimmte ihm zu. »Michael und ich fanden, dass du die Wahrheit erfahren musst, damit dir klar ist, mit was für einem Schlag von Menschen du es zu tun hast. Es hat einen sehr guten Grund, weshalb Edward die Ehe beenden wollte. Hast du nicht mal gesagt, es gibt immer zwei Seiten einer Geschichte? Es könnte schwer für dich sein, diese Sichtweise zu akzeptieren, da er derjenige ist, wegen dem Mom dich verlassen hat.«

Sein Sohn hatte ihm Stoff zum Nachdenken gegeben.

»Edward liebt seine Töchter, und beide weigern sich trotz seiner zahllosen Versuche, Verbindung mit ihnen aufzunehmen, etwas mit ihm zu tun zu haben«, erinnerte Adam ihn.

Michaels Blick war hart, als er Heath ansah. »Mom

sagt, es bricht ihr das Herz, mitanzusehen, wie er eine Zurückweisung nach der anderen einstecken muss. Jetzt, wo Hillary verlobt ist, ist es sogar noch schlimmer.«

Heath konnte nachvollziehen, wie schwer es sein musste, von seinen Töchtern zurückgestoßen zu werden. Was Julia betraf, zog er es vor zu glauben, dass sie nichts mit der Art zu tun hatte, wie ihre Töchter ihren Vater behandelten. Dieses Benehmen hatten sie selbst zu verantworten.

»Dad?«

Heath blickte auf und stellte fest, dass seine Söhne ihn beide anstarrten.

»Du sagst ja gar nichts«, meinte Adam.

»Was gibt es da zu sagen?«, fragte Heath.

»Wir verstehen, dass das hier das Letzte ist, was du hören willst. Für uns ist es auch nicht leicht. Es macht uns keinen Spaß, dir das alles zu erzählen.«

Heath konnte sich vorstellen, wie schwierig dieses Gespräch auch für seine Söhne war.

»Egal wie du dich entscheidest, Dad, wir werden es akzeptieren«, versicherte Adam ihm.

»Aber nicht frohen Herzens«, fügte Michael hinzu, um sicherzugehen, dass Heath sich der Konsequenzen bewusst war.

»Wenn du trotz allem, was wir dir über Julia und ihre Töchter erzählt haben, meinst, dass du die Beziehung fortsetzen willst, solltest du wissen, dass sich zwischen uns dreien nichts ändern wird.«

Vielleicht hatte er die Absichten seiner Söhne falsch gedeutet; Heath war jedenfalls dankbar für die Zusicherung.

»Dir muss aber klar sein, dass wir es vorziehen würden, Julia und ihren Töchtern aus dem Weg zu gehen.«

Adam schloss sich Michaels Worten an. »Vor allem nach dem, was sie zu unserer Mutter gesagt und ihr angetan haben.«

Ein Gefühl von Übelkeit breitete sich in Heath' Magengrube aus. »Ich muss darüber nachdenken.« In seinem Kopf schwirrte es.

»Es tut mir leid, Dad. Wirklich. Egal was du empfindest, ich werde jeglichen Kontakt mit ihr vermeiden.«

»Ich verstehe«, gab Heath zurück.

Der Kellner kam, um ihre Teller abzuräumen. »Kann ich Ihnen sonst noch etwas bringen?«, fragte er.

Heath blickte auf und nickte. »Jetzt nehme ich diesen Whiskey Sour.«

11

Julia saß mit ihrer Schwester am Küchentisch und wärmte sich die Hände an einem vollgeschenkten Kaffeebecher. Das Herz lag ihr bleischwer in der Brust, während sie versuchte, einen Sinn in die letzten drei Tage hineinzulesen.

»Zwischen Heath und mir ist es aus.« Sie konnte nicht verbergen, wie schwer es ihr fiel, das einzugestehen. Julia war unangekündigt bei ihrer Schwester hereingeschneit, weil sie es in ihrer Wohnung keinen Moment länger aushielt. Es war eine Qual, nichts von Heath zu hören. Sie musste flüchten. Ihre Schwester war ihre beste Freundin, ihre Vertraute, der Mensch, der sie besser als jeder andere kannte.

»Das weißt du doch gar nicht«, widersprach Amanda, nahm ihren eigenen Kaffeebecher mit zum Tisch und setzte sich.

Julia war damals am Tiefpunkt ihrer Ehe zu Amanda gekommen, um zu beichten, was sie monatelang in ihrem Herzen verschlossen hatte: Eddie hatte eine Affäre. Amanda hatte sie festgehalten, während Julia geschluchzt hatte, und mit ihr geweint. Es war Amanda gewesen, die geholfen hatte, sie zu überzeugen, dass die Ehe nicht mehr zu retten und die Scheidung unvermeidlich war. Dass es Zeit war, loszulassen.

»Hast du mit Heath gesprochen?«, fragte Amanda.

»Nein …«

»Dann kannst du nicht sagen, dass es vorbei ist, bis ihr zwei darüber diskutiert habt, wo genau das Problem liegt.«

»Das ist es ja eben!«, rief Julia. »Ich weiß nicht, was nicht stimmt. Er geht mir komplett aus dem Weg, und das sagt mir alles, was ich wissen muss.« Julia konnte nicht verstehen, wie alles, was sie geteilt hatten – das Lachen, der morgendliche Kaffee, die Freude darüber, einen ganz besonderen Menschen gefunden zu haben –, sich so schnell in Luft aufgelöst hatte. Das Schlimmste war, dass sie keine Ahnung hatte, warum er seine Meinung geändert hatte. Es war unakzeptabel, dass er sie völlig im Dunkeln ließ. Das Letzte, was sie gehört hatte, war, dass er entschlossen sei, sich mit seinem Sohn in Verbindung zu setzen und in Erfahrung zu bringen, warum Michaels Reaktion auf Julia so abweisend gewesen war. Anscheinend hatte das, was sein Sohn zu sagen gehabt hatte, Heath' Gefühle für sie verändert. Dass er nicht den Mut oder das Herz hatte, damit zu ihr zu kommen, war nicht hinnehmbar. Ihr Stolz verbot es ihr, nach zwei Fehlschlägen noch einmal zu versuchen, ihn zu erreichen. Er war derjenige mit dem Problem.

»Heath trainiert nicht mehr mit dir?«

»Die letzten zwei Tage nicht mehr«, entgegnete Julia. Natürlich war ihre Fantasie ausgeufert. Vor drei Tagen war sie noch im siebten Himmel gewesen und unbekümmert in seiner Küche herumgetanzt. Und jetzt herrschte diese quälende, belastende Stille.

»Vielleicht ist er krank.«

Amanda bot ihr eine logische Erklärung; eine, an die Julia auch schon gedacht hatte.

»Zu krank, um auf eine Textnachricht zu antworten?«, gab sie zurück. Sie hatte ihm zwei SMS geschickt, auf die er nicht reagiert hatte. Nachdem er sie so augenscheinlich ignorierte, weigerte sie sich, sich noch einmal zu melden. Julia war entschlossen, ihre Würde zu wahren. Sie hatte seine Botschaft verstanden, so sehr es sie auch schmerzte, sich damit abzufinden.

Amanda zuckte die Achseln. »Vielleicht ist er verreist. Er könnte unerwartet aus der Stadt wegbeordert worden sein. Wer weiß?«

»Das ist es ja gerade. Ich weiß es nicht.« Es erschien ihr unwahrscheinlich, dass er abreisen würde, ohne ihr Bescheid zu sagen. Nein, was auch immer sein Schweigen ausgelöst hatte, es hing mit dem zusammen, was sein Sohn ihm erzählt hatte. Etwas, was er für sich behalten wollte. Er ließ die Dinge lieber in der Schwebe, statt reinen Tisch zu machen.

Amanda schenkte sich Kaffee nach. Als sie auf Julias Becher deutete, schüttelte diese den Kopf. In den letzten paar Tagen hatte sie genug Kaffee getrunken, um eine Marineflotte über Wasser zu halten. Sie konnte nicht schlafen, konnte nicht arbeiten. Inzwischen wurde sie zwischen Angst und Zorn hin- und hergerissen.

Just in diesem Moment piepte ihr Telefon und kündigte eine Nachricht an. Amanda sah sie erwartungsvoll an, als Julia den Text las.

»Von Heath?«, fragte ihre Schwester.

Julia biss sich auf die Lippe, nickte und las die Nachricht ein zweites Mal.

»Jetzt spann mich doch nicht auf die Folter. Was schreibt er?« Sie beugte sich vor und presste den Bauch gegen die Tischkante.

»Er sagt, er braucht Freiraum und Zeit zum Nachdenken.«

Amanda seufzte. »Wenigstens hatte er den Anstand, dir zu antworten, selbst wenn es so lange gedauert hat.«

Julia teilte die Meinung ihrer Schwester nicht.

»Weißt du was?« Sie traf eine Entscheidung. »Es kümmert mich nicht mehr. Wenn er Freiraum will, kann er ihn haben. Ich bin fertig mit ihm.«

Als sie aus ihrem Albtraum erwacht war, hatte sie gewusst, dass es einer *dieser* Träume war. Sie hatte es in ihrem Innersten gespürt. Heath würde sich von ihr trennen, und sie hatte keine Ahnung, warum.

»Weißt du noch? *Vielleicht ist es besser so.*« Amanda straffte sich, zitierte das Motto, das ihr Vater so oft im Munde geführt hatte.

»Vielleicht«, gab Julia sanft zurück. Es war nicht so, als hätte sie selbst in den letzten paar Tagen nicht daran gedacht.

»Ich meine, wenn Heath anfängt, dich so zu behandeln, ist es vielleicht Zeit, Nägel mit Köpfen zu machen.«

Amanda hatte recht. Julia mochte zwar behaupten, dass es sie nicht länger interessierte, aber das war eine Lüge. Ihr lag mehr daran, als sie zugeben wollte.

»Heath zu begegnen war gut für dich.« Ihre Schwester hatte die Gabe, in jeder Situation einen Lichtblick zu finden.

Julia war jedoch nicht wirklich überzeugt. »Wahrscheinlich ja.« Seit sie angefangen hatte, sich mit Heath zu treffen, hatte sie sich wieder lebendig gefühlt. Jung und unbekümmert, wie es nicht mehr der Fall gewesen war, seit Eddie das Haus verlassen hatte.

»Heath hat dir die Augen geöffnet.«

Das stimmte. Sie hörte wieder Musik. Nicht die Songs aus dem Radio oder die von ihrer Playlist. Die Musik war von innen gekommen. Sie hatte die Füße nicht stillhalten können, und ihr Herz hatte in einem kräftigen Rhythmus geschlagen. Sie hatte jedem Tag voller Vorfreude entgegengeblickt, da sie gewusst hatte, dass sie einen Teil davon mit ihm verbringen würde. Sie kannten sich noch nicht lange; was Heath von anderen unterschied, war, dass er sie fesselte. Er verstand sie auf eine Weise wie sonst kein Mann außer ihrem Ex. Und vielleicht noch besser, als Eddie es je getan hatte.

»Vor Heath hast du dich mit überhaupt niemandem mehr treffen wollen.«

Ja, das konnte sie nicht leugnen – Julia hatte es aufgegeben, aus gutem Grund. Die Erinnerung an einige ihrer Dates reichte aus, um sie zum Lächeln zu reizen.

»Weißt du, was ich denke?«, fragte Amanda.

Julia kannte ihre Schwester, Amanda würde es ihr gleich sagen. »Bitte.« Sie deutete über den Tisch.

»Ich denke, du solltest Frank kennenlernen.«

»Frank? Der Typ, den du mir vor ein paar Wochen vorstellen wolltest? Dieser Frank?«

»Ja, dieser Frank. Er ist ein netter Kerl, Julia. Wirklich schwer in Ordnung.«

Julia schüttelte automatisch den Kopf. »Ich habe mich schon mit einem Mann getroffen, den du als wirklich netten Kerl bezeichnet hast.«

Amanda schnitt ihr mit erhobener Hand das Wort ab. »Ich gebe zu, dass Joe ein Fehler war. Ich habe mich schon dafür entschuldigt. Eigentlich ist Robert schuld. Joe war sein Freund, also mach dieses Fiasko bitte nicht mir zum Vorwurf.«

»Wieso glaubst du, dass Frank auch nur einen Deut besser ist als Joe?«

»Weil ich Frank persönlich kenne, Joe aber nur durch Robert. Ich hätte es besser wissen müssen, als auf meinen Mann zu hören. Seine Vorstellung von einem netten Kerl ist jeder, mit dem er pokern kann.«

Das Ganze war von Anfang an eine Katastrophe gewesen. »Joe hielt es für eine gute Idee, mich bei unserem ersten Date auf die Hirschjagd mitzunehmen.«

Amanda zuckte zusammen. »Ich weiß.«

»Dann hat er mich eingeladen, ihm beim Bowlen zuzuschauen. Ich habe erfahren, dass er Mitglied in gleich drei Bowlingclubs war, was bedeutete, dass er nur an wenigen Abenden in der Woche Zeit hatte, etwas mit mir zu unternehmen. Und vergiss nicht, dass er seinen Oldtimer zu irgendeiner Show angemeldet hatte – und ich saß mit ihm den ganzen Tag in der heißen Sonne darin fest.«

»Bitte erinnere mich nicht daran, was für ein Fehlschlag das war.«

»Als ich vorgeschlagen habe, einen Film anzusehen, sagte Joe, er wäre seit dem Original von *Star Wars* nicht mehr im Kino gewesen.«

»Wie ich schon sagte, Joe war ein Fehler.«

»Ich verzeihe dir.«

»Was im Nachhinein großzügig von dir ist. Ich verspreche dir, dass Frank ganz anders ist als Joe.«

Julia lehnte sich zurück und verschränkte die Arme. »Okay, ich höre. Erzähl mir von Frank.«

Amanda strahlte sie an und beugte sich vor. »Er ist Mitglied des Quiltvereins.«

»Wie bitte?«

»Gut, nicht wahr? Er ist künstlerisch veranlagt, kreativ und witzig. Er bringt uns Mädels selbst gebackene Plätzchen mit. Ich meine, an einem Mann, der Plätzchen backt, kannst du doch nichts auszusetzen haben.«

»Verwitwet? Geschieden?«

Amanda schüttelte den Kopf. »Er war nie verheiratet.«

Das sollte ihrer Schwester etwas Wichtiges verraten. »Hat er bei seiner Mutter gelebt, bis sie starb?«

»Nein. Er hat über dreißig Jahre lang als Versicherungsagent für Pemco Insurance gearbeitet.«

»Er hat ein interessantes Hobby.« Julia kannte nicht viele Männer, die Quilts anfertigten. Aber es stand ihr nicht zu, darüber zu urteilen. »Bist du sicher, dass er mich kennenlernen will?« Ein Mann, der so viele Jahre Single geblieben war, würde feste Gewohnheiten pflegen. Er würde daran gewöhnt sein, allein zu leben.

»Ja«, bestätigte Amanda. »Er will nicht heiraten, was dir doch sicher recht ist, dachte ich. Er möchte jemanden mit ähnlichen Interessen kennenlernen und sucht Gesellschaft.«

»Ich quilte nicht.«

»Das weiß er. Aber du bist kreativ. Er war beeindruckt, als ich ihm von West Coast Industries und davon erzählt habe, wie du die Firma mit deinem Talent und deiner Energie von Grund auf aufgebaut hast.«

Julia massierte sich verwirrt die Schläfen. »Ich weiß

nicht, Amanda. Wenn ich Heath nicht begegnet wäre …«

»Aber du bist ihm begegnet, und er hat dir die Augen für die Möglichkeit geöffnet, dass es da jemanden geben könnte, mit dem du den Rest deines Lebens verbringen möchtest.«

»Frank …«

»Frank wird ein Gefährte und Freund sein. Ist es nicht das, was du wirklich willst? Du suchst nicht nach ewiger Liebe. Du willst jemanden, mit dem du ins Kino oder Tanzen gehen kannst.«

»Oder auf eine Pubtour.«

»Genau«, beendete Amanda ihre Argumentation. »Willst du Frank eine Chance geben?«

Julia hätte nie daran gezweifelt, dass Amanda nur das Beste für sie wollte. Ihre Schwester meinte es gut. Was Amanda nicht erkannte, war, dass sie tief verletzt und nicht bereit war, sich einer neuen Situation auszusetzen, die das Potenzial für weitere Zurückweisungen barg.

»Ich werde darüber nachdenken.«

»Zögere nicht zu lange«, riet Amanda. »Ein paar Witwen im Quiltverein haben ein Auge auf Frank geworfen. Sie könnten sich leicht auf ihn stürzen und dir zuvorkommen.«

Mehr Macht den Witwen!

12

Heath hatte zwei ruhelose Nächte damit verbracht, alle Aspekte des Gesprächs mit seinen Söhnen noch einmal durchzugehen. Er begriff nicht, wie die Tatsache, dass Laura Julias Ex geheiratet hatte, derart an ihm vorbeigegangen war. Julia hatte Eddie oft erwähnt, doch er hatte die Verbindung nicht hergestellt, hauptsächlich, weil Lee immer als Edward von ihm sprach. Und offen gestanden hatte er auch nie sonderlich darauf geachtet. Lee war kein Teil mehr seines Lebens, und er hatte sich alle Mühe gegeben, nach vorne zu schauen.

Die letzten drei Tage hatte er sich Julia gegenüber mehr als unfair verhalten. Er hätte ihr schon viel früher eine Nachricht schicken sollen, statt sie im Ungewissen zu lassen. Aber er hatte nie unsensibel sein wollen. Zu seiner Entschuldigung konnte er nur vorbringen, dass er Zeit zum Nachdenken brauchte. Er musste sich Klarheit darüber verschaffen, was das alles für eine mögliche gemeinsame Zukunft bedeutete und ob es ihnen gelingen würde, all das hinter sich zu lassen.

Seine Söhne hatten ihm ihren Standpunkt klargemacht. Vielleicht wollte Julia ja auch nichts mehr mit ihm zu tun haben, wenn ihre Töchter genauso dachten wie Michael und Adam.

Am nächsten Morgen wartete er im Fitnessraum auf

sie; er musste sie sehen. Sie kam zur selben Zeit wie immer, betrat den Raum, erstarrte, als sie ihn sah, und ihre Augen weiteten sich. Wortlos machte sie Anstalten, sich umzudrehen und zu gehen.

»Julia, warte.«

Sie schüttelte den Kopf. »Ich gebe dir den Freiraum, den du wolltest. Ich komme ein andermal wieder.«

»Bitte«, sagte er leise. Das Herz schlug ihm bis zum Hals.

»Bitte was?«

»Gib mir die Chance, alles zu erklären.«

Julia legte den Kopf schief, als dächte sie über seine Bitte nach. »Wann?«

»Können wir uns auf einen Kaffee treffen?«

»Nicht heute Morgen. Ich habe einen Termin.«

Sie würde es ihm nicht leicht machen, und er konnte es ihr nicht verdenken. Er hatte sich wie ein Schuft verhalten. »Wie wäre es mit heute Nachmittag. Sagen wir um drei, bei mir?«

»Das Busy Bean wäre mir lieber.«

Er überlegte und schüttelte dann den Kopf. »Besser bei mir. Du musst mir einfach vertrauen.«

Nach kurzem Zögern seufzte sie, nickte, und dann ging sie, bevor er sie zurückhalten konnte.

Heath sah ihr nach. Seine Stimmung sank. Gut möglich, dass er das Beste ruiniert hatte, was ihm seit langer Zeit passiert war.

Um drei tigerte Heath vor dem Panoramafenster auf und ab, obwohl er die Aussicht kaum wahrnahm. Seine Nerven waren zum Zerreißen gespannt. Er wusste nicht, was sie denken oder tun würde, sowie er ihr sagte, was er erfahren hatte.

Drei Tage hatte er Zeit gehabt, um über die Situation nachzugrübeln. So lange hatte es gedauert, bis er imstande gewesen war, eine Entscheidung zu treffen. Er war Julia drei Tage voraus. Sie würde mit Sicherheit genauso überrascht sein, wie er es gewesen war, als er die Wahrheit erfahren hatte.

Es verstand sich von selbst, dass er ihr so viel Zeit lassen würde, wie sie wollte, um die Information zu verarbeiten. Heath war es wichtig, sie wissen zu lassen, dass er entschlossen war, sie nicht aufzugeben. Er hatte fast sechs Jahre gebraucht, um eine Frau zu finden, die er lieben konnte, und er würde sie nicht gehen lassen. Seine Söhne würden akzeptieren müssen, dass Julia ein Teil seines Lebens war, und wenn sie sich weigerten, würde er alles tun, was nötig war, damit sie ihre Meinung änderten.

Es klingelte, und Heath' Herz hämmerte hart gegen seine Rippen. Er atmete tief durch, um sich zu beruhigen, und öffnete Julia die Tür. Ein Blick auf die dunklen Schatten unter ihren Augen genügte, damit er sich wie der größte Schuft fühlte, den es je gegeben hatte. Wortlos zog er sie in seine Wohnung und in seine Arme und drückte sie an sich.

Lange Zeit wehrte sie sich dagegen, und er fürchtete schon, sein Herz würde gleich brechen, dann schlang sie zögerlich die Arme um seine Taille. Heath schloss die Augen und atmete Julias ganz besonderen Duft ein. Rosen und Vanille. Ihm tat es um jede Minute leid, die sie getrennt gewesen waren, und er hatte nicht die Absicht, so etwas je wieder zuzulassen.

»Es tut mir so leid«, flüsterte er in ihr Haar.

»Erzähl mir einfach, was Michael gesagt hat.«

Sie setzten sich nebeneinander auf das Sofa. Er nahm ihre Hände in die seinen und blickte in ihre schönen Augen. Wie er es über sich gebracht hatte, sich so lange von ihr fernzuhalten, würde er nie begreifen. Seit er sie heute Morgen kurz gesehen hatte, wusste er, dass er die richtige Entscheidung getroffen hatte. Auf gar keinen Fall würde er diese einmalige Frau verlieren.

»Bevor ich etwas sage, möchtest du vielleicht ein Glas von etwas Stärkerem«, begann er, weil er sich erinnerte, was Michael zu ihm gesagt hatte, als sie sich zum Lunch trafen.

»Ich möchte keinen Alkohol. Es geht mir nur um die Wahrheit«, entgegnete sie. Ihr Blick bohrte sich in seinen.

»Okay.« Er holte tief Luft, hielt ihrem Blick stand und begann. »Michael, Adam und ich haben uns am Mittwoch zum Lunch getroffen. Ich hatte nur Michael erwartet. Als ich kam, meinte Michael, ich würde vielleicht gern einen Whiskey Sour bestellen. Ich trinke selten etwas Stärkeres als Wein, und wenn doch, dann Whiskey Sour oder Scotch.«

Sie nickte, und er hoffte, sie begriff, dass er sie auf das vorbereiten wollte, was er ihr gleich sagen würde.

»Bitte erzähl mir einfach, was passiert ist.«

Seine Finger schlossen sich fester um ihre. »Michael hat dich erkannt, weil er Eddie damals geholfen hatte, seinen Schreibtisch aus eurem Haus zu holen.«

Sie runzelte die Stirn und kniff die Augen zusammen. »Warum sollte Michael Eddie helfen, Möbel wegzuschaffen?«

»Er ist seinem Stiefvater zur Hand gegangen.«

Ein Moment verstrich, bevor es Julia dämmerte. Dann weiteten sich ihre Augen vor Schock und Verblüffung. Als sie sprach, war ihre Stimme kaum mehr als ein Flüstern. »Willst du damit sagen, dass Laura deine Exfrau ist?«

Heath nickte. »Ja. Dein Exmann ist mit meiner Exfrau verheiratet.«

Julia schüttelte den Kopf, als wäre das unmöglich, und widersprach: »Ich dachte, du hättest gesagt, deine Ex hieße Lee.«

»So habe ich sie genannt. Meine Mutter heißt auch Laura, also habe ich sie vom ersten Date an Lee genannt.«

Julia nickte, als wäre sie kaum in der Lage, das aufzunehmen, was er ihr erzählte.

»Du hast deinen Ex Eddie genannt, und Lee spricht von ihm immer als Edward. Ich habe eins und eins einfach nicht zusammengezählt. Wie ich sehe, fällst du aus allen Wolken. Mir ist es genauso gegangen.«

»Ich … ich weiß kaum, was ich sagen soll.«

»Das verstehe ich. Was ich nicht wusste«, sagte er, zog ihre Hand an seine Lippen und küsste ihre Finger, »ist, dass zwischen unseren Kindern eine solche Feindseligkeit herrscht.«

Julia schloss langsam die Augen, als erinnerte sie sich an all das, was vorher geschehen war. Sie zog die Hände weg und straffte sich. »Hillary und Marie sind mit deinen beiden Jungen in Streit geraten … Sie hätten Laura nie so angehen dürfen. Das habe ich ihnen gesagt, als ich hörte, was sie getan hatten. Es tut mir leid, Heath. Es war eine schlimme Zeit. Sie wussten, wie sehr der Betrug ihres Vaters mich verletzt hatte, und als sie auf Laura trafen, haben sie die Beherrschung verloren. Es war ihre Schuld.«

»Aber es ist verständlich.«

»Diese Auseinandersetzung hatte solche negativen Konsequenzen«, sagte sie, während sie die Ereignisse dieses schrecklichen Tages offenbar noch einmal Revue passieren ließ.

»Es ist nichts passiert, das es uns unmöglich machen sollte, zusammen zu sein, Julia. Ich kann es nicht ertragen, dich zu verlieren. Und das werde ich auch nicht.«

»Ich muss nachdenken.« Sie sprang vom Sofa auf und lief auf dem Teppich auf und ab, so wie er es getan hatte, bevor sie gekommen war. Sie schlang die Arme um ihre Taille, als fröstelte sie plötzlich und bräuchte alle Wärme, die sie bekommen konnte.

»Es war der Tag, an dem Eddie bei unseren Mädchen zu weit ging. Seitdem ist zwischen ihm und unseren Töchtern nichts mehr so wie früher.«

»Wie meinst du das?«

Sie presste eine Hand gegen die Stirn und fuhr fort: »Als unsere Kinder sich anbrüllten, schritt Eddie ein. Er sagte zu Hillary und Marie, sie hätten Laura mit Respekt zu behandeln. Sie wäre bald seine Frau, und wenn sie sie nicht akzeptieren würden, wollte er kein Teil ihres Lebens mehr sein.«

Heath pfiff leise durch die Zähne. »Hat er das ernst gemeint?«

»Damals ganz sicher. Aber ich weiß, dass er es inzwischen bereut, weil er zahlreiche Versuche unternommen hat, die Kluft zu überbrücken. Ohne Erfolg.«

»Hillary und Marie müssen das Gefühl gehabt haben, dass er seine Wahl getroffen hat.«

»Ja, leider.« Julia tigerte weiter auf und ab.

Er wartete schweigend ab; fragte sich, ob er ein weiteres Problem zur Sprache bringen sollte. »Ich muss dich nach den Textnachrichten fragen, die du Lee geschickt hast«, tastete er sich vor, dabei beobachtete er ihre Reaktion.

Julia blieb stehen, und die Farbe wich aus ihrem Gesicht. »Ich …« Sie brach ab, bevor sie erneut ansetzte, was ihm den Eindruck vermittelte, dass sie ihm etwas verschwieg.

»Das war nicht meine Glanzleistung, so viel steht fest. Es hat mir leidgetan, und ich hätte mir gewünscht, ich hätte mich nicht zu einem solchen Benehmen hinreißen lassen. Aber ich bin schuldig im Sinne der Anklage.«

Es imponierte ihm, dass sie nicht zu Ausflüchten griff und stattdessen die Verantwortung für ihre Fehler übernahm. Wie er seinen Söhnen schon erklärt hatte, war die Stimmung damals aggressiv gewesen, und die Emotionen waren hochgekocht. Es fiel ihm nicht schwer, Julia zu verzeihen, weil er wusste, wie hart sie darum gekämpft hatte, ihre Ehe zu retten.

»Deine Söhne haben diese Nachrichten erwähnt?«

Heath nickte. »Sie haben es zusammen mit … ein paar anderen Dingen zur Sprache gebracht.«

»Als da wären?«

Heath hatte nicht beabsichtigt, die Angelegenheit zu vertiefen. Was sich zwischen ihm und seinen Kindern abgespielt hatte, würde er für sich behalten.

Julia drehte sich zu ihm und ließ die Arme an den Seiten herabhängen. »Michael und Adam möchten nicht, dass du dich weiter mit mir triffst.«

Das war keine Frage, sondern die Feststellung einer Tatsache – eine, von der er sich nicht die Mühe machte, sie abzustreiten. »Ich habe meine Entscheidung getroffen. Ich liebe meine Söhne, aber es ist mein Leben. Nachdem ich mir ein paar Tage Zeit genommen habe, um über mögliche Folgen nachzugrübeln, bin ich entschlossen, dich nicht zu verlieren.«

»Nein«, widersprach sie automatisch. »Dann tust du genau das, was damals einen Keil zwischen Eddie und unsere Mädchen getrieben hat. Ich möchte keine Mitschuld daran tragen.«

»Julia, ich werde mir von meinen Söhnen nicht vorschreiben lassen, wen ich lieben darf. Ich breche die Beziehung zu ihnen nicht ab, weil ich mich dafür entscheide, mit dir zusammen zu sein. Sie haben mir versprochen, dass sich trotzdem nichts ändern wird.«

»Sie wollen nichts mit mir zu tun haben.«

Wieder leugnete er ihre Worte nicht.

Julia vergrub das Gesicht in den Händen und sah aus, als würde sie gleich in Tränen ausbrechen. Heath überbrückte die Distanz zwischen ihnen, zog sie in die Arme und drückte sie fest an sich.

»Ach, Heath, was tun wir da nur?«

»Wir verlieben uns ineinander, das tun wir.«

»Aber deine Jungen.«

»Es war ein Schock. Tief in meinem Innern weiß ich, sie wollen, dass ich glücklich bin. Und du, Julia Jones, machst mich extrem glücklich. Sie waren bereit, ein Auge zuzudrücken, als ihre Mutter ihr eigenes Glück gesucht hat. Wenn sie sich erst einmal daran gewöhnt haben, dass wir ein Paar sind, werden sie sich schon wieder einkriegen.«

Julia zitterte in seinen Armen, und er küsste sie auf den Scheitel.

»Dir muss klar sein, dass das nur die erste Hürde ist«, flüsterte er.

Sie blickte auf. »Wie meinst du das?«

Er schloss die Augen und stieß vernehmlich den Atem aus. »Du musst es Hillary und Marie noch sagen.«

Julia verstummte.

In Heath' Magengrube breitete sich das Übelkeit erregende Gefühl aus, dass das Schlimmste noch kommen würde.

13

Eigentlich sollte es ein Anlass zur Freude sein. Stattdessen hatte sich Julias Magen dermaßen verkrampft, dass es wohl einen Seemann umgeworfen hätte. Hillary hatte sie, Marie und Carrie gebeten, sich mit ihr beim Brautmodengeschäft zu treffen, um ihr Hochzeitskleid auszusuchen.

Danach stand Lunch bei Alice's auf dem Plan, einem hiesigen Meeresfrüchte-Restaurant, das die Familie seit langer Zeit besuchte. Julia war klar, dass sie es nicht länger aufschieben konnte, ihren Mädchen zu sagen, dass Heath' Exfrau ihren Vater geheiratet hatte, vor allem, weil sie wusste, wie sehr sie Laura ablehnten. Julia konnte nur beten, dass Eddie ihren Rat beherzigt und sich mit Hillary in Verbindung gesetzt hatte, seit er von ihrer Verlobung erfahren hatte.

Sie trafen sich um zehn, zu dem Termin, den Hillary in dem Geschäft bekommen hatte. Sie wurden in einen abgeteilten Raum geführt, und ihnen wurde Sekt angeboten, bevor Hillary in den Anprobebereich ging. Bevor sie hierhergekommen waren, hatte sich Hillary etliche Kleider online angeschaut und fünf ausgesucht, die im Rahmen ihres Budgets lagen.

»Das ist aufregend«, sagte Carrie, als Hillary der Verkäuferin in den Ankleideraum folgte.

Julia, die zwischen Marie und Carrie saß, teilte die Begeisterung ihrer Nichte. Heute war ein glücklicher Tag – oder es würde einer werden, sofern sie imstande war, die Angelegenheit bezüglich Heath' ehemaliger Beziehung zu der Frau zu klären, die sie nicht als Stiefmutter anerkennen wollten.

»Ich freue mich für Hillary.« Marie schlug die Beine übereinander und lehnte sich in dem bequemen Sessel zurück. »Hat sie dir erzählt, dass sie von Dad gehört hat?«

»Nein.« Julia war erfreut, das zu hören. Sie hoffte, dass Eddie sich ihre Worte zu Herzen genommen hatte.

Marie wirkte überrascht. »Ich frage mich, warum nicht.«

Julia seufzte. Sie war zugegebenermaßen überrascht. »Ich bin sicher, sie hat ihre Gründe.«

Marie zuckte die Achseln. »Es ist keine große Sache. Dad hat mich zuerst angerufen.«

Das sah Eddie ähnlich. Er hatte die Angewohnheit, die Hintertür zu nehmen, wenn er nicht sicher war, was ihn erwartete, sollte er den direkten Weg wählen.

»Er glaubt, ich bin weniger störrisch als Hillary«, erklärte sie. »Das muss wohl stimmen, denn ich habe mich entschieden, mit ihm zu reden.«

Carrie beugte sich vor, um ihre Cousine anzusehen. »Was ist denn passiert? Spann uns nicht auf die Folter. Was wollte er?«

Marie hob zum Zeichen, dass es nichts Wichtiges war, die Schultern. »Leider dasselbe wie immer.«

»Was soll das heißen?« Carrie wollte weitere Einzelheiten hören.

»Du weißt doch«, erwiderte Marie, als langweilte sie

das Thema. »Er ist vor allem anderen daran interessiert, dass wir Laura akzeptieren. Er konnte ihren Namen aus dem Gespräch kaum heraushalten. Laura hier und Laura dort, als könnte ich es gar nicht erwarten, über ihr wundervolles gemeinsames Leben auf dem Laufenden gehalten zu werden.«

Julia fiel es schwer zu verstehen, wie ihr Exmann so unsensibel sein konnte.

»Fairerweise«, fügte Marie hinzu, »hat er gefragt, wie es Hillary und mir geht und ob ich einen Freund hätte. Er sagte, er hätte gehört, wir hätten beide viel Spaß an unseren Jobs, das Übliche, du weißt schon.« Sie wandte sich an Julia. »Du musst ihm irgendetwas gesagt haben.«

»Habe ich.« Sie hatte es sich nicht zur Gewohnheit gemacht, Eddie anzurufen. Bei ihrem letzten Gespräch hatte sie ihm das Neueste hinsichtlich der Mädchen berichtet und ihm erzählt, wie gut sie sich entwickelten.

»Dann bat Dad mich, Hillary seine Glückwünsche auszurichten.«

Das war ein Schritt in die richtige Richtung, und davon zu hören machte Julia Mut, obwohl sie wünschte, er hätte sich direkt an Hillary gewandt.

Bevor sie weitersprechen konnte, trat Hillary in einem prachtvollen Brautkleid, das ihr blendend stand, aus dem Ankleideraum. Sie stieg auf ein Podest, sah sie erwartungsvoll an und wartete stumm auf ihre Meinung. Ihr Blick wanderte als Erstes automatisch zu ihrer Mutter.

Julia konnte die Augen nicht von ihrer Tochter losreißen. Hillary wirkte mit ihrem schulterlangen dunklen Haar so majestätisch wie eine Königin. Sie war um etliche Zentimeter größer als Julia, das kam von Eddies Seite der

Familie. Auch die blauen Augen hatte sie von ihrem Vater. Hillary war schlichtweg hinreißend. Julia konnte kaum glauben, dass diese schöne junge Frau ihre kostbare Tochter war.

»Was meint ihr?«, fragte Hillary, als niemand etwas sagte.

Julia konnte aufgrund des Kloßes, der sich in ihrer Kehle bildete, nur mühsam antworten. »O Himmel«, flüsterte sie rau.

Hillarys Augen wurden groß. »Es gefällt dir nicht?«

»Nein, ich liebe es. Es ist perfekt. Du bist perfekt.«

Marie nickte. »Ich finde es überwältigend.«

»Ich auch«, fügte Carrie hinzu.

Das Problem bestand darin, dass jedes der fünf Kleider, die in Hillarys engere Auswahl gekommen waren, gleichermaßen überwältigend waren. Dann zeigte ihnen die Verkäuferin ein weiteres Kleid, eines, das mehrere Hundert Dollar über Hillarys Budget lag. Es war das bei Weitem schönste von allen Modellen, was die Wahl noch schwieriger machte. Nach einer längeren Diskussion mit der Verkäuferin, die ihren Rat anbot, konnten sie die Auswahl auf zwei Kleider beschränken: das erste, das Hillary anprobiert hatte, und das letzte, teuerste. Beide waren im selben Stil gehalten, schmal und elegant, und schmeichelten Hillarys schlanker Figur.

»Ich werde darüber nachdenken«, verkündete Hillary kurz vor dem Ende der vereinbarten Zeit. Julia wusste, dass der Preisunterschied zwischen den beiden Kleidern ein entscheidender Faktor war. Ihr eigenes Brautkleid hatte weniger als fünfhundert Dollar gekostet, aber das war jetzt fast vierzig Jahre her. Die Zeiten und Preise hatten sich geändert. Sie erinnerte sich, wie sie und Eddie ihr Haus gekauft und sich gesorgt hatten, ob sie die Rate von knapp vierhundert Dollar monatlich zahlen könnten.

»Egal für welches Kleid du dich entscheidest, es wird perfekt sein«, versicherte Julia ihrer Tochter.

»Mir gefällt das teurere.« Sie biss sich auf die Unterlippe. »Aber es liegt sechshundert Dollar über meinem Budget.«

»Bitte Dad darum«, riet Marie. »Er sagte, er wollte sich an den Kosten der Hochzeit beteiligen. Du solltest sein Angebot annehmen.«

Schließlich waren sie bei dem Restaurant angekommen und hatten ihre Plätze zugewiesen bekommen. Die Bestellungen waren aufgegeben worden, und sie saßen am Tisch, tranken einen frischen Weißwein und plauderten über die Hochzeitsarrangements. Der Termin war für Anfang November festgesetzt und der ideale Ort für den Empfang gefunden worden.

»Ich bitte Dad um gar nichts«, sagte Hillary mit mehr als nur einem Anflug von Trotz.

»Ich habe gehört, dein Vater hat Marie angerufen und wollte dir gratulieren«, sagte Julia. Sie hätte vielleicht nicht erwähnen sollen, dass sie davon wusste. Das war eine Sache zwischen Eddie und ihren Töchtern.

»Dad hat mich angerufen«, gab Hillary mit einigem Widerstreben zu.

»Wenn du lieber nicht darüber reden möchtest, verstehe ich das. Was auch immer gesagt wurde, es geht nur euch beide etwas an.«

»Mich stört es nicht«, erwiderte Hillary, als wäre es ihr

völlig gleichgültig. Julia vermutete das Gegenteil. Vom Tag ihrer Geburt an hatte Hillary ihren Dad um den kleinen Finger gewickelt. Während sie aufwuchs, hatten sie sich sehr nahegestanden. Beide mussten extrem unter dieser Entfremdung leiden; Julia spürte den Schmerz und wünschte inbrünstig, sie würden zu ihrer früheren guten Beziehung zurückfinden.

»Süße«, sagte sie sanft, »indem er dir anbietet, sich an den Kosten für die Hochzeit zu beteiligen, tut dein Dad, was er kann, um euch beide wieder zusammenzubringen.«

Hillary schnaubte leise. »Dann gibt er sich nicht genug Mühe.«

»Er hat gesagt, er würde dir das Clubhaus reservieren«, warf Marie ein.

Hillary warf ihrer Schwester einen bitterbösen Blick zu.

Eddie hatte Julia gegenüber dasselbe angedeutet. Es war ein großzügiges Angebot, und weil er Mitglied war und viele Jahre als Golfprofi für den Club gearbeitet hatte, würde er sicher einen Sonderpreis bekommen. Hochzeiten waren teuer, und Hillary täte gut daran, sein Angebot in Betracht zu ziehen.

»Hat er das?«, fragte sie, als wäre ihr das völlig neu. »Das war großzügig von ihm.«

»Allerdings«, fügte Carrie hinzu und nippte an ihrem Wein.

»Hey.« Hillary bedachte ihre Cousine mit demselben Blick, der zuvor schon ihre Schwester getroffen hatte. »Auf welcher Seite stehst du eigentlich?«

»Muss es denn Seiten geben?«, fragte Julia.

»In diesem Fall ja«, schoss Hillary zurück. »Ich bin bereit, zuzugeben, dass es nett von ihm war, aber ich habe abgelehnt.«

»Hillary!« Julia war enttäuscht, dass ihre Tochter die Hand nicht ergriffen hatte, die ihr Vater ihr hingestreckt hatte.

»Ich gestehe, dass ich anfangs versucht war, weil Blake und ich noch keine Location für den Empfang gefunden hatten, als er anrief.«

»Und warum hast du dann doch nicht angenommen?«, fragte Carrie, als ihr Essen gebracht wurde. »Es wäre nur vernünftig gewesen.«

»Stimmt«, erwiderte Hillary so nonchalant, als spräche sie über etwas derart Belangloses wie den Rabatt auf Eiscreme im hiesigen Fred-Meyer-Laden. »Aber dann hat er alles wieder verdorben, indem er einfließen ließ, Laura würde sich sehr freuen, mir bei dem Menü für den Hochzeitsempfang zu helfen, wenn wir ihn im Clubhaus veranstalten.«

Innerlich stöhnend senkte Julia den Kopf. Wieder einmal hatte Eddie alles vermasselt. Ihr Exmann hatte anscheinend die schmerzliche Lektion nicht gelernt, dass es nichts brachte, von den Mädchen zu verlangen, dass sie seine neue Frau akzeptierten. Es wunderte sie, dass Eddie auf diesem Auge derart blind war.

»Na, das war einfach nur blöd.« Carrie machte sich über ihre Krebspuffer mit cremiger Zitronensauce her.

»Erzähl Mom, was du gesagt hast«, drängte Marie.

Hillary schüttelte den Kopf. »Mom mag es nicht, wenn ich fluche. Aber ich glaube, Dad hat die Botschaft verstanden.«

»Ich bin sicher …«, begann Julia, wurde aber unterbrochen.

»Mom, Dad ist derjenige, der darauf bestanden hat, kein Teil unseres Lebens mehr zu sein, wenn wir Laura nicht mit offenen Armen annehmen. Und das kann ich mir nicht vorstellen, nicht nach all dem, was sie zu dir gesagt und dir angetan hat.«

»Ach, Honey, ich habe ihr verziehen. Und ihr müsst das auch tun.«

»Das kann ich nicht. Nicht nachdem sie dich so behandelt hat. Dad war auch nicht besser, er hat dich belogen und getäuscht, während er die ganze Zeit eine Affäre hatte. Einen Mann ohne jeden Funken von Ehre und Integrität kann ich nicht respektieren. Und es ist noch schlimmer, wenn dieser Mann mein eigener Vater ist.«

»All das ist lange her«, erinnerte Julia ihre Mädchen sanft. »Und vergesst nicht, dass das alles in der Hitze des Augenblicks gesagt wurde. Er wollte die Beziehung zu euch nicht komplett abbrechen.«

»Und ob er das wollte«, konterte Hillary. »Es ist ein ganzes Jahr vergangen, bevor er überhaupt versucht hat, mit mir zu reden.«

Julia erkannte, wie schwer es sowohl Eddie als auch den Mädchen fiel, sich von ihrem Stolz zu verabschieden. Sie hatten mehr gemeinsam, als jeder von ihnen zuzugeben bereit war. »Euer Vater hat euch beiden Zeit und Abstand gelassen, bis sich die Wogen geglättet haben«, sagte sie in der Hoffnung, Hillary und Marie würden sich ihre Worte zu Herzen nehmen.

»Onkel Eddie hat mich ein paar Mal angerufen, um

mich zu fragen, wie es euch beiden geht«, fügte Carrie hinzu. Ihre Nichte neigte dazu, die Friedensstifterin zu spielen. Julia wusste ihre Bemühungen zu schätzen.

Seit Carrie im letzten Monat ihren neuen Job angetreten hatte, war Julia eine Veränderung bei ihr aufgefallen. Ihre Nichte war rasch in die Stelle hineingewachsen, und die Hausbewohner mochten sie. Sie hatte ein freundliches Wesen und war stets bereit, den Leuten zu helfen. Eines der Hausverwaltungsmitglieder hatte Julia dafür gedankt, Carrie empfohlen zu haben. Sie hatte auch erfahren, dass sich ihre Nichte mit Eric Hudson angefreundet hatte und oft in der abendlichen Kühle Zeit mit ihm auf dem Dach verbrachte. Vielleicht steckte hinter der mit ihr vorgegangenen Veränderung ja mehr als nur der Job als Concierge. Was Julia glücklich machte. Als sie Carrie nach Eric gefragt hatte, hatte ihre Nichte behauptet, er hätte weit mehr auf dem Kasten, als man auf den ersten Blick vermuten würde. Weiter war sie nicht darauf eingegangen, was Julias Neugier bezüglich einer sich anbahnenden Beziehung geweckt hatte. Nach außen hin schienen sie absolute Gegensätze zu sein. Doch ihrer Ansicht nach könnten sich ihre Persönlichkeiten perfekt ausgleichen. Eric brauchte jemanden wie Carrie, um ihn aus seinem Schneckenhaus zu zerren.

»Ich wäre bereit, einer Beziehung zu Dad eine Chance zu geben«, riss Marie Julia abrupt aus ihren Gedanken. »Aber er weigert sich immer noch, uns zu sehen, wenn wir Laura nicht miteinbeziehen. Das ist das Problem.«

»Ich bezweifle, dass wir noch einmal von ihm hören«, sagte Hillary. »Ich habe meine Wünsche klar formuliert. Die Entscheidung liegt jetzt bei ihm.«

»Dad bestand darauf, an der Hochzeit teilzunehmen, da er Hillarys Vater ist«, fügte Marie hinzu.

»Und ich sagte ihm, es wäre meine Hochzeit, und ich würde die Gästeliste erstellen. Ich habe ihm klargemacht, dass Lauras Name nicht draufsteht und auch nie draufstehen wird. Dad hat die Wahl. Er kann zur Hochzeit kommen, aber Laura darf ihn nicht begleiten.«

Julia machte Anstalten, etwas zu sagen. Hillary hinderte sie daran, indem sie eine Hand hob.

»Sag es nicht, Mom. Nichts, was du vorbringen könntest, würde meine Meinung ändern. Dad war es, der den Schlussstrich gezogen hat, und er muss jetzt den ersten Schritt tun.«

Julias Ansicht nach hatte Eddie das bereits getan, indem er von sich aus den Kontakt zu seinen Töchtern gesucht hatte. Sie konnte nicht verstehen, warum er die Sache nicht ungezwungener anging und Hillary und Marie beispielsweise zum Kaffee einlud, um mit ihnen zu reden. Schließlich war es ja nicht so, dass Laura untrennbar an ihm klebte oder kleben sollte. Wenn Hillary ihre Meinung partout nicht änderte, fürchtete sie, dass ihre Tochter es eines Tages bereuen würde, ihrem Vater keinen Zutritt zu ihrem Leben gewährt zu haben.

»Jetzt haben wir genug über Dad geredet«, meinte Marie. »Heute haben wir Anlass zum Feiern. Hillary sucht ihr Brautkleid aus.«

»Und bezahlt alles selbst«, fügte diese hinzu, bevor jemand vorschlagen konnte, sie solle Eddies Angebot annehmen.

»Und ich genieße den Lunch mit meinen liebsten Frauen auf der Welt«, ergänzte Carrie.

Die Mädchen hatten recht. Über Eddie zu sprechen hatte dem, was ein glücklicher Tag sein sollte, einen Dämpfer aufgesetzt.

Hillary kramte in ihrer Tasche und zog einen Block hervor. »Das ist die Liste von allem, was ich vor der Hochzeit noch erledigen muss«, sagte sie und versah den Punkt »Brautkleid« mit einem Häkchen.

»Als Nächstes müssen Blake und ich die Save-the-date-Karten bestellen. Wir wollen das Anfang nächster Woche machen und dann auch gleich die Einladungen drucken lassen. Was bedeutet, dass wir entscheiden müssen, was genau darauf stehen soll. Blake ist für das Traditionelle, also die Namen unserer Eltern aufzulisten. Mir persönlich ist das nicht so recht.«

Julia unterdrückte ein weiteres Stöhnen. Wenn Blake seinen Willen durchsetzte, dann bestand wohl kein Zweifel daran, dass Hillary den Namen ihres Vaters auf der Einladung weglassen würde. Eine weitere Kränkung für Eddie, die die Kluft zwischen ihnen noch vergrößern würde.

»Ihr seid beide alt genug, um eure eigenen Entscheidungen zu treffen«, sagte Julia. »Ihr habt nicht mehr zu Hause gewohnt, seit ihr aufs College gegangen seid.«

Ihre Tochter schüttelte leicht den Kopf. »Mom, hör auf. Ich weiß, worauf du abzielst. Du hältst es für das Beste, dass wir die Namen unserer Eltern weglassen, weil du Dads Gefühle schonen willst. Das ist lieb, aber überflüssig. Blake und ich diskutieren darüber und werden bestimmt einen Kompromiss finden.«

»Verstanden.«

Die Mädchen unterhielten sich miteinander, während

sich Julias Magen verkrampfte, als sie sich für das wappnete, was sie ihnen als Nächstes verkünden würde. Ihr Essen hatte sie kaum angerührt. Nun hieß es: Jetzt oder nie. Sie wusste, dass Heath zu Hause besorgt darauf wartete, wie ihre Töchter auf die Neuigkeiten reagierten.

»Hillary, Marie«, begann sie. »Ich muss euch etwas sagen.«

Ihr Tonfall hatte ihnen gewiss verraten, dass das, was sie ihnen mitzuteilen hatte, wichtig war. Als sie das Wort ergriff, richtete sich die Aufmerksamkeit aller drei Mädchen auf sie.

Julias Mund wurde strohtrocken.

»Mom.« Hillarys Augen weiteten sich vor Sorge. »Was ist denn?«

14

Ihre Töchter fuhren fort, sie anzustarren. Carrie ebenfalls. Julia konnte beim besten Willen nicht die richtigen Worte finden, wusste noch nicht einmal, wo sie anfangen sollte. Sie hatte es für das Beste gehalten, einfach die Wahrheit zu sagen. Doch jetzt, wo ihr die volle Aufmerksamkeit der anderen gewiss war, stellte sie fest, dass ihre Zunge angeschwollen war und sie kaum sprechen konnte.

»Bist du krank?« Marie griff über den Tisch hinweg nach Julias Hand und hielt sie fest. »Ist es Krebs?«

»Nein. Nein«, flüsterte sie kopfschüttelnd. »Es ist nichts dergleichen.«

»Mom, du machst mir Angst.« Das kam von Hillary, die sonst durch so gut wie nichts zu erschüttern war.

»Tante Julia, du weißt, dass es nichts gibt, was du uns nicht sagen kannst. Wir lieben dich.«

»Ich weiß …« Sie straffte sich und sah in die Gesichter dieser drei jungen Frauen, denen ihr Herz gehörte. »Ich habe mich verliebt«, wisperte sie.

Alle drei Mädchen lächelten breit, als sich ihre Schultern vor Erleichterung lockerten.

»Mom, hast du ernsthaft gedacht, es würde uns aus der Fassung bringen, wenn du eine neue Liebe findest?«, fragte Marie mit einem leisen Lachen.

»Das ist doch wundervoll, Mom«, fügte Hillary sichtlich erleichtert hinzu.

»Es ist Mr. Wilson, nicht?«, bemerkte Carrie wissend. »Ich habe gesehen, dass ihr beide jeden Morgen im Busy Bean Kaffee trinkt. Und dann seid ihr zusammen auf die Pubtour gegangen.«

»Woher weißt du das?« Julia war überrascht, dass es sich im Haus herumgesprochen hatte, bis sie sich erinnerte, dass sie bei dem Event Kennedy und später ein paar Vorstandsmitglieder getroffen hatte.

»Es war doch kein Geheimnis, oder?«

»Nein, überhaupt nicht.« Die Pubtour war der Wendepunkt in ihrer Beziehung gewesen. Der Abend, an dem Heath sie zum ersten Mal geküsst hatte. Der Abend, an dem sie gespürt hatte, dass der dicke Panzer um ihr Herz Risse bekam und der Möglichkeit, sich erneut zu verlieben, Einlass bot. Die Liebe hatte sie zuvor tief verletzt, und sie hatte Angst gehabt, bevor Heath sie geküsst hatte. Dieser erste Kuss hatte alles verändert.

»Es ist Heath«, bestätigte sie. »Wir haben viel Zeit miteinander verbracht, und es war wunderbar. Keiner von uns hatte es darauf angelegt, noch einmal so etwas zu empfinden. Es ist einfach passiert. Wir haben so viel gemeinsam. Vor Heath habe ich nicht geglaubt, dass ich jemals wieder jemanden finden würde. Mir kommt es so vor, als hätte sich mir die ganze Welt geöffnet, seit wir zusammen sind.«

»Das ist ja fantastisch. Wann lernen wir ihn denn kennen?«

»Wann immer ihr wollt. Nur …« Sie brachte es nicht über sich.

»Nur was?« Maries Gesicht wurde ernst.

»Hat er eine Vorstrafe? Liegt er im Sterben? Ist er verheiratet?«, warf Hillary ein.

Julia schüttelte den Kopf. »Heath ist ein ehrlicher Mann. Er ist gesund. Und er war verheiratet, ist jetzt aber geschieden.«

»Was ist es denn dann, was du uns nicht sagen kannst?«

»Es geht um seine Exfrau«, antwortete sie vorsichtig.

Beide Mädchen lehnten sich zurück. »Verhindert sie eure Beziehung?«, erkundigte sich Carrie besorgt.

»Ist sie so eine Hexe wie Laura?«, legte Hillary nach.

Julia hielt ihren Blicken ein paar Sekunden stand, bevor sie die Augen niederschlug und flüsterte: »Sie *ist* Laura.«

Auf das Geständnis folgte Schweigen, während die drei einen Zusammenhang herstellten.

»Heath war mit Laura verheiratet … derselben Laura, die jetzt mit unserem Vater verheiratet ist?« Hillary fand als Erste die Sprache wieder.

Julia nickte. »Wir haben das erst vor Kurzem herausgefunden, und es war für uns genauso ein Schock wie für euch. Als Heath von seiner Ex sprach, nannte er sie Lee, und als ich Eddie erwähnte, hatte er keine Ahnung, dass es sich bei Eddie um den Edward handelte, den seine Ex geheiratet hat.«

»Wann ist dir das denn klar geworden?«

»Heath' Sohn Michael hat mich erkannt.«

Als sie Michaels Namen hörten, erstarrten ihre beiden Töchter prompt. »Ich wette, dass das nicht sonderlich gut gelaufen ist«, murmelte Hillary. Ihr Kiefer verspannte sich vor Abscheu.

»Ich kann mir vorstellen, was er gesagt hat.« Marie schüttelte den Kopf, als hätte sie in etwas Saures, Widerwärtiges gebissen. »Vielleicht magst du ja Heath, aber du musst wissen, dass seine Söhne Ekelpakete sind.«

»Dir ist schon klar, dass es an Michael und Adam liegt, warum Marie und ich nie wieder eine gute Beziehung zu unserem Dad haben werden.«

»Oh, Hillary, sag doch so etwas nicht.«

»Es stimmt, Mom.«

»Was haben seine Söhne denn gesagt, als sie erfahren haben, dass du mit Heath zusammen bist?«, fragte Carrie.

»Ja, Mom, was haben sie gesagt?« Sowohl Hillary als auch Marie verschränkten trotzig die Arme vor der Brust.

Carrie stellte die Frage, die Julia zu vermeiden gehofft hatte. »Sie waren nicht gerade glücklich darüber, aber Heath hat mir versichert, dass sich wegen unserer Beziehung nichts zwischen ihm und seinen Söhnen ändert.«

»Sie wollen nichts mit dir zu tun haben, richtig?«

Julia nickte langsam und widerstrebend.

Hillarys und Maries Gesichter spannten sich an, bis sie geradezu verkniffen wirkten.

»Als ob du jemals etwas getan hättest, um sie zu verletzen«, schnaubte Marie.

»Mom, bist du sicher, dass du Heath liebst … Ich meine, es gibt genug andere verfügbare Männer. Warum muss es ausgerechnet er sein?«

»Ihr wollt, dass ich mit Heath Schluss mache?«, fragte sie. Das war ihre größte Angst. Sie betete, dass ihre Mädchen nicht so reagieren würden, wie Heath' Söhne es getan hatten.

Die drei wechselten einen schwer zu deutenden Blick.

»Tante Julia, wir wollen, dass du glücklich bist.«

»Ich bin glücklich … oder war es, bis diese Information ans Licht kam. Eine Komplikation, die Heath und ich nie vorhergesehen hatten. Ihr müsst wissen, dass uns das beide erschüttert hat. Nachdem er mit seinen Söhnen gesprochen hatte, brauchte Heath ein paar Tage, um über alles nachzudenken. Am Ende beschloss er, nicht zuzulassen, dass das, was zwischen Laura und Eddie passiert ist, zwischen uns steht.«

»Und vermutlich ist er ganz selbstverständlich davon ausgegangen, dass du dasselbe tust?« Hillary hob die Stimme. »Hat er irgendeine Vorstellung davon, in was für eine peinliche Lage er dich, Marie und mich bringt?«

Darauf gab es nur eine Antwort. »Ich glaube schon, dass er die hat.«

»Das bezweifle ich.«

Julia hatte nicht gewusst, womit sie rechnen musste, wenn sie ihrer Familie diese Neuigkeit beibrachte. Ihre Töchter waren genauso vor den Kopf geschlagen wie sie selbst. Es würde Zeit brauchen, all die möglichen Verwicklungen zu verarbeiten. »Was ihr verstehen müsst«, sagte sie in der Hoffnung, Klarheit in die Angelegenheit zu bringen, »ist, dass es nichts an den Gefühlen ändert, die Heath und ich füreinander hegen.«

Alle drei Mädchen blieben stumm. Endlich war es Marie, die das Wort ergriff. »Vielleicht sollte es das aber.«

Einen Moment lang war Julia sicher, dass ihr Herzschlag ausgesetzt hatte. »Wie meinst du das?«, fragte sie, sowie ihre Stimme ihr wieder gehorchte.

»Laura ist Gift. Dass Dad dich wegen dieser Hexe verlassen hat, sagt mir alles darüber, zu welcher Sorte Mann mein Vater gehört«, meinte Hillary.

»Und Laura hat ja nicht nur Dad vergiftet«, fügte Marie hinzu. »Sie hat die ganze Familie infiziert. Ihre Söhne hassen uns, und weil sie zu ihrer Mutter halten, sieht es so aus, als würden sie dir gar keine Chance geben.«

Dem wenigen, was Heath erzählt hatte, hatte Julia entnommen, dass das wahrscheinlich stimmte.

»Ich weiß, dass du das nicht hören willst, aber Mom, bitte, du musst ernsthaft darüber nachdenken, diese Beziehung nicht fortzusetzen.«

Hillary hatte recht. Julia wollte das nicht hören. Doch so schmerzlich es auch war, sie war ihren Töchtern für ihre Ehrlichkeit dankbar.

»Es ist ja nicht so, dass wir nicht wollen, dass du glücklich bist«, fuhr Hillary fort. »Ich bin sicher, Heath ist ganz toll, nur solltest du wissen, dass andere Mütter auch schöne Söhne haben. Du musst nur für andere Möglichkeiten offen sein. Unsere Beziehung zu dir hat uns immer Sicherheit gegeben. Als Dad gegangen ist, warst du diejenige, die alles zusammengehalten hat. Wir wussten, dass du immer für uns da sein würdest. Dad war weg, und er hat keinen Zweifel daran gelassen, dass er kein Teil unseres Lebens mehr sein wollte.«

Die Scheidung hatte ihre Töchter emotional sehr belastet. Eddie schien sich einzubilden, dass die Auflösung ihrer Familie sie nicht treffen würde, weil sie alt genug waren, praktisch auf eigenen Füßen standen und ihr Leben lebten. Wie falsch er damit gelegen hatte. Wie naiv er gewesen war.

»Ich weiß, was du für Heath empfindest«, fuhr Hillary

fort. »Aber, Mom, du kannst doch nicht ernsthaft von uns verlangen, dass wir uns mit seiner Familie abgeben? Kannst du dir vorstellen, wie die Feiertage aussehen würden? Und was passiert, wenn Enkelkinder kommen? Siehst du denn nicht, in was für eine unmögliche Situation du dich und Heath bringst?«

»Und uns?«, ergänzte Marie.

Julia verspürte plötzlich den Drang zu weinen. Tränen traten ihr in die Augen, und sie zwinkerte sie weg. »Zwischen uns wird sich niemals etwas ändern, das kann ich euch versprechen«, flüsterte sie. Trotzdem musste sie ernsthaft über Hillarys Worte nachdenken.

Vor dem Lunch hatte ihre Entscheidung festgestanden. Sie war entschlossen gewesen, das Problem mit ihrer Familie zu besprechen, damit sie mit Heath zusammen sein konnte. Doch angesichts der Aufregung, die diese Neuigkeit bei ihren Töchtern ausgelöst hatte, begriff Julia, dass sie tun musste, was sie vorschlugen: ihre Möglichkeiten sorgfältig abzuwägen.

Wieder zu Hause saß Julia in ihrer Wohnung und blickte aus dem Fenster mit der begrenzten Aussicht auf das blaugrüne Wasser des Puget Sound. Sie konnte Heath nicht gegenübertreten, obwohl sie wusste, dass er ihrer Rückkehr entgegenfieberte. Eine geschlagene Stunde saß sie regungslos da und ließ das Gespräch beim Lunch Revue passieren. Vor dem heutigen Tag war in ihrem Kopf alles glasklar gewesen. Jetzt war sie in keinem Punkt mehr sicher. Nicht, was Heath betraf. Oder die Zukunft. Oder die Reaktion ihrer Töchter.

Es klingelte, und ohne zu öffnen, wusste sie, dass er es

war. Ihre Füße fühlten sich an wie mit Bleigewichten beschwert, als sie langsam zur Tür ging.

Wie sie vermutet hatte, war es Heath. Wortlos trat sie zur Seite, damit er hereinkommen konnte. Sowie sie die Tür schloss, zog er sie in die Arme und drückte sie an seine Brust; so fest, dass sie seinen regelmäßigen Herzschlag spüren konnte. Den Schlag des Herzens, das ihr eigenes war. Julia wusste nicht, wie sie es schaffen sollte, ihn aufzugeben.

Dieser Gedanke verstärkte sich, als er sie küsste. In ihrem ganzen Leben war sie noch nie so leidenschaftlich, mit einem so unglaublichen Verlangen geküsst worden. Als wäre der einzige Grund, weshalb er atmete, der einzige Grund, weshalb er lebte, der, dass er mit ihr zusammen sein konnte.

Ihre Augen schwammen in Tränen. »Ich weiß nicht, wie ich lernen soll, ohne dich zu leben«, flüsterte sie gebrochen.

»Weil du das nie herausfinden wirst. Ich kann mir vorstellen, was deine Töchter gesagt haben, Julia.«

Sie blickte zu ihm hoch. Seine ansprechenden Züge verschwammen hinter einem Tränenschleier. »Kannst du das?«

»Ich habe dasselbe von Michael und Adam gehört. Es hat mich erschüttert, und ich konnte mir denken, dass es dich gleichermaßen aus der Fassung bringen würde, sobald deine Mädchen erfahren, wer ich bin. Ich habe mich von dir ferngehalten, so lange ich konnte, bevor mir etwas klar wurde. Ich kann und will nicht zulassen, dass Lauras Untreue und meine Kinder mein Leben beherrschen.«

Sie verstand ihn, sie verstand ihn wirklich. Hillary

und Marie bedeuteten ihr alles. Sie hatten ihr während der Scheidung treu zur Seite gestanden und sie auch danach immer unterstützt. Sie behaupteten, sie wollten nur, dass sie glücklich war. Aber, und das war ein großes Aber, sie hofften, dass sie dieses Glück nicht in einer Beziehung mit Heath fände.

»Bis ich angefangen habe, mich mit dir zu treffen, Julia, wusste ich gar nicht, wie einsam ich geworden bin«, fuhr er fort. »Ich habe jeden Tag wie ein Roboter hinter mich gebracht, ohne Gefühle, ohne Lachen, ohne Sonnenschein. Du hast all das in mein Leben zurückgebracht, und bei allem, was mir heilig ist, ich lasse mir das, was wir haben, nicht wegnehmen. Nicht von meinen Kindern. Nicht von deinen. Und ganz sicher nicht von Lee und Eddie.«

Julia würde zu gerne glauben, dass ihre Liebe möglich war. Sie lehnte die Stirn gegen seine Brust, wohl wissend, dass sie, wenn sie ihm in die Augen sähe, nie den Mut aufbringen würde, ihn zu verlassen.

»Ich brauche Zeit, um über alles nachzudenken«, sagte sie.

»Nein«, widersprach Heath.

»Nein? Du hast dir drei Tage genommen«, erinnerte sie ihn. »Wird mir nicht dieselbe Auszeit zugestanden?«

Er zögerte. »Du hast recht. Ich habe mir diese drei Tage genommen und dich in der Luft hängen gelassen, ohne dass du wusstest, warum – was mir leidtut. Aber ich brauchte diese Zeit, um zu erkennen, wie wichtig du mir bist, und den Mut zu finden, für uns zu kämpfen. Und genau das habe ich vor, Julia. Ich bin entschlossen, dich nicht zu verlieren.«

Sie sah auf, und ihre Blicke trafen sich. Bohrten sich ineinander.

»Ich liebe dich, und ich lasse dich nicht kampflos gehen. Nimm dir all die Zeit, die du brauchst, aber vergiss eines nicht.«

»Was denn?«

Er lächelte und küsste sie erneut so innig und leidenschaftlich, dass ihr Herz zu rasen begann.

»Mein Schatz, ich habe vor, dein Herz zu erobern, und ich denke nicht daran, zuzulassen, dass uns unsere Ex-Partner oder unsere Kinder dabei in die Quere kommen.«

Heath hatte eines noch nicht begriffen, grübelte sie, nachdem er gegangen war. Nämlich, dass ihr Herz ihm längst gehörte.

15

Heath stand zu seinem Wort und weigerte sich, zuzulassen, dass sie kein Paar mehr waren. Nach und nach wurde ihr klar, dass sie es ebenfalls nicht fertigbrachte, ihn gehen zu lassen. Sie würden zueinanderhalten und ihren Kindern beweisen, dass es ihnen allen Widrigkeiten zum Trotz bestimmt war, zusammen zu sein.

So begannen Julia und Heath, eine »Nichts fragen, nichts sagen«-Politik zu verfolgen. Sie würden ihre Beziehung nicht verheimlichen, aber gleichzeitig in der Hoffnung, den Frieden zu wahren, in Gegenwart ihrer Kinder nicht davon sprechen. Zwar hatten sie nicht die Absicht, ihre Verbindung totzuschweigen, aber sie würden auch nicht denselben Fehler machen wie Eddie und darauf bestehen, dass ihre Kinder akzeptierten, dass sie zusammen waren.

Am Samstag, zehn Tage nach dem Lunch mit ihren Töchtern, lud Heath Julia ein, mit ihm auf dem Lake Washington zu segeln. Es war ein wunderschöner Augusttag, und laut Heath war der Wind ideal. Julia, die noch nie an Bord eines Segelbootes gewesen war, war nicht sicher, ob sie wissen würde, was sie zu tun hatte. Heath versicherte ihr, dass sie sich nur zurückzulehnen und den Tag zu genießen brauchte. Zuvor hatte er durchblicken lassen, dass Laura eher selten mit ihm auf dem Wasser gewesen war. Während er segelte, hatte sie Golf gespielt. Angesichts der Tatsache, dass Julia Tennis mochte, war es verständlich, dass Eddie sich mit einer Frau zusammengetan hatte, die Golf liebte. Julia spielte auch heute noch gelegentlich Tennis.

Es klingelte an der Tür. Sie hatten sich für elf Uhr verabredet. Heath schien es kaum erwarten zu können, denn er war fünfzehn Minuten zu früh. Sie sprang auf, ging zur Tür – und sah zu ihrer Überraschung ihren Exmann mit düster gerunzelter Stirn davor stehen.

»Eddie? Was machst du denn hier?«, fragte sie verblüfft. Sie traute ihren Augen nicht. Es war zwei Jahre oder länger her, seit sie ihn zuletzt gesehen hatte. Er hatte Gewicht zugelegt, und sein Haar war jetzt fast ganz silbern. Es stand ihm gut, das musste sie zugeben. Er war immer groß und gut aussehend gewesen, und er war sich bewusst, dass sich trotz seines Alters die Frauen immer noch nach ihm umdrehten.

Er registrierte ihre Shorts, die Bootsschuhe und den Pullover, den sie sich um den Hals geschlungen hatte. »Sieht so aus, als würdest du ausgehen?«

»Richtig.« Sie klärte ihn nicht darüber auf, wohin oder mit wem.

Er runzelte die Stirn. »Das hier dauert nur ein paar Minuten.«

Sie trat zur Seite und ließ ihn in die Wohnung. Es war sein erster Besuch hier, und er sah sich um, musterte alles. Julia war stolz darauf und auf die Art, wie sie ihre Fähigkeiten als Designerin genutzt hatte, um ihrem neuen Zuhause ihren Stempel aufzudrücken.

»Dir gefällt es hier?«, fragte er, dabei fuhr er sich mit

den Fingern durch die Haare, eine nervöse Angewohnheit, an die sie sich gut erinnerte. »Ich hätte nie gedacht, dass du gern in einer Wohnung leben würdest.«

»Ich liebe es. The Heritage ist ideal für mich. Ich kann zu Fuß zur Arbeit und zum Markt gehen. Alles ist bequem zu erreichen.« Sie würde ihre Wahl nicht rechtfertigen und wunderte sich über seinen Small Talk. Er musste einen Grund für seinen unerwarteten Besuch haben, aber sie würde nicht fragen. Früher oder später würde er schon darauf zu sprechen kommen. Julia war sicher, dass Hillarys Hochzeitspläne ihn veranlasst hatten, vorbeizukommen. Ihre Tochter hatte keine neuen Entwicklungen in Bezug auf ihren Vater erwähnt. Der nächste Schritt musste, wie sie glaubte, von Eddie kommen.

Mit in die Hosentaschen geschobenen Händen schritt ihr Exmann vor dem Fenster auf und ab und richtete den Blick auf den Boden. Sie hatte das Hartholz mit Orientteppichen bedeckt, die sie zu einem Sonderpreis von einer bekannten Firma erstanden hatte. Sie waren von bester Qualität. Julia liebte es, sie unter ihren bloßen Füßen zu spüren, und lief zu Hause oft ohne Schuhe herum.

»Ich nehme an, dass du nicht ohne Grund hier bist«, sagte sie, da sie allmählich ungeduldig wurde. Sie wollte Heath nicht warten lassen.

Er hob die Schultern. »Stimmt es?«, fragte er, blickte auf und funkelte sie finster an. »Datest du Lauras Ex?«

Also darum ging es. Ihr hätte klar sein müssen, dass Eddie von ihrer Beziehung zu Heath erfahren würde. »Nicht dass es dich etwas angeht, aber ja, es stimmt.«

Er schnaubte, als amüsierte ihn das – was es eindeutig nicht tat.

Julia faltete die Hände vor sich. »Vermutlich hat Michael es dir erzählt.«

Eddie schüttelte den Kopf. »Er hat es Laura erzählt und sie mir. Keiner von uns ist glücklich damit.«

Julia lachte schallend auf. Das war wirklich gelungen. »Und warum sollte ich mich darum scheren, was du und Laura denkt?« Wie absurd und ironisch, dass die beiden annahmen, ihre Meinung wäre irgendwie von Belang.

»Du machst das absichtlich«, sagte er.

»Absichtlich?«, wiederholte sie, da sie seinem Gedankengang nicht folgen konnte.

Er sah sie böse an. »Das ist deine Art, es mir heimzuzahlen.«

Das war Eddie, wie er leibte und lebte – egoistisch und nur mit sich selbst beschäftigt. »Falls du es vergessen haben solltest, unsere Ehe ging vor sechs Jahren zu Ende. Du hast dein Leben weitergelebt und ich meines. Mit wem ich mich treffe, geht dich nichts an.«

»Normalerweise würde ich dir zustimmen. Nichts könnte mich weniger interessieren. Aber Heath Wilson? Julia, bitte.«

»Bitte was?«

»Hältst du mich für blöd?«

Julia verschränkte die Arme und schüttelte den Kopf. »Du solltest inzwischen wissen, wie unklug es ist, eine Frage zu stellen, wenn man die Antwort schon kennt.«

»Sehr komisch. Ich bin Teil deines Spiels.«

Es erstaunte sie, dass sie einunddreißig Jahre lang mit diesem Mann verheiratet gewesen war. Der Eddie, der hier bei ihr zu Hause stand, war ein Fremder für sie.

»Es überrascht dich vielleicht, zu hören, dass ich keine Spielchen spiele, Eddie.«

Er lachte ungläubig. »Was sagen denn Hillary und Marie dazu?«

Sie wahrte Abstand zu ihm, indem sie hinter dem Sofa blieb. Er stand auf der einen Seite, sie auf der anderen. »Du solltest sie fragen.«

»Als ob sie mit mir reden würden«, erwiderte er frostig.

»Und wessen Schuld ist das? Oder willst du mich dafür verantwortlich machen, so wie für alles andere, was in deiner Welt schiefläuft?«

Er presste die Lippen zu einem schmalen Strich zusammen. »Du hast dich verändert, Julia.«

»Tatsächlich? Umso besser.«

Er trug einen verletzten, verwirrten Gesichtsausdruck zur Schau, als hätte sie ihn überrascht. »Du warst früher nie so schnippisch.«

Sie zuckte die Achseln. »Ich kann mir gar nicht vorstellen, was passiert ist, dass ich so geworden bin«, erwiderte sie lächelnd.

Eddie ging darüber hinweg. »Ich weiß, dass unsere Mädchen nicht glücklich darüber sein können, dass du Heath datest. Michael und Adam regen sich deswegen auf, und Laura folglich auch.«

»Tut mir leid, das zu hören, aber es ändert nichts. Ich trenne mich nicht von Heath, nur weil Laura sich aufregt.«

Wieder ertönte Julias Klingel, und sie wusste, dass es diesmal wirklich nur Heath sein konnte. Sie sah auf die Uhr. Er war auf die Minute pünktlich.

Sie öffnete die Tür, woraufhin er sich vorbeugte und sie

sacht auf die Lippen küsste. »Komm, Mädchen, der Wind steht gut und …« Er hielt inne, als er Eddie am anderen Ende des Raumes stehen sah. Dann straffte er sich langsam, stellte sich neben sie und legte einen Arm schützend um ihre Taille.

»Falls ihr euch noch nicht kennt …« Sie deutete auf ihren Exmann. »Heath, das ist Eddie.«

Heath erstarrte und nickte, bevor er sie ansah. »Bist du okay?«, fragte er.

»Ihr fehlt nichts«, schnappte Eddie.

Angesichts dieser abrupten Antwort fuhr Heath' Kopf herum.

»Ich denke, ich kann für mich selbst sprechen, danke, Eddie«, entgegnete Julia ruhig. »Wie du siehst, wollen Heath und ich gehen.«

»Zwei Sekunden noch«, sagte Eddie. »Ich bin froh, dass Heath hier ist. Ich würde gern von Mann zu Mann mit ihm reden.«

»Jederzeit«, gab Heath zurück. »Ich schlage vor, wir treffen uns später und lassen Julia da raus.«

»O nein, das tun wir nicht. Julia muss hören, was ich zu sagen habe. Das müsst ihr beide.«

»Eddie …«

»Julia, bitte«, beharrte er.

Heath deutete auf ihn. »Leg los, alter Mann.«

Eddie schnaubte. »Alter Mann? Ich bin jünger als Sie.«

»Hört auf.« Julia verlor langsam die Geduld mit ihrem Ex und Heath. Jedes Mal, wenn einer von ihnen den Mund aufmachte, stieg der Testosteronspiegel.

»Gut.« Eddie funkelte Heath an. »Ich will wissen, welche Absichten Sie bezüglich meiner Frau haben.«

»Exfrau«, korrigierten Julia und Heath gleichzeitig.

»Ja, meiner Exfrau. Sehr passend, wie ihr zwei euch kennengelernt habt. Sie haben sich an sie herangemacht, nicht wahr? Sie haben in Erfahrung gebracht, wo sie wohnt, und absichtlich eine Wohnung im selben Haus gekauft.«

»Sicher habe ich das«, sagte Heath, als fände er die Frage lächerlich. »Ich wusste, die beste Art, Sie auf die Palme zu bringen, war, Julia zu bezirzen.« Er lächelte, als er das sagte, und ließ keinen Zweifel daran, dass er scherzte.

Eddie wirkte nicht amüsiert. »Es war das Beste, was Sie tun konnten, um Laura die Beziehung unter die Nase zu reiben.«

»Leider trauen Sie mir da mehr zu, als ich verdiene«, erwiderte Heath. »Die Wahrheit lautet, dass sowohl Julia als auch ich wie vor den Kopf geschlagen waren, als wir die Verbindung entdeckten.«

»Darauf könnte ich wetten«, gab Eddie sarkastisch zurück.

»Was uns zusammengebracht hat, ist alles, was wir, wie wir festgestellt haben, gemeinsam haben«, fuhr Heath fort. »Sie sind glücklich mit Lee, und ich gönne sie Ihnen. Springen Sie über Ihren Schatten, Eddie, und lassen Sie uns beide in Ruhe.«

Eddie blinzelte ein paar Mal. Wenn er auf eine körperliche Auseinandersetzung gehofft hatte, würde Heath ihm den Gefallen nicht tun. Er blieb ungerührt und vernünftig und weigerte sich, nach Eddies Köder zu schnappen.

»Und wenn Sie uns jetzt bitte entschuldigen wollen,

Julia und ich haben ein heißes Date auf meinem Segelboot. Normalerweise würde ich jetzt sagen, es hat mich gefreut, Sie kennenzulernen, nur wäre das eine Lüge.«

»Ganz meinerseits.«

»Meinetwegen.«

Heath griff nach Julias Hand, und sie traten zur Seite, während sie darauf warteten, dass Eddie ging.

Er blieb vor ihnen stehen. »Ich hoffe, Sie wissen, was Sie tun«, sagte er zu Heath. Julia ignorierte er.

»Das weiß ich«, bestätigte Heath.

»Sie behandeln sie anständig, sonst ziehe ich Sie zur Rechenschaft.«

»Ich weiß, was für einen Schatz ich mit Julia gefunden habe, und ich habe nicht die Absicht, sie gehen zu lassen.«

Eddie runzelte die Stirn. »Ist das ein Seitenhieb?«

»Nein, eine Tatsache.«

Eddie blickte zu Julia, lächelte schwach und nickte, bevor er sich abwandte und ging.

16

Das monatliche Treffen des Buchclubs im Heritage war voll im Gange. Carrie hatte sich vergewissert, dass mit der Gruppe alles in Ordnung war, und sah, dass sowohl ihre Tante Julia als auch Heath unter denen waren, die über ihren jüngsten Lesevorschlag diskutierten – einen Mysteryroman von Jana de Leon. Carrie hatte dafür gesorgt, dass Kaffee bereitstand, und eigenhändig Erdnussbutterplätzchen gebacken.

Während sie in ihre Stellung als Concierge hineinfand, hatte Carrie begonnen, den Job und die Vielzahl von Aufgaben zu lieben, die er mit sich brachte. Der Buchclub war eine davon. Die Treffen fanden in dem neben der Lobby gelegenen Büchereiraum statt, der von den Yoga- und Weinliebhabergruppen mitgenutzt wurde. Auch die Kartenspieler trafen sich dort. Die meisten dieser Aktivitäten fanden abends statt, und es kamen fast immer dieselben Leute. Sie hörte von neueren Bewohnern, dass diese Art arrangierter Veranstaltungen in den meisten Wohnhäusern nicht üblich war. Für Carrie zeichneten gerade sie das Heritage aus. Die Versammlungen zu organisieren verlieh ihren Pflichten Vielfalt und Spaß, und es machte ihr Freude, eine persönliche Note hinzuzufügen, um sie zu etwas Besonderem zu machen, so wie das Backen von Plätzchen.

Obgleich Eric behauptete, kein Beziehungstyp zu sein, setzte er zu ihrer großen Freude ihre abendlichen Treffen auf dem Dach fort. Er war jetzt merklich lockerer, und sie hatten begonnen, ungezwungen miteinander umzugehen. Nach ein paar Wochen hatte sie erfahren, dass sein Vater gestorben war, als Eric noch jung gewesen war, und dass seine Mutter finanziell zu kämpfen gehabt hatte, um die Miete zu zahlen und Essen auf den Tisch zu bringen. Eric hatte getan, was er nur konnte, um das Familieneinkommen aufzubessern, und Zeitungen ausgetragen, als er zwölf gewesen war. Was seinen Drang, Erfolg zu haben, erklärte, und auch die langen Stunden, die er sich in seiner Wohnung verschanzte.

Eines Abends hatte Carrie ihn beiläufig gefragt, warum er gesagt habe, er wolle keine Beziehung. Er hatte lange gebraucht, um zu antworten, und was er dann erzählt hatte, hatte ihr das Herz gebrochen.

»In der Highschool war ich in ein Mädchen aus meinem Differenzialrechnungskurs verliebt. Mein Freund Michael ermutigte mich, Ellen zum Oberstufenball einzuladen. Ich war erschrocken, als sie einwilligte, mitzukommen. Ich glaube nicht, dass ich jemals aufgeregter war. Es war mein erstes offizielles Date.«

»Du hast bis zur Oberstufe gebraucht, um dich zu einem Date zu verabreden?«, fragte Carrie ihn an jenem Abend.

»Du musst verstehen, Carrie, ich hatte zwei Jobs, um meiner Mom zu helfen. Als Ältester mit drei jüngeren Geschwistern war nie genug Geld da. Ich hätte wissen müssen, dass es ein Fehler war, Ellen zu dem Ball mitzunehmen. Stattdessen habe ich mich dummerweise an den Gedanken geklammert, ich würde es schon hinkriegen.«

Allein die Art, wie seine Stimme kippte, verriet ihr, dass dieses Date nicht gut verlaufen war. »Was ist passiert?« Sie griff nach seiner Hand, und er umschloss ihre so fest, dass sie fast aufgeschrien hätte.

»Am Nachmittag vor dem Tanz erfuhr ich, dass von mir erwartet wurde, Ellen einen kleinen Blumenstrauß zum Anstecken mitzubringen. Michaels Mutter hatte mir den Anzug seines Bruders geliehen. Ich war in Panik, wusste nicht, was ich tun sollte. Ich konnte mir auf keinen Fall Blumen für Ellen leisten. Dann hatte meine Mom eine Idee. Sie hatte ein Arrangement aus Plastikblumen, wovon sie eine abschnitt, ein Band darumband und es so hübsch machte, wie sie nur konnte. Ich dachte, es würde reichen. Es war das Beste, was wir auf die Schnelle fertigbringen konnten. Aber als ich es Ellen gab, malte sich Entsetzen auf ihrem Gesicht ab. Sowie wir auf dem Ball waren, konnte sie nicht schnell genug von mir wegkommen. Sie scharte all ihre Freundinnen um sich, und sie sahen mich an, als wäre ich der letzte Dreckskerl, weil ich ihr keinen echten Strauß gekauft hatte. Der Abend war vom Anfang bis zum Ende eine Katastrophe.«

»Oh, Eric, das tut mir so leid.« Carrie konnte sich vorstellen, wie sein Leben während und nach dem Ball ausgesehen hatte. Sein Date hatte ihn zweifellos als Geizhals betrachtet. Durch Ellens Freundinnen musste sich die Nachricht von diesem furchtbaren Abend wie ein Lauffeuer in der Schule verbreitet haben. Das Wenige, was er ihr erzählt hatte, war wahrscheinlich nur die Spitze des Eisbergs.

Eric stieß langsam den Atem aus. »Ich habe noch nie jemandem von diesem Desaster erzählt. Noch nicht einmal Michael weiß alles.«

»Du hast mir genug vertraut, um es mit mir zu teilen«, sagte sie, lehnte sich zu ihm und legte den Kopf an seine Schulter. »Es bedeutet mir viel, dass du das getan hast.«

»Seitdem bin ich immer vor Beziehungen zurückgescheut, habe meine Zeit und Energie erst auf die Schule und dann auf die Arbeit konzentriert. Ich weiß nicht, wie man so etwas macht.«

»Mit mir gelingt es dir doch anscheinend ganz gut.«

Jetzt grinste er, wirkte zugleich schüchtern und erwartungsvoll. »Sind wir denn in einer Beziehung?«, erkundigte er sich.

»Möchtest du das?«, konterte sie.

Er drehte sich zu ihr und musterte sie lange. »Mehr, als ich es zugeben sollte … Was ist mit dir, Carrie? Möchtest du das denn?«

Sie setzte zu einer Antwort an, als er ihr das Wort abschnitt. »Bevor du irgendetwas sagst …«

»Ja«, beeilte sie sich, ihm zu versichern. Nach Justin war Eric wie ein Rohdiamant. Ein Prinz, soweit es sie betraf.

»Ja?«

»Ja, ich möchte das mehr als alles …«

»Um eines klarzustellen«, unterbrach er sie erneut. »Ich bin ein Nerd. Und ein Workaholic, ich gehe selten aus.«

»Hättest du denn Lust … auszugehen?«, fragte sie.

»Mit dir?«

Sie lächelte. »Gibt es jemand anderen, mit dem du lieber Zeit verbringen würdest?«

»Nein, nein. Gar nicht«, beteuerte er rasch. »Ich würde nur mit dir ausgehen.«

»Gut.« Sie drückte seine Hand. »Es gibt da einen Film, den ich gern sehen würde, und ich würde liebend gern mit dir ins Kino gehen.«

Er zögerte nicht. »Ich muss mich mit meinem Team wegen der Zeit absprechen, die ich weg bin.«

»Klar.«

Er lehnte sich zurück und schien sich zu entspannen. »Das wäre dann ein Date, richtig?«

»Ja, allerdings, und ich verlange kein Ansteckstäußchen. Alles, was ich brauche, bist du.«

Eric schlang den Arm um ihren Ellbogen und zog sie enger an sich. »Du hast keine Ahnung, wie sicher du mich hast, Carrie.«

In der Hoffnung, Eric für mehr als ihre abendliche Unterhaltung aus seiner Wohnung zu locken, hatte sie alles getan, um ihn dazu zu überreden, wenigstens an einer der Veranstaltungen im Heritage teilzunehmen.

Als sie jetzt an ihren Schreibtisch zurückkehrte, hallte Gelächter von der Diskussion des Buchclubs zu ihr herüber, und Carrie lächelte. Alle schienen die Unterhaltung und die Erfrischungen zu genießen. Ihr Privattelefon klingelte, und sie griff danach – verärgert, bei der Arbeit gestört zu werden. Es konnte nur Justin sein.

Justin hatte sie in der letzten Woche jeden Tag angerufen und sich mit ihr verabreden wollen. Es schien ihm nicht bewusst zu sein, dass sie an einer Aufrechterhaltung ihrer Beziehung nicht länger interessiert war. Diese Entscheidung hatte sie nach ihrem letzten Ausflug getroffen, als sie um den Green Lake geradelt waren.

Ihr waren die Augen geöffnet worden. Es war eine Sackgassenbeziehung. Wie Carrie und ihre Mutter festgestellt hatten, war Justin wie Peter Pan. Er würde immer seinem eigenen Schatten hinterherjagen, sich selbst zu finden versuchen, andere ausnutzen, und sich bei seiner großzügigen Mutter durchschnorren.

Wie vermutet kam der Anruf tatsächlich von Justin. »Carrie«, begrüßte er sie so überschwänglich, als hätte er den ganzen Tag darauf gewartet, ihre Stimme zu hören. »Wie wäre es später mit Kino?«

»Ich arbeite.«

»Du arbeitest vierundzwanzig Stunden am Tag. Kriegst du nicht mal wegen guter Führung Ausgang?«

Carrie konnte über seinen Humor nicht lachen. Da er die Botschaft nicht zu verstehen schien, beschloss sie, sie ihm unmissverständlich klarzumachen. »Nett, dass du fragst«, sagte sie, obwohl sie den starken Verdacht hegte, dass sie am Ende für sie beide bezahlt hätte. »Aber ich glaube, es ist besser, wenn wir uns nicht mehr sehen.«

»Du meinst, du orientierst dich anderweitig? Machst du Schluss mit mir?«

»Wir sind nicht wirklich ein Paar, wie du weißt. Wir hatten gute Zeiten, und es hat Spaß gemacht. Aber ich habe jetzt andere Interessen und finde, du musst dich nach jemand anderem umsehen, der deinen Lunch oder deine Kinokarte bezahlt. Ich habe zu tun.«

Es schien ihm schwerzufallen, ihr zu glauben. »Komm schon, Carrie, das meinst du doch nicht so.«

»Und ob. Und es wäre mir lieb, wenn du mich nicht während der Arbeitszeit anrufst.« Worum sie ihn schon häufig gebeten hatte. Am besten wäre es, er würde sich gar nicht mehr melden, aber das behielt sie für sich.

»Okay, wie du willst. Kein Problem. Es schwimmen noch mehr Fische im Teich, wenn du verstehst, was ich meine«, erwiderte er steif.

»Dann gehst du am besten wieder angeln. Tschüss, Justin«, sagte sie, beendete das Gespräch und war froh, dass diese Beziehung nun offiziell hinter ihr lag.

Keine fünf Minuten später klingelte ihr privates Telefon erneut. Es sah Justin ähnlich, zu versuchen, sie umzustimmen, und sie meldete sich schroff. »Was ist denn jetzt noch?«

»Carrie?«

Sie hatte ins Telefon gefaucht, ohne zu schauen, wer anrief, und merkte erst jetzt, dass es ihre Cousine Hillary war. »Oh, Hill, sorry«, sagte sie. »Ich dachte, es wäre Justin.«

»Ruft er immer noch an?«

»Leider ja, aber ich habe gerade eben erst klargestellt, dass ich ab jetzt nach vorne schaue.«

»Gut für dich. Hast du ihm von Eric erzählt?«

»Nichts da. Das Letzte, was ich wollte, war, das Gespräch in die Länge zu ziehen. Was ist los?« Carrie hatte Eric ihrer Cousine gegenüber beiläufig erwähnt und auf Feedback bezüglich dieser neuen, vielversprechenden Beziehung gehofft. Hillary hatte zugehört und ihr Mut gemacht, was gar nicht nötig gewesen wäre. Die Zeit, die sie mit Eric verbrachte, war oft der Höhepunkt ihres Tages.

»Kannst du dich aus dem Staub machen und mich

morgen im Krankenhaus zum Lunch treffen?«, fragte Hillary.

»Sicher. Ist alles in Ordnung?« Ihre Cousine klang nicht wie sie selbst.

»Nicht wirklich«, flüsterte Hillary. »Ich habe meinen Dad gesehen.«

Das waren Neuigkeiten. Große Neuigkeiten. Weder Hillary noch Marie hatten während der letzten sechs Jahre viel mit ihrem Vater zu tun gehabt. In der ganzen Zeit hatte es nur ein paar Telefonate gegeben, die weder erfreulich gewesen waren noch länger als ein paar Minuten gedauert hatten.

»Es wäre mir lieb, wenn du weder deiner noch meiner Mom etwas sagen würdest.«

»Geht klar.« Die drei Mädchen hatten oft Geheimnisse, was dazu geführt hatte, dass sie sich so nah wie Schwestern standen. »Wir treffen uns mittags in der Krankenhauscafeteria.«

»Super. Danke.« Hillary hatte bereits aufgelegt.

Was auch immer vorgefallen war, es hatte ihre Cousine aus der Fassung gebracht, und sie brauchte offenbar einen guten Zuhörer. Carrie freute sich, dass Hillary sich an sie gewandt hatte, und sie hoffte aufrichtig, ihrer Cousine und besten Freundin helfen zu können, Sinn in das zu bringen, was auch immer passiert sein mochte.

Da der Buchclub sie nicht mehr zu brauchen schien, ging Carrie hinauf aufs Dach, wo zu ihrer Freude Eric auf sie wartete, obwohl sie einige Minuten später kam als zu ihrer üblichen Zeit.

Er blickte auf sein Handgelenk, wie um zu sagen, dass sie sich verspätete, was ihr ein Lächeln entlockte. Sie hatte ihm schon am Abend zuvor von der Buchclubversammlung erzählen wollen.

»Hast du mich vermisst?«, neckte sie ihn und setzte sich in den Clubsessel neben ihm.

Er grinste, zuckte die Achseln, griff nach ihrer Hand und umschloss ihre Finger mit seinen. Sie bemerkte, dass er eine Flasche Wein und zwei Gläser mitgebracht hatte.

»Komm schon, gib es zu! Du hast gedacht, ich würde mich nicht blicken lassen.«

Er grinste und lenkte ein. »Okay, schön, mir sind allmählich Zweifel gekommen.«

»Eric«, sagte sie, jetzt ernst. »Ich verbringe gern Zeit mit dir. Mit dir zusammen zu sein ist das, worauf ich mich abends am meisten freue.«

»Ich mich auch«, gestand er. Er zögerte, sah sie eindringlich an und wandte dann den Blick ab. »Das Kino hat Spaß gemacht. Würdest du … würdest du das nächste Mal vielleicht zusammen mit mir essen?«

Er bat sie zu einem Date. Den Kinobesuch hatte sie mehr oder weniger von sich aus vorgeschlagen. Das war ein großer Schritt für ihn, und es elektrisierte sie, dass er bereit war, sich ihretwegen aus seiner Komfortzone herauszuwagen.

»Nichts, was ich lieber täte. Aber nicht in deiner Wohnung, ja?«

»Nein. Im Restaurant. Ich reserviere uns einen Tisch.«

Sie gab sich Mühe, sich ihre Freude nicht anmerken zu lassen. »Das kann ich tun, wenn du willst. Es gehört zu meinem Job.«

»Danke, aber ich kümmere mich darum.«

Sein Lächeln wurde breiter. Carries auch.

Hillary saß an einem Tisch draußen auf der Terrasse und wartete. Carrie holte sich rasch ihren Lunch und gesellte sich zu ihrer Cousine. Das Essen in der Krankenhauscafeteria war gar nicht so schlecht. Die zwei trafen sich gelegentlich im Krankenhaus, da Hillary nur eine Stunde Mittagspause hatte. Um die Zeit bestmöglich zu nutzen, leistete Carrie Hillary dort oft Gesellschaft. Zuerst hatte sie bezüglich des Essens in einer Cafeteria Bedenken gehabt, aber sie war angenehm überrascht worden.

Die Sonne schien, und einige Angehörige des Krankenhauspersonals genossen ebenfalls den Sommer auf der Terrasse. Carrie stellte ihr Tablett auf den Tisch und nahm ihrer Cousine gegenüber Platz.

»Danke, dass du gekommen bist«, sagte Hillary, als sie ihr Sandwich auswickelte.

»Du hast etwas von deinem Dad gesagt.« Carrie wollte nicht gleich zur Sache kommen, aber die Zeit drängte.

Hillary nickte. »Dad tauchte vorgestern plötzlich uneingeladen in meinem Apartment auf. Ich hatte ihn fast sechs Jahre nicht gesehen, daher war es ein Schock für mich.«

»Darauf könnte ich wetten.«

»Er fragte, ob wir reden könnten.« Sie senkte den Blick. »Da er praktisch vor meiner Tür stand, konnte ich ihn schlecht wieder wegschicken.« Sie zuckte die Achseln, als fiele es ihr schwer, zuzugeben, wie dringend sie mit ihrem Vater hatte sprechen wollen.

»Natürlich nicht.«

»Er hat mir gratuliert, gesagt, er würde sich für mich und Blake freuen, und wollte über die Hochzeit sprechen.«

Die Verlobung war genau das, was nötig gewesen war, um Hillary, Marie und ihren Vater dazu zu bringen, wieder miteinander zu reden. Zwar würde keine ihrer Cousinen es zugeben, aber sie vermissten ihn. Wenn die Situation umgekehrt wäre, wusste Carrie, dass ihr Vater ihr furchtbar fehlen würde. Es war störrischer Stolz, dass sie sich so lange aus dem Weg gegangen waren. Carrie war klar, dass Hillary über die stärkere Persönlichkeit verfügte und Marie der Führung ihrer Schwester folgen würde. Eddie hatte schon frühzeitig einen schweren Fehler gemacht und einen hohen Preis dafür gezahlt. So wie die gesamte Familie.

»Er meinte, was er gesagt hatte, wäre falsch gewesen … du weißt schon, dass Marie und ich Laura akzeptieren müssten.«

»Er hat sich tatsächlich entschuldigt?« Wow, das kam unerwartet. »Das ist ja fantastisch.«

»Das dachte ich auch. Er bat um eine Umarmung, die er auch bekam.«

»Ich weiß, wie hart diese Trennung für euch alle war«, sagte Carrie. »Ich könnte mich nicht mehr für euch freuen.« Dass Eddie endlich zugegeben hatte, einen Fehler gemacht zu haben, war enorm. Es änderte alles. Wenn er jedoch die Schwierigkeiten mit seiner Familie geklärt hätte, dann ergäbe es keinen Sinn, dass Hillary sie gebeten hatte, ihren Müttern nichts zu sagen.

»Was ist passiert?«, fragte Carrie daher.

»Dad hat angeboten, sich an den Kosten für die Hochzeit zu beteiligen. Ich hatte das Brautkleid angezahlt und den Laden darum gebeten, mir beide Modelle zu reservieren, für den Fall, dass ich aus unserem Budget zusätzliche sechshundert Dollar für das teurere herausquetschen kann. Als ich es erwähnt habe, hat Dad angeboten, die Differenz zu zahlen, damit ich mir das Kleid kaufen könnte, was ich am liebsten hätte.«

Carrie wartete, wohl wissend, dass noch mehr kommen würde, und was immer es war, es hatte Hillary offenbar tief verletzt. Die Augen ihrer Cousine schwammen in Tränen, während sie mit der Plastikhülle ihres Sandwiches herumspielte.

»Dann sagte er, er wolle die Einladungen bezahlen.« Sie schluckte hart. »Er ging so weit, aufzuschreiben, was darauf stehen sollte, und ob du es glaubst oder nicht, er hat Lauras Namen aufgelistet.«

Über den offensichtlichen Manipulationsversuch ihres Onkels verärgert, schüttelte Carrie den Kopf. »Anders ausgedrückt, er würde zahlen, nur dass an seine Großzügigkeit ein paar Bedingungen geknüpft sind.«

Hillary straffte die Schultern und fuhr fort: »Ich habe ihm erklärt, dass Blake und ich uns angesichts der Umstände entschlossen hätten, die Namen unserer beiden Elternpaare auf den Einladungen wegzulassen. Blake und ich übernehmen den Großteil der Kosten für die Hochzeit, und wir sind diejenigen, die die Einladungen verschicken, nicht unsere Eltern.«

»Das macht Sinn.«

»Aber Dad bestand darauf, dass, wenn er mir Geld für das Kleid gibt und sich an den Kosten beteiligt, auch sein und Lauras Name auf den Einladungen stehen sollen.«

O Mann! Carrie konnte sehen, worauf das hinauslief, und es verhieß nichts Gutes.

»Ich habe ihm gesagt, er kann sein Geld behalten. Ich habe dafür gesorgt, dass er begriffen hat, dass ich mich nicht kaufen lasse und außerdem nicht die Absicht habe, Laura jemals zu der Hochzeit einzuladen.«

Demnach hatte Hillary ihm den Fehdehandschuh hingeworfen.

»Und da hat Dad mich angeschnauzt, ich wäre rachsüchtig und unvernünftig.«

Das hatte Carrie befürchtet.

»Dann gab er Mom die Schuld und sagte, sie wäre der Grund dafür – was, wie wir alle wissen, nicht annähernd der Wahrheit entspricht. Ich habe ihm klargemacht, dass Mom uns immer gedrängt hat, die Differenzen beizulegen. Allerdings bezweifle ich, dass er mir das geglaubt hat. Er muss begreifen, dass der Einzige, der uns von ihm ferngehalten hat, er selbst war. Ich habe ihm gesagt, er könnte mir Laura nicht aufzwingen, und ihn erinnert, dass sie in der gesamten Zeit seiner Ehe nicht ein einziges Mal versucht hat, sich mit Marie oder mir in Verbindung zu setzen, und offen gestanden wäre ich froh darüber. Außerdem hab ich ihm klargemacht, dass ich nichts mit ihr zu tun haben will, und wenn seine angebliche Entschuldigung seine Art wäre, mich zu zwingen, dass ich Laura akzeptiere, dann hätte er seine Zeit verschwendet und könne sein Geld behalten.«

Wie schnell dieses Treffen doch umgeschlagen war. Hillary und ihr Dad waren nicht nur stur, sondern sie hatten auch beide ein hitziges Temperament. »Und das war es dann?«

»O nein, das war erst der Anfang. Dad und ich haben uns angebrüllt. Es war schrecklich. Bevor er ging, fiel er wieder über Mom her und behauptete, sie würde sich nur mit Heath treffen, um ihn und Laura zu verletzen, was absolut lächerlich ist. Am Ende habe ich ihn praktisch zur Tür hinausgeschoben.«

»O Hill, das tut mir so leid.«

»Mir auch«, flüsterte sie und klang gebrochen. »Blake sagte, er hätte mich noch nie so fassungslos erlebt. Es dauerte über eine Stunde, bis ich wieder zusammenhängende Sätze sprechen konnte. Ich war verletzt und wütend und …« Sie hielt inne und unterdrückte ein Schluchzen. »Ich fühle mich hundsmiserabel. Ich … hatte so gehofft, dass Dad und ich wieder eine Beziehung aufbauen könnten, weißt du. Ich habe ihn vermisst, und ich glaube, er hat mich auch vermisst. Ich weiß nicht, warum er immer noch darauf besteht, Laura in unsere Vater-Tochter-Beziehung hineinzuzwingen. Ich meine, ich könnte die Frau vielleicht noch tolerieren, wenn sie sich auch nur die geringste Mühe geben würde. Das tut sie jedoch nicht – warum sollte ich es also tun? Da Laura diejenige ist, die uns unseren Dad gestohlen hat, sollte sie auch den ersten Schritt machen.«

»Weiß Marie Bescheid?«

Hillary nickte. »Dad hat sich bei ihr gemeldet, nachdem er sich beruhigt hatte. Er bat sie, mir auszurichten, er bedaure es, vorbeigekommen zu sein, und ich solle die Hochzeit planen, wie Blake und ich es wollten, nur wäre er kein Teil mehr davon.«

Carrie taten ihre beiden Cousinen unendlich leid. Sie konnte sich vorstellen, wie schmerzlich diese Situation für sie war.

»*Es ist besser so*, vermute ich«, wisperte Hillary.

Carrie glaubte das nicht eine Minute lang. Obwohl sie es nie laut ausgesprochen hatten, wusste sie, dass sowohl Hillary als auch Marie gehofft hatten, die Hochzeit wäre die Straße, die ihren Vater wieder in ihr Leben zurückführen würde.

17

Julia und Heath schlenderten Hand in Hand über die Washington State Fair in Puyallup, eine wachsende Gemeinde südöstlich von Seattle. Der Jahrmarkt war einer der größten im Staat und lockte in den drei Wochen, in denen er stattfand, über eine Million Besucher an. Am Eröffnungstag war der Eintritt für jeden frei, der zwischen halb elf und Mittag kam.

Es war schon ein paar Jahre her, seit Julia dort gewesen war. Sie war immer mit ihrer Schwester hingegangen, da Eddie kein Interesse an dem Volksfest gehabt hatte. Letztes Jahr war sie in ein Arbeitsprojekt eingebunden gewesen und hatte nicht weggekonnt. Im Jahr zuvor war Amanda mit Robert im Urlaub gewesen.

Als Julia Heath gegenüber beiläufig von ihrer Enttäuschung gesprochen hatte, dass Amanda sie nicht zum Eröffnungstag begleiten konnte, hatte Heath sich erboten, für sie einzuspringen. Ihre Schwester war mit Freunden bei einer Quiltveranstaltung in Ocean Shores. Nichts konnte sich zwischen Amanda und ihre Quiltfreunde schieben. Sie schleppte ihre Nähmaschine und genug Stoff mit, um das ganze Gebiet um Grays Harbor einzukleiden.

Den Jahrmarkt zu erkunden war für Julia schon immer eine der Lieblingsbeschäftigungen des Jahres gewesen.

Den Tag mit Heath zu verbringen erhöhte das Vergnügen noch. Als sie das Gelände betraten, blieb Julia stehen, um den Anblick, die Geräusche und Gerüche in sich aufzusaugen. An all das erinnerte sie sich von ihrer Jugend her: die Fahrgeschäfte, die Zuckerwatte und die Zwiebelburger. Auch die Bauernhoftiere zu beobachten hatte ihr immer Spaß gemacht.

Obwohl es noch früh am Tag war, hatte sich schon eine dichte Menschenmenge eingefunden, weswegen Julia darauf achtete, sich dicht bei Heath zu halten. Mit ihm zusammen zu sein erschien ihr ganz natürlich. Selbst jetzt, nach all diesen Wochen, erstaunte es sie noch, wie mühelos er sich in ihr Leben und sie sich in seines eingefügt hatte. Sie unternahmen fast alles zusammen. Allein in dieser Woche hatten sie sich jeden Morgen zum Training getroffen, hatten die Buchclubveranstaltung besucht, Tennis gespielt, waren einen Abend zum Dinner ausgegangen und hatten an zwei der letzten drei Abende füreinander gekocht.

Als sie durch die Arkaden schlenderten, sprachen die Budenbetreiber sie an und forderten Heath zu dem Versuch heraus, einen Preis zu gewinnen. Er blieb stehen und fragte Julia: »Siehst du etwas, was dir gefällt?«

Sicherlich beliebte er zu scherzen. »Überhaupt nichts.«

»Bist du sicher? In der Highschool habe ich Baseball gespielt. Der Starpitcher.«

»Bist du immer noch in Form, alter Mann?«, spottete der Budenbesitzer. Dabei ließ er einen Ball in der Hand hüpfen, um Heath dazu zu verlocken, bei ihm sein Geld loszuwerden.

»Na, das ist doch mal eine Herausforderung!

»Drei Bälle für drei Dollar. Zeig mir, was du draufhast.«

Heath grinste. »Ich denke, du hättest an diesem Teddy Spaß«, sagte er zu Julia.

»Und ich denke, ich hätte lieber ein Himbeerscone«, gab sie zurück.

»Sorry, Kumpel«, rief Heath dem Schausteller zu. »Vielleicht ein andermal. Ich muss mein Mädchen abfüttern.«

Die Scones gehörten zu den Highlights der Kirmes. Schon jetzt standen zwanzig Leute Schlange, aber dank der flinken Bedienung rückten sie rasch vor. Es dauerte nicht lange, bis sie beide sich warme, mit Marmelade gefüllte Scones schmecken ließen.

Sie spazierten durch einige Gänge und aßen schließlich fettige Hamburger mit Bergen von gegrillten Zwiebeln und Käse. »Das ist ein Herzinfarkt auf einem Teller«, neckte Heath sie.

»Eine seltene Sünde.« Beide ernährten sich für gewöhnlich gesund, mit frischem Obst, Gemüse und viel Geflügel und Fisch.

Nach dem Lunch fragte Heath: »Hast du Lust auf eine Fahrt mit dem Riesenrad?«

Julia konnte sich nicht erinnern, wann sie das letzte Mal auf einem Fahrgeschäft gewesen war. Wenn sie mit Heath zusammen war, kam sie sich wieder wie ein kleines Mädchen vor. »Das klingt gut.«

»Du weißt ja, dass es Tradition für ein Paar ist, sich ganz oben zu küssen, also sei vorbereitet.«

Julia hatte nie von einer solchen Tradition gehört und würde das auch für sich behalten. Sie ließ sich gern von Heath küssen. Er war bei Weitem der beste Küsser, der ihr je begegnet war, und sie bekam nie genug vom Geschmack und dem Gefühl seiner Lippen auf ihren. Sie warteten geduldig, bis sie an der Reihe waren, bevor sie auf den Sitz kletterten und eng zusammenrückten. Heath legte den Arm um ihre Schulter und zog sie an sich.

Und natürlich presste Heath, als sie oben ankamen, den Mund auf ihren und küsste sie leidenschaftlich, bis sie wieder unten waren. Als sie sich voneinander lösten, hämmerte Julias Herz wie rasend, und sie war völlig außer Atem.

»Hör zu, alter Mann«, scherzte sie. »Egal was der Typ eben gesagt hat, ich kann persönlich bestätigen, dass deine Form nicht nachgelassen hat.«

Er lachte und drückte sacht ihre Schulter. »Gut zu wissen.«

Nach der Fahrt spazierten sie durch verschiedene Gebäude und betrachteten die Bauernhoftiere und die ausgestellte Handwerkskunst. Als sie den Jahrmarkt verließen, war es schon später Nachmittag. Julia fühlte sich erschöpft und beschwingt zugleich. Es machte ihr Spaß, die Washington State Fair mit ihrer Schwester zu besuchen, aber mit Heath war es eine ganz andere Erfahrung.

»Ich fand alles wundervoll«, sagte sie zu ihm, als sie sich Seattle näherten. Da es Freitagnachmittag war, war der Verkehr fast zum Erliegen gekommen. »Danke.« Sie lehnte den Kopf an seine Schulter, während er den Wagen zurück in die Stadt steuerte.

»Ich sollte mich bei dir bedanken. Das war für mich der beste Tag seit Jahren, und ich spreche von mehr als dem fettigen Hamburger, Scone und Zuckerwatte.«

Julia empfand es genauso. Sie hatten wunderschöne Stunden hinter sich, und obwohl sie von all der Lauferei todmüde war und von dem ungesunden Essen ein Völlegefühl im Magen hatte, war dies ein Tag, an den sie sich noch lange erinnern und den sie im Herzen bewahren würde.

Zurück im Heritage brachte Heath sie zur Tür und küsste sie noch einmal, bevor er in seine eigene Wohnung ging. Julia, die es kaum erwarten konnte, die Füße hochzulegen, war erst ein paar Minuten zu Hause, als Marie klingelte.

»Hi, Mom«, sagte sie, nachdem Julia sie hereingelassen hatte.

»Hey.« Dass ihre jüngste Tochter an einem Freitagabend vorbeischaute, war eine Seltenheit. Marie ging am Wochenende gern mit ihren Freunden aus und feierte. Natürlich war es noch früh. »Das ist ja eine Überraschung«, sagte sie, als sie ihre Tochter ins Wohnzimmer führte.

Sie setzten sich einander gegenüber, und Julia bemerkte sofort, wie nervös Marie wirkte.

»Liebes, was ist denn los?«

Ihre Tochter zögerte, als wüsste sie nicht, wo sie anfangen sollte. »Ich breche mein Versprechen gegenüber Hillary, aber es gibt mildernde Umstände.«

Julia runzelte die Stirn. »Wenn du Bedenken hast, solltest du vielleicht noch einen oder zwei Tage darüber nachdenken.«

»Das habe ich schon. Ich bin mir nicht sicher, was ich tun soll, und du bist die Einzige, die wissen wird, was das Beste ist.«

Da sie annahm, dies könnte etwas sein, was ein stärkeres Getränk als Kaffee oder Tee erforderte, goss Julia ihnen beiden ein Glas Weißwein ein. Nachdem sie ihrer Tochter eines der Gläser gereicht hatte, beschrieb sie eine auffordernde Geste und meinte: »Okay, ich bin ganz Ohr.«

Marie umschloss ihr Glas mit beiden Händen und heftete den Blick auf den Pinot Grigio. »Dad hat Hillary besucht.«

Das waren doch einmal gute Nachrichten. Wenn Marie meinte, sie würde sich über diese Entwicklung aufregen, dann irrte sich ihre Tochter. Eddie hatte den ersten Schritt getan, was dringend notwendig gewesen war. Sie wusste auch, wie schwierig das für ihn war. Vielleicht konnte jetzt der Heilungsprozess einsetzen.

»Er hat sich dafür entschuldigt, dass er gesagt hat, er wolle nichts mit uns zu tun haben, bis wir Laura akzeptieren.«

Das übertraf das, was sie zu hören gehofft hatte, bei Weitem. So halsstarrig, wie Eddie war, war es ein großer Schritt in die richtige Richtung, dass er seine gedankenlosen Worte ausdrücklich bedauerte.

»Hillary sagte, sie hätte all die Jahre darauf gewartet, das zu hören.« Hier brach Marie ab und schluckte hart. Wohl um ihren Gefühlsaufruhr zu überspielen, trank sie einen Schluck. »Und dann … konnte er nicht anders, als alles zu verderben.«

Julia spürte, wie sich ihr gesamter Körper vor Frust und Zorn verkrampfte. »Erzähl mir, was passiert ist.«

Marie beugte sich vor und stützte die Ellbogen auf die Knie. »Er hat angeboten, einen Teil der Hochzeit zu bezahlen. Er sagte, er würde Hillary helfen, das Kleid zu bekommen, das sie sich wünschte. Und auch die Einladungen. Und dann, als würde sich das von selbst verstehen, da er sich ja an den Kosten beteiligen würde, fügte er hinzu, dass sowohl sein als auch Lauras Name auf den Einladungen stehen müssten.«

Julia fand es bestürzend, dass Eddie einen solchen Manipulationsversuch unternahm und sich auch noch einbildete, durch Bestechung erreichen zu können, was er wollte. Es bedurfte nicht viel Fantasie, sich die Reaktion ihrer Tochter vorzustellen.

»Hillary war fuchsteufelswild. Sie machte klar, dass sie nicht die Absicht hätte, Laura auf irgendeine Weise in die Hochzeit miteinzubeziehen, was natürlich Dad verärgert hat.«

Wie ein Mann eine Entschuldigung schlimmer in den Sand setzen konnte, war für Julia schwer vorstellbar. »O Himmel.«

»Dann sagten beide eine Menge Dinge, von denen ich weiß, dass sie ihnen leidtun werden.«

Ein hitziges Temperament war noch etwas, was Vater und Tochter gemeinsam hatten. Anscheinend hatten die Jahre Eddies aufbrausendes Naturell nicht abgemildert.

»Danach hat Dad sich an mich gewandt. Er wollte, dass ich Hillary ausrichte, er würde es bedauern, vorbeigekommen zu sein, und sie sollte ruhig mit ihren Hochzeitsplänen weitermachen. Nur sollten wir ihn da raushalten.«

Julia hätte am liebsten geweint. Das war noch schlimmer, als sie gedacht hatte. Wenn es in ihrer Macht stünde, würde sie gerne etwas Vernunft in Eddie hineinprügeln. Er wusste doch, dass er Hillary nicht zwingen konnte, sich seinem Willen zu beugen, oder sollte es zumindest wissen.

»Das war am Sonntag. Dad rief mich dann am Mittwoch noch einmal an und bat mich, ihm einen Gefallen zu tun.«

»Und welchen?«

»Deswegen brauche ich deinen Rat, Mom«, erklärte Marie. »Dad wollte den Namen des Geschäfts wissen, in dem Hillary ihr Kleid kauft. Als ich gefragt habe, warum, sagte er, er würde dafür sorgen, dass Hillary ihr Traumkleid bekommt. Ich gab ihm den Namen, und dann musste ich ihm versprechen, Hillary nichts zu verraten.«

»Sie findet es sicher heraus, wenn sie das Kleid abholt.«

»Das habe ich auch gesagt. Wenn Hillary herausbekommt, dass Dad für ihr Wunschkleid bezahlt hat, vor allem nach ihrem Streit, dann wird sie es nicht annehmen. Dad meinte, er würde mit dem Laden reden und veranlassen, dass sie ihr sagen, das Kleid wäre im Preis herabgesetzt und würde so viel kosten wie das andere.«

Julia war nicht all die Jahre mit Eddie verheiratet gewesen, um nicht zu erkennen, was er da tat. Dies war seine Art zu sagen, dass ihm der Streit leidtat. Er weigerte sich, mit Hillary zu sprechen, weil er wusste, dass sie genauso stur war wie er selbst. Wenn sie herausfände, was er getan hatte, würde sie das ablehnen, was sie sich am meisten wünschte.

»Du sagtest, du wolltest meinen Rat«, erinnerte Julia sie.

Marie nippte an ihrem Wein, während sie ihre Gedanken zu sammeln schien. »Ich habe die letzten beiden Tage darüber nachgedacht. Hillary hat nichts von dem Brautkleid gesagt, als wir das letzte Mal miteinander gesprochen haben, also muss ich davon ausgehen, dass sich der Brautmodenladen noch nicht mit ihr in Verbindung gesetzt hat. Das Problem besteht darin, Mom, dass Hillary seit dem Streit mit Dad nicht mehr sie selbst ist. Ich weiß, dass es ihr auch leidtut. Und ich denke, dass ihr zu gegebener Zeit jemand sagen sollte, was Dad getan hat und warum.«

»Und du findest, ich sollte diejenige sein?«

»Natürlich. Du würdest wissen, was zu sagen ist.«

»Sie hat mir nicht erzählt, dass sie euren Vater gesehen hat, und, was noch wichtiger ist, ich habe klargestellt, dass es mir nicht behagt, zwischen euch Mädchen und eurem Dad zu stehen.«

»Ich weiß, Mom, aber Hillary muss es erfahren.«

Es war eine Entscheidung, die Julia nicht spontan treffen wollte. »Ich werde darüber nachdenken und mich bei dir melden. Das ist das Äußerste, was ich im Moment tun kann.«

Marie wirkte abgrundtief erleichtert. »Danke, Mom. Ich bin überzeugt, dass du wissen wirst, was das Beste ist.«

Julia wünschte, sie könnte die Zuversicht ihrer Tochter teilen.

18

Julia wog ihre Möglichkeiten sorgfältig ab, bevor sie ihre Entscheidung traf. Sie wusste, dass Hillary litt, und da sie Eddie kannte, war ihr klar, dass er genauso litt. Zwischen die Fronten zu geraten war etwas, von dem sie sich nach der Scheidung geschworen hatte, es um jeden Preis zu vermeiden. Nur war der Preis jetzt zu hoch, und sie hatte das Gefühl, eingreifen und alles tun zu müssen, was in ihrer Macht stand, um diesen Schlamassel zu entwirren.

Beide Seiten verhielten sich störrisch und unvernünftig. Als Erwachsene sollten sie in der Lage sein, dieses Problem selbst zu lösen, ohne dass sie als Vermittlerin einspringen musste. Die traurige Wahrheit lautete jedoch: Es war höchst unwahrscheinlich, dass ihre Tochter wie auch ihr Exmann bereit sein würden, in dieser Angelegenheit den ersten Schritt zu tun.

Nach zwei Tagen eindringlichen Nachdenkens rief sie Eddie an und fragte, ob sie sich auf einen Kaffee treffen könnten. Er willigte so widerstrebend ein, als täte er ihr damit einen Gefallen. Julia beschloss, sein Verhalten zu übergehen und ihren eigenen Stolz hinunterzuschlucken. Nach einigem Hin und Her verabredeten sie sich vormittags im Busy Bean. Heath hatte für später am Nachmittag einen Tennisplatz gebucht, das würde ihre Belohnung dafür sein, dass sie sich durch dieses Gespräch quälte. Er hatte sie gefragt, was sie sich zum Geburtstag wünschte, und sie hatte eine einfache Bitte geäußert: Tennis und später ein Dinner im Canlis, ihrem Lieblingsrestaurant.

Julia kam früh und holte sich selbst ihren Latte. Eddie traf zehn Minuten zu spät ein, um ihr deutlich zu verstehen zu geben, dass sie ihm Scherereien bereitete. Als er auf ihren Tisch zukam, registrierte sie, wie abgespannt er aussah. Schatten unter seinen Augen verrieten ihr, dass er kaum geschlafen hatte. Sogar seine Schritte wirkten schleppend, als kostete es ihn mehr Energie, als er aufbringen konnte, den Raum zu durchqueren. Die Auseinandersetzung mit Hillary hatte ihm emotional und physisch eindeutig zugesetzt. Das Ausmaß aber überraschte Julia und rechtfertigte ihre Einmischung.

Nach einer kurzen Begrüßung blickte er auf seine Hände. »Ich nehme an, Hillary ist mit Schauergeschichten darüber, was für ein schrecklicher Vater ich bin, zu dir gerannt gekommen«, sagte er steif.

Er schien darauf gefasst zu sein, dass sie ihm Vorhaltungen machte und ihn kritisierte, was sie nicht zu tun beabsichtigte. Sie hegte nur einen einzigen Wunsch: nämlich eine Versöhnung zwischen Eddie und seinen Töchtern herbeizuführen. Nichts würde ihr mehr Freude machen, als ihren Mädchen und deren Dad zu helfen, einen Weg zu finden, ihre Differenzen beizulegen.

»Tatsache ist, dass Hillary mir überhaupt nichts erzählt hat.«

Er blickte kurz auf, als wäre er nicht sicher, ob er ihr glauben konnte.

»Es war Marie«, klärte sie ihn auf.

Ein flüchtiges Lächeln huschte über sein Gesicht und erlosch wieder. »Sie hat schon immer ein bisschen viel geredet.«

Weder bestätigte Julia diese Bemerkung, noch leugnete sie sie. »Marie erzählte mir, dass du mit dem Brautmodengeschäft vereinbart hast, die Differenz zu dem teureren Kleid zu bezahlen, das Hillary gerne hätte.«

Er zuckte zum Zeichen dafür, dass dies eine Kleinigkeit war, die Achseln. Es schien ihm peinlich zu sein, dass sie Bescheid wusste.

»Marie will, dass ich Hillary die Wahrheit sage.«

Sein Blick schoss zu ihr. »Tu das nicht, sonst nimmt Hillary das Geschenk nicht an. Ich möchte, dass sie dieses Kleid bekommt.«

»Wahrscheinlich hast du recht, obwohl es besser sein könnte, wenn ich es ihr doch sage.«

»Das wäre es nicht«, beharrte er.

»Sie sollte wissen, dass dir der Streit leidtut, und es würde ihr ermöglichen, zuzugeben, dass sie an eurem Krach nicht ganz unschuldig ist.«

»Das ist egal. Sie sagte, Laura wird zur Hochzeit nicht eingeladen, und wenn sie nicht eingeladen wird, gehe ich auch nicht hin. Nichts, was du sagst, wird meine Meinung ändern. Wenn die Mädchen meine Frau nicht respektieren, dann respektieren sie auch mich nicht und …«

Julia hob eine Hand, um seiner Tirade Einhalt zu gebieten. »Also wirklich, Eddie. Hast du jemals von kleinen Schritten gehört? Du kannst deine Töchter nicht zwingen, eine Beziehung zu Laura aufzubauen – schon gar nicht bei dem bösen Blut, das zwischen ihnen und ihren Söhnen herrscht.«

»Was meinst du mit ›kleinen Schritten‹?« Er legte den Kopf zur Seite und wirkte ernsthaft neugierig.

»Wie wäre es für den Anfang mit einer von euch beiden unterschriebenen Geburtstagskarte? Vielleicht eine kleine Notiz von Laura alleine. Bring sie Schritt für Schritt zusammen, statt den Mädchen eine Beziehung zu ihr aufzuzwingen. Ich weiß, dass dir diese grässliche Szene am See leidtut.«

»Hillary und Marie auch?«

»Dazu kann ich nichts sagen. Frag sie selbst. Offen gestanden ist es mir unangenehm, zwischen dir und den Mädchen zu stehen. Ich habe zwei Tage gebraucht, um über alles nachzudenken, bevor ich mich dazu durchgerungen habe, dir ein Treffen vorzuschlagen. Das ist eine Rolle, mit der ich nicht glücklich bin und die ich auch nicht will.«

Auf ihre Worte folgte angespanntes Schweigen.

»Als ich erfuhr, dass Hillary und Blake verlobt sind«, fuhr Julia fort, »schien mir das eine perfekte Gelegenheit für eine Versöhnung zwischen dir und den Mädchen zu sein. Warum geht es bei dir immer einen Schritt vorwärts und zwei zurück?«

»Wie meinst du das?«

»Sei nicht so begriffsstutzig. Ich hätte mich nicht mehr freuen können, als ich hörte, dass du dich bei Hillary entschuldigt hast. Sie musste unbedingt wissen, dass du diesen Tag genauso bereust wie sie. Wir wissen beide, dass du aus der Hitze des Augenblicks heraus reagiert hast.«

»Du warst nicht dabei. Du hast nicht gehört, mit welchen Schimpfnamen deine Töchter meine zukünftige Frau damals belegt haben.«

Er dachte wohl, es würde sie verletzen, wenn er ihr unter die Nase rieb, dass Laura jetzt seine Frau war und nicht sie. Aber die Spitze prallte von Julia ab. Trotzdem entging es ihr nicht, dass er Hillary und Marie als *ihre* Töchter bezeichnete.

Ein Schritt vorwärts, drei oder vier zurück. Würde er denn nie dazulernen?

»Du hast recht, ich war an diesem Tag nicht dabei. Ich bin dankbar dafür, kein Teil dieser schrecklichen, peinlichen Szene gewesen zu sein. Auch wenn es fast sechs Jahre gedauert hat, warst du ehrlich genug, den ersten Schritt in Richtung Versöhnung zu tun, als du zu Hillary gegangen bist.«

»Es war nicht leicht.«

»Davon bin ich überzeugt. Wirklich, Eddie, war es nötig, Marie anzurufen und ihr zu sagen, du willst mit der Hochzeit nichts zu tun haben?«

Er ließ ihre Worte ein paar betretene Momente lang einsickern. Seine Augen füllten sich mit Reue, als er zugab: »Wahrscheinlich hast du recht. Ich war wütend … ich hätte mich erst einmal beruhigen sollen. Ich schätze, das hast du mit zwei Schritten zurück gemeint.«

Sie hob die Brauen, weil das Antwort genug war.

Er tat es mit einem Achselzucken ab. »In Ordnung, ich gebe zu, es war nicht mein cleverster Schachzug.«

Sie konnte ihm da nur zustimmen. Salz in die Wunden zu reiben würde nicht helfen, also hielt sie den Mund.

»Jetzt zu dem Grund, weshalb ich dich sehen wollte. Wie ich schon erwähnte, hielt Marie es für eine gute Idee, wenn ich Hillary erzähle, was du für sie getan hast. Sie glaubt, wenn sie es von mir hört, würde es ihr helfen, zu verstehen, dass das deine Art ist, dich zu entschuldigen.«

»Ich kann nicht sagen, dass ich anderer Meinung bin. Vermutlich möchte ich tief in meinem Inneren, dass Hillary weiß, dass ich sie immer lieben werde. Wenn der Umstand, dass sie ihr Wunschkleid bekommt, diese Botschaft übermittelt, dann umso besser.«

»Ausgezeichnet. Weil ich nämlich beschlossen habe, es ihr nicht zu sagen.«

Eddies Mund wurde schmal, bevor er ihn aufklappte. »Worauf willst du hinaus? Warum nicht?«

»Weil ich finde, dass du das selbst tun musst, Eddie.«

»Was? Das kann ich nicht. Du und ich, wir wissen beide, dass Hillary nicht mit mir reden wird.«

»Du hast schon einmal einen Weg gefunden, ihren störrischen Stolz zu umgehen. Das schaffst du doch noch mal. Sie ist schließlich deine Tochter; sie leidet genauso wie du. Du bist der Einzige, der ihr diesen Schmerz nehmen kann. Ich habe nicht gesagt, dass es leicht sein wird, aber ich weiß, dass ihr beide das dringend braucht. Die Sache frisst dich sonst langsam auf, und Hillary ergeht es nicht besser. Sie braucht ihren Vater, und sie will eine Beziehung zu dir. Nicht zu dir und Laura. Sobald sie glaubt, dass du sie liebst, öffnet sie Laura vielleicht auch ihr Herz.«

»Das kannst du nicht wissen.«

»Vielleicht, aber ich kenne meine Töchter. Marie ist schon halb an dem Punkt angelangt, und wenn du ihr die Chance gibst, läuft sie mit offenen Armen auf dich zu.« Ihre Jüngste war die weitaus Versöhnlichere der beiden. Hillary schlug nach ihrem Vater, geriet leicht in Rage, hatte Mühe, zu verzeihen, und weigerte sich, vergangene Kränkungen zu vergessen.

Schweigen hing über ihnen, während Eddie über ihre Worte nachgrübelte.

»Wirst du mit Hillary sprechen?«, fragte sie sanft.

Sein Blick traf ihren. »Du tust das nicht für mich?«

Seine Frage veranlasste sie, kurz aufzulachen. »Nein. Das war ein Scherz, richtig?«

»Nein.« Seine Schultern erzitterten unter einem tiefen Seufzer.

»Eddie?« Julia würde ihn nicht so einfach davonkommen lassen.

»Okay. Ich werde darüber nachdenken.«

Zu mehr Zugeständnissen war er nicht bereit. Julia blieb nichts anderes übrig, als seine Entscheidung zu akzeptieren. »Warte nicht zu lange, Eddie.« Wenn er zögerte, konnte es gut zu spät sein, und er würde seine beiden Töchter für immer verlieren.

Er stand auf und machte Anstalten, zu gehen, bevor er innehielt. »Triffst du dich immer noch mit Lauras Ex?«

»Ja, Heath und ich passen sehr gut zusammen.«

Er schnaubte, als wäre er zutiefst erheitert, und schüttelte dann den Kopf, als fiele es ihm schwer, das zu glauben. »Du weißt, Laura und ich halten das für einen Haufen Unsinn.«

Sie ignorierte die Spitze. »Wie ich schon sagte, Heath und ich haben viel gemeinsam.« Es fiel ihr schwer, ihre Zunge im Zaum zu halten. Sie hätte Eddie zu gern daran erinnert, dass sie beide von den Menschen betrogen worden waren, die sie auf dieser Welt am meisten geliebt und denen sie blind vertraut hatten.

Eddie klopfte mit den Knöcheln auf die Tischplatte. »Darauf könnte ich wetten.« Wieder wandte er sich zum Gehen. »Oh, eines noch.«

»Ja?«

»Es wäre mir lieb, wenn du dich in Zukunft nur noch bei mir meldest, wenn es um die Mädchen geht. Alles andere regt Laura auf.«

»Dann werde ich das tun«, erwiderte sie mit einem zuckersüßen Lächeln. »Das Letzte, was ich will, ist, dass deine Frau sich aufregt.«

»Wie ist das Gespräch mit Eddie gelaufen?«, fragte Heath, als sie sich in der Lobby trafen, um Tennis spielen zu gehen.

Julia war sich nicht sicher, wie sie am besten antworten sollte. »So gut wie möglich, schätze ich. Eddie ist … nun, eben Eddie. Es fällt ihm schwer, etwas zuzugeben, wenn er im Unrecht ist, und noch schwerer, es wiedergutzumachen.« Die letzte Spitze erwähnte sie nicht. Er hatte sich verhalten, als hätte sie sich unter einem Vorwand mit ihm in Verbindung gesetzt, was von der Wahrheit nicht weiter entfernt sein könnte. Sie hatte getan, was sie konnte, um ihm und ihren Töchtern zu helfen. Wie es jetzt weiterging, lag an ihm.

Heath drückte ihre Schulter. »Ich weiß, dass das hart für dich war.«

Sie war ihm für sein Verständnis dankbar. Es war schwierig gewesen, und sie war froh, es hinter sich zu haben. Zeit, weiterzumachen und das unerfreuliche Treffen abzuschütteln. Eine Partie Tennis, um ihren Frust abzubauen, war genau das, was sie jetzt brauchte.

»Hast du ihm gesagt, was du beschlossen hast?«

»Ja, und dann habe ich angedeutet, dass dies seine letzte Chance bei den Mädchen sein könnte. Was er als Nächstes tut, ist seine Sache. Wenn er es vorzieht, untätig zu bleiben, dann wird er lernen müssen, mit seinen Gewissensbissen zu leben.«

»Das sind harte Worte.«

»Allerdings«, stimmte sie zu, aber sie meinte alles ernst, was sie gesagt hatte.

»Hey, ihr beide«, sagte Carrie, als sie auf den Empfang zugingen. »Ihr seht aus, als wärt ihr auf dem Weg nach Wimbledon.«

Heath lachte. Seine Hand blieb auf Julias Schulter liegen, eine sachte Versicherung, dass er an ihrer Seite war. Julia hatte ihre Entscheidung mit ihm besprochen und seine klugen Worte zu schätzen gewusst. Er erteilte ihr keine Ratschläge, versuchte sie nicht in irgendeiner Weise zu überzeugen. Er hatte nur zugehört und ihr Mut gemacht.

»Ich wusste gar nicht, dass du Tennis spielst.« Carrie richtete die Bemerkung an Heath, den sie inzwischen ein wenig kennengelernt hatte.

»Deine Tante ist viel besser als ich. Die Wahrheit, warum ich bereit bin, mich zum Narren zu machen, lautet, dass ich Julia in einem kurzen Tennisrock sehen kann.«

Julia lächelte. »Lass dich nicht täuschen, Carrie. Er ist ein guter Tennisspieler.«

Heath führte sie in die Tiefgarage. »Wusstest du, dass Michaels Freund Eric und Carrie sich daten?«

Julia hatte diesbezüglich Gerüchte gehört. »Viel ist

mir darüber nicht zu Ohren gekommen. Was weißt du denn?«

»Michael findet es großartig, dass Eric endlich einen Grund gefunden hat, sich aus seiner Wohnung zu bewegen. Anscheinend hat er sich zu einem Workaholic entwickelt und ist von Natur aus schüchtern, aber cleverer als jeder, den Michael kennt.«

»Carrie wäre sicher gut für ihn.«

»Das glaube ich auch. Eric ist letzte Woche mit ihr ins Kino und diese Woche zum Dinner gegangen. Sie scheinen hervorragend miteinander auszukommen. Michael weiß nicht, dass Carrie mit dir verwandt ist, und ich habe es nicht erwähnt.«

»Wahrscheinlich eine gute Idee.« Julia machte sich eine geistige Notiz, ihre Nichte nach dieser sich anbahnenden Beziehung zu fragen.

Heath fuhr, und sie kamen fünf Minuten vor der Zeit an, für die sie den Platz gebucht hatten. In den letzten paar Wochen hatten sie es geschafft, ein oder zwei Mal pro Woche zu spielen. Am Anfang war Heath etwas eingerostet gewesen, und Julia hatte ihn für gewöhnlich geschlagen. Nach drei oder vier Malen auf dem Platz hatte er aufgeholt und sich zu einem würdigen Gegner gemausert.

Der erste Satz ging an Heath. »Hey«, rief er über das Netz hinweg. »Du lässt nach. Das ist mein Spiel.«

Sie kicherte. »Davon träumst du wohl, Besserwisser. Ich habe es dir nur leicht gemacht.«

Julia beugte sich mit dem Racket in der Hand vor, hüpfte im Stand auf und ab und balancierte erst auf dem einen

Fuß und dann auf dem anderen, während sie darauf wartete, dass Heath aufschlug. Der Ball traf innerhalb der Linie auf, doch sie erreichte ihn rechtzeitig, um ihn in die andere Ecke zu schicken. Heath rannte über den Platz und blieb dort abrupt stehen.

Der Ball flog an ihm vorbei, und sein Racket fiel auf den Platz.

Heath sank auf die Knie.

»Heath?«, rief sie und fragte sich, ob er gestolpert war.

Dann sah er sie an, und sie wusste Bescheid.

Er war nicht gestürzt. Das hier war ernst.

Julia schrie verzweifelt nach Hilfe, als sie um das Netz herum zu ihm rannte.

Er blickte zu ihr auf, bevor er die Augen verdrehte und mit dem Gesicht nach unten auf den Platz fiel.

19

»Neun-eins-eins, um was für einen Notfall handelt es sich?«

Julias Stimme zitterte so heftig, dass sie kaum sprechen konnte. Ein Mann war von einem anderen Platz zu Heath hinübergelaufen und fast zur selben Zeit bei ihm angelangt wie Julia. Er schätzte die Situation augenblicklich richtig ein und begann mit Wiederbelebungsmaßnahmen, während Julia eilig ihr Telefon hervorkramte, um einen Krankenwagen zu rufen.

Innerhalb weniger Minuten hörte sie die Sirenen und lief den Rettungssanitätern entgegen, die kamen, um sich um Heath zu kümmern. Alles ging so schnell, dass ihr kaum Zeit blieb, zu begreifen, was sich hier abspielte, bevor Heath mit Blaulicht und Martinshorn fortgebracht wurde.

Sie sank auf die Bank auf der anderen Seite des Platzes und barg das Gesicht in den Händen. Ihre Knie zitterten so stark, dass sie Gefahr lief, von der Kante des Sitzes zu rutschen.

Eine Frau, die sie nicht kannte, setzte sich neben sie. Sie berührte Julia am Arm. »Sind Sie okay?«, fragte sie leise, als hätte sie Angst, Julia zu erschrecken.

»Ich … ich weiß es nicht.« Tränen rollten ihr über die Wangen, als sie tief Atem holte, um ihr hämmerndes

Herz zu beruhigen und klar denken zu können. Ihre größte Angst bestand darin, dass sie Heath verlieren könnte. Das Gefühl lähmte sie bis zu dem Punkt, dass es ihr schwerfiel, sich zu bewegen. Der Ausdruck in seinen Augen, kurz bevor er zusammengebrochen war, hatte sich in ihr Gedächtnis eingebrannt. Es kam ihr so vor, als hätte Heath sich in den letzten Sekunden, bevor er das Bewusstsein verlor, von ihr verabschiedet. Ein gewaltiger Schluchzer schüttelte ihren gesamten Körper.

»Gibt es jemanden, den Sie anrufen können?«

Julia konnte nicht klar genug denken, um zu überlegen, was sie als Nächstes tun sollte. Dann sah sie Heath' Tasche am Ende des Platzes stehen. Darin befand sich sein Telefon.

Sie sollte Heath' Söhne informieren.

Später, beschloss sie. Es war wichtiger, ins Krankenhaus zu gelangen und herauszufinden, wie es ihm ging. Wenn sie Michael und Adam anrief, ohne Einzelheiten zu kennen, würde ihnen das einen nur noch größeren Schrecken einjagen.

»Ich muss ins Krankenhaus.« Sie musste unbedingt wissen, ob Heath überlebt hatte, bevor sie sich mit seiner Familie in Verbindung setzte.

»Hier.« Der Mann, der Heath wiederbelebt hatte, reichte ihr eine Wasserflasche. »Trinken Sie was.«

Sie nickte, da sie gar nicht gemerkt hatte, wie trocken ihre Kehle geworden war. Sie stürzte das Wasser hinunter und hielt dann einen Augenblick inne, um sich zu beruhigen. Ihr eigenes Herz raste beängstigend schnell. Alles, woran sie denken konnte, alles, was zählte, war, zu Heath zu gelangen. Zu dem Mann, den sie liebte.

Sie suchte in seiner Tasche und fand seine Autoschlüssel. Obwohl sie nicht das Gefühl hatte, fahrtüchtig zu sein, war sie nicht gewillt, auf ein Taxi zu warten, das sie zum Krankenhaus brachte. Sie würde es darauf ankommen lassen, auch weil sie wusste, dass Heath es nicht mochte, wenn sein Auto unbewacht auf dem Parkplatz des Tennisplatzes stehen blieb.

So erschüttert, wie sie war, war Julia dankbar dafür, es ohne Unfall zum Krankenhaus zu schaffen. Sie hatte Glück, einen Parkplatz zu finden, rannte buchstäblich in die Notaufnahme und blieb atemlos an der Information stehen.

»Ich bin Julia Jones. Mein … Freund …«, sie wusste nicht, wie sie die Beziehung sonst erklären sollte, »… wurde mit dem Krankenwagen eingeliefert … ich glaube, er hatte einen Herzinfarkt … Wir haben Tennis gespielt. Können Sie mir bitte sagen, wie es ihm geht?«, bat sie.

»Name?«

»O ja, Entschuldigung. Heath. Heath Wilson.«

»Sie sind keine Verwandte?«

»Nein.« Sie wusste, was das bedeutete. Das Personal würde nur einem Familienmitglied Auskunft geben.

Als sie in den Wartebereich stolperte, war Julia sicher, dass die Frau am Empfang denken würde, sie hätte getrunken. Ihre Knie zitterten noch immer.

Sie sackte auf einen Stuhl, griff in Heath' Tennistasche und holte sein Telefon heraus. Da sie annahm, sein Code wäre sein Geburtstag, versuchte sie es damit und seufzte erleichtert, als es funktionierte.

Dann durchsuchte sie seine Kontaktliste, fand rasch Michaels Namen und rief ihn zuerst an.

Heath' Sohn meldete sich nach vier endlos erscheinenden Freizeichen. »Hey, Dad, was ist los? Ich habe im Moment viel zu tun. Können wir später reden?«

»Hier ist nicht Heath.« Julia zwang sich, mit ruhiger Stimme zu sprechen.

»Julia? Wieso haben Sie das Telefon von meinem Dad?«, wollte er wissen. Er klang nicht erfreut, von ihr zu hören.

»Ich bin im Seattle General. Ihr Vater ist hier ... Ich vermute, er hatte einen Herzinfarkt.«

Verblüfftes Schweigen folgte, bevor Michael die Stimme hob und sie fast anschrie. Da sie nicht wusste, was sie sonst tun sollte, begann sie, so gut sie konnte zu erklären, was passiert war.

»Ist er okay?«

»Lieber Gott, ich weiß es nicht«, sagte sie und schluchzte. »Das Personal spricht nur mit Familienmitgliedern, also habe ich keinerlei Informationen.«

»Ich bin schon unterwegs.«

»Danke«, flüsterte sie und fügte dann hinzu: »Soll ich Adam anrufen, oder tun Sie das?«

»Ich sage meinem Bruder Bescheid«, erwiderte er und beendete abrupt das Gespräch.

Weil Julia sich kaum noch aufrecht halten konnte, schickte sie Hillary, die glücklicherweise am Seattle General arbeitete, eine Nachricht. Wenige Minuten später kam ihre Tochter zu Julia in den Wartebereich.

»Mom, was ist passiert?«, fragte sie, setzte sich neben Julia und nahm ihre Hände in die ihren.

Erst als sie die warmen Hände ihrer Tochter spürte, wurde ihr bewusst, wie sehr sie fror.

»Sprich mit mir«, sagte Hillary ermutigend, als Julia keine Worte fand. Sie stand immer noch kurz vor dem Zusammenbruch; ihr Herz hämmerte, als würde es nach einem Weg suchen, aus ihrer Brust zu springen. Als sie schließlich dazu imstande war, erklärte sie, dass sie gesehen hatte, wie Heath auf dem Tennisplatz zusammengebrochen war. Wieder waren die Panik und Furcht bei der Erinnerung an seinen Anblick fast mehr, als sie ertragen konnte, und sie begann erneut zu schluchzen.

»Oh, Mom, das tut mir so leid.« Hillary umarmte sie, und Julia ließ es zu, sog ihre Kraft und Ruhe, die sie dringend brauchte, in sich auf.

Als ihre Stimme ihr wieder gehorchte, flüsterte sie: »Ich habe Angst, Hill, solche Angst, dass er es nicht schafft.«

Ihre Tochter rieb Julia sacht über den Rücken. »Hast du mir nicht immer gesagt, man soll die Dinge auf sich zukommen lassen?«

Julia schniefte und nickte. Mit tränenüberströmtem Gesicht biss sie sich auf die Unterlippe und wisperte: »Ich liebe ihn. Ich habe nicht geglaubt, dass ich jemals wieder jemanden so lieben würde wie früher deinen Vater. Heath hat mir das Gegenteil bewiesen. Ich habe überhaupt nicht damit gerechnet, mich in meinem Alter noch einmal zu verlieben … Ich dachte, dieser Teil meines Lebens wäre vorbei, und … und habe mich damit abgefunden … Und dann habe ich Heath kennengelernt.«

Hillary umarmte sie fester. »Ich werde Tante Amanda anrufen. Sie kann bei dir bleiben.«

Julia nickte, da ihr bewusst wurde, dass Hillary wieder zur Arbeit musste. Amanda würde sofort kommen. Julia würde ihre Schwester brauchen, vor allem, wenn es schlechte Nachrichten gab.

Hillary ließ sie allein, und kaum dass sie den Raum verlassen hatte, trafen Heath' Söhne ein. Ohne ihr Beachtung zu schenken, stürmten sie in die Notaufnahme und direkt zum Empfang, um sich nach ihrem Vater zu erkundigen.

Julia konnte nur verstehen, dass der Arzt gleich mit ihnen sprechen würde. Beide Männer waren außer sich vor Aufregung, und sie wünschte, sie hätte ein paar aufmunternde Worte für sie, aber das war nicht der Fall.

Michael wandte sich ab, funkelte Julia finster an und kam langsam auf sie zu. »Sie können gehen, jetzt sind wir hier.«

Einige Leute ringsum blickten angesichts seines schroffen Tones auf. Julia entschied sich, nicht zu reagieren, und sprach mit leiser, ernster Stimme. »Ich bin hier, weil mir viel an Ihrem Vater liegt. Und ich gehe nicht, bevor ich erfahre, wie es Heath geht«, sagte sie. Zwar wollte sie keine Szene machen, aber sie war trotz seiner Söhne entschlossen, zu bleiben, wo sie war.

»Sie sind der Grund dafür, dass mein Dad hier ist«, erwiderte Michael giftig. »Dad hätte nie Tennis spielen sollen, und schon gar nicht mit Ihnen.«

Julia brachte es nicht über sich, mit ihm zu streiten. Sie konnte verstehen, dass Heath' Söhne vollkommen durcheinander waren, ihr selbst erging es ja nicht anders. Statt zu erklären, dass sie dasselbe Recht hatte, im Krankenhaus zu sein, wie die beiden, schüttelte sie nur den Kopf, um ihnen begreiflich zu machen, dass sie sich nicht von der Stelle rühren würde.

»Tante Amanda ist auf dem Weg, und sie …« Hillary verstummte, als sie Michael und Adam in einer bedrohlich wirkenden Haltung vor Julia stehen sah. Sie trat zu ihrer Mutter und legte einen Arm um Julias Schultern.

»Deine Mutter sollte gehen«, beharrte Michael erneut. »Es hilft nicht, dass sie hier ist.«

»Meine Mutter bleibt, wo sie ist. Es ist nicht deine Sache, zu entscheiden, wer sich in diesem Raum aufhalten darf und wer nicht.«

Wieder hefteten sich die Blicke aller im Wartebereich Sitzenden auf sie. Es war Julia peinlich, aber sie war nicht willens, das Krankenhaus zu verlassen. Michael und Adam würden sich damit abfinden müssen, dass sie nirgendwo hinging, bevor sie wusste, wie es um Heath stand.

»Wir brauchen sie hier nicht.« Michael hob die Stimme.

»Zu dumm, dass sie nicht geht«, gab Hillary in gleicher Lautstärke zurück.

Die beiden standen praktisch Nase an Nase, starrten sich böse an und warteten darauf, dass der andere einen Rückzieher machen würde. Die Szene erinnerte Julia an zwei sich gegenüberstehende Revolverhelden.

»Hat eure Familie nicht schon genug angerichtet?« Adam ergriff zum ersten Mal das Wort.

»Was soll das heißen?«, wollte Hillary wissen und wandte die Aufmerksamkeit von Michael ab. »Es war eure Mutter, dieses betrügerische Luder, die unsere Familie ruiniert hat.«

»Hillary, bitte.« Julia schnappte nach Luft und packte ihre Tochter am Arm. »Hör auf. Streiten hilft nicht.«

»Dein Dad …«

»Lass meinen Dad da raus«, entgegnete Hillary. »Oder nein, tu das nicht. Ihr könnt ihn haben. Er kennt die Bedeutung von Ehre und Treue nicht. Wenn ihr ihn wollt, gehört er euch.«

»Ist mir recht«, konterte Michael. »Wir halten sehr viel von Edward. Im Gegenzug will ich, dass du deine Mutter von unserem Vater fernhältst.«

»Hört bitte auf, alle beide«, bat Julia und barg das Gesicht in den Händen. Sie konnte das jetzt nicht ertragen; nicht, wenn ihre Angst sie überwältigte und es ihr so vorkam, als würde sie Heath für immer verlieren.

»Halten Sie sich nur von meinem Vater fern, dann sind wir quitt.«

»Geht für mich in Ordnung«, erwiderte Hillary mit einem Lachen. »Meine Schwester und ich sind über ihre Beziehung auch nicht glücklich. So, wie wir das sehen, gibt es in der ganzen Familie kein einziges anständiges Mitglied.«

»Hört auf!«, rief Julia erneut. »Bitte hört auf.«

»Halte deinen Dad von meiner Mutter fern«, fuhr Hillary fort. »Ich erfülle meinen Teil der Abmachung und du deinen.«

»Abgemacht.«

Die Türen der Notaufnahme öffneten sich, und Amanda erschien. Als sie ihre Schwester sah, eilte Julia auf sie zu, weil sie dringend die Flucht ergreifen musste.

»Julia?«

»Bring mich hier weg«, rief sie. »Es ist mir egal, wo du mich hinbringst, nur weg aus diesem Krankenhaus.«

Mit der Neuigkeit von Heath' Herzinfarkt war es ein verrückter Tag gewesen. Carrie brannte darauf, mit Eric auf das Dach zu flüchten. Als sie dort ankam, stellte sie fest, dass er bereits dort stand und auf sie wartete. Er ging sofort auf sie zu, zog sie in die Arme und drückte sie an sich.

»Ich habe das von Heath gehört«, sagte er. »Gibt es irgendetwas, was wir tun können?«

»Im Moment nicht. Warte«, sagte sie. »Woher weißt du das?« Eric hatte außer zu ihr wenig Kontakt zu den anderen Hausbewohnern.

»Von Michael. Wir hatten einen Termin für einen geschäftlichen Anruf, den sein Assistent verschoben hat. Später hat mich Michael aus dem Krankenhaus angerufen, um mich auf dem Laufenden zu halten.«

»Hat er zufällig erwähnt, wie es Heath geht?« Carrie wusste, dass ihre Tante nach Informationen lechzte. Ihre Hoffnung bestand darin, dass Hillary, die in dem Krankenhaus arbeitete, vielleicht an ein paar Insiderinfos gelangte, die ihre Tante beruhigten. Eines stand fest: Sie würde weder von Michael noch von Adam etwas erfahren.

»Das Letzte, was ich gehört habe, war, dass er operiert wurde«, sagte Eric. »Deine Tante ist bei ihm?«

Carrie schüttelte bekümmert den Kopf. »Michael und Adam wollen sie nicht da haben. Demzufolge, was Mom mir erzählt hat, kam es zu einer Szene, und Julia ist gegangen.«

»Eine Szene? Warum sollten Michael und Adam Julia nicht im Krankenhaus haben wollen? Heath ist verrückt nach ihr. Wenn er das wüsste, würde er sich aufregen.«

Es dämmerte Carrie, dass Eric nichts von der Verbindung wusste. Sowohl Hillary als auch Marie waren nicht begeistert davon, dass Julia mit Heath zusammen war, und hofften, die Beziehung würde von selbst wieder enden. Aber das kam Carrie eher unwahrscheinlich vor. Wenn überhaupt, wirkten sie noch enger zusammengeschweißt. Zu sehen, wie gut sie sich verstanden, bewirkte, dass sich Carrie für sie freute. Und sie glaubte, dass ihre Cousinen Heath im Laufe der Zeit akzeptieren würden.

»Carrie?«, drängte Eric, als sie nicht sofort antwortete.

»Du weißt, dass Julia meine Tante ist, richtig?«

»Ja, das hast du mal erzählt.«

Carrie zögerte. Da sie wusste, dass Michael Erics bester Freund war, war sie nicht sicher, wie er die Nachricht aufnehmen würde. »Ihr Ex ist mit Michaels Mutter verheiratet.«

Eric runzelte die Stirn, als er diese Neuigkeit verarbeitete. »Lass mich das einmal klarstellen. Michaels Mutter ist mit Julias Exmann verheiratet, und jetzt sind Julia und Heath zusammen? Wie ist das denn passiert?«

Carrie zuckte unschlüssig die Achseln. »Ich weiß nur, dass sie perfekt zueinander passen und glücklich sind.«

»Dann alles Gute für sie.« Eric akzeptierte die Information problemlos.

Carrie lehnte erleichtert den Kopf gegen seine Schulter. »Ich bin froh, dass du so denkst. Ich hätte es nicht gern, wenn ihre Beziehung zwischen uns stünde.«

Erics Arm schloss sich fester um sie. »Ich kann mir nicht vorstellen, dass das passiert, Carrie.«

Mit geschlossenen Augen flüsterte sie: »Gut zu wissen.«

20

Heath hörte murmelnde Stimmen. Eine kannte er nicht, aber die andere war ihm vertraut. Er gab sich Mühe, die Worte zu verstehen, doch sein Geist war umnebelt, und es kam ihm so vor, als sprächen sie eine fremde Sprache. Er öffnete langsam die Augen und blinzelte in das helle Licht. Es war, als blickte er in die Sonne. Rasch schloss er sie wieder und wandte den Kopf zur Seite.

»Dad, bist du wach?«

Die vertraute Stimme gehörte seinem Sohn. »Adam? Wo bin ich?«

»Du bist im Seattle General.«

»Im Krankenhaus?« Das Letzte, woran Heath sich erinnerte, war, dass er mit Julia auf dem Tennisplatz gewesen war.

»Du hattest einen Herzinfarkt. Sie mussten dich operieren, und jetzt hast du drei Stents. Du wirst wieder gesund, aber du hast uns allen einen Mordsschreck eingejagt.«

Herzinfarkt? Drei Stents? Plötzlich war seine gesamte Welt aus den Fugen geraten. Bei seiner letzten Untersuchung war sein Herz vollkommen in Ordnung gewesen. Er hatte keine Ahnung, wie sich das über Nacht geändert haben konnte. Es ergab keinen Sinn. Sein Arzt hatte Heath eine gute Gesundheit bescheinigt. Er aß die richtigen Dinge, trank Rotwein in Maßen und trieb regelmäßig Sport. Tatsächlich hatte der Arzt gesagt, er wünschte, all seine Patienten wären so gesundheitsbewusst wie Heath.

»Ich muss Michael Bescheid geben, dass du wach bist«, sagte Adam.

Er hörte seinen jüngeren Sohn sprechen und begriff, dass er telefonierte. »Dad ist wach.« Eine Pause folgte. »Ja, ich werde es ihm ausrichten.«

»Mir was ausrichten?«, fragte Heath. Während ihm immer noch Fragen durch den Kopf schossen, konnte er nur eine Seite des Gesprächs seines Sohnes hören.

»Michael ist auf dem Weg«, erklärte Adam.

Jetzt, wo sein Blick wieder klar war, sah er sich im Raum um und wunderte sich, dass Julia nicht da war. »Wo ist Julia?«, fragte er.

Adam zögerte. »Ich habe keine Ahnung.«

»Sie war vorhin noch mit mir zusammen.« Jetzt, wo sein Gedächtnis wieder funktionierte, erinnerte er sich an den erschrockenen, entsetzten Ausdruck auf ihrem Gesicht, als er zusammengebrochen war. Sie hatte ebensolche Angst gehabt wie er.

»Ja, das war sie«, bestätigte Adam. »Sie hat die Neun-eins-eins gewählt und dafür gesorgt, dass du ins Krankenhaus kommst.«

Da er Julia kannte, wusste er, dass sie außer sich vor Sorge sein musste. »Ich will mit ihr reden«, sagte er. Er brannte darauf, sie zu beruhigen; brannte darauf, sie bei sich zu haben.

»Das ist keine gute Idee, Dad.« Adam wirkte, als fühlte

er sich nicht wohl in seiner Haut, als er zum Fenster trat und hinausblickte.

»Warum nicht?« Heath merkte, dass er mit schwerer Zunge sprach. Er kämpfte gegen das Schlafbedürfnis an, weigerte sich, ihm nachzugeben, bevor er Julia sehen konnte.

»Du brauchst Ruhe, Dad. Michael und ich werden später mit dir darüber reden.«

»Nein, ich will Julia hier haben. Wenn du sie nicht anrufst, tue ich es.«

»Dad, bitte, das ist wirklich keine gute Idee.«

Auf keinen Fall würde Heath sich davon abhalten lassen, mit Julia zu sprechen. Er wollte sie bei sich haben, brauchte sie. Keiner konnte ihm einreden, dass sie nicht hier wäre, wenn es nicht jemand verhindert hätte. Instinktiv wusste Heath, dass seine Söhne dafür verantwortlich waren.

Trotz aller Gegenwehr schlief er ein und wachte erst wieder auf, als er Michael und Adam flüstern hörte. Er hielt die Augen geschlossen, weil sie über Julia sprachen und er hören wollte, was sie sagten.

»Dad hat darauf bestanden, dass er Julia hier haben will«, teilte Adam seinem Bruder mit. »Hast du ihr gesagt, dass er aus dem OP raus ist?«

Michael schnaubte. »Machst du Witze? Nach allem, was passiert ist? Je weniger wir mit dieser Familie zu tun haben, desto besser.«

Heath wollte wissen, was genau passiert war. Was er da hörte, klang gar nicht gut.

»Du wirst sie nicht von ihm fernhalten können«, gab Adam zurück. »Dad will sie unbedingt bei sich haben.«

Heath hatte genug gehört. »Was habt ihr zu ihr gesagt?«, erkundigte er sich, jetzt verärgert und ungeduldig.

Seine beiden Söhne wirkten überrascht, als ihnen klar wurde, dass er ihr Gespräch mitangehört hatte. »Wir hielten es für das Beste, dass sie das Krankenhaus verlässt«, erklärte Adam. »Sie hat geweint und sich Sorgen gemacht. Ihre Tochter war bei ihr, und dann haben sich Michael und Hillary angeschrien.«

Heath stöhnte. Er konnte sich die aufgeheizte Szene nur zu gut vorstellen.

»Ihre Tochter ist ein Miststück«, warf Michael stirnrunzelnd ein.

»Wie du dir vielleicht vorstellen kannst, waren Michael und ich ziemlich aufgeregt und hatten Angst um dich. Julia auch, und dann kam Hillary ins Spiel. Es war nicht gerade angenehm.«

»Was habt ihr zu Julia gesagt?« Heath musste wissen, was sich abgespielt hatte, damit er die Sache wieder in Ordnung bringen konnte.

Michael zuckte die Achseln, als erklärte das alles. »Sie wollte, dass wir aufhören zu brüllen.«

»Dann kam eine Frau, die ich noch nie gesehen hatte, und Julia ist mit ihr weggegangen«, fügte Adam hinzu.

»Das muss Amanda gewesen sein.« Heath schloss die Augen. Der Gedanke an das, was Julia durchgemacht haben musste, schlug ihm auf den Magen.

»Es war nicht so, dass sie uns einander vorgestellt hätte, Dad«, sagte Adam. »Es könnte ihre Schwester gewesen sein. Sie sahen sich ein bisschen ähnlich, denke ich.«

»Was war mit Hillary?«

Michael schien sich unbehaglich zu fühlen, als sein

Blick durch den Raum wanderte und dem von Heath auswich. »Sie hatte noch ein paar passende Worte zu sagen, nachdem ihre Mutter weg war, und dann ging sie, als könnte sie gar nicht schnell genug von uns wegkommen.«

Heath atmete tief durch und wartete, bis sein Zorn verraucht war, bevor er antwortete. »Hört zu, ihr beiden, ich weiß, dass zwischen unseren Familien böses Blut herrscht. Das ist bedauerlich. Ihr dürft aber nicht vergessen, dass Julia und ich nichts mit dem zu tun haben, was zwischen euch und ihren Töchtern vorgefallen ist.«

»Dad …«

»Nein, ihr hört zu.« Er hob den Arm, ohne daran zu denken, dass er an einem Tropf hing, was einen Summer auslöste. Als er den Arm wieder senkte, verstummte der Summton.

»Ihr seid meine Söhne und ein Teil von mir. Ich liebe euch. Wenn nötig, würde ich für euch sterben. Was ich aber nicht tun werde, ist, zuzulassen, dass ihr euch zwischen mich und die Frau stellt, die mein Leben verändert hat. Julia bedeutet mir alles auf der Welt. Habt ihr eine Vorstellung davon, wie einsam ich geworden bin, nachdem eure Mutter gegangen ist? Julia hat mir weit mehr gegeben, als euch beiden klar ist. Sie ist alles für mich. Ich liebe sie.«

»Dad, nicht.« Michaels Gesicht spannte sich an. »Tu nichts Übereiltes, wie zum Beispiel, sie zu heiraten. Du kennst diese Frau kaum.«

»Wie kannst du ihr vertrauen?«, fragte Adam.

Sein Widerspruch würde seine Söhne nicht davon überzeugen, dass Julia die richtige Frau für ihn war. Sie hatten sich ihre Meinung gebildet, und nichts, was er sagte, würde sie davon abbringen. Seine Kräfte schwanden, und er schloss die Augen. Später hätte er noch mehr zu sagen – im Moment musste er nur schlafen.

Heath erwachte, als Hillary Jones sein Zimmer betrat. Sie blieb stocksteif bei der Tür stehen, als wäre dies der letzte Ort, wo sie sein wollte.

»Sie wollten mich sehen?«

Er nickte schon fast verzweifelt, da er Julia auch nach mehreren Versuchen nicht hatte erreichen können. »Danke, dass Sie gekommen sind.«

»Ich habe Pause und nur ein paar Minuten Zeit«, erwiderte sie barsch. Sie hatte keine Skrupel, ihn spüren zu lassen, dass sie es kaum erwarten konnte, wieder wegzukommen.

»Ich weiß es zu schätzen, dass Sie hier sind. Ich möchte mich für die Art und Weise entschuldigen, wie meine Söhne Sie und Ihre Mutter gestern behandelt haben.«

Sie schlug die Augen nieder, vermied Blickkontakt. »Sie brauchen sich nicht zu entschuldigen, ich habe auch ordentlich ausgeteilt.«

Er war versucht, zu lächeln. »Gut für Sie.«

Sie blickte auf, als wäre sie überrascht. »Mom war fix und fertig. Wenn Ihre Söhne sich bei jemandem entschuldigen sollten, dann bei meiner Mutter. Sie haben sich schrecklich benommen und darauf bestanden, dass sie geht. Sie haben es so dargestellt, als wäre sie für Ihren Herzinfarkt verantwortlich, was lächerlich ist, wie wir beide wissen.«

Das war genau das, was Heath befürchtet hatte. »Dazu hätte es nie kommen dürfen. Wie geht es ihr jetzt?«

»Sie hat die Nacht bei meiner Tante Amanda verbracht.«

»Ich konnte sie nicht erreichen.« Das machte Heath mehr Sorgen als alles, was der Herzspezialist ihm früher gesagt hatte.

»Sie konnte nicht schlafen, nachdem sie das Krankenhaus verlassen hatte. Ich habe heute Morgen mit ihr gesprochen, und sie sagte, sie würde nach Hause gehen, um sich hinzulegen. Ich habe ihr vorgeschlagen, das Telefon auf stumm zu schalten. Wahrscheinlich hat sie vergessen, es wieder einzuschalten.«

Das half, ihr Schweigen zu erklären, und beruhigte ihn. »Ich würde mich besser fühlen, wenn ich mit ihr sprechen und ihr sagen könnte, dass ich lebe und es mir gut geht.«

»Ich sage ihr, dass Sie sich von der Operation erholen. Sie wollte Sie besuchen, aber ich habe es ihr aus Angst ausgeredet, sie könnte wieder auf einen Ihrer Söhne treffen. Ich habe ihr versichert, dass Sie schon bald zu Hause wären.«

Heath hatte dasselbe von dem Herzspezialisten gehört, zusammen mit einer Aufzählung neuer Medikamente, die er in der nächsten Zeit würde nehmen müssen.

Hillary kam ein Stück näher. Sie sah ihn einen langen Moment an, bevor sie fragte: »Lieben Sie meine Mutter?«

Heath kam die Frage sehr gelegen. »Von ganzem Herzen. Wieso fragen Sie?«

Julias Tochter verschränkte die Arme vor der Brust und trat näher an das Bett. »Meine Mutter ist alles, was ich eines Tages zu sein hoffe. Sie ist der liebevollste Mensch, den ich kenne. Sie ist rücksichtsvoll und großzügig. Sie tut alles, was sie kann, um uns zu zeigen, wie sehr wir geliebt werden. Selbst als sie erfuhr, dass Dad sie betrog, war sie bereit, ihren Stolz hinunterzuschlucken und über sein Fremdgehen hinwegzusehen, um unsere Familie zuammenzuhalten.«

Heath stimmte zu, dass Julia die liebevollste, fürsorglichste Frau war, die er je gekannt hatte. Wie ein Mann sie verlassen konnte, überstieg sein Begriffsvermögen.

»Nachdem Dad gegangen war, hatte Mom Mühe, wieder zu sich selbst zu finden. Sie hat ihre Sache großartig gemacht, aber tief in meinem Inneren glaube ich nicht, dass sie glücklich war. Es war, als würde ein Teil ihres Herzens fehlen. Seit sie sich mit Ihnen trifft, habe ich eine Veränderung bei ihr bemerkt. Sie lächelt jetzt leichter, und sie glüht innerlich, was ich schon lange nicht mehr bei ihr gesehen habe.«

Er sah das alles auch in Julia – dieses Licht war dasselbe, das sein Herz berührte und die Sonne in sein Leben zurückbrachte.

»Ich gebe zu, dass wir fassungslos waren, als sie Marie und mir sagte, dass sie Sie datet. Wir haben ihr davon abgeraten und klargestellt, dass wir mit dieser Beziehung nicht einverstanden sind. Dann ist meine Mutter gestern, als sie nicht wusste, ob Sie überleben werden, zusammengeklappt. Ich habe sie noch nie so am Boden zerstört erlebt, noch nicht einmal, als wir unseren Großvater verloren haben.«

Heath hasste es, wie schäbig seine Söhne Julia behandelt hatten. Eines Tages würden sie erkennen, dass sie ihr unrecht getan hatten, und sich entschuldigen.

»Ich weiß, dass es Schwierigkeiten zwischen unseren

Familien gibt, und ich bedauere das. Ich wüsste gerne einen Weg, uns alle zusammenzubringen und diese Feindseligkeiten zu beenden.«

»Den wüsste ich auch gerne«, gab Hillary zurück. »Nur so, wie die Dinge zurzeit stehen, ist das äußerst unwahrscheinlich. Ihre Söhne …« Sie brach ab und schüttelte den Kopf. »Ich sage Ihnen besser nicht, was ich denke.«

»Danke.« Heath wollte nicht in die Lage kommen, Michael und Adam verteidigen zu müssen.

»Was ich sagen wollte«, fuhr Hillary fort, »ist, dass Marie und ich, als wir gesehen haben, wie Mom reagiert hat, miteinander gesprochen haben. Wenn Mom Ihr Herz gehört, werden wir nichts mehr gegen eine Fortsetzung der Beziehung unternehmen.«

»Sie ist mein Herz«, entgegnete Heath, und darin lag mehr Wahrheit, als Julias Töchter je begreifen würden.

»Sie bedeuten ihr eindeutig sehr viel.« Hillary ließ die Arme an den Seiten herabhängen. »Marie und ich haben beschlossen, dass es falsch wäre, Ihnen im Weg zu stehen, besonders, wenn Sie ihre Gefühle erwidern.«

»Das tue ich, mit Herz und Seele.«

Jetzt lächelte sie, und Heath erwiderte das Lächeln.

»Danke«, flüsterte er überwältigt.

Ihre Augen wurden schmal. »Wenn Sie ihr wehtun, werde ich dafür sorgen, dass Sie es bereuen.«

»Das wird nie passieren«, versprach er und streckte die Hand aus.

Hillary trat vor und schüttelte sie.

Das war ein Anfang, dachte Heath, als sie das Zimmer verließ.

Der Beginn des Heilungsprozesses für ihre Familien.

21

Aus Angst, einem von Heath' Söhnen zu begegnen, blieb Julia dem Krankenhaus fern, auch wenn jede Faser ihres Herzens sie dazu drängte, einen Weg zu finden, bei ihm zu sein. Da Hillary als Physiotherapeutin im Seattle General arbeitete, konnte sie Julia über Heath' Gesundheitszustand nach der Operation auf dem Laufenden halten. Ein Dutzend Mal oder mehr war Julia, seit sie mit Amanda das Krankenhaus verlassen hatte, versucht gewesen, ihn anzurufen, aber sie hatte es aus Furcht, seine Genesung ungünstig zu beeinflussen, unterlassen. Ihr einziger Trost waren die kurzen Nachrichten, die er geschickt hatte und in denen er ihr versicherte, dass er bald zu Hause sein würde und sich schon freute, sie zu sehen. Er dankte ihr und behauptete, ihr rasches Handeln hätte ihm das Leben gerettet.

Sie wartete nervös auf die Nachricht, wann das Krankenhaus ihn entlassen würde. Man hatte ihr gesagt, es wäre unwahrscheinlich, dass er sich länger als ein paar Tage von seiner Operation würde erholen müssen. Sie war sicher, dass einer seiner Söhne ihn nach Hause begleiten würde, und wartete ungeduldig auf die Gelegenheit, ihn selbst zu sehen. Erst wenn sie sein Gesicht umfassen und ihm in die Augen blicken konnte, würde sie ein für alle Mal glauben, dass er wirklich überlebt hatte.

Hillary hatte sie Gott sei Dank laufend informiert; wenn sie nicht gewusst hätte, wie es Heath ging, wäre Julia verloren gewesen.

Es klingelte an ihrer Tür. Da sie auf Hillarys Anruf wartete, war sie gereizt und nicht in der Stimmung für Gesellschaft. Als sie Heath auf der anderen Seite der Schwelle stehen sah, brach sie in Tränen aus.

Im nächsten Moment lag sie in seinen Armen. Laut schluchzend klammerte sie sich an ihn, hielt ihn fest, als wollte sie ihn nie wieder loslassen.

»Süße. Julia. Ich bin okay … nur sollte ich mich wahrscheinlich setzen.«

Julia führte ihn sofort in die Wohnung.

Heath setzte sich auf das Sofa, während sie ein Taschentuch suchte und sich die Nase schnäuzte. Sie hatte nie zu den Frauen gehört, die hübsch aussahen, wenn sie weinten.

»Scheint, als hättest du mich vermisst«, neckte er sie. Dann klopfte er auf den Platz neben ihm, und sie setzte sich.

»Ich habe mir solche Sorgen gemacht«, flüsterte sie. Sie konnte immer noch kaum glauben, dass er hier bei ihr war.

»Ich mir auch.« Er legte den Arm um ihre Schultern, zog sie an seinen warmen Körper und neigte den Kopf so, dass er auf ihrem Scheitel ruhte.

»Ich dachte, ich hätte dich verloren«, sagte sie. Dabei kämpfte sie dagegen an, ein zweites Mal in Tränen auszubrechen.

»Es ist nicht so einfach, mich loszuwerden, mein Liebling. Ich habe nämlich viel Anreiz, am Leben zu bleiben.

Ich habe dich gerade erst gefunden, und ich habe die feste Absicht, noch eine ganze Weile länger hierzubleiben.«

»Erzähl mir, was der Arzt gesagt hat.« Sie erwähnte nicht, dass niemand ihr Auskunft über seinen Zustand hatte geben wollen, weil sie kein Familienmitglied war. Was sie erfahren hatte, kam von Hillary und ihren Kontakten im Krankenhaus. Sie hatte es aus Furcht, ihre Tochter in Schwierigkeiten zu bringen, niemandem verraten.

Während der nächsten zehn Minuten berichtete Heath, was der Herzspezialist gesagt hatte. Er zählte die neuen Medikamente auf, die er nehmen musste. Julia bemühte sich, sich jedes einzelne zu merken, damit sie im Internet darüber recherchieren konnte. Je mehr Informationen sie über sein Herz und die mit dem Infarkt verbundenen Probleme hatte, desto besser konnte sie nach Anzeichen Ausschau halten. Sie wollte sicher sein, dass sich das Geschehene nicht wiederholte, zumindest nicht, wenn sie es verhindern konnte.

»Wenn du nichts dagegen hast, würde ich gerne mit dir zum Arzt gehen«, sagte sie. Sie fand, es war wichtig, dass sie seine Grenzen kannte, und fürchtete, Heath würde entweder vergessen, es ihr zu erzählen, oder absichtlich etwas auslassen.

Angesichts ihrer Bitte malte sich Überraschung auf seinem Gesicht ab. »Würdest du das tun?«

»Natürlich. Ich möchte dir zur Seite stehen.«

Er verstärkte seinen Griff um sie und küsste sie auf den Scheitel. »Ich weiß nicht, was ich getan habe, um dich zu verdienen.«

»Ach, hör auf«, erwiderte sie mit einem leisen Lachen.

»Glaubst du, ich mache Witze? Ich danke Gott jeden Tag dafür, dass wir zusammen sind.«

Sie konnte sehen, wie ernst es ihm war, und fragte sich, ob ihm klar war, dass sie dasselbe empfand. »Ich danke ihm für dich! O Heath, du kannst dir gar nicht vorstellen, welche Angst ich hatte, dass du nicht überleben würdest.«

»Wie gesagt, ich wandele nach wie vor auf dieser Erde, und ich gedenke, das auch noch lange zu tun.«

»Ich nehme dich beim Wort«, gab Julia zurück.

Seine Augen wurden dunkel und ernst, bevor er den Mund auf ihren senkte und sie küsste. Es war Jahre her, seit jemand sie so leidenschaftlich und innig geküsst hatte wie Heath. Als er sich von ihr löste, fühlte sie sich, als würde ihr Innerstes schmelzen.

Er war zu Hause und erholte sich, und nur darauf kam es an.

An diesem Abend kochte Julia für Heath. Michael rief an, um sich zu erkundigen, wie es ihm ging, und nach dem Essen tat Adam dasselbe. Es tat ihr gut, zu wissen, wie nah Heath seinen Söhnen stand. Sie betete, seine Jungen würden irgendwann einmal akzeptieren, dass sie Heath liebte und nur sein Bestes wollte.

Als Heath von seinem Gespräch mit Hillary erzählt hatte, wusste Julia, dass sie sich Mühe geben musste, sich Michael und Adam anzunähern, so wie es Heath mit Hillary getan hatte. Da sie nicht wusste, wie das Ganze ausgehen würde, beschloss sie, ihm vorher nichts davon zu sagen.

Julia hielt es für ihre Pflicht, Heath denselben inneren Frieden zu geben wie Hillary ihr, nachdem sie mit ihm gesprochen hatte. Wenn sie Heath' Söhne überzeugen konnte, dass sie nur im Interesse ihres Vaters handelte, gab es vielleicht einen Weg, die Differenzen zwischen den beiden Familien beizulegen. Der Umstand, dass sie bereit war, sich ehrlich Mühe zu geben, sollte Michael und Adam eigentlich sagen, dass sie es ernst meinte und aufrichtige Gefühle für ihren Vater hegte.

»Das war Adam«, sagte Heath, nachdem er das Gespräch beendet hatte.

»Deine Söhne lieben dich«, bestätigte sie das auf der Hand Liegende.

Heath' Augen wurden wachsam, und er senkte den Blick. »Ich habe gehört, wie unhöflich sie im Krankenhaus zu dir waren, Julia, und es tut mir wirklich leid. Sie hätten nie so mit dir umgehen dürfen. Eines Tages werden sie sich entschuldigen, das kann ich dir versprechen.«

Sie trat zu ihm, schlang die Arme um ihn und versicherte ihm, so gut sie konnte, dass alles verziehen war. »Schon gut. Ich verstehe das. Dein Herzinfarkt hat ihnen genauso einen Schreck eingejagt wie mir. Sie haben es nicht so gemeint. Und ich nehme es ihnen nicht übel.«

»Du bist entschieden zu großmütig.«

»Außerdem …« Sie lächelte zu ihm hoch. »Nichts hätte mich noch viel länger von dir ferngehalten. Es wäre mir egal gewesen, wenn ich mich mitten in der Nacht ins Krankenhaus hätte schleichen müssen, um bei dir zu sein.« Was sie auch getan hätte, wenn das Krankenhaus ihn noch länger dabehalten hätte. Ohne Heath'

Textnachrichten, so kurz sie auch gewesen waren, wäre sie sicherlich verrückt geworden.

»Wo wir gerade von Nächten sprechen … Ich habe an einer Geburtstagsüberraschung für dich gearbeitet.«

»Oh?« Ihre Neugier war geweckt. »Erzähl mir mehr.«

»Ich werde die Überraschung nicht verderben. Wegen dieses Rückschlags musste ich sie aufschieben.«

»Solange wir in nächster Zeit nicht wieder auf den Tennisplatz gehen …«

»Das hat nichts mit dem zu tun, was du dir zum Geburtstag gewünscht hast, mein Schatz. Es ist etwas, was ich schon früher in die Wege geleitet habe. Ich musste den Termin verschieben, während ich im Krankenhaus war. Wir werden wie ursprünglich geplant zum Dinner ausgehen, nur jetzt noch nicht.«

Dass er nach einer Herzoperation an ihren Geburtstag dachte, rührte sie schon wieder fast zu Tränen. Doch sie wusste ja, wie gern er etwas Besonderes für sie arrangieren wollte, und gab sich Mühe, ihre rührseligen Gefühle zu zügeln. »Du könntest mir einen Tipp geben.«

Er schüttelte den Kopf. »Keine Sorge, du wirst es herausfinden, sobald ich alles wieder regeln kann.«

Zwei Tage später kam Heath, um sie für ihre Geburtstagsüberraschung abzuholen. Als sie nach ihrer Tasche griff, hinderte er sie daran. »Die wirst du nicht brauchen.«

»Keine Tasche?« Das war alles ziemlich mysteriös. »Okay.« Sie wusste nicht, was sie denken sollte, als sie ihm zum Fahrstuhl folgte.

Statt zur Lobby fuhren sie auf das Dach hinauf. Dort hingen Lichter und tauchten den Bereich in Wärme.

Carrie erschien. Sie hielt die Hände vor sich und sah Heath an. »Es ist alles so arrangiert, wie du es wolltest.«

»Danke.« Er griff nach Julias Hand.

»Heath.« Julia zögerte, betrachtete den Tisch, auf dem eine Flasche Champagner, Kristallflöten und eine kunstvoll verzierte Geburtstagstorte mit ihrem Namen darauf standen.

»Bist du bereit für die Überraschung?«, fragte er.

»Du meinst, abgesehen von der Torte und dem Champagner?« Anscheinend führte Heath noch etwas im Schilde.

Kennedy trat mit ihrer Freundin aus dem Schatten in der Ecke. »Herzlichen Glückwunsch, Julia«, sagte sie.

»Danke.« Kennedy war jung, ungefähr im selben Alter wie ihre Töchter, wenn Julia das richtig einschätzte. Sie war ein Mitglied des Frauenchors von Seattle. Letztes Weihnachten hatten Julia und Amanda einen Auftritt besucht, und sie hatte Kennedy erkannt.

Kennedy stellte ihre Freundin vor, und dann machte Carrie die Musik an, und die beiden Frauen sangen in vollkommener Harmonie Julias Lieblingssong von Frankie Valli, »My Eyes Adored You«. Ihre Stimmen verschmolzen melodisch, klar und kraftvoll und legten sich um Julias Herz, als Heath die Arme ausbreitete.

»Sollen wir tanzen?«, fragte er.

»Hier? Jetzt?«, flüsterte sie befangen.

»Komm schon, Julia. Weißt du nicht, dass meine Augen dich anbeten?«

Sie konnte ihm diesen Wunsch nicht abschlagen. Sie schmiegte sich in seine Arme, schob den Kopf unter sein Kinn und ließ sich von ihm über das Dach führen. Dann tanzten sie miteinander, als hätten sie ein Leben lang nichts anderes getan, ohne einen einzigen falschen Schritt zu machen.

Es war das bei Weitem romantischste Geburtstagsgeschenk, das Julia je bekommen hatte.

Als der Song endete, löste Heath sich widerstrebend von ihr. »Champagner?«, fragte er.

»Bitte.«

Während er die Gläser füllte, bedankte sich Julia bei Kennedy und ihrer Freundin. »Frankie Valli selbst hätte nicht besser singen können«, lobte sie. »Danke.«

»Jederzeit«, erwiderte Kennedy. »Heath hat unserem Chor eine Spende zukommen lassen. Das wäre aber nicht nötig gewesen, wir hätten gerne auch umsonst für dich gesungen.«

»Bleibt doch noch zu der Torte.«

»Wie wäre es, wenn wir etwas mitnehmen und euch beide allein lassen?«, schlug sie vor.

Carrie schnitt die Torte an – Kokosnuss, Julias Lieblingskuchen –, und die beiden Frauen verabschiedeten sich. Heath reichte ihr und Julia ein Glas.

»Du hast das alles arrangiert?«, fragte sie ihre Nichte.

Ein Lächeln erhellte Carries Gesicht. »Alles Teil des Concierge-Service. Herzlichen Glückwunsch, Tante Julia.«

Es war die beste Geburtstagsüberraschung ihres Lebens, und Heath hatte das bewerkstelligt.

22

Julia war selten so nervös gewesen. Sie hatte niemandem gesagt, wo sie hinwollte, schon gar nicht Heath. Er hätte alles getan, um sie von ihrem Vorhaben abzubringen, wenn sie dumm genug gewesen wäre, zu erwähnen, was sie beabsichtigte. Sie war auch nicht gewillt, Hillary und Marie davon zu erzählen, weil sie wusste, dass die beiden ganz und gar nicht einverstanden wären. Doch nach der jüngsten Auseinandersetzung musste sie alles tun, was notwendig war, um einen Weg zu finden, zu Heath' Söhnen durchzudringen und die Spannungen zwischen ihren Familien zu beenden.

Das Bürogebäude lag fußläufig vom Heritage entfernt, und der fünfzehnminütige Marsch gab ihr Zeit, ihre Gedanken zu sortieren und zu überlegen, was sie sagen würde. Als sie dort ankam, waren ihre Hände feucht und ihr Mund trocken. In ihrer Kehle hatte sich bereits ein Kloß gebildet, und sie war nicht sicher, ob es ihr gelingen würde, ihn hinunterzuschlucken, um sprechen zu können.

Nachdem sie das Hochhaus betreten hatte, ging sie zum Empfang und kündigte sich an, als wäre sie eine langjährige Klientin.

»Julia Jones für Adam Wilson.«

Der Mann hinter dem Schreibtisch griff nach seinem Telefon und rief in dem Büro an, in dem Adam angestellt war. Heath hatte die Information vor einigen Wochen nebenbei fallengelassen, weil er stolz war, dass seine Söhne in seine Fußstapfen getreten und gleichfalls im Anlagebereich tätig waren.

Der Mann blickte sie an. »Sie haben keinen Termin?«

»Nein. Würden Sie bitte Mr. Wilsons Assistenten fragen, ob er Zeit für mich hat?«

Julia wurde angewiesen zu warten. Sie ging zu einem Clubsessel und setzte sich auf die Kante, während sie auf Adams Antwort wartete. Sie hatte sich entschieden, sich an Heath' jüngeren Sohn zu wenden, weil sie hoffte, er wäre geneigter als Michael, sie anzuhören. Sie musste fünf Minuten warten.

Fünf der längsten Minuten ihres Lebens.

Fünf Minuten, während derer sie sich fragte, ob es klug war, was sie zu tun gedachte.

Fünf Minuten, während derer sie überlegte, wieder zu gehen und die Hoffnung aufzugeben, vielleicht mit Heath' Söhnen zu einem Einverständnis zu gelangen. Aber sie wusste, dass der beste Weg, dies zu erreichen, wahrscheinlich über Adam führte.

Der Mann am Empfang gab ihr ein Zeichen. Als Julia sich erhob, bemerkte sie, dass ihre Knie ebenso wackelig waren wie ihre Entschlossenheit. Hoch erhobenen Hauptes ging sie zu seinem Schreibtisch.

»Mr. Wilson wird Sie empfangen.«

»Danke.« Sie hoffte, dass nichts von ihrer Beklommenheit in ihrer Stimme mitschwang. Nachdem sie ihm ihren Ausweis zum Kopieren gegeben hatte, reichte er ihr eine Plakette mit der Aufschrift BESUCHER und einen Code für den Fahrstuhl.

Die Sicherheitsmaßnahmen waren streng. Es wäre vielleicht einfacher gewesen, Fort Knox zu besuchen, und sicherlich weniger stressig.

Eine Frau stand bei dem Fahrstuhl, als Julia heraustrat. »Hallo, ich bin Tamara von Mr. Wilsons Büro. Bitte folgen Sie mir.«

»Danke«, sagte Julia, als Tamara sie zu den gläsernen Doppeltüren führte. Sie gab einen Code in das kleine Gerät in der Wand ein, das ihnen den Zutritt gestattete.

Als die Assistentin sie einen langen Flur hinunterführte, spähte Julia in die Büros von Männern und Frauen, die an ihren Computern und Telefonen arbeiteten.

Adam hatte eines der kleineren Büros mit einem massiven Schreibtisch, auf dem zwei übergroße Bildschirme standen. Er blickte auf, als sie eintrat. Nur war es nicht Adam. Stattdessen sah sie sich Michael gegenüber.

Er bedeutete ihr, sich zu setzen. »Adam hat mich gebeten, mit Ihnen zu reden«, erklärte er. Da Julia so weit gekommen war, würde sie jetzt keinen Rückzieher machen. Sie hatte gehofft, mit Adam zu sprechen, aber wie es aussah, war sie ausgetrickst worden. Dies war das erste Mal, dass sie die Gelegenheit hatte, Heath' ältesten Sohn richtig anzusehen. Er war eine jüngere Ausgabe seines Vaters. Sie trugen sogar die Haare im selben Stil.

»Ich gebe zu, dass das eine unerwartete Überraschung ist.« Er wirkte nicht übermäßig erfreut, sie zu sehen.

»Vermutlich ja.« Ihr war deutlich bewusst, dass keiner von Heath' Jungen sie mit offenen Armen willkommen heißen würde. Da dieses Wissen sie aber nicht von ihrem Vorhaben abgehalten hatte, meinte sie, einen Versuch wagen zu müssen.

»Ich gestehe, dass ich neugierig bin.«

Das war es, worauf sie gebaut hatte.

»Warum sind Sie hier? Denn wenn Sie eine Entschuldigung für das wollen, was ich im Krankenhaus gesagt habe …«

»Die möchte ich nicht«, schnitt sie ihm das Wort ab.

»Okay, dann setzen Sie mich freundlicherweise ins Bild.«

Julia blickte auf ihre Hände hinunter und strich nervös ihren Rock glatt. Sie hatte sich gekleidet, als wäre sie auf dem Weg zur Arbeit, weil sie so gut wie möglich aussehen wollte – nein, *musste*.

»Weil ich die Atmosphäre zwischen uns … zwischen unseren Familien bereinigen wollte.«

»Und Sie glauben, das erreichen Sie, wenn wir beide miteinander reden?« Er ließ die Frage lächerlich klingen.

»Das hatte ich gehofft.« Sie blickte auf, schluckte ihren Stolz hinunter und hoffte, er würde begreifen, wie schwer es für sie gewesen war, zu ihm zu kommen.

»Bevor Sie loslegen, sollten Sie wissen, dass ich bezweifle, dass irgendetwas, was Sie sagen werden, meine Einstellung Ihnen oder Ihren Töchtern gegenüber ändern wird. Was mich betrifft, verschwenden Sie Ihre Zeit, aber nur zu.« Er lehnte sich in seinem Ledersessel zurück und verschränkte die Hände vor der Brust, als wartete er darauf, gut unterhalten zu werden.

Sie holte tief Atem, um sich zu beruhigen, und lächelte schwach. »Erst einmal weiß ich, wie nah Sie Ihrem Dad stehen. Ihre Beziehung bedeutet ihm alles.«

Michael stritt dies weder ab, noch bestätigte er es.

»Wie Sie wissen, hatten Ihr Vater und ich, als wir uns

kennenlernten, keine Ahnung, dass irgendeine Verbindung zwischen uns bestand. Natürlich war uns beiden klar, dass der andere schon einmal verheiratet war, aber keiner von uns wusste, wer unser früherer Ehepartner war.«

Michaels Mund wurde schmal. »Und?« Er beschrieb mit der Hand eine kreisende Bewegung, um ihr zu verstehen zu geben, dass sie weitersprechen sollte.

»Die Scheidung ist sechs Jahre her«, erinnerte sie ihn. »Heath hat sein Leben weitergelebt und ich meines ebenfalls. Keiner von uns hat damit gerechnet, noch einmal jemanden zu finden, und wir hatten uns beide in unserem Singleleben eingerichtet.«

»Sie sind wegen meines Vaters in das Heritage gezogen?«, fragte er.

Wie zynisch von ihm und darüber hinaus vollkommen absurd, dachte sie, sagte es aber nicht. »Ich bin zuerst dort eingezogen. Ihr Vater dann später, nach mir. Ich konnte unser Zusammentreffen unmöglich herbeiführen.«

Das schien ihn nicht zu überzeugen, da er sie unverwandt ansah.

»Dad sagte, Sie hätten Ihren Trainingsplan geändert, und so hätten Sie sich kennengelernt.« Er sprach, als wäre das der Beweis dafür, den er brauchte, dass sie die Beziehung irgendwie manipuliert hatte.

»Sie haben recht. Ich habe meine Firma verkauft und arbeite nur noch als Beraterin. Da ich morgens mehr Freizeit habe, habe ich mein Training vom Nachmittag auf früher am Tag verlegt.«

Er hob die Brauen, als wäre er immer noch skeptisch.

»Eine Woche oder noch länger haben Heath und ich

kein Wort miteinander gewechselt. Er war es, der sich mir vorgestellt hat. Wir fanden bald heraus, wie viel wir gemeinsam haben. Unsere Ehepartner hatten sich beide in jemand anderen verliebt. Wir hatten beide zwei Kinder. Heath Söhne und ich Töchter. Wir sind uns über unsere katastrophalen Datingerfahrungen nähergekommen.«

»Schön. Sie fühlen sich in der Gesellschaft meines Vaters wohl. Das ändert gar nichts.«

»Michael, bitte. Kann ich irgendetwas tun, um Ihnen zu versichern, dass mir wirklich viel an Ihrem Vater liegt? Und ich weiß, dass ihm viel an mir liegt. Es tut uns beiden weh, dass unsere Kinder gegen unsere Beziehung sind, die uns alles bedeutet.«

»Ich bin nicht hier, um zu beurteilen, ob Ihnen etwas an meinem Vater liegt oder nicht. Mir gefällt es nicht, dass Sie mit ihm zusammen sind, vor allem, weil es genug andere passende Frauen gibt, die sich über seine Aufmerksamkeit freuen würden.«

Ihre Bitten hatten ihn anscheinend nicht berührt.

»Wenn es Sie auf irgendeine Weise beruhigt, ich verspreche Ihnen, dass ich ihm nicht im Weg stehen werde. Wenn er eine Beziehung mit Ihnen will, ist das seine Sache, nur sollten Sie wissen, dass ich nicht den Wunsch hege, etwas mit Ihnen oder, Gott bewahre, mit Ihren Töchtern zu tun zu haben.«

Michaels Haltung ließ eine Versöhnung zwischen ihren Familien immer unwahrscheinlicher wirken.

»Ich weiß, dass Sie Gründe haben, mich abzulehnen. Bevor die Scheidung endgültig war, habe ich einen furchtbaren Fehler gemacht, als ich Ihrer Mutter diese Nachrichten schickte, und dafür entschuldige ich mich.

Bei Ihnen und bei ihr. Es ist lange her, aber ich habe es augenblicklich bereut, dass ich mich von meinen Gefühlen habe hinreißen lassen. Ich hoffe, Sie können verstehen, was mich dazu getrieben hat, etwas zu tun, von dem ich wusste, dass es falsch war.« Sie verschwieg, dass Laura mit den bösartigen Nachrichten angefangen hatte. Julia stand zu ihrer Verantwortung. Sie konnte nur hoffen, dass Michael irgendwann erkannte, dass es seine Mutter gewesen war, die Julias Ehe und ihr Leben in Stücke gerissen hatte.

»Sie haben meiner Mutter das Leben zur Hölle gemacht.«

Sie hätte ihn gerne gefragt, ob ihm klar war, dass Laura ihr dasselbe angetan hatte. »Ich habe Ihrer Mutter nie etwas Böses gewollt, Michael. Es ist schade, denn auf beiden Seiten wurden Fehler gemacht.«

»Die meisten auf Ihrer«, beharrte er. »Außerdem ist es lächerlich, dass Sie Ihren Töchtern eine Beziehung zu ihrem Vater verbieten. Das ist eindeutig Ihre Rache. Sie wollten, dass Edward leidet, weil er Sie wegen meiner Mutter verlassen hat. Meiner Ansicht nach ist das unverzeihlich. Nichts, was Sie sagen, wird meine Meinung ändern. Ich mag mir gar nicht ausmalen, was Sie tun würden, um meinen Vater zu vernichten, falls er es wagen sollte, sich von Ihnen abzuwenden.«

Sie schloss die Augen und ließ seine schroffen Worte über sich hinwegwehen wie einen stürmischen Wind, der die Kraft hatte, eine mächtige Eiche umzustürzen.

»Ich habe gehört, was Sie zu sagen hatten. Jetzt habe ich einen Termin, den ich einhalten muss.« Er stand auf, ging zur Tür und hielt sie ihr auf.

Julia hatte Mühe, das Gleichgewicht zu wahren, als sie sich erhob. Es drängte sie, sich zu verteidigen; zu erklären, dass die Entfremdung zwischen Eddie und ihren Töchtern seine Schuld war, nicht ihre. Nur würde ihr das alles nichts nützen. Michael würde sich weigern, ihr zu glauben.

Er blieb an der Tür stehen und hielt sie weiterhin auf.

Mit einem Kloß im Hals verließ sie das Büro. Dabei begriff sie, dass sie mit ihrem Besuch nichts erreicht und wahrscheinlich mehr Schaden als Nutzen angerichtet hatte.

»Danke für Ihre Zeit, Michael. Und danke, dass Sie mir zugehört haben. Es tut mir mehr leid, als Sie ahnen, dass wir nicht zu einem Einverständnis kommen konnten.«

Er nickte. »Ich verstehe, und es tut mir auch leid. Wie ich schon sagte, wir werden Dads Beziehung mit Ihnen nicht im Weg stehen, wenn er sie fortsetzen will, aber es wäre uns lieber, Sie wären kein Teil seines Lebens. Ich möchte weder grausam noch lieblos klingen, aber es wäre uns am liebsten, wenn Sie sich einverstanden erklären würden, unseren Vater nicht mehr zu sehen.«

Julia schluckte bei diesen Worten hart und machte sich auf den Weg zur Lobby. Dort sank sie in den Sessel, in dem sie zuvor gesessen hatte. Einige Minuten vergingen, bis sie das Zittern unter Kontrolle bekam. Heath' Sohn aufzusuchen war ein furchtbarer Fehler gewesen. Sie hätte es besser wissen müssen, hätte sich damit abfinden sollen, dass nichts, was sie sagte, etwas ändern würde. Die Zukunft erstreckte sich vor ihr: Heath und sie würden ständig ihre Liebe zu ihren Kindern und die zueinander gegeneinander abwägen.

Als sie zum Heritage zurückkehrte, saß Carrie an ihrem Schreibtisch. Ihre Nichte spürte sofort, dass etwas nicht stimmte.

»Tante Julia? Fühlst du dich krank?«

»Mir geht es gut«, log sie. »Oder das wird es gleich …« Sie wusste selbst nicht recht, was sie meinte.

In ihrer Wohnung empfand sie den überwältigenden Drang, ein paar Tage wegzufahren und nachzudenken. Eine Reise an die Küste lockte sie stark. Zeit am Meer hatte immer die Macht gehabt, sie zu beruhigen. Als Eddie die Affäre endlich eingestanden hatte, war sie ans Meer geflüchtet. Sie hatte ein Hotelzimmer in Oceanside gebucht und war tagelang am Strand spazieren gegangen. Sie hatte getrauert und gebetet, einen Weg zu finden, ihre Ehe zu retten. Seitdem war sie nicht mehr dorthin zurückgekehrt, und sie wusste, dass dies der einzige Ort war, wo sie es jetzt aushalten konnte.

Sie ging in ihr Schlafzimmer, holte einen Koffer, packte ein paar Sachen ein, schickte Hillary eine Nachricht, in der sie ihr mitteilte, wo sie hinwollte, und verließ dann die Wohnung. Sie wollte nicht mit Heath sprechen, noch nicht einmal per Textnachricht, weil sie wusste, dass er zu viele Fragen stellen würde. Sie musste nachdenken, und er wäre eine Ablenkung, die sie nicht brauchen konnte.

23

Heath hatte Julia seit zwei Tagen nicht erreichen können. Er verstand nicht, warum sie nicht an ihr Telefon ging. Zuerst vermutete er, sie hätte es auf stumm gestellt und es dann vergessen, was ihr schon öfter passiert war, wenn sie sehr beschäftigt war. Am nächsten Tag beschloss er nach ein paar Versuchen, zu ihr zu gehen.

Sie hatte sich am Morgen nicht im Fitnessraum blicken lassen, was ihn wunderte. Er musste seine sportlichen Aktivitäten einschränken. Es hatte ihn amüsiert, als Julia ihn überwacht hatte wie eine Videokamera auf einem Grundschulhof und darauf achtete, dass er sich nicht übernahm. Sie hatte auch kein Arbeitsprojekt erwähnt. Um sicherzugehen, hatte er in ihrem Büro angerufen und erfahren, dass Julia diese Woche nicht erwartet wurde.

Normalerweise erzählte Julia ihm von ihren Plänen für den Tag und er ihr von seinen. Sie zwei Tage hintereinander nicht zu sehen oder mit ihr zu reden war ausgesprochen ungewöhnlich, und er hatte begonnen, sich Sorgen zu machen. Nun war er entschlossener denn je, Antworten zu finden.

Als Julia nicht öffnete, verzehnfachte sich sein Unbehagen. Er spürte schon seit einer Weile, dass etwas mit ihr nicht stimmte. Sie war nicht sie selbst gewesen. Sie hatten ein Baseballspiel der Mariners besucht, und sie war abgelenkt und ungewöhnlich still gewesen. Als er versucht hatte, sie auszufragen, hatte sie gelächelt, ihm versichert, es sei alles in Ordnung, und behauptet, sie sei nur müde.

Da er nicht bereit war, ihr Verschwinden einfach so hinzunehmen, entschied sich Heath, mit Carrie zu sprechen. Da sie jeden Tag acht Stunden oder länger an ihrem Platz saß, konnte sie jeden auflisten, der in das Heritage kam oder es verließ. Vielleicht konnte sie ihn darüber aufklären, warum er Julia nicht erreichte.

Er trat an den Empfang und wartete, während sie eine Lieferung von UPS unterschrieb. Als sie fertig war, begrüßte sie ihn mit einem Lächeln.

»Hallo, Heath. Wie kann ich dir helfen?«

Er lehnte sich gegen die Theke und fragte beiläufig: »Hast du Julia in den letzten paar Tagen gesehen?«

»Ich glaube nicht«, erwiderte sie. »Fragst du aus einem bestimmten Grund?«

Er zuckte die Achseln. »Ich konnte sie nicht erreichen.«

»Oh?« Carrie runzelte die Stirn, als ließe sie im Geiste Revue passieren, wo sie ihre Tante das letzte Mal gesehen hatte. »Weißt du, wenn ich so darüber nachdenke, schien sie, als ich sie zuletzt gesehen habe, nicht ganz sie selbst zu sein. Ich habe sie gefragt, ob sie sich nicht wohlfühlen würde, und sie sagte, es gehe ihr gut.«

»Und seitdem hast du nicht mehr mit ihr gesprochen?«

Carrie, die nachdenklich wurde, schüttelte den Kopf.

Heath machte sich mit jeder Minute größere Sorgen. »Hat sie sonst noch etwas gesagt?«

Carrie schüttelte den Kopf. »Nein. Tut mir leid.« Sie griff nach ihrem Telefon. »Vielleicht weiß meine Mutter Bescheid.«

Die Schwestern standen sich nahe; wenn jemand etwas wusste, dann Amanda. Heath wartete eine gefühlte Ewigkeit darauf, dass Julias Schwester sich meldete.

»Mom«, sagte Carrie. »Heath ist hier. Er hat Tante Julia nicht erreichen können. Hast du eine Ahnung, wo sie sein könnte?«

»Nein. Hat er versucht, sie anzurufen?«

Heath konnte Amanda durch das Telefon hören. *Versucht, Julia anzurufen?* Als ob ihm der Gedanke nicht schon längst gekommen wäre! »Hättest du etwas dagegen, wenn ich mit ihr spreche?«, fragte er und streckte die Hand aus, damit Carrie ihm das Telefon gab.

Carrie reichte es ihm gehorsam. »Amanda, hier ist Heath. Ich habe Julia seit gestern Morgen nicht mehr gesehen oder von ihr gehört. Heute Morgen ist sie auch nicht aufgetaucht, und jetzt mache ich mir Sorgen. Hat sie irgendetwas davon gesagt, dass sie wegfahren will?«

»Nein. Aber wenn ich so darüber nachdenke, habe ich gestern Nachmittag selbst versucht, sie anzurufen, und sie ist nicht rangegangen. Ich habe ihr eine Nachricht hinterlassen.«

»Und sie hat nicht zurückgerufen?«

»Nein. Ich hatte es ganz vergessen. Das sieht Julia nicht ähnlich.«

»Ich habe ein paar Mal angerufen, und jedes Mal springt sofort der Anrufbeantworter an.«

»Hat jemand mal daran gedacht, in ihrer Wohnung nachzusehen?«, fragte Amanda. Ein leiser Anflug von

Panik schlich sich in ihre Stimme. »Sie könnte gestürzt sein oder …«

Heath wartete nicht darauf, dass sie zu Ende sprach. Er legte das Telefon weg und fragte Carrie: »Hast du für Notfälle einen Generalschlüssel?«

Sie nickte und griff danach, bevor er die Frage beendet hatte.

»Ruft mich an, sobald ihr sie gefunden habt«, hallte Amandas Stimme dort aus dem Telefon, wo Heath es hingelegt hatte.

»Mach ich, Mom«, rief Carrie, während sie mit Heath zum Fahrstuhl rannte.

Als sie bei Julias Wohnung ankamen, raste Heath' Puls mit einer Geschwindigkeit, von der er wusste, dass sie seinem Herz nicht guttat. Ihm war schwindelig vor Sorge. Wenn Julia etwas zugestoßen wäre, wüsste er nicht, wie er die Kraft aufbringen sollte, weiterzumachen. Jetzt, wo er sie gefunden hatte, wollte er nicht mehr ohne sie an seiner Seite durchs Leben gehen.

Auch Carrie hatte Angst. Ihre Hand zitterte, als sie den Schlüssel ins Schloss steckte. Sowie die Tür aufschwang, stürmte Heath hinein.

Er rief mehrere Male ihren Namen, während er von einem Raum zum anderen lief, aber ohne Erfolg.

Carrie wartete im Wohnzimmer, und als er sie sah, schüttelte Heath den Kopf. »Hier ist sie nicht.«

Er ließ sich auf das Sofa fallen und fuhr sich mit den Fingern durchs Haar. »Wo könnte sie nur sein?«, fragte er mit einem leisen Stöhnen. Es war zwingend notwendig, dass er jetzt die Ruhe bewahrte, was ihm allerdings mit jeder verstreichenden Minute schwerer fiel.

Er griff nach seinem Telefon, während Carrie für den Fall, dass er irgendeinen Hinweis übersehen hatte, wo Julia hingegangen sein könnte, die Wohnung selbst überprüfte. Er hatte vor, Hillary eine Nachricht zu schicken, aber bevor er in seiner Kontaktliste ihren Namen fand, läutete sein Telefon. Da er es in der Hand hielt, meldete er sich gleich beim ersten Klingelton.

»Dad«, sagte Michael ungeduldig. »Ich dachte, du hättest gesagt, du würdest heute ins Büro kommen.«

Über seiner Angst um Julia hatte er den Termin vollkommen vergessen. »Es haben sich Schwierigkeiten ergeben.« In seiner Eile, seinen Sohn aus der Leitung zu bekommen, überschlugen sich seine Worte fast. »Julia ist verschwunden.«

»Julia? Du weißt schon, dass sie gestern Morgen unangemeldet im Büro vorbeigekommen ist, nicht wahr?«

»Sie hat was getan?«

»Sie hatte die fixe Idee, dass wir einen Weg finden würden, unsere Familien zu versöhnen, wenn sie mit mir redet.«

Heath gefror das Blut in den Adern. »Was hast du zu ihr gesagt?« Er war nicht imstande, seine Furcht zu verbergen.

»Ich habe gar nichts gesagt. Ich habe sie reden lassen und ihr dann im Grunde genommen klargemacht, dass nichts, was sie sagen könnte, etwas an Adams und meiner Meinung über sie und ihre Töchter ändern würde.«

Heath stöhnte. Das, was er hörte, überzeugte ihn, dass Julias Verschwinden mit dem Besuch bei Michael zusammenhing.

»Dad, komm schon, du kannst mir doch nicht vorwerfen, dass ich ehrlich war«, sagte er und fügte dann in einem scherzhaften Tonfall hinzu: »Sie schien sich einzubilden, wir sollten uns im Kreis aufstellenn und ›Kumbaya‹ singen, was lächerlich ist. Sie hat keine Ahnung, was Mom und Edward ihretwegen durchmachen mussten. Ich kann ihr verzeihen, sicher, aber das heißt nicht, dass ich irgendetwas mit ihr zu tun haben will.«

Heath schloss ruckartig die Augen, während er um Beherrschung rang. »Ist. Dir. Klar. Was. Du. Angerichtet. Hast?« Er betonte jedes Wort mit zusammengebissenen Zähnen und mühsam gezügelter Wut.

»Dad, beruhige dich. Wenn du mir die Schuld an ihrem Verschwinden geben willst, dann bitte. Alles, was ich getan habe, war, Julia die Wahrheit zu sagen. Schau doch, wie sehr dich der Gedanke aufregt, ich könnte sie irgendwie gekränkt haben. Kannst du nicht akzeptieren, dass du wegen ihr wütend bist? Allein ihretwegen bist du sauer auf mich und Adam. Wenn du diese Beziehung fortsetzt, wird das nur eine Kluft zwischen uns schaffen, die mit jedem Streit breiter und tiefer wird. Ich war ehrlich zu Julia und sie zu mir. Vielleicht nimmt sie sich Zeit, um abzuwägen, was es für euch beide bedeutet, zusammenzubleiben. Adam und ich halten es für besser, wenn sie sich nach etwas Besserem umschaut.«

Heath wagte nicht, darauf zu antworten, denn seine nächsten Worte würden die Beziehung zu seinem Sohn wahrscheinlich ruinieren. Sein Magen hob sich, und einen Moment lang fürchtete er, ihm würde übel werden. Als seine Stimme ihm wieder gehorchte, gelang es ihm, sie unter Kontrolle zu halten. »Hast du jemals daran gedacht, was deine Mutter Julia angetan hat?«

»Ich glaube nicht, dass es eine gute Idee ist, sie in Schutz zu …«

»Hast du das?«, fragte er, diesmal lauter. »Sie hat Julias Welt zum Einsturz gebracht. Als sie einfach nur bat, sechs Monate zu warten, damit sie versuchen konnte, ihre Ehe zu retten, hat deine Mutter ihr das Leben zur Hölle gemacht. Weißt du etwas von den gemeinen Textnachrichten, die Lee ihr geschickt hat, um sie zu verhöhnen?«

»Nein, aber ich habe die gelesen, die sie Mom geschickt hat. Woher weißt du überhaupt davon?« Ehe er antworten konnte, fuhr Michael sarkastisch fort: »Ich nehme an, Julia hat es dir erzählt, und du hast ihr natürlich geglaubt.«

»Nein, das hat sie nicht. Julia hat kein Wort darüber verloren, noch nicht einmal, als ich sie wegen ihrer Nachrichten an deine Mutter zur Rede gestellt habe. Sie hat nur gesagt, es täte ihr leid, sich auf dieses Niveau hinunterbegeben zu haben.«

»Wenn sie es dir nicht erzählt hat, wer dann?«

»Hillary.«

»Und du glaubst dieser Hexe?«

»Ja, weil sie mir ein Bild von den Nachrichten gezeigt hat, die Lee Julia geschickt hat. Glaub mir eines, Michael. Was ich gesehen habe, war beschämend.«

»Dad, ich hoffe, du hörst dir selbst einmal zu. Was habe ich eben gesagt? Julia schiebt sich zwischen uns. Und so wird es bleiben, solange du darauf bestehst, mit ihr zusammen zu sein. Du musst dich fragen, wer dir wichtiger ist. Julia oder Adam und ich?«

Heath hatte genug gehört. »Ich weigere mich, darauf

zu antworten … nicht, wenn ich so aufgewühlt bin. Ich hänge jetzt ein, weil ich Julia finden muss.«

Er beendete das Gespräch, bevor Michael Gelegenheit hatte, etwas zu erwidern. Sowie Heath wieder ruhig atmen konnte, schickte er sowohl Hillary als auch Marie eine Nachricht, wohl wissend, dass Julias Töchter vermutlich bei der Arbeit waren und den Text erst in ihrer Pause lesen würden. Auf ihre Antwort warten zu müssen machte ihn fix und fertig.

Carrie kam zurück, sie musste das Gespräch mit seinem Sohn mitangehört haben. Sie legte ihm eine Hand auf die Schulter. »Keine Sorge, wir werden sie finden.«

Da er nicht wusste, was er sonst tun sollte, konnte Heath nur warten. Seine Wohnung fühlte sich düster und leer an, und sein Herz war schwer, vor allem, nachdem er mit seinem Sohn gesprochen hatte. Er tigerte auf und ab, wobei er befürchtete, einen ganzen Teil seines Teppichs abzuwetzen. Überall, wo er hinschaute, sah er Julia. In den Bildern an der Wand, die ihn an ihre gemeinsame Zeit im Gas Works Park erinnerten. Den bunten Zierkissen auf dem Sofa, die sie zusammen mit den Lampen auf den Tischen am Ende des Sofas für ihn ausgesucht hatte. Sie hatte sogar einen Krug neben den Gasofen gestellt, in dem er Küchenutensilien aufbewahrte. Es war nicht mehr nur sein Heim – Julia hatte eine unauslöschliche Brandmarke auf seinem Herzen hinterlassen. Er wusste nichts mit sich anzufangen, bis er sie wieder in den Armen halten und beruhigen konnte.

Kurz nach Mittag rief Hillary an. Als sein Telefon summte, griff er so schnell und heftig danach, dass es ihm fast aus der Hand fiel.

»Ich habe deine Nachricht bekommen«, sagte sie. »Keine Angst, Mom geht es gut.«

»Wo ist sie?«

»Sie hat mich gebeten, es dir nicht zu sagen, wenn du anrufst, aber ich möchte nicht, dass du dir Sorgen machst. Sie ist ans Meer gefahren. Da findet sie Frieden.«

»Wo genau?«

»Sorry, Heath, ich denke, du solltest Mom die Zeit geben, all die Probleme alleine zu lösen. Sie muss einen klaren Kopf bekommen und über alles nachdenken.«

»Aber …«

»Ich weiß, das ist hart. Heath, vertrau mir, es ist das Beste, sie in Ruhe zu lassen. Mom wird zurückkommen, wenn sie dazu bereit ist. Es ist besser, wenn sie dich jetzt nicht sieht.«

Sie sprachen noch ein paar Minuten, und endlich gelang es Hillary, ihn zu beruhigen. Sie schaffte es trotz seiner Hartnäckigkeit, ihn davon zu überzeugen, dass es im Moment nicht richtig war, sich mit Julia in Verbindung zu setzen.

Heath kam zu dem Schluss, dass *Geduld* und *Warten* die zwei schlimmsten Worte waren, die es gab.

24

Julia verbrachte drei Tage am Strand. An dem einen Tag, wo es regnete, fand sie einen hübschen Coffeeshop namens Bean There auf der durch die Stadt führenden Hauptstraße. Während die Regentropfen gegen die großen Fenster trommelten, saß sie dort und ließ sich einen Vanilla Latte und ein Zimtbrötchen schmecken. Währenddessen kam ein Mann herein, und die reizende junge Frau hinter der Theke begann sofort zu strahlen. Ihr Namensschild wies sie als Willa aus. Sie ging um die Theke herum, und Julia konnte sehen, dass sie schwanger war. Der junge Mann, ganz eindeutig ihr Partner oder Ehemann, bestellte einen Kaffee, und die beiden setzten sich an einen Tisch, steckten die Köpfe zusammen und tuschelten angeregt miteinander. Die offensichtliche Liebe zwischen den beiden trieb ihr fast die Tränen in die Augen. Sie hatte dieselbe Liebe und Hingabe von Heath erfahren …

Nachdem sie ihr Frühstück beendet hatte, schlenderte sie zu einer malerischen Buchhandlung und erstand ein Buch eines ihrer Lieblingsautoren, C. S. Lewis. Den Rest des Tages verbrachte sie lesend auf dem Hotelbalkon, wo sie vor dem Wind und den dunklen grauen Wolken geschützt war. Während sie voller Freude in dem Buch schmökerte, stolperte sie über eine Passage, die ihr Herz berührte, etwas, was ihr bei der Lektüre von C. S. Lewis öfter passierte.

Er schrieb über seine Zeit am Meer, und sie vermutete, das musste nach dem Tod seiner Frau Joy gewesen sein. In den Zeilen beschrieb er, wie er das Meer als Lebenslinie betrachtete, die ihn mit weltlichen Dingen verband. Julia war sicher, dass dieser Trost, die Einsamkeit und Stille, der ständige Pulsschlag und die Strömung der Wellen genau das waren, was er gebraucht hatte. Was sie jetzt brauchte.

Zeit am Meer, nur mit den Geräuschen des Windes, des Regens und des Wassers zu verbringen, erfüllte ihr Herz. Es verlieh ihr die Kraft, sich der Zukunft zu stellen. Diese beruhigende Verbindung mit der Natur, die sie verspürte, erinnerte sie daran, dass der Schmerz in ihrem Herzen im Laufe der Zeit vergehen würde.

Am Morgen des vierten Tages packte sie ihre Sachen, checkte aus dem Hotel aus und belud das Auto für die Rückkehr nach Seattle. Während ihrer Zeit in Oceanside hatte sie ihr Telefon ausgeschaltet, da sie nicht gestört werden wollte. Bevor sie den Hotelparkplatz verließ, checkte sie ihre Nachrichten und fand etliche von Heath, einige von ihrer Schwester und ihren beiden Töchtern und eine von Eddie. Statt sich sofort mit ihnen zu beschäftigen, beschloss sie, damit zu warten, bis sie zu Hause war.

Die Fahrt zum Meer war wie im Nebel vergangen, sie hatte nur weggewollt. Weder hatte sie irgendwelche weltbewegenden Entscheidungen getroffen, noch hatte sie Klarheit darüber gewonnen, wie es am besten mit Heath und seiner Familie weitergehen sollte. Der wespenähnliche Stachel von Michaels Entschlossenheit, sie niemals zu akzeptieren, war eine konstante Mahnung daran, wie die Zukunft zwischen Heath und seinen Söhnen aussehen würde. Das einzig Positive, was ihr Treffen gebracht hatte, war die Gewissheit, dass sie alles getan hatte, was sie nur konnte, um die Kluft zwischen ihren Familien zu überbrücken.

Als Julia von der Tiefgarage in das Heritage kam, fand sie Carrie am Empfang vor. Als ihre Nichte sie sah, sprang sie auf und lief zu ihr, um sie zu umarmen, als wäre sie weit länger fort gewesen als diese drei Tage.

»Tante Julia, du bist zurück!«, rief sie.

Julia erwiderte die Umarmung. »Ist irgendetwas passiert, was ich wissen müsste?«, fragte sie. Carrie platzte immer vor Informationen.

»Wie kannst du mich das fragen, Tante Julia? Heath war außer sich, seit du verschwunden bist«, sagte Carrie. »Ich hoffe doch sehr, dass du den armen Mann aus seinem Elend erlöst.«

»Ich sage ihm gleich Bescheid, dass ich wieder da bin.«

»Gut. Ich glaube nicht, dass Hillary ihn noch einen Tag länger davon hätte abhalten können, sich auf die Suche nach dir zu machen.«

»Sie reden miteinander?«

Carrie nickte. »Jeden Tag, und mehr als einmal, schätze ich. Heath hat sich an einem Abend mit Hillary und Marie getroffen und sie zum Dinner ausgeführt. Er hat mich auch eingeladen, aber ich war mit Eric verabredet.«

Julia grinste. Es freute sie, dass die Beziehung zwischen ihrer Nichte und Eric zu blühen schien. Wenn sie mit

Heath sprach, würde sie mehr darüber herausfinden, was zwischen ihm und ihren Töchtern vor sich ging. Dass Hillary und Marie willens waren, mit ihm zum Dinner zu gehen, war ein gutes Zeichen und munterte sie sofort auf. Es gab ihr Hoffnung. So fragil diese Hoffnung auch war, sie brannte trotzdem in ihr und machte die Bürde leichter, die sie trug.

In ihrer Wohnung packte Julia ihren Koffer aus, stellte eine Ladung Wäsche an und rief dann Heath an.

Er meldete sich sofort. »Julia? Gott sei Dank. Wo bist du?«

»Hier. Zu Hause.«

»Ich bin gleich da.« Im nächsten Moment wurde die Verbindung unterbrochen.

Als sie zu ihrer Wohnungstür ging, trat Heath gerade aus dem Fahrstuhl. Er wartete, bis sie die Tür wieder geschlossen hatte, um sie in die Arme zu ziehen und zu küssen. Sein Mund presste sich so fest auf ihren, als wäre er ohne sie fast gestorben. Sie spürte seinen Hunger, seine Ängste und sein Bedürfnis, sie vor den Wunden zu beschützen, die sein Sohn ihr zugefügt hatte. Nach mehreren leidenschaftlichen Küssen schloss sich seine große Hand um ihr Gesicht, und er sah ihr in die Augen, bevor er die Stirn gegen ihre lehnte und tief Atem holte.

»Ich bin fast verrückt geworden, als ich hörte, dass du weg warst.«

»Ich hätte …«

»Nein«, unterbrach er, und dann küsste er sie wieder und wieder, als könnte er nicht anders.

In der Geborgenheit seiner Arme spürte sie, wie seine Liebe sie umgab, und in diesem Moment wusste sie, dass er ihr Herz und ihre Seele war und umgekehrt. Es war ihnen bestimmt, zusammen zu sein.

So wie ihr Vater sie unzählige Male ermahnt hatte: *Es ist besser so.* Sie hätte es nicht geglaubt, als sie das offizielle Dokument unterzeichnet hatte, das ihre Ehe mit Eddie beendet hatte. Todunglücklich, wie sie gewesen war, hatte sie nicht über den grellen Schmerz des Verlusts hinausblicken können. Sie hatte nur die leeren Jahre ohne den Mann vor sich gesehen, von dem sie gedacht hatte, mit ihm alt zu werden. Dem Mann, den sie geliebt hatte.

»Es tut mir leid«, flüsterte Heath.

Sie lächelte und küsste ihn sacht, bevor sie ihn in ihre Küche führte, wo sie für sie beide Kaffee machte.

Heath saß an ihrem Küchentisch und hielt den Becher zwischen den Händen. Julia setzte sich ihm gegenüber. Er streckte den Arm aus und umschloss ihre Finger mit seinen. »Ich habe mit Michael gesprochen … Es tut mir entsetzlich leid, was mein Sohn gesagt hat.«

»Du brauchst dich nicht zu entschuldigen, Heath, du warst es ja nicht.«

»Mir hat das Herz weh getan, als er erwähnte, du wärst bei ihm im Büro gewesen. Warum hast du mir nicht erzählt, was du vorhattest?«

Rückblickend hätte sie das wohl tun sollen. »Weil ich wusste, dass du versuchen würdest, es mir auszureden.«

Er schien ihre Worte abzuwägen. »Du hast recht, das hätte ich wahrscheinlich getan. Warum fandest du es nötig, zu meinem Sohn zu gehen?«

»Ich musste wenigstens den Versuch unternehmen, Frieden zu stiften. Ich hatte gehofft, dass wir, wenn ich mich für meine Rolle in dieser ganzen Sache entschuldige, vielleicht die Spannungen zwischen deinen Söhnen und mir überwinden könnten. Mir war klar, dass es zu viel verlangt gewesen wäre, Michael und Adam darum zu bitten, sich mit den Mädchen anzufreunden, aber ich hatte wirklich gehofft, die Dinge zwischen mir und ihnen könnten sich ändern.« Es schmerzte sie, dass der Versuch fehlgeschlagen war; sie hatte sich so gewünscht, alles wäre anders. Sie hasste es, dass ihre Liebe zu Heath die Beziehung zu seinen Söhnen gefährden würde. Sie konnte es nicht ertragen.

»Für den Versuch liebe ich dich umso mehr, Julia. Ich muss einfach daran glauben, dass meine Söhne mit der Zeit zur Vernunft kommen werden.«

»Carrie hat erzählt, dass du mit Hillary und Marie essen gegangen bist?« Das war ein großer Fortschritt.

»Hillary und ich haben uns ein paar Mal unterhalten, als ich im Krankenhaus war. Es war ein rauer Start, aber sie hat eingesehen, wie wichtig du mir bist, und war bereit, mir zuzuhören. Sie erinnert mich sehr an dich. Sie mag ja dickköpfig wie ihr Vater sein, aber sie war bereit, zuzuhören und mir ein paar Einzelheiten zu erzählen, die ich nicht wusste. Deine Töchter stehen hinter dir, Julia. Nachdem sie verstanden haben, wie kostbar du für mich bist, werden sie mir beide eine Chance geben.«

Der Umstand, dass ihre Töchter Heath dabei unterstützten, ein Teil ihres Lebens zu sein, bedeutete Julia alles.

Heath' Blick wurde bekümmert, seine Augen trübten sich. »Ich kann nur beten, dass Michael und Adam eines Tages einsehen werden, wie viel du mir bedeutest, und sich damit abfinden, dass nichts je etwas an meinen Gefühlen ändern wird.«

Julia senkte den Kopf. Sie fürchtete, dass genau das unmöglich wäre.

»Ich habe in meinem Leben viele Fehler gemacht, Julia, aber du bist keiner davon.«

»Wir machen alle Fehler, Heath, doch du kannst dich nicht wegen der Vergangenheit zerfleischen. Wir müssen die Dinge loslassen, die wir nicht ändern können, und nach vorne schauen.«

»Ich habe darüber nachgedacht, wie es war, als Lee beschloss, nicht länger mit mir verheiratet sein zu wollen.« Er hielt inne und blickte an ihr vorbei, als fände er es schwierig, fortzufahren. »Wir hatten uns auseinandergelebt und unterschiedliche Interessen. Als sie Golf spielen lernen wollte und sich für Unterrichtsstunden bei Edward anmeldete, hatte ich gar keine Bedenken. Sie wollte, dass ich mitkäme, und ich weigerte mich. Tatsächlich ermunterte ich sie noch, mit ihren Freundinnen und Freunden den Kurs zu belegen. Ich hatte kein Interesse daran, selbst zu spielen. Sie wollte nicht mit mir segeln gehen, warum sollte ich mir also die Mühe machen, zusammen mit ihr Golfstunden zu nehmen? Wie anders unsere Leben verlaufen wären, wenn ich eingewilligt hätte.«

»Eddie hat im Lauf der Jahre unzähligen Frauen Unterricht gegeben. Ich sehe nicht ein, dass das, was du getan hast, so falsch gewesen sein soll.«

»Verstehst du denn nicht?«, erwiderte er. »Ich dachte, schön, sie will weg, dann werde ich ihr keine Steine in den Weg legen. Ich hatte nicht das Gefühl, dass es negative Auswirkungen auf die Jungen haben könnte, wenn wir uns trennen würden, weil sie damals schon auf eigenen Füßen standen.«

Julia verstand, was er sagte, weil sie in Bezug auf Hillary und Marie genauso empfunden hatte. Ihre Töchter hatten das College besucht und waren im Begriff gewesen, ihr eigenes Leben zu leben. Während sie die Scheidung damals nicht gewollt und um den Erhalt ihrer Ehe gekämpft hatte, war sie sich sicher gewesen, dass sich ihre Töchter ohne ernste emotionale Konsequenzen an die neue Situation anpassen würden. Wie wenig sie begriffen hatte, wie sich die Scheidung auf ihre Beziehung zu ihrem Vater auswirken würde.

»Michael und Adam brauchten bis zu einem gewissen Grad auch jemanden, dem sie die Schuld geben konnten«, fuhr Heath fort.

Darüber hatte Julia nie nachgedacht. Ihr wurde klar, dass es Hillary und Marie vermutlich genauso ergangen war.

»Michael hatte keine Ahnung, dass Lee dir diese gehässigen Nachrichten geschickt hat. Und wenn doch, hat er es bequemerweise vergessen. Er konnte nur den Verlust der Familie so, wie er sie kannte, sehen, und fand es sehr naheliegend, dich für die Nachrichten verantwortlich zu machen, die du Lee geschickt hattest. Das hat ihm gereicht, um seine Wut auf dich zu fokussieren.«

»Und Hillary und Marie …« Julia hatte noch nie auf diese Weise über den Zorn ihrer Töchter auf ihren Vater nachgedacht. Es war ihr peinlich, dass Heath über ihren Anteil an diesem Fiasko Bescheid wusste. Trotzdem war es besser, dass er sich über ihre Rolle in diesem Schlamassel im Klaren war.

»Ja? Was ist denn?«, drängte Heath, als sie den Satz nicht beendete.

»Sie waren verletzt und wütend auf ihren Vater. Er geriet in den Fokus ihres Grolls. Sie sahen meinen Schmerz und konnten ihn nicht lindern. Im Grunde denke ich, sie haben geglaubt, ihre Wut würde ihn irgendwie dazu bewegen, Laura zu verlassen und zu mir zurückzukommen. Selbst als junge Erwachsene wollten sie, dass ihre Familie intakt blieb.«

»Das klingt logisch.«

Während Julia am Meer gewesen war, waren ihre Gedanken zu Hillary und der Hochzeit gewandert. Wochenlang hatte sie sich an die Hoffnung geklammert, die Heirat ihrer Tochter würde die Brücke sein, die ihre Mädchen und ihren Vater wieder zusammenführte. Sie hatte getan, was sie nur konnte, um das zu erreichen, aber ohne Erfolg.

Stattdessen hatte Hillarys Verlobung eine Reihe von Rohrbomben gezündet. Die Weigerung ihres Exmannes, mit kleinen Schritten auf eine Versöhnung hinzuarbeiten, hatte zu einer emotionalen Explosion nach der anderen geführt. Statt sie behutsam versöhnlich zu stimmen, hatten seine Manipulationsversuche das Feuer ihrer Unzufriedenheit und Verbitterung weiter geschürt.

Julia glaubte nicht länger, dass Eddie imstande war, den Schmerz und das Gefühl von Verlust ihrer Töchter zu verstehen. Sie machte ihn nicht vollständig dafür verantwortlich, weil sie es bis jetzt, als sie erkannte, dass ihr Zorn so tief ging wie der Michaels auf sie, nicht wirklich akzeptiert hatte.

Julia drückte sacht Heath' Hand und fragte: »Glaubst

du, es gibt eine Möglichkeit, dass Michael und Adam sich je mit mir abfinden werden?«

Heath schüttelte den Kopf. »Ich weiß es nicht. Ich wünschte, ich könnte in die Zukunft schauen und dir versichern, dass unsere Familien irgendwann einmal ohne all diese Wut und Feindseligkeit zusammenkommen. Leider habe ich keine Kristallkugel.«

»Ich weiß.«

»Aber ich kann dir sagen, dass ich dich nicht verlieren werde, egal wie meine Kinder dazu stehen.«

Sie schloss die Augen und ließ die Liebe, die sie für diesen Mann empfand, sich wie einen Schutzschild über sie legen.

»Bitte sag mir, dass du, während du am Meer warst und über alles nachgedacht hast, zu demselben Schluss gekommen bist, denn, Julia, ich sage dir hier und jetzt, dass ich um dich kämpfen werde. Als meine Ehe scheiterte, habe ich es zugelassen, aber bei uns werde ich diesen Fehler nicht machen.«

Sie war zu derselben Entscheidung gelangt. Zwar tat es weh, sich damit abfinden zu müssen, dass sie vielleicht nie eine Beziehung zu seinen Söhnen aufbauen könnte, aber sie würde Heath haben, und das war mehr als genug.

»Ich gehöre dir, mein Liebster.«

Seine Erleichterung war offenkundig.

Es klingelte an der Tür, und Heath sah Julia an. »Erwartest du jemanden?«

Sie schüttelte den Kopf. Beide standen auf, und Heath ging ins Wohnzimmer, sie zur Tür.

Kaum hatte sie geöffnet, stürmte Eddie wie ein Racheengel in den Raum. Als er Heath sah, explodierte er fast.

»Geh mir aus dem Weg.« Mit geballten Fäusten stürzte er sich auf Heath und stieß ihm mit beiden Händen fest gegen die Brust.

Geschockt stolperte Heath zurück und fiel gegen das Sofa.

»Eddie?«, rief Julia. Er hatte offenbar total die Kontrolle verloren.

Er fuhr zu ihr herum. »Stimmt das?«, wollte er wissen.

»Ob was stimmt?« Sie hatte keine Ahnung, wovon er redete. »Eddie, um Himmels willen, was ist denn in dich gefahren?«

»Hättest du die Nachricht abgehört, die ich dir hinterlassen habe, wüsstest du es.«

»Ich war nicht da. Was ist passiert? Was ist los?«

Eddies hitziger Blick hatte sich auf Heath geheftet. »Hillary hat Heath gebeten, sie zum Altar zu führen.«

25

»Was?«, entfuhr es Julia. Sie war zu verblüfft, um etwas anderes zu tun, als Heath anzustarren.

»Mach mir nicht weis, dass du es nicht wusstest.«

»Das habe ich nicht, Eddie, ich schwöre es.«

»Ich glaube dir kein Wort. Nicht eine Minute. Zweifellos hast du Hillary diesen Floh ins Ohr …«

»Das reicht«, schnitt Heath Eddie das Wort ab. Er schob sich schützend vor Julia.

Heath' Haltung schien Eddie nur noch mehr zu provozieren, während er fortfuhr, mit Worten über sie herzufallen, bis Heath vortrat und den Abstand zwischen ihnen verringerte. Eddie stieß ihn erneut an, aber Heath erwiderte den Stoß nicht. Er wehrte sich nicht, obwohl Julia ihm ansah, wie viel Beherrschung es ihn kostete.

Endlich ließ Eddie alles raus, was er zu sagen beabsichtigte, gemischt mit Schimpfwörtern, die sie während ihrer Ehe noch nie von ihm gehört hatte. Der Schreck über seine Tätlichkeit hatte sie zutiefst erschüttert.

Nachdem Eddie aus der Wohnung gestapft war, vibrierte die Stille in ihr wie ein Überschallknall.

»Nun ja.« Sie stieß langsam den Atem aus. »Das war … unerwartet.« Sie brachte es nicht fertig, den besten Weg zu finden, seinen Auftritt zu erklären. Jetzt, wo er fort war, empfand sie den plötzlichen Drang, sich zu setzen. Heath gesellte sich zu ihr.

Jedes Mal, wenn Julia dachte, die Situation zwischen Heath' Familie und ihrer könnte gar nicht schlimmer werden, wurde sie eines Besseren belehrt. Dass Eddie Heath angerempelt und angebrüllt hatte, war ein Albtraum gewesen. Sie würde ewig dankbar sein, dass Heath einen kühlen Kopf bewahrt hatte. Die Auseinandersetzung hätte leicht handgreiflich werden können.

»Hat Hillary dich tatsächlich gebeten, sie zum Altar zu führen? Dich und nicht ihren Vater ...« Das ging über alles hinaus, was sie ihrer Tochter zugetraut hätte. Ein Schock. Andererseits musste es Hillarys Plan gewesen sein. Sie schien Heath zu benutzen, um ihren Vater zu erreichen. Die extremen Maßnahmen, die sie einzusetzen bereit war, schmerzten Julia und stimmten sie traurig.

Heath griff nach ihrer Hand und nahm sie zwischen seine. »Während wir beim Dinner waren, kam die Hochzeit zur Sprache. Als Hillary über die Zeremonie sprach und meinte, dass ich den Platz ihres Vaters einnehmen sollte, dachte ich, sie macht Witze. Ich tat es als einen schlechten Scherz ab. Ich glaube auch nicht, dass sie das wirklich will. Es ist ein Trick, um an ihren Vater heranzukommen, und ein dummer noch dazu.«

Julia drückte seine Hand. Sie bedauerte, dass Hillary Heath in eine so missliche Lage gebracht hatte. Sie wünschte, ihre Tochter hätte Heath nicht benutzt, um ihren Vater zu manipulieren. Die Situation zwischen Eddie und den Mädchen war jetzt schwieriger denn je.

»Deine Töchter sind ein Spiegelbild von dir, Julia«, fuhr er fort. »Die Male, die wir miteinander zu tun hatten, haben mir einen Eindruck von den beiden vermittelt. Beide sind amüsant, rücksichtsvoll, intelligent und ihrer Mutter so ähnlich, dass es nicht schwer war, offen mit ihnen zu reden. Und ich weiß, dass du nie deine Töchter gegen Eddie aufhetzen würdest. Hillary und Marie wissen, wie sehr ich dich liebe; sie sagten beide, was sie sich am meisten für dich wünschen würden, wäre, dass du glücklich bist. Ich habe ihnen versprochen, alles zu tun, was in meiner Macht steht, um genau dafür zu sorgen.«

»Du machst mich glücklich, Heath, mehr, als du je ahnen wirst.«

Er zog sie an sich, und sie schmiegte sich wohlig an ihn.

»Ich muss mit meiner Tochter reden.« Wenn Hillary ihrem Vater eine Reaktion hatte entlocken wollen, war ihr Plan aufgegangen.

»Das mit ihr zu klären ist eine gute Idee«, stimmte Heath zu.

Die Möglichkeit dazu ergab sich am Nachmittag darauf. Julia schickte Hillary eine Nachricht, um ihr mitzuteilen, dass sie wieder in Seattle sei, und fügte hinzu, dass sie sie sehen wolle.

Hillary kam noch in ihrer Arbeitskleidung. Sie umarmte Julia und fragte sie nach ihrer Zeit am Meer. Während Julia Tee machte, betrieben sie Small Talk. Sie brachte den Tee ins Wohnzimmer, stellte das Tablett auf den Tisch und setzte sich Hillary gegenüber.

»Wie kommen die Hochzeitspläne voran?«, erkundigte sie sich, als sie den dampfenden Tee eingoss.

Hillary starrte auf ihre Tasse und hob dann langsam den Blick zu ihrer Mutter. »Was ist los?«, fragte sie.

»Warum muss etwas los sein?«

»Tee. Du kochst nur dann Tee, wenn ein ernsthaftes Gespräch bevorsteht.«

Julia lehnte sich zurück und lächelte in sich hinein, überrascht, dass sie es nicht selbst erkannt hatte. Es war typisch für sie.

»Ja, es geht um etwas Wichtiges. Ich habe gehört, du hast Heath gebeten, bei der Hochzeit die Rolle zu übernehmen, die traditionell deinem Vater zusteht. Heath dachte, du machst einen Scherz.«

»Das habe ich auch irgendwie, aber warum nicht, Mom?«, fragte Hillary. »Ihr beide seid jetzt zusammen. Seit ich ihn besser kennengelernt habe, habe ich angefangen, Heath zu bewundern. Wenn Dad keine Beziehung zu mir will, dann werde ich ihm nicht den Rest meines Lebens nachtrauern.«

»Oh, Liebes, du verstehst alles falsch. Es hat deinen Vater tief getroffen, dass du ihn nicht an deiner Seite haben willst. Ich war kaum zwei Sekunden in Seattle, als er hereinstürmte und mir vorwarf, Bescheid zu wissen. Heath war auch da, und wie du dir vielleicht vorstellen kannst, gab es einen Riesenkrach zwischen ihnen. Wenn Heath nicht die Ruhe bewahrt hätte, hätte es leicht zu Handgreiflichkeiten kommen können.«

Hillary besaß den Anstand, verwirrt zu wirken. »Oh nein.« Sie schlug die Hände vor den Mund. »Marie muss es Dad erzählt haben. Es tut mir leid, Mom, ich wollte nie, dass Dad es mitbekommt, und ich wollte auch Heath nicht in eine solche Lage bringen.«

»Was dachtest du denn, was passieren würde?«

Sie zuckte die Achseln. »Ich weiß nicht … Ich habe sicher nicht damit gerechnet, dass Dad ihn zur Rede stellen würde.«

»Dir musste doch klar sein, wie sehr es deinen Vater verletzen würde.« Hillary konnte schlecht abstreiten, dass ihr der Gedanke durch den Kopf gegangen war.

Ihre Tochter senkte den Blick. »Selbst wenn Heath gewusst hat, dass ich es nur halb ernst gemeint habe, hat er mir klargemacht, dass ihm das nicht zustünde. Weiter hätte es nie gehen sollen. Ich weiß nicht, was Marie sich dabei gedacht hat, Dad davon zu erzählen.«

Marie hatte wohl einiges zu erklären. »Was glaubst du denn, was Marie dazu gebracht haben könnte, deinen Vater einzuweihen?« Julia war zwar dankbar, dass Hillary ihren Vater nicht absichtlich hatte demütigen wollen, aber trotzdem neugierig, was ihre jüngste Tochter dazu bewogen haben könnte, es Eddie zu sagen.

Hillary griff nach ihrer Porzellantasse – Julia servierte Tee immer in ihrem Porzellangeschirr –, und Julia bemerkte, dass die Hand ihrer Tochter leicht zitterte.

»Marie hat sich fürchterlich aufgeregt. Wir beide.«

»Was ist passiert?«

Hillary starrte in ihren Tee. »Er kreuzte bei meinem Apartment auf und sagte mir, er hätte für das Brautkleid bezahlt. Ich bedankte mich und stellte klar, dass er den Umstand akzeptieren müsse, mich nicht kaufen zu können.«

»Du hast das Kleid aber nicht zurückgegeben, oder?«

Sie schüttelte den Kopf. »Nein. Ich liebe dieses Kleid und war Dad dankbar für das, was er getan hatte. Ich sagte ihm, ich wüsste die Geste zu schätzen, aber ich wollte sicher sein, dass er meinen Standpunkt eingesehen hätte.«

»Wie hat er reagiert?«

»Er sagte, er würde mich lieben, und es täte ihm leid, wie die Dinge zwischen uns stünden.«

Das war ein Fortschritt, obwohl Julia das üble Gefühl beschlich, dass Eddie seine Lektion nicht wirklich gelernt hatte. Weder konnte er die Zuneigung seiner Töchter kaufen noch sie manipulieren.

»Ich sagte Dad, ich würde ihn auch lieben und mir sehnlichst wünschen, alles würde wieder so sein wie früher.«

»Und dann?«, fragte Julia, wohl wissend, dass das Gespräch an irgendeinem Punkt schiefgelaufen war.

»Ich habe zugegeben, wie sehr ich es vermisst habe, einen Vater zu haben.« Schmerz schwang in Hillarys Stimme mit.

»Ach, Süße, das weiß ich doch. Und ich weiß, dass du und Marie eurem Vater schrecklich fehlt.«

»An diesem Punkt des Gesprächs habe ich Hoffnung geschöpft. Dad wollte Blake kennenlernen und schlug vor, dass wir alle zusammen zum Essen gehen. Dann habe ich gefragt, ob das Laura miteinbeziehen würde, und du kannst dir vorstellen, was er geantwortet hat.«

Das konnte Julia allerdings. Wie es aussah, würde Eddie nie dazulernen. »Und ob ich das kann.«

»Er hat keinen Zweifel daran gelassen, dass Laura und er ein Team wären. Sie sei seine Frau und gehöre zu ihm. Einmal mehr habe ich keinen weiteren Beweis dafür gebraucht, dass er Laura mehr liebt als Marie und mich.« Hillarys Augen schwammen in Tränen.

»Ja, er liebt Laura, aber du musst verstehen, dass die Liebe, die dein Vater für dich und Marie empfindet, nicht dieselbe ist, die er Laura entgegenbringt.«

Hillary verwischte die Tränen auf ihrer Wange, als sie sich straffte. »Ich wünschte, ich könnte das glauben, Mom, ich wünschte es wirklich, und das würde ich auch, wenn Dad nicht ständig Laura Marie und mir vorziehen würde. Ich habe gehofft, wir könnten es schaffen, die Vergangenheit hinter uns zu lassen, und dann passierte das, was immer mit Dad passiert.«

»Was hat er jetzt wieder verbockt?«, fragte Julia. Ihre Geduld war am Ende.

»Dad schien sich einzubilden, weil er die sechshundert Dollar an Differenz für das Kleid bezahlt hat, hätte er das Recht, mir vorzuschreiben, wie die Hochzeit abzulaufen hat.«

»Du meinst, mit Laura?«

»Laura war in seiner Vorstellung sicher ein Teil davon. Ich meine, es ist, als wären die beiden unzertrennlich. Mir klarzumachen, dass sie in die Hochzeit miteinbezogen werden würde, war nur ein Teil seines Gesamtplans.«

Das klang noch schlimmer, als Julia befürchtet hatte.

»Dad hatte eine Sitzordnung aufgestellt, die eine Menge seiner Golffreunde einschloss, und zeigte sie mir. Blake und ich haben nur ein begrenztes Budget, und mir wurde klar, dass Dad vorhatte, die Hochzeit zu nutzen, um vor seinen Kumpels sein Ego aufzupolieren. Es kommt gar nicht infrage, dass ich all diese zusätzlichen Freunde von ihm und Laura einlade. Okay, fairerweise muss ich zugeben, dass Dad angeboten hat, für die Extrakosten aufzukommen, aber das ist Blakes und meine Hochzeit.«

Julia wusste kaum, was sie sagen sollte.

»Oh, und das ist noch nicht alles«, fuhr Hillary fort. »Er hat mit jemandem gesprochen, es muss ein Pfarrer gewesen sein – nicht Pastor Rick, so viel steht fest. Dad hat sich größte Mühe gegeben, mir zu erklären, wie solche Dinge laufen, wenn die Eltern der Braut nicht mehr verheiratet sind. Er wollte die Kirchenbänke mit Abschnitten für jede der Familien versehen.«

»Hast du mal überlegt, dass er nur versucht haben könnte, dir zu helfen?«

»Mom, nein. Er hat mich wieder manipuliert oder es zumindest versucht. Es war ja auch nicht nur die Sitzordnung für die Hochzeit. Er hatte auch noch eine für den Empfang, und das Verrückte ist, dass er Heath von beiden Listen gestrichen hat. Und jetzt kommt der Hammer. Er hat Michael und Adam auf die Liste gesetzt, als ob ich sie je als Gäste in Betracht ziehen würde. Keine Chance.«

»O Himmel.« Julia seufzte.

»Als ich ihn wegen Heath fragte, meinte er, ihn einzuladen wäre unangenehm für Laura.«

An ihre eigenen Gefühle hatte Eddie offenbar keinen Gedanken verschwendet, dachte Julia.

»Und da bin ich ausgeflippt. Ich meine, ich habe versucht, Ruhe zu bewahren, wirklich. Ich habe Dad unmissverständlich klargemacht, was ich von seiner Sitzordnung halte und wo er sie sich hinstecken kann, und dann habe ich ihn gebeten zu gehen.«

Julia empfand Mitgefühl für Hillary und auch für Eddie, der, was seine Töchter anging, anscheinend nichts richtig machen konnte. Am liebsten hätte sie ihn geschüttelt, nur bezweifelte sie, dass es etwas nützen würde.

»Dann habe ich Marie angerufen und ihr erzählt, was passiert war, und sie war genauso sauer wie ich. Ich habe nicht gewusst, dass sie mit Dad darüber gesprochen hat, aber sie muss es getan haben. Ich möchte nicht, dass Heath da hineingezogen wird. Als wir mit ihm zum Dinner gegangen sind, war der Streit mit Dad mir noch ganz frisch im Gedächtnis. Ich hätte nichts sagen sollen. Jetzt tut es mir leid.«

Hillary ging bald darauf, und Julia saß schweigend da und überlegte, wie sie am besten reagieren sollte. Sie hatte nie in diese Lage kommen wollen, obwohl Eddie sie oft genug zwischen sich und ihre Töchter geschoben hatte.

Die Gedanken lasteten schwer auf ihr, und sie hätte beinahe ihr Telefon nicht klingeln gehört. Als sie danach griff, sah sie, dass es sich um eine Nummer handelte, die sie nicht kannte. Da sie dachte, es könnte einer dieser nervtötenden Werbeanrufe sein, ignorierte sie ihn, bis ein paar Minuten später dieselbe Nummer erneut auf ihrem Display aufleuchtete.

»Hallo?«, meldete sie sich zögernd.

»Julia?«

Es war eine ihr unbekannte Stimme.

»Hier ist Laura, Edwards Frau.«

Julia schnappte nach Luft. Es traf sie unerwartet, von dieser Frau zu hören.

»Es tut mir leid, das zu fragen … Wäre es möglich, dass wir beide uns treffen und reden?«

Julia hatte es die Sprache verschlagen. Dies war die Frau, die ihr Leben auf den Kopf gestellt hatte. Die Frau, die ihre Ehe und fast sie selbst zerstört hatte. Die Frau, die sie verhöhnt und lächerlich gemacht hatte.

Als sie nicht sofort antwortete, fügte Laura hinzu: »Ich würde nicht fragen, wenn es nicht wichtig wäre.«

»Weiß Eddie, dass Sie mich anrufen?«

Sie zögerte. »Nein, und es würde ihm nicht gefallen, wenn er es wüsste.«

Julia hegte nicht den Wunsch, Laura zu treffen. Nicht den geringsten. In all den Jahren seit der Affäre, die ihre Scheidung zur Folge gehabt hatte, war sie dieser Frau nur ein einziges Mal über den Weg gelaufen, und auch da nur in einiger Entfernung. Sie wollte nichts mit ihr zu tun haben, und der Schlag traf sie hart, genau zwischen die Augen.

In diesem Moment begriff Julia, dass sie Hillary und Marie ähnlicher war, als ihr je bewusst gewesen war. Sie hatte ihre Kinder ermutigt, ihren Groll loszulassen, obwohl sie selbst eindeutig selbst einigen in sich genährt hatte.

»Also gut«, erwiderte sie und wunderte sich, wie schwer die Worte ihr über die Lippen kamen.

26

Julia wusste nicht so recht, was sie zu dem Treffen mit Eddies Frau tragen sollte. Bevor sie ging, zog sie sich drei Mal um. Das erste Outfit, das sie auswählte, war ein Kostüm, das sie im Büro trug, wenn sie einen wichtigen Kunden traf. Sie überprüfte ihr Spiegelbild und wechselte dann rasch die Sachen. Laura war ihr weder wichtig, noch war sie eine Kundin.

Als Nächstes versuchte sie es mit einer teuren Designerjeans und einem blauen Kaschmirpullover. Als sie vor dem Spiegel stand, um sich zu begutachten, entschied sie, dass das Outfit nach Erfolg schrie, als hoffte sie, Laura mit ihrem Wohlstand zu beeindrucken. Als ob es sie interessierte, wie Laura sie einschätzte. Am Ende nahm sie schließlich schwarze Slacks und ein weich fallendes blaues Top. Schlicht. Klassisch. Der perfekte Look für das, was sie vorhatte.

Laura hatte vorgeschlagen, weder ihren Kindern noch ihren Partnern etwas von dem Treffen zu sagen. Julia war nicht sicher, was sie davon halten sollte, willigte aber widerstrebend ein. Wenn sie das Treffen Heath gegenüber erwähnen würde, wüsste sie nicht, was er dazu sagen würde.

Als Julia beim Starbucks in der Nähe des Pacific Place ankam, einer gehobenen Mall in der Innenstadt von

Seattle und zu Fuß nicht weit vom Heritage entfernt, saß Laura schon an einem Tisch am Fenster. Julia holte sich einen Kaffee und schritt selbstbewusst auf die andere Frau zu. Zumindest hoffte sie, selbstbewusst zu wirken.

Laura schenkte ihr ein zaghaftes Lächeln. Ihr Blick wanderte zu ihrem Kaffee und zurück, und Julia sah ihr an, dass sie nervös war. Nun, da waren sie schon zu zweit.

Julia zog sich einen Stuhl heran, setzte sich und wartete darauf, dass Laura das Wort ergriff. Schließlich war sie diejenige, die um dieses Treffen gebeten hatte. Julia fasste sich in Geduld, sie hatte nicht die Absicht, das Gespräch zu eröffnen.

Eddies Frau zögerte ein paar unbehagliche Sekunden, bevor sie die Konzentration von ihrem Kaffee auf Julia richtete.

»Danke, dass Sie gekommen sind.«

Julia nickte und wartete immer noch. Wenn sie lange genug schwieg, würde Laura endlich mit ihrem Anliegen herausrücken.

»Ich weiß, dass ich die Letzte bin, von der Sie erwartet haben, etwas zu hören.«

Da dies der Wahrheit entsprach, nickte Julia zustimmend. Lauras Anruf hatte sie verblüfft, und sie hatte eine schlaflose Nacht verbracht, während der sie darüber nachgegrübelt hatte, was die andere Frau wohl von ihr wollte.

»Ich kann mir vorstellen, dass dies hier für Sie genauso unangenehm ist wie für mich.«

Wenn sie Gemeinsamkeiten suchte, war das hier das Äußerste, was sie finden würde. Julia wollte weder unhöflich noch hochnäsig wirken; diese Frau war niemand, den sie je als Freundin bezeichnen würde. Sie wünschte, Laura würde endlich zur Sache kommen.

»Ich hätte nie gedacht, dass ich so etwas tun würde.« Sie stieß einen zittrigen Seufzer aus.

»Laura, ich verstehe, dass Sie sich unbehaglich fühlen. Es wäre mir lieb, wenn Sie mir sagen würden, warum Sie dieses Treffen wollten.«

Laura erstarrte und setzte sich aufrechter hin. »Es geht um Edward.«

Julia war versucht, ihr zu sagen, dass Eddie jetzt ihr Problem war, aber sie hielt den Mund.

Laura stieß langsam den Atem aus. »Hillarys Hochzeit macht ihn fix und fertig. Er hatte gehofft, dass dieses Ereignis sie endlich wieder alle zusammenbringen würde.«

Julia hatte dieselbe Hoffnung gehegt.

»Als Marie ihm erzählt hat, dass Hillary Heath gebeten hat, sie zum Altar zu führen, hat das Edward den Rest gegeben. Ich habe ihn noch nie so außer sich erlebt.«

Julia wusste genau, wie sehr er sich aufgeregt hatte. »Wussten Sie, dass er zu mir gekommen ist und Heath praktisch angegriffen hat?«

Laura senkte den Kopf. »Nein … Es tut mir leid, obwohl ich nicht weiß, was ich hätte tun können. Er verließ das Haus, ohne mir zu sagen, wo er hinwollte. Da ich sah, wie aufgebracht er war, wollte ich lieber nicht nachhaken … Jetzt ist mir klar, dass ich das hätte tun sollen. Als er zurückkam, ging er direkt ins Schlafzimmer. Ich sah nach ihm, und, Julia … Er saß mit dem Gesicht in den Händen da und weinte.« Lauras Augen füllten sich mit Tränen. »Ich habe Edward noch nie weinen sehen.

Es … es hat mir das Herz gebrochen, und ich wusste, dass ich etwas tun musste, dass ich etwas tun muss, um die Sache in Ordnung zu bringen, wenn irgend möglich.«

Julia konnte sie verstehen. Wenn Heath so leiden würde, dann würde sie alles tun, um seinen Schmerz zu lindern.

»Das Problem ist Eddie.« Ihr Exmann tat ihr leid. »Wenn es um die Mädchen geht, scheint er nichts richtig machen zu können. Er mag ja ein Ass auf dem Golfplatz sein, aber bei seinen Töchtern bleibt er ständig im Bunker hängen.«

»Es ist meinetwegen, nicht wahr?«, fragte Laura.

Das schien auf der Hand zu liegen, aber Julia verkniff sich eine dementsprechende Bemerkung. »Der Kern des Problems liegt in seinen Versuchen, Hillary zu manipulieren, indem er darauf besteht, dass Sie zu der Hochzeit eingeladen werden und ein Teil davon sind. Und das ist noch nicht alles. Wussten Sie, dass er eine Sitzordnung für die Hochzeit und den Empfang erstellt und sie Hillary zusammen mit einer Liste seiner eigenen Freunde, die er einladen will, überreicht hat? Eine Liste, auf der auch Michael, Adam und Sie stehen. Heath aber nicht, weil er Sie nicht in Verlegenheit bringen wollte.«

Überraschung flackerte in Lauras Augen auf. »Er hat was getan?«

»Er schien zu glauben, dass das Geld, das er in Hillarys Brautkleid investiert, ihn dazu berechtigt, seine Wünsche bezüglich des Verlaufs der Zeremonie anzumelden. Nach dem, was Hillary mir erzählt hat, wundert es mich, dass er nicht beschlossen hat, auch noch ihre Ehegelübde und gleich alles andere selbst zu schreiben. Er hat angeboten, für seine Freunde extra zu bezahlen, aber was Hillary betraf, war er da längst zu weit gegangen.«

Laura senkte den Kopf und schloss die Augen. »Ich werde mit ihm reden.«

»Dazu ist es zu spät. Der Schaden ist angerichtet.«

Jetzt blickte Laura auf und blinzelte ein paar Mal, als versuchte sie, die Gefühle in ihrem Innern zu beruhigen. »Bitte richten Sie Hillary aus, dass ich der Hochzeit fernbleiben werde, wenn sie ihrem Vater gestattet, Teil ihres großen Tages zu sein. Es bedeutet ihm alles. Edward vermisst seine Töchter so sehr. Ich werde alles tun, was notwendig ist, um die Dinge zwischen Edward und seinen Mädchen wieder in Ordnung zu bringen.«

Julia wusste ihre Bemühungen aufrichtig zu schätzen. Aber im Moment war ihr nicht klar, was eine von ihnen tun konnte, und das sagte sie auch.

»Hassen Hillary und Marie mich so sehr?«, fragte Laura und legte die Hände mit den Handflächen nach oben auf die Tischplatte.

Julia beschloss, mit der Erkenntnis zu antworten, zu der sie mit Heath gelangt war. »In den Augen der Mädchen wurde unsere Familie so, wie sie einmal war, auseinandergerissen. Ich weiß, dass Eddie genau wie ich dachte, die Mädchen wären junge Erwachsene und bereit, ihr eigenes Leben zu leben, deshalb würde sich die Scheidung nicht zwingenderweise negativ auf sie auswirken. Und um alles noch komplizierter zu machen, hat die Wut, die wir alle aufeinander empfanden, in unseren Kindern gebrodelt.«

Laura nickte. »Ja, genauso war es bei Heath und mir. Beide Jungen standen schon auf eigenen Füßen, und als die Trennung nicht mehr abwendbar war, schien es der richtige Zeitpunkt zu sein.«

»Genau, nur dass wir uns beide geirrt haben.«

»Wie meinen Sie das?«

»Ich meine, dass die Kinder auf beiden Seiten dieser Scheidung tief verletzt waren. Da sie nicht wussten, wie sie mit diesem Schmerz umgehen sollten, suchten sie nach einem Sündenbock. Der Streit am Lake Sammamish hat da bestimmt nicht geholfen.«

Der Art nach zu urteilen, wie ihr Mund zuckte, verstand Laura. »Im Fall Ihrer Mädchen war ich dieser Sündenbock.«

»Mir diese Textnachrichten zu schicken hat die Dinge eskalieren lassen, und dass ich irgendwann entsprechend geantwortet habe, hat noch Öl ins Feuer gegossen.«

Lauras Gesicht wurde lang, und sie sah erneut so aus, als würde sie gleich in Tränen ausbrechen. »Ja ... ich hätte sie nie schicken sollen.«

»Ich habe das selbst bitter bereut.« Eine Minute oder mehr verging, bevor Julia weitersprach. »Wussten Sie, dass ich versucht habe, mit Michael zu reden?«

Wieder wirkte Laura verwirrt. »Tatsächlich? Wann denn?«

»Letzte Woche. Ich ging unangemeldet in sein Büro. Ich wollte Adam sprechen, aber er hat Michael an seiner Stelle vorgeschickt.«

»Wie ist es gelaufen?«

»Schlecht. Wenn meine Mädchen jemanden gesucht haben, dem sie die Schuld geben können, dann fiel ihre Wahl auf Sie. Ihre Söhne haben sich anscheinend für mich entschieden.«

»Für Sie?«

»Sie sagten zu Heath, wenn er eine Beziehung mit mir wolle, sollte er sie raushalten. So wie Hillary und Marie keinen Kontakt mit Ihnen wollen, ziehen Michael und Adam es vor, keinen mit mir zu haben.«

»Es tut mir leid«, flüsterte Laura. »Es tut mir so leid.«

Julia akzeptierte die Entschuldigung mit einem stummen Nicken.

»Ich weiß, dass meine Jungs Ihre Töchter nicht besonders mögen.«

Julia, die sich an die Szene im Krankenhaus erinnerte, erwiderte: »Das ist noch milde ausgedrückt.«

Laura wirkte bedrückt. »Wie konnte das alles nur so aus dem Ruder laufen?«

Julia war versucht, die Frau daran zu erinnern, dass es angefangen hatte, als sie private Golfstunden bei Eddie genommen hatte. Aber das zu erwähnen würde keiner von ihnen beiden helfen. Die Vergangenheit lag hinter ihnen. Was sie jetzt brauchten, war ein Plan, um die Dinge für alle Beteiligten wieder in Ordnung zu bringen, und das schien eine kaum zu bewältigende Aufgabe zu sein.

Laura, die die Hoffnung offenbar nicht verlor, heftete den Blick auf Julia. »Glauben Sie, es würde helfen, wenn Sie Hillary sagen, dass ich auf die Teilnahme an der Hochzeit verzichte?«

»Wahrscheinlich nicht, und ich kann Ihnen auch sagen, warum. Eddie würde es nicht zulassen. Er wird darauf bestehen, dass Sie an der Hochzeit teilnehmen, oder er geht auch nicht hin, und dann stehen wir wieder am Anfang.«

»Was hätte ich anders machen können?«, fragte Laura.

Als sie die Frage hörte, dachte Julia, Laura könne ihre Worte unmöglich ernst meinen. In den sechs Jahren, seit diese Frau mit Eddie verheiratet war, hatte sie nicht ein einziges Mal den Kontakt zu Hillary und Marie gesucht. Julia dachte im Stillen, es sei geradezu preisverdächtig, dass sie Laura gegenüber mit ihrer Meinung hinter dem Berg hielt.

»Es hätte geholfen, wenn Sie sich mit den Mädchen ein bisschen Mühe gegeben hätten«, schlug sie vor. Sie hatte es mit Michael versucht, und obwohl das Ergebnis nicht wie erhofft ausgefallen war, hatte sie sich wenigstens bemüht. Wenn sie die Chance bekäme, würde sie es erneut versuchen.

»Ja, vermutlich … Nur haben die Mädchen keinen Zweifel daran gelassen, dass sie nichts mit mir zu tun haben wollen. Ich bin der Feind.«

»Und sie betrachten Sie als herzlos und meinen, dass Ihnen nichts an ihnen liegt, weil Sie nichts getan haben, um ihnen das Gegenteil zu beweisen.«

Laura stimmte zu. »Es ist eine lahme Entschuldigung, aber niemand wird gerne zurückgewiesen.«

»Das ist wahr. Doch als Sie Eddie geheiratet haben, haben Sie seine Kinder mit geheiratet. Wenn Sie es versuchen, selbst jetzt noch, glaube ich, dass sich Hillary und Marie irgendwann erweichen lassen.«

»Das wird allerdings nicht so schnell passieren.«

»Vielleicht, vielleicht auch nicht. Ich kann nur sagen, es ist nie zu spät, um anzufangen.«

Laura wirkte vollkommen hilflos. »Was meinen Sie denn, wo ich anfangen soll?«

Julia, die in der Hinsicht selbst unschlüssig war, zuckte

die Achseln. »Eine Karte oder eine Textnachricht, um Hillary und Blake zur Verlobung zu gratulieren. Eine Kleinigkeit. Ich konnte Eddie nie dazu bringen, mit kleinen Schritten zu beginnen. Ich hoffe, Sie schaffen das. Bei ihm gab es nur alles oder nichts, und mit seiner Taktik ist er jämmerlich gescheitert.«

Laura griff nach ihrem Telefon. »Ich mache es. Ich würde alles tun, um Eddie den Weg zurück zu seinen Kindern zu ebnen, vor allem, nachdem ich ihn habe weinen sehen.«

»Erwarten Sie nicht, dass Hillary Ihnen antwortet. Warten Sie einen oder zwei Tage, und versuchen Sie es dann noch einmal. Schlagen Sie ihr vielleicht einen Floristen vor. Ich weiß, dass sie und Blake einen suchen und für die Hilfe dankbar wären.«

Laura nickte eifrig. »Meine Cousine hat einen Blumenladen, und ich weiß, dass sie Hillary einen Rabatt gewähren würde.«

»Das ist ein guter Anfang.«

Laura stieß einen tiefen Seufzer aus. »Julia.« Ihr Blick war ernst. »Danke.«

»Gern geschehen.« Zu ihrer Überraschung erstickte Julia nicht an den Worten.

Laura zögerte, als wäre sie unschlüssig. »Haben Sie etwas dagegen, wenn wir uns noch einmal treffen?«

Sollte sie? Julia brauchte nicht lange, um einzusehen, dass sie eine weit bessere Chance hatten, all ihre Lieben zusammenzubringen, wenn sie an einem Strang zogen.

»Ich halte das für eine gute Idee«, sagte sie und hoffte, dass sie keinen großen Fehler machte.

27

»Du triffst dich mit wem?«, wollte Amanda wissen, als sie Julia eine Tasse Kaffee brachte.

»Du hast mich sehr genau verstanden.«

»Das ist ein Witz, stimmt's?« Ihre Schwester setzte sich ihr gegenüber an den Küchentisch und starrte sie mit offenem Mund an. »Du weißt schon, dass sie die Frau ist, die deine Ehe zerstört hat, ja?«

»So furchtbar es auch klingt, Laura könnte meine einzige Möglichkeit sein, einen Schritt voranzukommen.« Julia hatte nur zwei Möglichkeiten: Entweder sie hielt weiterhin an dem Schmerz fest, oder sie ließ los; sie entschied sich für Heilung.

Sie musste jemandem erzählen, dass sie sich mit Heath' Exfrau getroffen hatte. Ihre Schwester erschien ihr als der naheliegendste Mensch, und sie war offen gestanden von Amandas Reaktion überrascht. Was sie vielleicht nicht sein sollte, wenn sie sich daran erinnerte, welche widersprüchlichen Gefühle sie selbst gehegt hatte, als Laura angerufen hatte.

»Ich hatte anfangs nicht die Absicht, etwas mit ihr zu tun zu haben. Doch als wir die Peinlichkeit der Situation überwunden hatten, war ich nicht mehr so unzugänglich, wie ich gedacht hatte.«

Amanda beugte sich kopfschüttelnd vor und stützte

die Ellbogen auf den Tisch. »Fang lieber am Anfang an. Sie hat sich also mit dir in Verbindung gesetzt?«

»Ja, und so ungern ich es zugebe, Laura hat es aus den richtigen Gründen getan. Sie will, dass ich ihr helfe, einen Weg für Eddie zu bahnen, dass er sich mit den Mädchen versöhnt.« Angesichts des Umstands, wie sehr ihr Exmann jeden Versuch verpfuscht hatte, würde es kreatives Denken ihrerseits erfordern.

Amanda verdrehte die Augen. »Und wie funktioniert das für dich?«

Julia wusste nicht recht, wie sie antworten sollte. »Wir haben ein paar Ideen besprochen.« Sie kamen vorwärts und machten einen Schritt nach dem anderen.

»Oh, erzähl.«

»Wann bist du so skeptisch geworden?«, neckte Julia sie. »Laura und ich tun uns zusammen, um auf eine Lösung hinzuarbeiten. Unser Ziel ist, vor der Hochzeit alles geklärt zu haben. Wir werden nie zusammen um die Häuser ziehen oder beste Freundinnen werden. Aber ich habe begriffen, dass wir auch keine Feindinnen sein müssen.«

»Viel Glück dabei, große Schwester. Eddie scheint immer ins Fettnäpfchen zu treten. Wie kannst du sicher sein, dass irgendetwas von dem, was ihr zwei tut, hilfreich sein könnte? Die Hochzeit findet in weniger als zwei Monaten statt.«

Amanda wusste, dass der letzte Versuch von Eddie, die Sache zwischen ihm und Hillary zu klären, weit mehr Schaden angerichtet hatte als alles, was er in den letzten sechs Jahren seit der Scheidung getan hatte.

»Ich weiß, es wird schwierig, das durchzuziehen.« Julia

wusste besser als jeder andere, wie kompliziert es werden würde, und dann auch noch in einem so kurzen Zeitraum.

»Das ist eine Untertreibung, wenn ich je eine gehört habe.«

»Ich weiß.«

Amanda griff nach ihrem Kaffee und lehnte sich zurück. »Weiß Heath, dass du dich mit seiner Ex triffst?«

Das war der negative Aspekt ihrer neuen Bekanntschaft mit Laura. »Nein, noch nicht.«

Amanda hob die zart geformten Brauen bis zur Hälfte des Haaransatzes. »Hältst du es für klug, ihn im Dunkeln zu lassen?«

Julia zuckte die Achseln. »Ich weiß nicht. Ich schätze, das wird sich zeigen.« Das war der eine Nachteil, den sie sah. Sowie Eddie und Heath erfuhren, was die beiden Frauen planten, konnte der Schuss leicht nach hinten losgehen. Laura wusste das ebenso gut wie Julia, trotzdem wollte keine von ihnen in ihren Bemühungen nachlassen.

»Ich schlage vor, es ihm zu sagen, und zwar je eher, desto besser«, riet Amanda. »Wenn du es ihm verschweigst, riskierst du mehr, als du solltest. Außerdem, hast du je in Betracht gezogen, dass Heath ein paar eigene Erkenntnisse hat?«

Das hatte Julia nicht. Sie trank ihren Kaffee und dachte über die Worte ihrer Schwester nach. »Du hast recht, er muss es wissen.«

Die Gelegenheit ergab sich eher, als sie erwartet hatte. Früher, als sie darauf vorbereitet war. Sie saßen im Busy

Bean und ließen sich nach ihrem Morgentraining ein Scone und einen Kaffee schmecken.

»Ich bin letztens vorbeigekommen, und du warst nicht da.«

»Wann denn?« Julia wusste genau, an welchem Tag das gewesen sein musste, und versuchte Zeit zu schinden, um sich zu entscheiden, wie sie diese Bombe am besten platzen ließ.

Er sagte es ihr. »Ich dachte, du wolltest bei der Arbeit kürzertreten.«

Ihre Hand schloss sich etwas fester als nötig um den Wegwerfbecher, sodass der Deckel absprang. Sie griff danach und drückte ihn wieder auf den Becher, dabei vermied sie die ganze Zeit Blickkontakt. »Ich war nicht im Büro.«

Er musterte sie, und seine Augen wurden schmal. »Kannst du mir erklären, warum du so unglaublich schuldbewusst aussiehst, Julia?« Er wandte den Blick ab, erstarrte, und seine Züge verspannten sich vor Zweifel. »Du machst mich nervös …«

Sie bedeckte seine Hand mit ihrer, um ihn zu beruhigen. Natürlich war sein erster Gedanke, dass sie einen anderen Mann getroffen hatte. Angesichts der Art, wie ihre Ehepartner sie beide betrogen hatten, wäre es auch ihrer gewesen. »Ich habe meine Fehler, Heath. Aber ich würde dich nie hintergehen. Das kann ich dir hoch und heilig versprechen.«

Sofort entspannte er sich. »Warum siehst du dann aus wie ein Kind, das mit der Hand in der Keksdose erwischt worden ist? Irgendetwas ist im Busch, und was immer das ist, es wäre dir offenbar lieber, ich wüsste nichts davon.«

»Stimmt auffallend«, gab sie zu. »Amanda meinte, es wäre besser, wenn ich es dir sage, und ich habe ihr recht gegeben.«

»Dann solltest du das vielleicht auch tun.«

Sie rutschte unbehaglich auf ihrem Stuhl umher und holte tief Luft. »Ich hatte Kontakt zu Laura.«

Seine Augen weiteten sich vor Überraschung. »Meiner Exfrau?«

Sie nickte.

»Warum? Hat sie nicht schon genug Schmerz in dein Leben gebracht?«

Julia fand es herzerwärmend, dass er zuerst auf ihren Verlust zu sprechen kam und nicht auf seinen eigenen.

»Ich gebe zu, dass es anfangs nicht gerade angenehm war, mit ihr zu sprechen, aber es ist einfacher geworden.«

»Willst du damit sagen, dass ihr euch regelmäßig getroffen habt? Warum denn, zum Teufel?«

Er nahm ihr Eingeständnis nicht so auf, wie sie gehofft hatte..

»Laura macht sich Sorgen wegen Eddie und seiner Beziehung zu den Mädchen.«

»Eddie«, wiederholte er, als bekäme er schon beim Namen ihres Ex einen schlechten Geschmack im Mund. »Er hat sich sein Bett gemacht, und jetzt kann er darin liegen. Du hast genug für ihn getan, weit mehr, als er verdient.«

Sie war ganz seiner Meinung. »Wie wahr. Er hat mich in die Sache mit hineingezogen, und ich habe ihm wiederholt gesagt, dass es mir nicht behagt, zwischen ihm und unseren Töchtern zu stehen.«

»Warum tust du es dann?«

»Nicht ihm zuliebe, Heath, sondern für Hillary und Marie. Auch wenn sie wütend auf ihren Vater und durcheinander sind, lieben und brauchen sie ihn immer noch. Überleg einmal, wie schwer es für dich wäre, wenn Michael und Adam meinetwegen nichts mehr mit dir zu tun haben wollten. Kannst du dir vorstellen, wie elend du dich fühlen würdest? Es ist ein Schritt in die richtige Richtung und könnte irgendwann dazu führen, dass deine Söhne mich annehmen.«

»Die Mädchen sind fest entschlossen, nichts mit Lee zu tun haben zu wollen«, bemerkte Heath, womit er leider recht hatte.

Immerhin hatte Laura Anstrengungen unternommen. »Sei dir da nicht so sicher. Laura und ich haben mit ein paar kleinen Schritten auf die Sache hingearbeitet. Sie hat den Mädchen kleine Nachrichten geschickt.«

»Als da wären?«

»Zitate und Witzchen, und die Mädchen haben zwar nicht geantwortet, sie aber auch nicht geblockt.«

»Du hast Lee beraten?«

Julia nickte.

Heath sah aus, als würde er das missbilligen. »Wissen die Mädchen von deiner Beteiligung an eurem kleinen Plan?«

»Himmel, nein.«

»Das dachte ich mir.«

Trotzdem hatten sie Fortschritte gemacht, und Julia freute sich über die kleinen Risse in der Betonmauer, die ihre Töchter gegen die andere Frau errichtet hatten. »Laura hat Hillary ihre Cousine empfohlen, die einen Blumenladen hat. Hillary hat immer noch keinen Floristen für die Hochzeit gebucht, daher habe ich vorgeschlagen, es könnte nichts schaden, sich den Laden mal anzusehen, und bin sogar mitgegangen, als Blake in letzter Minute absagen musste. Die Floristin hat sich auf Hochzeitsarrangements spezialisiert, und obwohl Hillary die Frau eigentlich sofort ablehnen wollte, war sie beeindruckt.«

»Beauftragt sie sie?«

»Ich weiß es nicht. Das überlasse ich meiner Tochter und Blake.«

Heath wirkte nicht überzeugt. »Du spielst ein gefährliches Spiel, mein Schatz.«

»Ich weiß, aber eines, das nötig für meine Mädchen und ihren Vater ist, wenn Eddie je wieder eine Beziehung zu ihnen aufbauen will. Es geht nicht so sehr um ihn als vielmehr um Hillary und Marie.«

Er akzeptierte ihre Entscheidung, aber sie sah, dass er nicht völlig mit an Bord war. Nicht dass sie ihm einen Vorwurf deswegen machte. Heath hatte keinen Grund, Eddie zu unterstützen, obwohl er zu verstehen schien, warum sie dachte, es könnte helfen, sich mit Laura zusammenzutun.

Sie gab ihm ein paar Minuten, um alles zu verarbeiten, und fügte dann hinzu: »Niemanden wundert es mehr als mich, herauszufinden, dass Laura und ich einiges gemeinsam haben.«

Heath' Blick bohrte sich in ihren. »Das bezweifle ich.«

»Wir lieben beide dieselben Männer.«

Er lächelte leise. »Gut, das gebe ich zu.«

»Wir wollen beide das Beste für unsere Kinder.«

Heath zögerte. »Ist das deine Art, mir zu sagen, dass du

unsere Kinder zusammenbringen und ihre gegenseitige Abneigung auslöschen willst?«

»Wenn das möglich wäre, wäre es ideal.«

»Jetzt lädst du dir wirklich mehr auf, als du tragen kannst.«

»O du Kleingläubiger. Für den Einzelnen träfe das vielleicht zu, aber wenn wir gemeinsam vorgehen, sehen Laura und ich durchaus Potenzial für eine allgemeine Heilung.«

»Ich frage mich, ob das möglich ist«, flüsterte Heath.

»Wenn wir zusammenbleiben wollen …«

»Das werden wir«, warf er ein.

»Ja, das werden wir«, pflichtete sie ihm bei. »Deshalb hoffe ich ernsthaft, dass ich zumindest freundlich mit deinen Söhnen umgehen kann. Wenn Adam mich akzeptiert, dann denke ich, dass Michael es irgendwann auch tun wird.«

»Das würde ich mir wünschen, Julia. Ich habe es nicht gesagt, weil ich wusste, dass es dich aufregen würde. Seit Michael und Adam das mit uns herausgefunden haben, war meine Beziehung zu ihnen ziemlich angespannt.«

Das war es, was Julia am meisten befürchtet hatte, und sie wünschte, Heath hätte schon früher etwas gesagt, obwohl sie nicht wusste, was sie hätte tun können.

»Du siehst also, dass es nicht nur um Eddie geht. Laura und mir ist klar, dass wir das für uns und unsere vier Kinder tun. Wir haben alle Wunden davongetragen, und einige davon sind tief. Bis wir einen Weg zur Heilung finden, werden sie weiter eitern.«

Heath nickte langsam. »Ich staune über Lee. Du sagtest, sie hätte sich mit dir in Verbindung gesetzt?«

»Ja, und zwar aus Liebe zu Eddie.«

»Und sie ist bereit, zu helfen, eine Beziehung zwischen dir und unseren Jungen zu schmieden?«

»Ja.« Das war noch etwas, das sie in Ordnung bringen wollten. Es würde nicht leicht werden, und es würde auch nicht über Nacht passieren. Aber es war wichtig.

»Ich bin überrascht, dass du bereitwillig dabei mitmachst, vor allem, weil Eddie dich mit ihr betrogen hat.«

»Ah, Heath, aber wenn Laura Eddie nicht geheiratet hätte, dann hätte ich dich nie kennengelernt. Meiner Ansicht nach habe ich ihr viel zu verdanken.«

Er grinste und beugte sich vor, um sie auf die Wange zu küssen. »Du richtest den Blick immer auf das Positive.«

»Das habe ich von meinem Vater gelernt. Wenn das Leben düster wurde und ich nichts Gutes mehr sehen konnte, pflegte er zu sagen: *Es ist besser so*. Genau diese Worte habe ich geflüstert, als ich die Scheidungspapiere unterzeichnet habe, und damals erschien mir das unvorstellbar. Heath, ich habe dich wegen dieses Betruges kennengelernt, und das, was wir haben, ist weit besser als alles, was ich je mit Eddie hatte.«

28

Heath setzte keine großen Hoffnungen in die Pläne, die Julia und Lee ausgeheckt hatten, aber da er nichts Besseres anzubieten hatte, leistete er auch keinen Widerstand. Er konnte nur hoffen, dass dieses Fiasko ihnen nicht auf die Füße fiel.

Seit Michael und Adam klar geworden war, dass er nicht bereit war, Julia gehen zu lassen, hatten sie sich ihm gegenüber kühl verhalten. Heath hatte keinen Zweifel an seinen Gefühlen für sie gelassen. Seine Söhne hatten subtil und weniger subtil durchblicken lassen, dass sie strikt dagegen waren. Sie hatten Heath wiederholt gewarnt, dass seine Beziehung zu *dieser Frau* ihm eine Welt aus Schmerz eröffnen würde. Heath hatte ihnen versichert, dass er wusste, was er tat, und den Eindruck gewonnen, dass sie ihn für einen alten Narren hielten. Gut, dann war er eben ein alter Narr, aber ein glücklicher.

Es klingelte, und er straffte die Schultern und öffnete Michael und Adam. Er hatte seine Jungen eingeladen, das Auswärtsspiel der Seahawks anzuschauen. Als er zuerst davon gesprochen hatte, hatten sie ein Dutzend Ausflüchte vorgebracht, warum sie ihm keine Gesellschaft leisten konnten. In den letzten Monaten hatten sie einige seiner Einladungen ausgeschlagen. Er hatte sie erneut gefragt, und seine Stimme musste wohl mehr enthüllt haben als seine Worte, denn beide Jungen hatten schließlich eingewilligt, den Sonntagnachmittag mit ihm zu verbringen.

»Michael, Adam.« Er umarmte beide und klopfte ihnen auf den Rücken, bevor er sie ins Wohnzimmer führte. Er hatte Bier, eine Schale Erdnüsse und ein paar andere Snacks bereitgestellt.

»Also, Dad, wie schätzt du die Chancen der Hawks gegen die 49er ein?«

»Gut, wenn die Offensivlinie Russell Wilson verteidigen kann«, entgegnete er. Sie setzten sich, und die Jungen nahmen sich jeweils ein Bier. Sie alle waren Footballfans und hatten bis vor Kurzem die meisten Spiele der Seahawks gemeinsam geschaut. Es waren diese besonderen Momente mit seinen Söhnen, die Heath am meisten liebte. Er hoffte inständig, dass sie am Ende dieses Tages überhaupt noch Zeit mit ihm verbringen wollten.

Zehn Minuten vor Spielbeginn sagte er so locker wie nur möglich: »Ich habe noch jemanden eingeladen …«

»Doch nicht etwa Julia?«, schnappte Michael.

»Dad, wenn sie kommt, dann werden Michael und ich gehen.«

»Wenn ihr mich ausreden lassen würdet.« Er durchbohrte sie mit einem finsteren Blick, während er seinen Ärger hinunterschluckte.

»Okay. Gut. Sorry.« Das kam von Adam.

»Ich habe ein Paar eingeladen.«

»Wen?«, fragte Michael.

»Jemanden, den wir kennen?«, fügte Adam misstrauisch hinzu.

Das Timing seiner Frage war perfekt. Kaum hatte er sie ausgesprochen, klingelte es. Heath erhob sich, um die Tür zu öffnen, und ließ Lee und Eddie in die Wohnung. Dann drehte er sich um und sah den geschockten Ausdruck auf den Gesichtern seiner Söhne, als ihre Mutter und Eddie in das Zimmer traten.

»Mom? Edward?«, keuchte Michael, als wäre er überzeugt, Gespenster zu sehen.

»Edward?« Eddies Gegenwart schien Adam weit mehr zu überraschen als die seiner Mutter.

Lees Hand war mit Eddies verschlungen. Sie lächelte, als würde etwas Derartiges jeden Tag passieren. »Ich hoffe, ihr habt nichts dagegen, dass euer Vater uns eingeladen hat.«

»Du bist kein Freund von Football«, erinnerte Michael sie. Er schien verblüfft zu sein, dass sie ein Trikot der Seahawks trug.

»Ich genieße Zeit mit meiner Familie, und wenn das bedeutet, ein Footballspiel zu gucken, bin ich dabei.«

Nur dass niemand auf das Spiel achtete. Aller Augen schienen auf das neu eingetroffene Paar geheftet zu sein.

Endlich ergriff Michael das Wort. Er beschrieb mit dem Finger eine kreisende Geste und sah Heath, seine Mom und Eddie an. »Wann ist es denn so weit gekommen?«

Lee setzte sich neben Michael. »Das ist noch nicht lange her. Wir haben beschlossen, dass es an der Zeit ist, sich wie Erwachsene zu verhalten. Wir sind seit Jahren getrennt, und wir fanden, es wäre dumm, an dieser Feindseligkeit festzuhalten.«

»Wow«, flüsterte Adam. »Das ist ja eine Überraschung.«

»Du hast nie etwas gesagt.« Michael richtete die Bemerkung an Heath.

»Ja, Dad, du hättest ruhig eine Andeutung machen können.«

»Mag sein«, versuchte er beide zu beschwichtigen. Ihnen standen noch weitere Überraschungen bevor.

Alle wandten sich dem Spiel zu. Heath war nicht sicher, ob irgendjemand dem, was sich auf dem Feld abspielte, große Beachtung schenkte.

»Heath, gibt es Popcorn?«, fragte Lee.

»Ups. Ich habe vergessen, dass das deine Schwäche ist. Ich habe welches für die Mikrowelle. Reicht das?«

»Klar.«

Heath ging Richtung Küche, als Michael aufsprang. »Ich helfe dir.« Er sagte das, als brauchte es zwei Leute, um Popcorn in der Mikrowelle zu machen.

In der Küche drängte Michael Heath gegen die Marmortheke. »Was geht hier wirklich vor?«, wollte er wissen. »Du bist nicht ohne Grund plötzlich dick mit Edward und Mom befreundet.«

Heath wusste, dass sein Sohn zu clever war, um nicht zu erkennen, dass etwas im Busch war. Obgleich er es nicht offen zugeben würde, war er erleichtert, als Lee sich zu ihnen gesellte. »Michael, du wirst nie erraten, von wem ich dieses Seahawks-Trikot habe«, sagte sie, dabei zupfte sie das Vorderteil vom Körper weg, damit er es besser betrachten konnte.

»Santa Claus«, murmelte er sarkastisch.

»Nein, von einer neuen Freundin von mir.«

»Du scheinst dieser Tage viele neue Freundschaften zu schließen.«

»Neue und alte Freundschaften.« Sie drehte sich um, um Heath anzulächeln. »Dein Vater und ich waren viele Jahre verheiratet. Die Trennung verlief einvernehmlich. Er hat nach vorne geschaut und ich auch; es gibt keinen Grund für uns, entfremdet zu bleiben. Findest du nicht auch?«

Michael, der sich mit den Fingern durch das Haar fuhr, fühlte sich sichtlich unbehaglich. »Vermutlich. Weißt du, ich dachte nur, dass Dad damit zufrieden war, sich aus deinem Leben herauszuhalten, vor allem, wo du jetzt mit Edward zusammen bist.«

Lee nickte. »Ja. Wahrscheinlich wären wir beide getrennte Wege gegangen, wenn Julia nicht in sein Leben getreten wäre. Das hat alles geändert.«

»Und ich nehme an, Julia ist deine neue Freundin.«

»Du hast gerade eine Kewpie-Puppe gewonnen, Sohn. Du bist cleverer, als ich es dir zugetraut hätte. Diese Intelligenz muss er von dir haben, Heath«, witzelte sie.

Adam kam zu ihnen, sodass nur noch Eddie das Spiel verfolgte. Das Popcorn begann zu knacken, als es ein zweites Mal klingelte. Heath schaute auf die Uhr und wusste, dass es Julia war.

»Ich mache auf«, sagte er. »Lee, würdest du dich um das Popcorn kümmern?«

»Natürlich.«

Heath öffnete Julia, die von Unbehagen erfüllt und misstrauisch wirkte, die Tür. Obwohl es ihre und Lees Idee gewesen war, wusste er, dass Julia seine Bedenken teilte. Heath griff nach ihrer Hand und drückte sie ermutigend. »Wie läuft es?«, flüsterte sie.

»So, wie wir es erwartet haben. Alles wird gut«, versicherte er ihr, obgleich er nicht sicher war, dass die Sache so enden würde, wie sie gehofft hatten. Und dies war nur der erste Schritt in den Versöhnungsplänen der Frauen.

Julia setzte ein strahlendes Lächeln auf und trat auf Lee zu. »Oh, gut, Popcorn.«

In einer Zurschaustellung von Zuneigung umarmte Lee Julia. »Ich denke, ihr kennt euch alle.«

Michael funkelte erst seinen Vater und dann Julia an. »Wir sind uns begegnet.« Seine Worte klangen abgehackt und abweisend.

Lees Gesicht wurde vor Enttäuschung lang. »Du musst wissen, dass Julia und ich uns im Lauf der letzten Wochen besser kennengelernt haben. Sie ist wirklich nett.«

»Ich glaube es nicht.« Adam stellte sich neben seinen Bruder und verschränkte die Arme. Die beiden standen nebeneinander und sahen aus wie Türsteher vor einem beliebten Nachtclub. Ihre Mienen waren nicht gerade freundlich.

»Dann irrst du dich.« Lee sah ihre Söhne böse an. Es schien ein eingeübter Blick zu sein, der ihnen vorbehalten blieb, wenn sie sich als Kinder schlecht benommen hatten. »Jetzt reicht es mir mit diesem Unsinn von euch beiden. Julia und ich haben unsere Differenzen beigelegt, und ich erwarte, dass ihr das auch tut.«

»Aber …«

»Da gibt es kein Aber. Heath liebt Julia, und ich freue mich über diese Beziehung. Sie passt viel besser zu eurem Vater, als ich es je getan habe. Außerdem dulde ich nicht, dass ihr Julia gegenüber unhöflich oder unverschämt seid. Sie verdient euren Respekt genauso wie euer Vater und ich.«

»Hey, und was ist mit mir?«, fragte Eddie.

»Und Edward natürlich«, fügte sie hinzu. »Sorry, Schatz, ich wollte dich nicht ausschließen.«

Michael und Adam wechselten Blicke, als überstiege all das ihr Begriffsvermögen.

»Ich weiß, das ist viel zu verarbeiten«, sagte Julia verständnisvoll. »Aber trotzdem haben wir etwas gemeinsam.«

»Definitiv nicht die Zuneigung zu Ihren Töchtern«, sagte Michael leise, aber laut genug, um sicherzustellen, dass er gehört wurde.

Julia lächelte, und Heath war dankbar, dass sie nicht gekränkt war. »Nein, das wäre im Moment schwierig.«

»Nicht jetzt, und auch sonst niemals«, gab Michael zurück.

»Michael«, warnte Heath flüsternd.

»Was wir gemeinsam haben«, fuhr Julia fort, »ist, dass wir deinen Vater lieben und er uns viel bedeutet. Wie verrückt ist das denn, dass wir uns gefunden haben?«

Heath schob sich hinter sie, schlang die Arme um ihre Taille und küsste sie auf den Scheitel. »Falls ich es noch nicht klargestellt habe – ich bin verrückt nach dieser Frau«, teilte er seinen Söhnen mit. »Und wenn ihr Julia eine Chance gebt, werdet ihr sie auch lieben, das weiß ich.«

Julia blickte von Michael zu Adam. »Wärt ihr bereit, mir diese Chance zu geben?«

Michael sah Lee an. »Bist du dir da sicher, Mom?«

»Ganz sicher.«

Michael sog tief die Luft ein und zuckte die Achseln. »Ich muss darüber nachdenken. Aber wie auch immer ich mich entscheide, ich will mit keiner deiner Töchter etwas zu tun haben.«

Adam stimmte ihm zu. »Das gilt auch für mich.«

Eric war spät dran, ein kleines Problem in ihrer Beziehung. Er hatte sich mit Carrie in der Lobby verabredet. Sie wollten an diesem Nachmittag im Cal Anderson Park im Gebiet des Capitol Hill Rad fahren. Sie brauchte nicht zu raten, was ihn aufgehalten hatte. Eric hatte sich in ein Computerproblem eines seiner Accounts vertieft und darüber die Zeit vergessen. Aber er hatte sich sehr gebessert, und er schien sich auf ihre Ausflüge zu freuen. Im Lauf der letzten Wochen hatten sie mehrere davon unternommen. Zuerst hatte Carrie die Vorschläge gemacht. Doch es war Eric, der die Radtour vorgeschlagen hatte, nachdem er erfahren hatte, dass sie gerne diese speziellen Strecken um die Stadt fuhr.

Statt ihn anzurufen, beschloss sie, ihn selbst abzuholen, sonst könnte er leicht in seiner Arbeit versinken, bis es zu spät wäre. Es hatte nicht viel bedurft, dass sie sich in diesen Mann verliebte. Was für ein Gegensatz zu Justin, der es für überflüssig hielt, sich einen Job zu suchen. Eric war ein Workaholic auf dem Weg zur Genesung. Seit sie begonnen hatten, sich zu treffen, hatte er einen kleinen Teil der Kontrolle über einige Teile seines Geschäfts abgegeben. Das war nötig, wenn er vorhatte, ein Leben außerhalb seiner Wohnung zu führen. Erst letzte Woche hatte er einen Chefassistenten sowie einen Buchhalter in Vollzeit eingestellt, die sich um Lohnabrechnungen, Steuern und andere Dinge kümmerten, um mehr Freizeit zu haben, die sie zusammen verbringen konnten.

Mit ihrem Fahrradhelm in der Hand ging Carrie zu seiner Wohnung. Als sie auf der anderen Seite der Tür Stimmen hörte, blieb sie stehen. Sie kannte Erics Besucher nicht. Was sie allerdings erkennen konnte, war, dass dieser aufgeregt war. Seine Stimme klang laut und erregt, und er schien im Raum auf und ab zu gehen, weil die Lautstärke an- und wieder abschwoll.

Sie zögerte, bevor sie anklopfte; unschlüssig, ob sie stören sollte.

Eric kam zur Tür und wirkte erleichtert, als er sie sah.

»Soll ich später wiederkommen?«, flüsterte sie.

»Ist das Carrie?«, rief Erics Besucher.

Eric drehte sich um, um seinem Freund zu antworten, und zog Carrie mit sich in den Raum. »Carrie, das ist mein Freund Michael.«

»Wir sind uns schon kurz begegnet.« Sie erkannte Michael von dem Tag, an dem er sich angemeldet hatte, um Eric zu besuchen.

Michael lächelte und nickte ihr zu. »Ich habe schon viel von dir gehört, Carrie. Jetzt, wo wir uns offiziell kennenlernen, verstehe ich, warum Eric freiwillig seine Wohnung verlässt. Guter Job! Ich hatte schon befürchtet, mein Freund hätte sich in einen Vampir verwandelt.«

Carrie lächelte. »Ich wollte euer Gespräch nicht unterbrechen.«

»Macht nichts.« Michael merkte offenbar, dass er sie von ihrer Radtour abhielt.

Eric schien es nicht allzu eilig zu haben aufzubrechen. »Michael hat mir gerade von dem Seahawks-Spiel erzählt. Anscheinend kamen seine Mutter und sein Stiefvater zusammen mit Julia bei Heath vorbei.«

»Tante Julia war da?« Carrie war überrascht. Sie hatte von dieser Entwicklung nichts gewusst und vermutete, dass das auch für ihre Cousinen galt.

Das Grinsen auf Michaels Gesicht erlosch. »Julia ist deine Tante?« Er wartete ihre Antwort nicht ab. »Ich fasse es nicht.« Er schlug frustriert mit den Händen gegen seine Schenkel. »Es gibt kein Entkommen vor dieser Familie. Ich nehme an, es war deine Tante, die dir diesen kuscheligen Job als Concierge verschafft …«

»Moment mal«, unterbrach Eric seinen Freund. »Niemand hat Carrie diesen Job verschafft, und ob er kuschelig ist … Ich möchte einmal sehen, wie du die Arbeit einen Tag lang machst und mir dann erzählst, wie einfach alles ist.«

Michaels Augen weiteten sich, als schockierte es ihn, dass Eric sie in Schutz nahm.

»Und was das Entkommen vor dieser Familie angeht«, fuhr Eric fort, »solltest du die Größe haben, zuzugeben, dass du an der Situation nicht ganz unschuldig bist.«

Michaels Lachen fehlte jeglicher Humor. »Ich nehme an, du hast Carries biestige Cousinen noch nicht kennengelernt?«

»Zufällig doch.«

»Meine Cousinen sind nicht biestig«, warf Carrie ein, um Hillary und Marie zu verteidigen. Sie wollte noch mehr sagen, aber Eric hinderte sie daran.

Stattdessen wandte er sich wieder an seinen Freund. »Du bist heute Nachmittag hergekommen, weil deine Mutter dich gebeten hat, Julia eine Chance zu geben. Bei dir klang es, als wäre es das Schlimmste auf der Welt. Was ist los mit dir, Michael? Ist es dir so wichtig, an deinem Groll festzuhalten, dass du nicht in der Lage bist, nach vorne zu schauen? Dein Dad liebt Julia. Hättest du die beiden jemals zusammen erlebt, dann hättest du das selbst erkannt. Wenn du meinen Rat willst, dann gut, den sollst du haben. Wach endlich auf, Mann, und reiß dich zusammen.«

Carrie blieb der Mund offen stehen. Sie hatte Eric noch nie so sprechen oder so viel auf einmal sagen gehört.

Michael wirkte gleichermaßen verblüfft.

»Außerdem«, fügte Eric hinzu, »wenn du mich zwingst, zwischen unserer Freundschaft und meiner Beziehung mit Carrie zu wählen, dann wirst du dich auf der Verliererstraße wiederfinden.«

Michaels Verblüffung wich einem puren Schock. »Das kannst du nicht ernst meinen. Wir sind seit der Grundschule Freunde. Willst du damit sagen …«

»Genau das.«

Michael legte beide Hände auf den Kopf, als hätte er Mühe, zu glauben, was er da hörte.

»Michael …«, begann Carrie.

Michael hinderte sie am Weitersprechen, indem er den Arm ausstreckte. »Ich muss darüber nachdenken. Eric, du bist mein bester Freund und ein guter Menschenkenner. Aber das hier ist happig.«

Eric legte den Arm um Carries Taille. »Du weißt, was du zu tun hast«, sagte er zu Michael.

Michael nickte. »Ich denke schon.«

Im nächsten Augenblick wandte er sich zum Gehen. Sowie die Tür ins Schloss fiel, drehte sich Carrie in Erics Armen und küsste ihn lange und fest. Eric erwiderte den

Kuss, und o Mann! Sie hatten sich mittlerweile mehrmals geküsst, aber nie so innig, intensiv und aufschlussreich. Eric mochte sie wirklich. Und sie ihn. Ihre Beziehung hatte sich gerade auf eine tiefere Ebene verlagert, worüber Carrie nicht glücklicher hätte sein können.

29

Julia spürte, dass die Taktik mit dem Hinterhalt bei Hillary und Marie nicht aufgehen würde. Was die Mädchen und ihren Vater anging, war die Situation komplizierter als die Feindseligkeit zwischen Julia und Michael und Adam.

Da ihre Töchter Julia nur allzu gut kannten, konnte sie sie nicht einfach einladen und Tee servieren. Das würde sofort alles verraten. Laura erbot sich, alles zu tun, was sie konnte, um zu helfen, dass ihr Plan funktionierte. Obwohl sie mit der Idee grundsätzlich einverstanden war, war Julia überzeugt, dass es das Beste war, wenn sie diesen Teil alleine übernahm. Laura würde ihre Rolle später spielen. Julias Mädchen erreichte man am besten mit Ehrlichkeit und Fairness. Wenn alles so lief, wie sie hoffte, dann konnten sie sich alle später mit Eddie und Laura treffen.

Sie beschloss, ihre Töchter und Carrie in ihr Lieblings-Thairestaurant einzuladen. Die Mädchen willigten gerne ein. Sie einigten sich auf den frühen Samstagnachmittag. Bevor sie das Heritage verließ, gab Heath ihr noch ein paar aufmunternde Worte mit auf den Weg, umarmte sie und übertrug seine Kraft und seine positiven Gedanken auf sie, was sie dringend brauchte. Obwohl sie sich darauf vorbereitet hatte, wie sie am besten an die drei appellierte, hatte Julia immer noch Bedenken. Alles konnte fürchterlich schiefgehen. Es konnte aber auch ein Wendepunkt für die beiden Familien sein und das Wunder bewirken, das Eddie und seine Töchter brauchten.

Julia achtete darauf, als Erste da zu sein. Der Kellner, der sie von vielen Besuchen hier kannte, brachte ihr unaufgefordert eine dampfende Kanne Jasmintee, während sie auf die anderen wartete.

»Mom.« Hillary und Marie kamen zusammen, Carrie nur ein paar Minuten später.

»Was für eine tolle Idee«, sagte Hillary, als sie in die Nische rutschte und Platz für ihre Schwester und Carrie machte.

Julia hatte den Vorwand benutzt, wissen zu wollen, wie es mit der Hochzeit voranging, da ihr klar war, wie sehr Hillary darauf brannte, die jüngsten Neuigkeiten loszuwerden.

Keiner brauchte eine Speisekarte, da alle sie längst kannten und ihre Lieblingsgerichte hatten. »Wie läuft es mit den Hochzeitsplänen?«, fragte Julia, während sie jedem von ihnen aus der Kanne einschenkte.

Hillary strahlte, als sie zu berichten begann. »Alles kommt gut in die Gänge. Blake und ich haben die Fotografin bekommen, die wir wollten. Danke, Mom, sie ist die Beste und liegt preislich weit unter dem, was wir veranschlagt hatten.«

»Es war mir ein Vergnügen.« Julia nippte lächelnd an ihrem Tee.

»Die Torte ist bestellt.«

»Was ist mit dem Menü für den Empfang?«, fragte Carrie.

»Erledigt. Wir können uns Huhn und Lachs leisten, und es gibt natürlich auch etwas für Vegetarier.«

»Und die Blumen?« Julia musterte ihre Tochter aufmerksam. Sie fragte sich, welche Entscheidung sie nach dem Besuch im Laden von Lauras Cousine getroffen hatte.

»Blake und ich haben beschlossen, den Laden zu nehmen, den Laura empfohlen hat«, erwiderte sie, dabei sah sie ihre Schwester und Carrie an.

»Laura?«, fragte Carrie. »Wie Onkel Eddies Frau? Diese Laura?«

Hillary nickte. »Sie hat mir mehrere Nachrichten geschickt. Ich kriege fast jeden Nachmittag eine.«

»Du auch?« Marie klang überrascht, was Julia verriet, dass die beiden Schwestern die Neuigkeiten nicht ausgetauscht hatten. Angesichts der Tatsache, dass sie sich so nahstanden, war das etwas verwunderlich.

Hillary nickte. »Mom ist mit mir in das Blumengeschäft gegangen, das irgendeiner Verwandten von Laura gehört. Ihre Preise waren fair, und ihre Arbeit ist fantastisch. Mom hat es Blake und mir überlassen, ob wir sie nehmen oder nicht. Es war eine schwierige Entscheidung, obwohl Blake der Ansicht war, es wäre dumm, uns gegen die beste Floristin zu entscheiden, zumal wir sie uns leisten können. Ich habe ihm zugestimmt.«

»Du bist wirklich Lauras Empfehlung gefolgt?«, wiederholte Marie, als könnte sie es kaum glauben.

Hillary wirkte ein bisschen verlegen, als hätte sie mit Kritik gerechnet.

»Das ist wunderbar«, lobte Julia ihre Tochter. Sie wollte nicht, dass Carrie oder Marie Hillarys ohnehin schwieriger Entscheidung einen Dämpfer aufsetzten.

»Wartet.« Carrie blickte von Hillary zu Marie. Sie trug diesen großäugigen, geschockten Ausdruck zur Schau. »Habt ihr gerade gesagt, Laura hätte euch beiden Nachrichten geschickt? Wann hat das denn angefangen?«

»Vor ein paar Wochen, schätze ich – warum?«, erwiderte Marie mit einem Anflug von Trotz. Sie warf ihrer Schwester einen Blick zu. »Ich wusste nicht, dass sie dir auch welche geschickt hat.«

Hillary nahm die Gabel von ihrem Platzset und legte sie wieder hin. »Als die erste kam und ich gesehen habe, dass sie von Laura stammte, war ich versucht, sie zu blocken.«

»Warum hast du es nicht getan?«, erkundigte sich Carrie.

Hillary sah aus, als wüsste sie das selbst nicht so recht. »Ich … Wahrscheinlich hätte ich das tun sollen. Ich habe sie Blake gezeigt. Er fand, es würde davon zeugen, dass Laura sich bemüht, und angesichts des Umstands, wie schlecht es zwischen Dad und mir steht, habe ich es laufen lassen.«

»Hast du ihr geantwortet?«

»Nein«, gab Hillary zu.

»Ich auch nicht«, warf Marie ein. »Ich bin anfangs davon ausgegangen, dass es eine einmalige Sache wäre.«

»Das habe ich auch gedacht«, fügte Hillary hinzu. »Dann kam am nächsten Tag noch eine und am Tag danach auch, bis ich tatsächlich gemerkt habe, dass ich darauf warte, ihre blöden Witzchen und all das Zeug zu bekommen. Sie hat nie versucht, meine Mutter zu spielen. Das einzig wirklich Persönliche war der Name ihrer Cousine, der Floristin.«

»Bei mir war es genauso«, sagte Marie. »Ich dachte, dieser erste Text wäre ein Zufall. Ich beschloss, ihn zu ignorieren, und dann kamen sie jeden Tag pünktlich wie ein Uhrwerk.«

»Hast du ihr geantwortet?« Hillarys Frage klang wie eine Herausforderung.

Mit schuldbewusster Miene erwiderte Marie: »Ja, einmal.«

»Was erzählt ihr da?« Carrie wirkte fasziniert. Jeder wusste, wie sehr sich Hillary und Marie gegen alles gewehrt hatten, was mit ihrer Stiefmutter zu tun hatte.

Marie hob in einem halbherzigen Achselzucken die linke Schulter. »Sie hat einen Witz geschickt, der war wirklich gut. Ich habe schallend gelacht. Da habe ich zurückgetextet: Lustig. Es war nur dieses eine Mal.«

Carrie sah Julia an. »Was denkst du, Tante Julia?«

Angesichts der Feindschaft zwischen Laura und Julia war das eine logische Frage. Anscheinend wusste Carrie mehr, als sie durchblicken ließ, aber Julia hatte keine Ahnung, woher.

»Warum sollte ich etwas dagegen haben? Ich war schließlich diejenige, die Laura ermutigt hat, den ersten Schritt zu tun.«

Ihre Worte schlugen wie ein Bleigewicht in der Mitte des Tisches auf.

»*Was?*«, entfuhr es Hillary und Marie gleichzeitig.

Julia stellte ihre kleine Teetasse ab und nickte, als wäre es keine große Sache, dass sie mit der Frau sprach, die sie alle als Familienzerstörerin von Weltklasse betrachteten. Während ihre Töchter sie mit offenem Mund anstarrten, begann sie zu erklären.

»Vor ein paar Wochen bat Laura mich darum, mich mit ihr zu treffen. Das war kurz nach diesem Fiasko mit deinem Vater«, erläuterte Julia an Hillary gewandt. »Ich habe hin und her überlegt, ob ich mich darauf einlassen soll, und wollte erst ablehnen, bis mir klar wurde, dass ich nicht von euch verlangen kann, euch versöhnlich zu zeigen, wenn ich es nicht selbst tue. Da ich nicht wusste, was ich denken sollte, willigte ich ein.«

Sie konnte sehen, dass die Mädchen fasziniert waren, und so fuhr sie fort: »Laura war genauso nervös wie ich. Ja, zwischen uns herrscht böses Blut, und ich gebe zu, dass es schwer für sie war, um dieses Treffen zu bitten.«

»Der Frau fehlt es nicht an Chuzpe«, murmelte Marie. Sie gebrauchte ein Wort, das ihr Vater oft im Munde führte.

Julia berichtete von der Peinlichkeit dieser ersten Begegnung und dem, was sich danach ereignet hatte. Sie beobachtete, wie die Neuigkeiten dieselbe Wirkung auf ihre Töchter hatten wie auf sie. »Laura bot an, alles zu tun, was sie konnte, um Eddies Beziehung zu euch Mädchen zu kitten, und versprach, nicht zur Hochzeit zu kommen.«

»Ohne sie wird auch Dad wegbleiben.« Hillary schüttelte nachdrücklich den Kopf.

»Was ich zu bedenken gegeben habe«, fügte Julia hinzu. »Ich habe auch gefragt, wieso sie nie Kontakt zu einer von euch aufgenommen hat. Es hätte vielleicht geholfen, wenn sie es irgendwann einmal versucht hätte.«

»Was hat sie gesagt?«, fragte Marie mit offener Neugier.

Julia freute sich über das Interesse ihrer Tochter.

»Laura gab zu, dass sie Angst hatte, zurückgewiesen zu werden.«

»Nun ja«, meinte Carrie mit mehr als nur einem Anflug von Bockigkeit. »Davor sollte sie auch Angst haben.«

Hillary runzelte die Stirn. »Du warst es, die vorgeschlagen hat, dass sie mit diesen Textnachrichten anfängt, nicht wahr, Mom?«

Julia seufzte, bevor sie antwortete. »Ich weiß, du denkst, ich hätte mich weigern sollen, ihr zu helfen. Das Problem ist, Laura hatte keine Ahnung, wo und wie sie anfangen sollte. Sie hat Söhne, keine Töchter, und stand komplett auf dem Schlauch. Ich habe ihr geholfen, die ersten paar Texte zu verfassen.«

»Seid ihr jetzt Busenfreundinnen, oder was?«, fragte Hillary.

»Nicht unbedingt. Wir haben uns ein paar Mal getroffen, geredet und Pläne geschmiedet, alle wieder zusammenzubringen.«

Die verwirrten Ausdrücke auf den Gesichtern der Mädchen waren fast komisch. Es war gut, dass just in diesem Moment der Kellner kam. Er notierte ihre Bestellungen, was den hypnotischen Blick ihrer Töchter von Julia losriss.

»Habe ich das richtig verstanden?«, fragte Hillary. »Dad, Laura und ihre Ekelpakete von Söhnen waren alle gleichzeitig bei Heath?«

»In derselben Wohnung?«, wollte Marie wissen.

»Im selben Zimmer?« Das kam von Hillary.

»Ja.«

»Ist Blut geflossen?«

Julia lachte. »Nein. Als Michael und Adam sahen,

dass Laura und ich unsere Differenzen beigelegt haben, baten sie um Bedenkzeit. Seitdem habe ich von Michael gehört …«

»Wirklich?«, entfuhr es Carrie. »Was hat er gesagt?«

Julia war verwirrt. »Was weißt du davon?«

»Ja … lange Geschichte. Weiter, was hat er gesagt?«

»Heath' Söhne sind beide bereit, mir eine Chance zu geben.«

Marie schnaubte. »Wie großzügig, dir eine Chance zu geben und all das.«

»Angesichts der Umstände, ja.« Julia weigerte sich, Michaels und Adams Bereitschaft, über frühere Verletzungen und Kränkungen hinwegzusehen, kleinzureden.

»Entscheidend ist«, sie richtete ihre Aufmerksamkeit auf ihre älteste Tochter, »dein Vater kann ein Idiot sein. Laura weiß das so gut wie ich, und sie wollte unbedingt etwas tun … irgendetwas, um ihm zu helfen, die Fehler, die er mit euch gemacht hat, wieder auszubügeln.«

»Dad kann wirklich ein Idiot sein«, stimmte Marie zu.

»Da sagst du was«, murmelte Hillary.

Julia freute sich darüber, wie gut das Gespräch zu verlaufen schien. »Diese alberne Idee, seine Freunde einzuladen, und die Sitzordnung waren sein stümperhafter Versuch zu helfen«, sagte sie. »Euer Dad wollte niemanden kränken. Ich glaube ernsthaft daran, dass er angesichts der Umstände einen Weg gesucht hat, es allen recht zu machen.«

»Okay, das kann ich ihm zugestehen, aber als er Heath ausgeschlossen hat, war das eine Beleidigung für dich und schlichtweg falsch.«

»Es wird dich freuen zu hören, dass dein Vater und

Heath zu einem Einverständnis gelangt sind. Sie werden nicht zusammen Golf spielen oder so, aber sie vertragen sich.«

»Dad schuldet Heath eine Entschuldigung.«

Carrie kniff die Augen zusammen und fragte: »Mal sehen, ob ich das alles richtig verstanden habe. Tante Julia und Laura reden miteinander. Wäre es übertrieben zu sagen, ihr geht freundlich miteinander um?«

»Ganz und gar nicht«, erwiderte Julia.

»Das haut mich um.«

»Dich?« Hillary schüttelte den Kopf. »Uns alle.«

»Und«, fügte Carrie mit Nachdruck hinzu, da sie sich offenbar von ihrem Gedankengang nicht trennen wollte. »Heath' Söhne haben akzeptiert, dass Tante Julia mit ihrem Dad zusammen ist.«

»Außerdem«, warf Marie ein, als es aussah, als wäre Carrie fertig, »besteht nicht mehr die Gefahr, dass Dad und Heath sich gegenseitig umbringen.«

»So weit ist es nie gegangen.« Julia fühlte sich verpflichtet, sie zu korrigieren.

»Wow, das ist viel zu verdauen«, murmelte Hillary.

»Wie wahr«, bestätigte Marie.

Ihr Essen wurde gebracht, und Julias Töchter und Carrie blickten auf die dampfenden Teller, als fragten sie sich, wie sie nach derart erstaunlichen Nachrichten etwas essen sollten.

Julia griff unbeirrt nach ihrer Gabel.

»Wie geht es von hier aus weiter?«, fragte Marie.

Nachdem sie den ersten Bissen hinuntergeschluckt und den Geschmack von Basilikum und Curry ausgekostet hatte, sagte Julia: »Das liegt an euch.«

Hillary wirkte, als wäre sie eine Million Meilen weg. »Dad hat geweint?«, griff sie einen Teil ihres früheren Gesprächs wieder auf. »Ich habe noch nie erlebt, dass Dad weint, noch nicht einmal, als sein Vater gestorben ist.«

»Das sagt dir, wie sehr er sich diese verfahrene Situation zu Herzen nimmt, nicht wahr?« Julia ließ ihre Tochter ihre eigenen Schlüsse ziehen.

Hillary gab keine Antwort. Sie griff nach ihrer Gabel. Ihr Telefon piepte und kündigte eine Textnachricht an.

Maries piepte zur selben Zeit.

Julia ahnte, dass die Nachricht wahrscheinlich von Laura kam.

Hillary griff nach ihrem Telefon, Marie ebenfalls. Sie lasen die Nachricht und wechselten prompt einen Blick.

»Was ist?«, fragte Carrie.

»Sie ist von Laura«, erklärte Marie.

»Meine auch«, sagte Hillary.

»Noch ein Witz?«, erkundigte sich Carrie.

»Nein. Sie fragt, ob Marie und ich zum Dinner kommen.«

»Geht ihr hin?«

Julia fuhr fort, ihre Mahlzeit zu genießen, als sich alle drei Gesichter zu ihr wandten und sie ansahen, als suchten sie ihren Rat.

»Mom? Sollen wir?«

»Guckt nicht mich an«, entgegnete Julia. »Das ist eure Entscheidung.«

»Aber …«

»Nichts aber.«

»Wenn jemand meine Meinung hören möchte«, sagte Carrie, »ihr solltet hingehen, und ich komme mit.«

30

Carrie war nicht sicher, was sie dazu bewogen hatte, darauf zu bestehen, ihre Cousinen zum Dinner bei Laura zu begleiten. Sowie das Angebot über ihre Lippen gekommen war, hatte sie ihre Meinung geändert, und dann hatten Hillary und Marie behauptet, ohne sie würden sie auch nicht gehen. Anscheinend musste sie als moralische Unterstützung mitkommen.

Hillary schickte Laura eine Antwort und teilte ihr mit, dass Carrie auch mit von der Partie sein würde. Sie musste sie auf eine Art formuliert haben, die andeutete, dass es sie alle nur im Paket gab. Kaum hatte sie die Nachricht abgeschickt, kam auch schon das Okay. Onkel Eddie beharrte darauf, dabei sein zu wollen, und statt sich in einem Restaurant zu treffen, wurden sie zu ihm und Laura nach Hause eingeladen. Danach entspann sich zwischen den dreien eine lange Diskussion, und sie beschlossen, zuzustimmen, da Laura auch Carrie mit einschloss.

Früh an demselben Abend fuhren sie gemeinsam hin. Hillary saß am Steuer. Blake war ebenfalls eingeladen worden, hatte aber leider andere Pläne, die so kurzfristig nicht geändert werden konnten.

Zumindest behauptete er das.

Carrie gewann den Eindruck, dass Blake sich wünschte,

Hillary würde erst mit ihrem Vater Frieden schließen, bevor er dazustieß. In Anbetracht der Vorgeschichte von Vater und Tochter konnte sie seine Zurückhaltung verstehen.

Als sie bei Eddie ankamen, parkte Hillary am Bordstein vor dem einstöckigen Haus im gehobenen Stil. Carrie wusste, dass weder Hillary noch Marie vor dem heutigen Abend einen Fuß hineingesetzt hatten.

Hillary stellte den Motor ab, aber niemand machte Anstalten auszusteigen.

»Bist du bereit dafür?«, fragte Marie niemanden und alle.

»Ich weiß es nicht«, gestand Hillary. Sie klang unschlüssig.

»Ist Laura eine schlechte Köchin?«, fragte Carrie in der Hoffnung, die Stimmung aufzulockern. »Zögert ihr deswegen?«

»Oh, um Himmels willen, hier geht es nicht ums Essen«, fauchte Hillary.

Carrie kicherte. »Ich weiß. Kommt schon, ich habe gesehen, wie euer Dad die Vorhänge zurückzieht und hinausspäht.« Sie hatte nichts dergleichen gesehen, sie fürchtete nur, ihre Cousinen würden die ganze Nacht im Auto sitzen bleiben, wenn sie sie nicht zum Handeln drängte.

»Du hast recht. Wir sollten reingehen.« Marie öffnete als Erste die Autotür.

»In einer Million Jahren hätte ich nicht gedacht, dass ich das einmal tun würde«, murmelte Hillary verhalten. Sie klang immer noch, als hätte sie Bedenken.

Carrie hatte das Gefühl, ihre Cousinen wünschten

sich sehnlichst, die Beziehung zu ihrem Vater zu kitten, aber Stolz und das Gefühl, verraten worden zu sein, hatten sie blockiert. Sie hatten beide einen langen Weg zurückgelegt, seit Hillary und Blake ihre Verlobung verkündet hatten.

Als sie auf die Vordertür zugingen, wurde diese aufgerissen, bevor sie Gelegenheit hatten zu klingeln. Onkel Eddie stand mit großen Augen und lächelnd im Eingang.

»Hi, Dad«, flüsterte Marie. Ihre Stimme brach vor aufwallenden Emotionen.

Onkel Eddie breitete die Arme aus, und Marie ging auf ihn zu und schlang ihre Arme um seine Mitte. Carries Onkel umarmte seine Tochter und schloss dann langsam die Augen, als hätte er die letzten sechs Jahre auf diesen Moment gewartet und dafür gebetet.

Er gab Marie frei, die zur Seite trat. Dann sah er Hillary an und breitete mit Tränen in den Augen erneut die Arme aus.

Hillary zögerte, und obwohl es vielleicht falsch von ihr war, stupste Carrie sie von hinten an und stieß sie leicht ins Kreuz.

Hillary trat einen stockenden Schritt vor, ging zu ihrem Dad und erlaubte ihm, sie nach Marie zu umarmen.

Als ihr Onkel und ihre Cousine sich voneinander lösten, bemerkte Carrie, dass Eddie Tränen in den Augen hatte. Er wischte sich übers Gesicht und verschmierte dabei die Feuchtigkeit auf seinen Wangen. Mit einem weiteren Schniefen lächelte er seine Töchter breit an.

»Ich dachte, ich würde nie wieder die Gelegenheit bekommen, euch zu umarmen.« Seine Stimme zitterte, als er die Worte flüsterte.

»Du hast es uns nicht leicht gemacht, Dad«, erinnerte Hillary ihn.

»Ich weiß. Ich weiß. Es tut mir leid. Ich hätte nie …« Er brachte den Satz nicht zu Ende, weil Hillary ihn unterbrach.

»Bitte sag nichts mehr.«

Seine Augen weiteten sich überrascht. »Warum nicht? Ich wollte euch versichern, wie leid es mir tut.«

»Ich verstehe schon – du bedauerst das Ganze, aber jedes Mal, wenn du den Mund aufmachst, scheinst du alles nur noch schlimmer zu machen. Also lass es gut sein mit deinen Beteuerungen, dass es dir leidtut.«

»Das nenne ich mal eine kluge Tochter«, sagte Laura, als sie sich zu ihnen gesellte. Sie blieb neben Eddie stehen und lächelte zaghaft. »Ich möchte euch alle gerne bei uns zu Hause willkommen heißen.«

»Danke«, erwiderte Marie.

»Und herzlichen Glückwunsch zu deiner Verlobung, Hillary.«

Ihre Cousine erstarrte und hob nach einem angespannten Moment leicht das Kinn. »Danke.«

»Wann lerne ich Blake denn kennen?«, erkundigte sich Onkel Eddie. »Wenn dieser junge Mann meine Tochter heiraten wird, will ich ein offenes Gespräch mit ihm führen.«

Laura schlang den Arm um den Ellbogen ihres Mannes. »Kleine Schritte, Edward. Kleine Schritte. Hillary wird ihn dir vorstellen, sobald sie dazu bereit ist, und nicht eher.«

»Richtig.« Er nickte. »Ich muss an die kleinen Schritte denken … winzige Schritte, einen nach dem anderen.«

»Ich bin Carrie«, sagte sie, da scheinbar niemand sie vorstellen wollte.

»Willkommen, Carrie. Ihr drei seht euch so ähnlich, dass ihr Schwestern sein könntet.«

»Das hören wir oft«, gab sie zurück. Und es stimmte. Die Familienähnlichkeit war groß.

»Kommt bitte herein«, sagte Laura und führte sie ins Wohnzimmer. Es war geschmackvoll eingerichtet, aber lange nicht das, was ihre Tante aus dem Raum gemacht hätte. Laura war auf diesem Gebiet nicht annähernd so talentiert wie Julia.

Auf dem Kaminsims standen Familienfotos von Laura mit ihren Söhnen, einzelne Fotos von Hillary und Marie sowie einige weitere, die ihren Onkel mit seinen Töchtern zeigten.

Carrie war nicht die Einzige, die die gerahmten Fotos bemerkte. Als würde er ihre Gedanken lesen, sagte Onkel Eddie: »Und nein, ich habe sie nicht erst heute aufgestellt. Sie stehen seit dem Tag, an dem Laura und ich in dieses Haus gezogen sind, auf dem Kaminsims.«

Als Lauras Name fiel, richteten sowohl Hillary als auch Marie ihre Aufmerksamkeit wieder auf die andere Frau. Carrie wusste nicht, was sie wollten, sie schienen darauf zu warten, dass sie etwas sagte.

Laura setzte sich auf die Sessellehne. Ihre Hand ruhte auf Eddies Schulter. »Mir ist bewusst, dass wir einen denkbar schlechten Start hatten, und ich möchte mich für die Dinge entschuldigen, die ich gesagt und getan habe und die einen Keil zwischen euch und euren Vater getrieben haben. Er liebt euch beide sehr.«

»Hast du dich auch bei unserer Mutter für das entschuldigt, was du zu ihr gesagt und was du ihr angetan hast?«

Laura stieg das Blut in die Wangen. »Ja, und nobel, wie sie ist, hat Julia mir verziehen. Es war eine stressige Zeit, und ich habe mich schlecht benommen. Ich hoffe, ihr könnt euch auch dazu durchringen, mir zu verzeihen. Und wenn ihr dazu bereit seid, hätte ich gern eine zweite Chance.«

Niemand sagte etwas darauf, und Carrie hatte Angst, was als Nächstes passieren würde. Endlich, als sie schon überzeugt war, Julias und Lauras gesamte Bemühungen würden zu nichts führen, ergriff Marie das Wort.

»Ich bin bereit, es zu versuchen.«

Onkel Eddie sah Hillary an. »Und du?«, fragte er.

Carrie hörte die Sehnsucht und die Furcht aus seiner Stimme heraus, als wäre er gleichzeitig ängstlich und voller Hoffnung.

Hillary nickte. »Wenn meine Mutter willens ist, die Vergangenheit hinter sich zu lassen, dann kann ich das auch, schätze ich.«

»Danke«, flüsterte Laura.

Carrie war sich nicht sicher, aber sie meinte, gesehen zu haben, wie sie Tränen wegzwinkerte.

»Eines möchte ich aber doch klarstellen.« Hillarys Stimme klang hart. »Ich weigere mich, etwas mit deinen beiden Söhnen zu tun zu haben.«

Onkel Eddie lachte bellend auf.

»Das ist nicht komisch, Dad.«

»Stimmt. Das wäre es auch nicht, wenn nicht Michael und Adam dasselbe über euch beide gesagt hätten.«

Hillary fand das offenbar überhaupt nicht lustig. »Du

solltest wissen, dass es eher in der Hölle schneit, als dass wir vier uns gut verstehen werden. Nimm es mir nicht übel, Laura, aber deine Söhne sind …« Ihr schienen die richtigen Worte zu fehlen.

»Barbaren«, half Marie nach.

»Ich nehme es dir nicht übel«, sagte Laura. »Wenn es darum geht, mich zu beschützen, mutieren meine Jungen zu Alphamännchen. Normalerweise sind sie die reinsten Miezekätzchen.«

»Du meinst Straßenkater, nicht? Wilde Straßenkater.«

Laura war gutmütig genug, um zu lachen. »Das könnte man so sagen. Keine Sorge, Mädels, Michael und Adam wollen sich genauso wenig mit euch abgeben wie ihr euch mit ihnen. Vielleicht eines Tages …«

»Verlass dich besser nicht darauf«, sagte Hillary.

Da diese Wendung des Gesprächs auf eine Straße voller Schlaglöcher führen konnte, beeilte sich Carrie zu fragen: »Kann ich irgendwie beim Dinner helfen?«

»Danke, Carrie, aber ich habe alles fertig.«

Zu ihrer Überraschung verlief das Essen gut, die Unterhaltung konzentrierte sich auf Hillary, Marie und die Hochzeit. Gerade als das Dessert serviert werden sollte, sah Onkel Eddie Hillary an.

»Wenn du mich von der Hochzeit ausschließen willst, verstehe ich das. Wichtig ist, dass du und Blake glücklich seid. Ich liebe dich und bin stolz darauf, dein Dad zu sein. Jetzt, wo das Eis gebrochen ist und wir miteinander reden, kann ich nur beten, dass wir es schaffen, nach vorne zu schauen. Laura hat versprochen, mir zu helfen, nicht dauernd ins Fettnäpfchen zu treten, und ich werde mir größte Mühe geben, der beste Dad, Schwiegervater und hoffentlich eines Tages der bestmögliche Opa zu sein.«

Carrie registrierte, wie Hillary mühsam schluckte, als sich ihre Augen mit Tränen füllten.

»Ich möchte mehr als alles andere, dass du zu meiner und Blakes Hochzeit kommst, Dad.«

Onkel Eddie blickte in Lauras Richtung.

»Und, Laura …« Hillary brach ab, und Carrie wusste, wie schwer ihr die nächsten Worte fielen. »Du bist auch herzlich eingeladen, wenn du möchtest.«

Laura nickte, und Carrie sah der anderen Frau erneut an, dass sie mühsam die Tränen zurückhielt. »Danke«, flüsterte Laura, dabei bedachte sie Eddie mit einem Lächeln.

Carrie wusste, dass dies ein bahnbrechender Moment war. Sicher, vor Onkel Eddie, Hillary und Marie lag noch ein langer Weg, der ab und an steinig sein würde. Trotzdem war sie zuversichtlich, dass ihre Cousinen glücklich waren, ihren Vater wieder in ihrem Leben zu haben, und Laura eine Chance geben würden.

Die Zeit würde es zeigen.

Und die Hochzeit.

31

Endlich war der lang ersehnte Tag von Hillarys und Blakes Hochzeit gekommen. Julia war den ganzen Tag emotional aufgewühlt gewesen. Jetzt waren sie in der Kirche, und Hillary zog sich mit ihrer Schwester, Carrie und den anderen Brautjungfern in einem Raum neben der Sakristei um.

Das Brautmodengeschäft hatte eine Frau geschickt, um Hillary anzukleiden. Mit den ausgewählten Brautjungfern und allen anderen war der Raum ziemlich voll geworden. Da sie nicht gebraucht wurden, suchten sich Julia und Amanda eine ruhige Ecke draußen in der Halle und setzten sich auf eine Bank. Julia hatte Mühe, die Tränen zurückzuhalten.

Amanda reichte ihr ein weiteres Taschentuch, das Julia vorsichtig unter ihre Augen drückte, damit die Tränen nicht ihr Make-up ruinierten. Nachdem sie eine Stunde lang bei der Kosmetikerin gesessen hatte, war sie entschlossen, die harte Arbeit der Frau nicht zu zerstören.

»Wenn du jetzt schon so nah am Wasser gebaut hast, wie soll das denn erst bei der Zeremonie werden?«, fragte Amanda. Ein Lächeln spielte um ihre Lippen.

»Warte nur ab«, warnte Julia, dabei drohte sie ihrer Schwester mit dem Finger. »Mal sehen, wie du reagierst, wenn Carrie die Braut ist.«

»Weißt du noch, wie Mom auf unseren Hochzeiten war?«, erinnerte Amanda Julia an die Reaktion ihrer eigenen Mutter auf ihre jeweiligen Hochzeitstage. »Man hätte denken können, sie nähme an einer Beerdigung teil.«

»Und wir haben uns geschworen, nie wie unsere Mutter zu werden.« Julia lachte und weinte gleichzeitig.

»Spieglein, Spieglein an der Wand, wir sind ganz wie Mutter, wie jetzt erkannt«, sang Amanda.

Julia brach in Gelächter aus. »Wie wahr, wie wahr.«

Eddie kam zu ihnen. Er fühlte sich in seinem Smoking und dem gestärkten weißen Hemd sichtlich unwohl. Normalerweise kleidete er sich für den Golfplatz, und dies war nicht seine gewohnte Aufmachung. Er schritt nervös vor Julia und Amanda auf und ab.

»Ist Hillary schon fertig?«, fragte er.

»Geduld, Eddie.« Es würde noch eine gute halbe Stunde dauern, bis alle saßen.

»Warum bist du so nervös?«, zog Amanda ihn auf.

Eddie blieb stehen und fuhr mit den Fingern durch sein sorgfältig gekämmtes Haar. »Ich weiß nicht, ich bin es einfach. Es fällt mir schwer zu glauben, dass das neugeborene Mädchen, das ich in den Armen gehalten habe, im Begriff steht, eine Ehefrau zu werden.«

»Ich weiß«, flüsterte Julia und zog ein weiteres Taschentuch aus dem Päckchen, das ihre Schwester in der Hand hielt. Sie schniefte. »Wie albern. Heute ist ein glücklicher Tag.«

Für Julia war dieser Tag viel mehr, als sie sich je erhofft hatte. Selbst jetzt konnte sie dem zerbrechlichen Waffenstillstand zwischen den beiden Familien kaum trauen.

Wie dankbar sie Laura dafür war, dass sie diesen ersten unangenehmen Schritt getan und sich mit ihr in Verbindung gesetzt hatte. Das hatte einen Neuanfang für die beiden Familien eingeläutet.

Trotz Julias zahlreichen Versuchen, ihre Töchter und ihren Vater zu versöhnen, hatte die letzte Frau, von der sie dies je angenommen hätte, es geschafft, diese schier unlösbare Aufgabe anzugehen.

Laura erschien, sie sah in ihrem rostroten Kleid reizend aus. Früher hatte Julia allein schon den Gedanken an die andere Frau kaum ertragen. Heutzutage betrachtete sie Laura mit ganz anderen Augen. Zwar würden sie nie enge Freundinnen werden, aber zum Glück hatten sich das Misstrauen und die Abneigung gelegt. Julias Ansicht nach kam dies einem modernen Wunder so nah, wie es eben ging. Ihre einzige Hoffnung bestand jetzt darin, dass sich auch ihre Kinder irgendwann in der Zukunft akzeptieren würden.

Die Nachricht kam, dass die Hochzeit beginnen konnte. Laura ging und nahm ihren Platz in der Bank auf der anderen Seite des Ganges von Heath ein.

Hillary erschien. Julia betrachtete ihre schöne Tochter liebevoll und blinzelte neue Tränen zurück.

»Mom.« Hillary lachte beinahe laut auf. »Warum weinst du denn?«

Da sie kein Wort herausbrachte, schüttelte sie nur den Kopf. Das Gefühl ging viel tiefer als der Anblick der schönen Frau, zu der ihre Tochter geworden war. Es lag daran, dass sie alle zusammen waren und es nur Liebe gab. Der Groll war fort, sie waren wieder eine Familie, vielleicht nicht auf die traditionelle Weise, aber dennoch eine Familie, um die Tochter geschart, die sie zusammen geschaffen hatten.

»Dad?« Hillary seufzte. »Du auch?«

Eddie wischte sich über die Augen. Julia war nicht all die Jahre über mit ihm verheiratet gewesen, um nicht zu wissen, dass er ähnliche Gedanken hegte wie sie. Es waren Tränen der Dankbarkeit, dass Hillary und Marie ihn und Laura akzeptierten und bereit waren, eine Beziehung zu ihnen aufzubauen.

»Du bist so … schön«, flüsterte Eddie gebrochen.

Hillary tat seine Worte mit einem Lachen ab. »Das sollte ich wohl, wenn man bedenkt, was du für dieses Kleid bezahlt hast.«

»Es war jeden Penny wert.«

Amanda ging davon und wurde zu Robert und ausgesuchten Familienmitgliedern und Freunden gesetzt. Die Brautjungfern reihten sich hinter Julia auf. Blakes Großmutter nahm als Erste Platz, dann wurde Julia von Blakes jüngstem Bruder in den vorderen Teil der Kirche geführt, gefolgt von seiner Mutter und einem weiteren von Blakes Brüdern. Blakes Zwillingsbruder Bradley stand neben Blake am Altar, er fungierte als Trauzeuge.

Die Orgel stimmte Pachelbels Kanon an, die traditionelle Musik, wenn die Braut erschien, und nach den Brautjungfern und der Ehrenbrautjungfer schritten Hillary und ihr Vater langsam durch den Mittelgang der Kirche.

Heath griff nach Julias Hand und hielt sie fest in der seinen. Sie lächelte zu ihm hoch, übermannt von einer Freude, mit der sie so nicht gerechnet hatte.

Als Vater und Tochter sich Blake näherten, drehte

sich Hillary zu ihrem Vater, doch statt des traditionellen Kusses umarmte sie Eddie und flüsterte: »Ich liebe dich, Dad.«

»Ich liebe dich auch, Kleines. Immer schon, und das werde ich auch immer tun.«

Als Hillary und Blake sich das Jawort gaben, dachte Julia all die Jahre zurück zu dem Tag, an dem sie als junge Braut neben Eddie gestanden hatte. Auch sie hatten sich geliebt und darauf gebrannt, ihr gemeinsames Leben zu beginnen. Sie hatte gedacht, ihre Liebe würde ein Leben lang halten. Sie schielte zu ihm und registrierte, dass er sie ansah.

Den Mann, den sie einst von ganzem Herzen geliebt hatte, anzuschauen, ohne die furchtbare Traurigkeit des Verlusts zu spüren, war ein kostbarer Moment. Sie hatte die Scheidung nie gewollt, hätte gerne auf eine Versöhnung hingearbeitet, aber es hatte nicht sein sollen. Wie ihr Vater sie so oft ermahnt hatte: *Es ist besser so.*

Sie riss den Blick von Eddie los, sah zu Heath hoch und merkte, dass er sie aufmerksam beobachtete, bevor seine Augen zu Eddie wanderten. Für den Fall, dass er fürchtete, sie wolle Eddie zurückhaben, lehnte sie sich zu ihm und legte ihm den Arm um die Mitte. Er blickte auf sie hinunter. Seine Augen standen voller Fragen.

»Liebe dich«, formte sie mit den Lippen.

Die Furchen auf seiner Stirn verschwanden, und er lächelte. »Liebe dich«, gab er zurück und legte den Arm um ihre Schultern. Julia presste den Kopf gegen die Seite seines Arms.

In ihrer Welt war alles in Ordnung. Sie hatte nicht damit gerechnet, noch einmal Liebe zu finden, und sie wusste, dass es Heath ebenso erging. Ihre Begegnung war schicksalhaft gewesen; hatte sich ereignet, als sie am wenigsten erwartet hatten, jemanden zu finden.

Die Unglaublichkeit, erfahren zu müssen, dass ihre früheren Ehepartner miteinander verheiratet waren, hatte sie beide böse erschüttert. Eine Zeit lang hatten sie gezögert, bis sie erkannt hatten, nicht zulassen zu können, dass ihre Beziehung von anderen beherrscht wurde.

Als die Zeremonie vorüber war, fuhr Heath Julia zu dem Empfang. Nachdem er ihr auf den Beifahrersitz geholfen hatte und ebenfalls eingestiegen war, sah er sie an.

»Das war eine schöne Hochzeit.«

»Ja«, stimmte sie zu.

»Ich habe mir gedacht … weißt du, das tue ich manchmal, und mir scheint, weißt du, dass wir zwei gut miteinander auskommen und, weißt du …«

»Heath? Was, um Himmels willen …« Er stolperte über seine eigenen Worte und wiederholte ständig »Weißt du«, ohne dass sie eine Ahnung hatte, was sie überhaupt wissen sollte. »Was ist denn los?«

Er lehnte den Kopf gegen die Nackenstütze und seufzte tief. »Ich bin nervös.«

»Weswegen?«

»Wegen all dem«, sagte er, als verstünde sich das von selbst.

»Der Hochzeitsempfang und das Dinner? Es ist alles geregelt. Laut Sitzordnung sitzen wir nebeneinander und …«

»Nicht das«, unterbrach er und beschrieb eine unverbindliche Geste. »*Das?*«

»O-k-a-y.« Sie zog das Wort in die Länge. »Nur weiß ich nicht, was *das* ist.«

Er beugte sich weit genug vor, um die Stirn gegen das Lenkrad zu pressen. »Ich vermassele es, und dafür entschuldige ich mich. Ich habe alles geplant, was ich sagen wollte, und jetzt, wo der Moment da ist, kriege ich die Worte nicht heraus und meine Zunge ist wie gelähmt.«

»Atme tief durch und fang am Anfang an«, riet sie.

Er folgte ihrem Vorschlag. »Ich vermurkse alles. Verzeih mir.«

»Es gibt nichts zu verzeihen, Heath. Sag mir, was dir auf der Seele liegt.«

Er nickte, holte Atem und begann erneut. »Mir ist klar, dass du dein Leben hast und ich meines und dass alles gut war.«

»Ja, das war es.«

»Die Sache ist die. Ich finde, dass jede Minute, die ich nicht bei dir bin, zu lang ist. Ich möchte dich jede Minute des Tages bei mir haben.«

»Das wäre schön, ist aber nicht möglich.«

»Das wäre es, wenn wir verheiratet wären.«

Also *das* war es! Das, was er zu sagen versucht hatte. Sie hatte nicht begriffsstutzig sein wollen, aber sie hatte auch keine Vermutungen anstellen wollen.

»Mir ist bewusst, dass es um mehr geht, als dich zu lieben«, fuhr er fort. »Da ist das Problem mit unseren Kindern, die sich nicht mögen. Ich glaube zuversichtlich, dass es sich im Lauf der Zeit von selbst löst, wenn wir Geduld haben. Du müsstest deine Wohnung verkaufen, und dann ist da noch die Zusammenlegung unserer Finanzen oder auch nicht, ganz wie du willst. Zweite

Ehen können kompliziert sein. Tatsache ist, Julia, ich bin bereit, jedes Hindernis zu beseitigen, das du aufstellst, um dich davon zu überzeugen, dass wir füreinander bestimmt sind. Ich habe es ernst gemeint, als ich gesagt habe, ich will keinen weiteren Tag mehr ohne dich leben. Ich liebe dich und möchte dich für den Rest meines Lebens an meiner Seite haben.«

Er brach ab, holte tief Luft und fuhr fort, sie erwartungsvoll anzusehen und auf ihre Antwort zu warten.

So überraschend dieser Antrag kam und so viel es zu bedenken gab, ihr Herz schrie ihr zu, ihn anzunehmen. Trotzdem ging es um mehr als nur Liebe, wie er gesagt hatte.

»Julia, bitte sag mir, was du fühlst.«

»Im Moment bin ich überwältigt«, flüsterte sie. In ihrem Kopf arbeitete es mit Lichtgeschwindigkeit. »Kann ich darüber nachdenken?«

»Natürlich.«

Später nach dem Dinner, als die Musik einsetzte und Eddie und Hillary den ersten Tanz tanzten, führte Heath Julia auf die Tanzfläche aus poliertem Holz.

Als er sie in die Arme zog, blickte sie zu ihm hoch und wusste sofort, was ihr Herz ihr die ganze Zeit über gesagt hatte. Sie liebte ihn, und nur Gott wusste, wie viele Jahre ihnen noch blieben. Zehn? Zwanzig? Dreißig? Die Anzahl war unwichtig, was zählte, war, dass sie diese Jahre mit Heath verbringen würde.

Sie lächelte zu ihm hoch. Ihre Blicke trafen sich. »Ich habe meine Antwort«, flüsterte sie ihm ins Ohr, als er sie in den Armen hielt.

Er richtete den Blick auf sie, hob hoffnungsvoll die Brauen und wartete auf besagte Antwort.

»Ich liebe dich wie verrückt, Heath Wilson. *Verrückt* ist das Schlüsselwort. Aber genau wie du möchte ich keine Minute mehr ohne dich leben.«

»Ist das ein Ja?«

»Ganz eindeutig.«

Und dann, mitten auf einer überfüllten Tanzfläche, umschlossen Heath' Hände ihr Gesicht. Er hielt mit dem Tanzen inne und küsste sie vor den Augen aller Teilnehmer des Empfangs. Der Mann, der öffentliche Zurschaustellungen von Gefühlen sonst immer missbilligte, küsste sie, als gäbe es kein Morgen. Er bog sie nach hinten und küsste sie, als ginge es um Leben und Tod.

Als sie sich voneinander lösten, schlug ihnen eine Welle von Beifall entgegen.

Das Leben konnte gar nicht besser werden, sinnierte Julia.

Epilog

»Mom.« Hillary stürmte mit rotem Gesicht und erhobener Stimme in die Wohnung.

Julia blickte von dem Rezept auf, das sie in der Küche studierte. Sie hatte sich, schon bevor sie Heath geheiratet hatte, mit den Geräten vertraut gemacht. Ihr Mann traf sich mit Klienten, und sie hoffte, das Dinner fertig zu haben, wenn er zurückkam.

»Meine Güte, Hill, was ist denn los?«, fragte sie und legte das Kochbuch beiseite.

Ihre Tochter verschränkte die Arme und seufzte tief. »Es geht um Blake?«

»Schon Schatten im Paradies?« Ihre Tochter war seit neun Monaten verheiratet, und soweit Julia es beurteilen konnte, waren Blake und Hillary glücklich. Ganz sicher wirkten sie so.

»Nein … nicht wirklich. Es ist kompliziert.«

»Dann erzähl mir, was dich so aufgebracht hat.« Sie kam um die Kücheninsel herum und ging zu ihrer Tochter ins Wohnzimmer. Julia und Heath hatten knapp einen Monat nach Hillarys und Blakes Hochzeit geheiratet. Ihre Wohnung war in der ersten Woche, nachdem sie auf den Markt gekommen war, verkauft worden. Carrie hatte sich als ausgezeichnete Concierge erwiesen. Sie bezweifelte, dass die Hausverwaltung eine bessere finden konnte, und Carrie hatte als Würdigung ihrer guten Arbeit eine beträchtliche Gehaltserhöhung bekommen. Außerdem trug sie einen Verlobungsring. Eric hatte ihr am Valentinstag einen Antrag gemacht, und sie hatte ihn angenommen. Die Hochzeitspläne waren im Gange, und Amanda war außer sich vor Freude, ihre Tochter unter die Haube zu bekommen.

»Blake und Dad haben zusammen Golf gespielt.«

»Das habe ich gehört.« Eddie hatte sich als großartiger Schwiegervater erwiesen und Blake unter die Fittiche genommen, vor allem auf dem Golfplatz. Die beiden spielten oft.

»Was ich bis heute nicht wusste, ist, dass es ein Vierer mit Michael und Adam war.«

Julia hatte Mühe, ein Lächeln zu unterdrücken. Das war ihr und Heath nicht neu. Es war ein Teil ihres entschlossenen Planes, ihre Kinder zusammenzubringen. »Ist das so schlimm?«, fragte sie ihre Tochter.

»Mom, Blake und Michael sind jetzt beste Freunde.«

»Und was willst du dagegen tun?« Sie setzte sich zu ihrer Tochter auf das Sofa, gespannt darauf, wie Hillary mit der Situation umgehen würde.

Hillary verschränkte die Arme und runzelte die Stirn. »Ich weiß es nicht.«

»Ist es wirklich so wichtig, an deiner Abneigung gegen Heath' Söhne festzuhalten?«

Sie erhielt keine Antwort, also versuchte es Julia mit einer anderen Frage. »Du vertraust Blakes Urteil, und wenn er Michael mag, muss ja etwas Gutes in ihm sein.«

Sie zuckte die Achseln. »Vielleicht.«

»Du hast ein paar Vorurteile, nicht wahr?«

»Mom, du verstehst nicht.«

»Dann erklär es mir.«

»Es ist ja nicht nur, dass Blake und Michael Freunde sind, jetzt will Blake Michael und seine Freundin zu uns zum Dinner einladen. Kannst du dir vorstellen, wie peinlich das wird?«

»Und? Bist du einverstanden?«

Wieder zuckte Hillary die Achseln, als hätte sie noch keine Entscheidung getroffen. »Ich habe ihm gesagt, ich müsste darüber nachdenken.«

»Das ist ein guter Anfang. Und während du nachdenkst, könntest du etwas berücksichtigen. Wenn Michael sich bereit erklärt hat, dass ihr vier euch trefft, dann sagt mir das, dass er willens ist, die Vergangenheit ruhen zu lassen. Der Ball liegt jetzt in deinem Feld.«

Hillary nickte langsam. »Wenn wir alle Freunde sein könnten, würde das Thanksgiving und Weihnachten entschieden leichter machen.«

Die Feiertage zwischen den beiden Familien aufzuteilen war problematisch gewesen, gelinde gesagt. Zeiten zu bestimmen, wo ihre Kinder kommen konnten, ohne sich zu begegnen, hatte sich zu einer logistischen Herausforderung entwickelt.

»Ja, das würde es«, stimmte Julia zu. Sie brachte noch etwas Vernunft ins Spiel. »Was sagt denn Marie dazu?« Die zwei standen sich immer noch nah, und die jüngste Annäherung zwischen Michael und Hillary würde auch Auswirkungen auf Marie haben.

Hillary lehnte den Kopf gegen die Sofalehne. »Sie ist dafür. Du weißt sicher, dass sie Adam in der Mall getroffen hat. Er ist verlobt und hat Marie seiner Verlobten vorgestellt. Sie sagt, es war lange nicht so unangenehm, wie sie gedacht hat.«

Julia hatte davon gehört. Sie war nicht ganz sicher, was passiert war, nur dass die beiden anscheinend ein paar Dinge geklärt hatten. Das letzte Hindernis war Hillary.

»Wie lautet deine Entscheidung?«, fragte Julia. »Wirst du Michael einladen?«

Hillary straffte sich. »Das ist es, was Blake will.«

Julia schwieg, während Hillary angestrengt nachdachte.

»Michael und du, ihr versteht euch inzwischen gut, nicht?«, fragte sie Julia.

»Ja. Er war wundervoll. Weißt du, er hat mir geholfen, in Heath' Wohnung zu ziehen.«

»Ja, das habe ich gehört«, murmelte Hillary.

»Er ist nicht der Neandertaler, für den du ihn hältst, Hillary.«

Ihre Tochter seufzte tief. »Du hast recht. Ich weiß, dass du recht hast, es wird nur schwer, ihn als Blakes Freund zu betrachten.«

»Gib ihm Zeit, dann kann er auch dein Freund werden.«

Hillary stimmte ihr widerstrebend zu.

»Und es würde deine Mutter und Heath glücklich machen«, fügte Julia hinzu.

»Und Dad und Laura.« Ihre Tochter lächelte sie an. »Okay, ich mache es. Ich bin nicht sicher, ob es mir gefällt. Aber wenn Michael bereit ist, es zu versuchen, dann wäre es unhöflich, wenn ich mich weigere.«

»Gut für dich, Hill.«

»Ich erzähle dir, wie es gelaufen ist.«

»Mach das.«

Eine Woche später setzte sich Hillary erneut mit ihrer Mutter in Verbindung, diesmal telefonisch. »Mom«, sagte sie aufgeregt, »Michael und Claire waren gestern zum Dinner da.«

»Das klingt, als wäre es gut gelaufen.«

»Ist es. Michael und ich haben einfach so getan, als gäbe es nichts Negatives zwischen uns. Er war höflich und ich auch.«

»Und das hat funktioniert?«

»Ja. Ich habe festgestellt, dass Michael viel Sinn für Humor hat, und komischerweise ist er Heath sehr ähnlich. Das habe ich erst gestern Abend gemerkt.«

»Und mochtest du Claire?«

»Ja. Sie ist fantastisch. Sie erzählte mir von diesem kleinen Laden im University Village, wir wollen nächstes Wochenende da shoppen gehen.«

»Das ist wundervoll, Süße. Ich bin dankbar, dass jetzt alles in Ordnung ist.«

Sie unterhielten sich noch ein paar Minuten, bevor sie das Gespräch beendeten.

Heath legte das Buch über den Zweiten Weltkrieg beiseite, das er gerade las. »War das Hillary?«

»Ja.«

»Ich habe von Michael gehört. Er sagte, er und Claire hätten Spaß bei Hillary und Blake gehabt.«

»So sieht es aus.«

Heath grinste. »Anscheinend hat sich alles zum Guten gewendet.«

Julia stimmte zu. »Wie mein Dad immer sagte: *Es ist besser so*.«

Wie recht er hatte.

Sommer 2021

Liebe Freunde,

ich habe es wirklich geliebt, dieses Buch zu schreiben. Ich weiß, dass man von jeder Autorin erwartet, das von jedem Roman zu sagen, den sie verfasst. Wenn ihr mich fragt, warum dieser etwas Besonderes ist, bin ich nicht sicher, ob ich es erklären kann. Ich kann nur sagen, dass er direkt dem Leben einiger Freunde entnommen ist. Wir sind in einem Alter, wo unsere Kinder erwachsen sind und beginnen, ihr eigenes Leben zu führen. Es ist an der Zeit, an der Küste entlangzufahren, zu reisen und Spaß mit unseren Partnern zu haben. Nur dass in entschieden zu vielen Fällen meine Freunde entweder geschieden oder verwitwet sind. Gerade als sie sich darauf gefreut haben, in Rente zu gehen und all das zu tun, was sie seit Jahren planten, lösten sich all ihre Träume und Hoffnungen in Rauch auf. In einem Alter, wo sie nie damit gerechnet hätten, mussten sie von vorne anfangen. Ich habe gesehen, was mit ihnen und ihren Kindern passiert ist, vor allem, wenn sie noch einmal geheiratet haben. Die Familieneinheit so, wie sie einst war, ist für immer dahin. Aus diesen Erfahrungen wurde die Idee für *Liebe mit Aussicht* geboren.

Dieses Buch ist Rick Enloe und Gino Grunberg gewidmet. Wenn ihr die Zeitschrift *Welcome Home* abonniert habt, werdet ihr Ricks Namen kennen, denn er schreibt eine regelmäßige Kolumne. Rick und Gino leiten die Kirche, die Wayne und ich besuchen. *Es ist besser so* ist etwas, was Rick so oft sagt, dass seine Familie damit gedroht hat, es in seinen Grabstein meißeln zu lassen. Es bedeutet, dass das Leben die Wendung nimmt, die ihm bestimmt ist, so oder so.

Danke, dass ihr mir als Autorin vertraut, eine gute Geschichte zu erzählen, und dass ihr euer schwer verdientes Geld in dieses Buch investiert habt. Ich hoffe, dass ihr nach dem Lesen glücklich und ermutigt seid, weil ihr erkannt habt, dass das Leben uns zwar manchmal mit Schmutz bewirft, wir aber am Ende, wenn wir den Schmerz überwunden haben, zu der Einsicht kommen: *Es ist wirklich besser so*.

Eure Kommentare weiß ich immer zu schätzen. Ihr, meine Leser, wart die Richtschnur für meine Karriere. Ich freue mich über alles, was ihr zu sagen habt, daher vielen Dank im Voraus. Ihr könnt mich online auf meiner Website, bei Facebook und über alle anderen sozialen Medien erreichen. Oder ihr schreibt mir an die Adresse P.O. Box 1458, Port Orchard, WA 98366.

Alles Gute
Debbie Macomber